Elie Wiesel

Das Testament eines ermordeten jüdischen Dichters

Elie Wiesel

Das Testament eines ermordeten jüdischen Dichters

Roman

Aus dem Französischen
von Hanns Bücker

Herder

Freiburg · Basel · Wien

Titel der französischen Originalausgabe:
Le testament d'un poète juif assasiné
Editions du Seuil, Paris 1980

Für Paul Flamand

Was ist das Leben eines Menschen! Ein Schatten. Aber was für ein Schatten! Ist er wie der unveränderliche Schatten eines Gebäudes! Oder wie der eines Baumes im Wechsel der Jahreszeiten! Nein, das Leben eines Menschen gleicht dem Schatten eines Vogels in vollem Fluge: Kaum bemerkt, ist er schon verschwunden.

Der Talmud

Es war einmal ein Land, das alle Länder der Welt umschloß; und in diesem Land gab es eine Stadt, die alle Städte des Landes umfaßte; und in dieser Stadt gab es eine Straße, die alle Straßen der Stadt in sich vereinigte; und in dieser Straße gab es ein Haus, das alle Häuser der Straße überdachte; und in diesem Haus gab es ein Zimmer, und in diesem Zimmer gab es einen Menschen, und dieser Mensch lachte und lachte, und niemand hatte je gelacht wie er.

Rabbi Nachman von Brazlaw

Auf dem Flughafen von Lod bin ich an einem Julinachmittag 1972 Grischa Paltielowitsch Kossower begegnet. Gerade hatte eine Maschine aufgesetzt und rollte über die Landepiste. Die Gruppen, die sich draußen zum Empfang eingefunden hatten – Verwandte, Freunde, Korrespondenten –, hörten auf zu plaudern und verharrten in gespannter Erwartung. Das Wiedersehen an diesem Ort löscht die Vergangenheit nicht aus, eine Vergangenheit, die bittere Trennung, lange Abwesenheit und Heimweh bedeutet.

Ich bin oft nach Lod gefahren, um Zeuge eines der bewegendsten Ereignisse unseres Jahrhunderts zu werden, der Heimkehr von Tausenden von Männern und Frauen aus dem Exil. Viele von ihnen hatte ich zuvor im fernen Europa, in jenem Reich des Schweigens und der Angst entdeckt. Hätte ich ihnen damals angekündigt, daß ich sie ein paar Jahre später im Land unserer Väter in Empfang nehmen würde, hätten sie mich mit kummervoller Miene zurechtgewiesen: »Freund, machen nicht auch Sie sich noch lustig über uns, Sie wissen doch, wie schmerzlich falsche Hoffnungen sind.«

Es kann mir passieren, daß ich im Gewühl plötzlich einen jungen Studenten oder eine Pionierin entdecke, mit der ich an jenem Abend von Simchat Tora vor der großen Synagoge in Moskau gesungen und getanzt hatte. Ein Schuster aus Kiew brach in Tränen aus, als er mich sah. Ein Hochschullehrer aus Leningrad küßte mich, als sei ich sein verlorener und wiedergefundener Bruder, und ich war dieser Bruder.

Ich liebe Lod besonders, wenn russische Juden ankommen. Sie haben eine ganz eigene Art, ihren Fuß auf diesen Boden zu setzen. Man könnte meinen, sie warteten auf ein Zeichen, auf einen Befehl. Sie wagen nicht weiterzugehen. Eine Ewigkeit lang bleiben sie vor der Maschine stehen, beobachten mit kritischen Blicken den Himmel mit seinen Streifenwolken, lauschen auf die gedämpften Geräusche, die von den Dienstgebäuden zu ihnen dringen, und schauen und schauen, als suchten sie nach einem Beweis, daß das alles Wirklichkeit ist und daß sie ein Teil dieser Wirklichkeit sind. Es gibt keine Szenen, kein Zeichen überströmender Freude. Noch nicht. Vielleicht in einer Stunde, wenn das erste Paar sich in den Armen liegt, als sei es zusammengeschweißt, wenn Vater und Sohn, Onkel und Neffe, Lagergefährten und Kampfgenossen sich wiedererkannt haben. Noch bleiben die beiden Gruppen auf Distanz. Die Einwanderer sind aufs höchste gespannt und nervös, aber sie beherrschen sich. Sie schreien nicht, sie rufen nicht. Noch nicht. Sie horchen schweigend in sich hinein, bevor sie die ersten Tränen vergießen, bevor der erste Segensspruch von ihren Lippen kommt. Sie haben Angst. Angst, sie könnten die Dinge überstürzen oder nicht wahr werden lassen. Es ist, als verlangten sie nach der Angst, die sie zum letztenmal mit einer Vergangenheit verbindet, die sie jetzt ganz hinter sich lassen können.

Auf einmal löst sich ein Schatten aus der Gruppe und stürzt auf uns zu: ein langgezogener, durch die allgemeine Bewegung zurückgeworfener und noch verstärkter Schrei: »Yakov! Ya-kooov!« Und plötzlich gibt es nur noch diesen rennenden Schatten und diesen Aufschrei, der sich ins Gedächtnis bohrt. Die Erinnerung an diesen Tag heißt Yakov, heißt auf ewig Yakov.

Yakov, ein junger Offizier, zittert am ganzen Leibe, er will auf seinen Vater zueilen, aber seine Beine gehorchen ihm nicht. Er steht wie angewurzelt da und wartet, wartet, daß die Zeit vergeht, daß die Jahre versinken, daß er wieder zum trotzigen Schüler wird, der die Tränen zurückhalten kann, die schon längst sein Gesicht überströmen.

Wie einem geheimnisvollen Ruf gehorchend, lösen sich die beiden Gruppen auf, um sich immer neu zu formieren, zehnmal, hundertmal. Man stellt sich Fragen, umarmt sich, lacht und weint, wiederholt die gleichen Worte, die gleichen Mitteilungen, drückt dieselben Hände, küßt alle Gesichter, bekannte und unbekannte, sagt irgendwas zu irgendwem. Es ist ein einziges Fest, das Fest des Sichwiederfindens: »Wann hast du Riga verlassen?« – »Vorgestern. Nein, vor tausend Jahren.« – »Ich komme aus Taschkent.« – »Und ich aus Tbilisi.« – »Weißt du was Neues von Leibisch Goldmann?« –

»Er wartet, bis er an der Reihe ist.« – »Und Mendel Porusch?« – »Er wartet auch darauf.« – »Und Schrulik Mermelstein?« – »Er wartet ebenfalls, bis er dran ist.« – »Werden sie kommen?« – »Sie werden kommen, ja, sie kommen, alle werden sie kommen.«

Ein paar Schritte weiter starren zwei Brüder sich stumm an. Sie sind noch jung, sind allein, ohne Familie. Keiner wagt den ersten Schritt zu tun. Sie stehen einander gegenüber, schauen sich nur immerfort in die Augen, so fest, daß es weh tut.

»Fragt mich nichts und sagt mir nichts«, ruft eine kräftige, energisch aussehende Frau. »Bitte, bitte, laßt mich erst einmal weinen, laßt mich richtig losheulen. Darauf warten diese Tränen schon so lange.«

Etwas weiter hebt ein Koloß von einem Mann ein schwarzhaariges schmächtiges Mädchen hoch und läßt es um seinen Kopf kreisen. »Bist du es, Pnina? Bist du das kleine hübsche Ding, das mich auf dem Foto anlächelt? Und dein Vater, ist das tatsächlich mein Sohn?« Trunken vor Freude und Stolz führt dieser Großvater einen Tanz mit seinen Erinnerungen auf; er ist restlos glücklich. Er hat jetzt nur noch den einzigen Wunsch, den ganzen Tag und die ganze Nacht so zu tanzen, und auch den nächsten Tag noch, bis in alle Ewigkeit. Abseits von den anderen entdecke ich einen jungen Mann, er steht allein und verloren auf der Piste. Niemand ist gekommen, ihn willkommen zu heißen, keiner richtet das Wort an ihn. Ich gehe auf ihn zu, frage ihn auf russisch, ob ich ihm behilflich sein kann. Keine Antwort. Sicher ist er noch ganz benommen und zu aufgewühlt. Ich strecke ihm die Hand hin, er drückt sie heftig. Ich wiederhole mein Angebot, ihm zu helfen. Er bleibt stumm. Was soll's, später wird er schon noch antworten.

Auf Einladung des Leiters des Empfangswesens finden sich alle an weißgedeckten Tischen in einem großen Saal wieder. Blumen, überall Blumen. Die Kellnerinnen bringen Orangensaft, Früchte und Gebäck. Plötzlich ruft einer: »Wir haben doch was Besseres dabei« und zieht eine Flasche Wodka aus seinem Handgepäck; andere folgen seinem Beispiel. Sie füllen die Gläser und stoßen an. Ein Mann erhebt sich, um einen Trinkspruch anzubringen: »Ich möchte euch nur sagen, daß …« Die Worte geraten ihm durcheinander, bleiben ihm im Halse stecken. Er setzt von neuem an: »Was ich euch gerne sagen möchte, ist, daß …« Wieder bricht seine Stimme, er atmet schwer und scheint nach Luft zu ringen: »Ich möchte euch wirklich nur sagen, daß …« Ein Zucken läuft über sein Gesicht, sein Blick irrt verstört über das Publikum, als ob er es zu Hilfe rufen möchte, hilflos sinkt er auf seinen Stuhl zurück. Ein Schluchzen, das aus tiefster Seele kommt, schüttelt seinen ganzen Körper. »Ich weiß nicht mehr, ich weiß es einfach nicht mehr, was ich euch sagen wollte, sehr viele Dinge, so unendlich viele …« Betreten senken die Gäste die Köpfe. »Zum Teufel mit den ganzen Reden«, ruft einer, »laßt uns lieber trinken, das wiegt sämtliche Reden und alle Erklärungen auf. Stimmt's nicht, Freunde?« Die Köpfe heben sich, die Gesichter strahlen wieder. Man trinkt, ruft *Lechayim:* Auf das Leben, auf die Zukunft, auf den Frieden. Es ist schon verrückt, was ein Glas Wodka alles fertigbringt: Es macht optimistisch und nicht zuletzt gesprächig.

Am anderen Ende des Saales entdecke ich den jungen Schweiger. Er hat weder gegessen noch getrunken. Hochaufgeschossen, schmächtig und blaß steht er da. Mit seinen dunklen Augen, dem schwarzen Haar und den zusammengepreßten Lippen macht er den Eindruck eines Menschen, dem das Leben übel mitgespielt hat. Ich erkundige mich beim Empfangsleiter, wer dieser Junge eigentlich ist. Er blättert in seiner Liste und antwortet: »Grischa Kossower. Er heißt Grischa Kossower … Ist ein Fall für sich. Ist stumm und krank. Du weißt ja selber, was das heißt … Woher er kommt? Aus einer Stadt in der Ukraine oder Weißrußland. Krasnograd oder so … Ja genau, aus Krasnograd kommt er.«

Auf der Stelle eile ich zu dem Jungen und sage ihm, daß ich seine Stadt kenne. Nein, ich bin niemals dort gewesen, aber ich kenne einen Dichter, der dort gelebt hat, einen schwermütigen Dichter und edlen Menschen, einen Dichter, der keinen großen Namen hat, der leider nicht sehr bekannt ist, der, um es frei heraus zu sagen, völlig unbekannt ist. Meine Worte überschlagen sich förmlich, ich spreche von meiner Leidenschaft für die religiösen Gedichte und die profanen Gebete dieses jüdischen Sängers, den Stalin in einem Ausbruch von wildem Haß, in einem Anfall von Wahnsinn zusammen mit anderen jüdisch-russischen Romanciers, Dichtern und Künstlern seinerzeit erschießen ließ. Ich rede und rede und bemerke nicht das belustigte Lächeln auf Grischas Lippen und den Glanz in seinen Augen. Während ich immer weiterrede, begreife ich schließlich, was für ein Idiot ich bin, weil ich nicht sofort gemerkt habe, daß Grischa Kossower, dieser einsame stumme Junge, der Einwanderer aus Krasnograd, der Sohn meines Dichters ist. Ja, so ist es: Grischa ist Paltiel Kossowers Sohn. Woher hätte ich das auch wissen sollen? Ich wußte nicht einmal, daß er verheiratet war. Das Blut steigt mir zu Kopf. Ich habe Lust, ihn zu packen und im Triumph fortzutragen. Ich habe Lust, es hinauszuschreien, und tue auch: »Hört, hört doch mal zu, Leute! Es geschehen noch Wunder! Ich schwöre es euch.« Verdutzte Gesichter drehen sich nach uns um, ich werde immer erregter: »Wißt ihr es denn nicht? Wißt ihr nicht, wer soeben angekommen ist? Der Sohn von Paltiel Kossower! Ja doch, ja, der Sohn des Dichters! Ihr kennt ihn nicht?« Nein, sie kennen ihn nicht, sie kennen überhaupt nichts. Sie haben wohl nie im Leben etwas gelesen, diese Dummköpfe.

»Komm«, sage ich zu Grischa. »Komm mit mir.«

Er wird nicht mit seinen Reisegefährten ins Hotel ziehen, das ist beschlossene Sache. Er wird bei mir wohnen. Ich verfüge über eine große Wohnung, dort soll er sein Zimmer bekommen.

Ich schleppe ihn zu den Einwanderungsbehörden, zur Polizei, zum Zoll, rede für ihn und erkläre ihnen weshalb, kümmere mich um sein Gepäck, und dann sind wir draußen. Es ist inzwischen Abend geworden. Mein Auto steht ganz in der Nähe, schon starte ich. Vor uns zieht sich die Landstraße, wir sprechen kein Wort, wir fahren mit großer Geschwindigkeit, als würden die Hügel und der Himmel über dem in der Ferne auftauchenden Jerusalem uns magisch anziehen.

Ich denke an Paltiel Kossower, dessen Gedichte ich eines Tages durch Zufall entdeckt hatte.

Einige Wochen nach seinen berühmten Moskauer Kollegen wurde er verhaftet und gleichzeitig mit ihnen in den Kellern des NKWD in Krasnograd liquidiert.

Das Gerücht von seinem Tod verbreitete sich sehr langsam und hinter vorgehaltener Hand im Lande, bevor es über die Grenzen drang. Es rief weder Zorn noch Bestürzung hervor;

denn sein Werk war nicht bekannt. Weniger berühmt als ein David Bergelson, weniger begabt als ein Perez Markisch, hatte er so wenige Leser, daß diese sich alle untereinander kannten.

War er, was man einen »großen Dichter« nennt? Offen gestanden, nein. Es fehlte ihm an Spannweite, am großen Atem, er hatte keinen Ehrgeiz und auch kein Glück. Hätte er länger gelebt, wer weiß ...

Seine einzige Gedichtsammlung *Ich habe im Traum meinen Vater gesehen* ist recht bescheiden, es handelt sich um Kriegserinnerungen. Seine Verse sind wie Funken, seine Stimme ist wie ein Murmeln, seine Prosa scheint wie von einer zitternden Flamme von innen erleuchtet zu sein. Es gibt nur eine Handvoll Menschen, die seinen schmucklosen Stil zu schätzen wissen; wir lieben seine Sehnsucht und seine Schwermut. Er war ein ewiger Flüchtling, ein entwurzelter Mensch, scheint immer eine Randexistenz geführt zu haben. Sein Leben und sein Tod sind wie eine Skizze, die auf einem Tisch herumliegt.

Die Gedenkstunden, die wir ihm zu Ehren veranstalten, ziehen nur ein sehr begrenztes Publikum an. Aber je kleiner unser Zirkel, desto größer die Begeisterung und unser Engagement. Wir haben acht seiner Gedichte ins Französische, fünf ins Holländische und zwei ins Spanische übertragen lassen. Wir stehen bedingungslos zu ihm. Ich spreche über sein Werk in meinen Vorträgen und zitiere es bei jeder Gelegenheit. Es gibt keine größere Befriedigung für mich, als zu sehen, daß einer meiner Studenten sich dafür begeistert.

Und jetzt stehe ich plötzlich vor einer tausendmal schwereren Aufgabe: Ich muß seinen stummen Sohn zum Sprechen bringen. Das gelingt mir auch und sogar ohne Schwierigkeiten. Aber ich kann, um ehrlich zu sein, nichts dafür; dieses Verdienst gebührt seinem Vater.

Kaum sind wir bei mir zu Hause, da zieht Grischa einen schmalen Band aus seiner Tasche und zeigt ihn mir. Daraufhin gehe ich wortlos aus dem Zimmer und komme mit meinem ebenfalls schmalen Band zurück. Es handelt sich um genau dasselbe Buch. Grischa ist völlig perplex, nimmt es in die Hand, prüft den Einband, liest eine oder zwei Anmerkungen und gibt mir das Buch zurück. Ich glaube, er ist genau so bewegt wie ich.

»Ich habe lange geglaubt, daß ich das einzige Exemplar besitze«, sage ich. »Du doch zweifellos auch!«

Grischa zieht einen Füllhalter aus der Tasche und kritzelt etwas auf meinen Notizblock: »Es existiert noch ein drittes Exemplar. Bei einem Nachtwächter in Krasnograd.«

Von meinem Fenster aus zeige ich ihm Jerusalem. Ich beschwöre die Vergangenheit und spreche von meiner leidenschaftlichen Verbundenheit mit dieser Stadt, in der ich jeden Stein und jede Wolke am Himmel kenne. Ich erteile ihm praktische Ratschläge für den kommenden Tag und die nächsten Wochen, z. B. wo er was kaufen kann oder wann er wohin gehen soll. Ich erzähle ihm von unseren Nachbarn; es sind Beamte, frisch Eingewanderte, Soldaten und eine Kriegerwitwe, die gegenüber im Erdgeschoß wohnt.

»Du bist müde, Grischa. Geh zu Bett.«

Er schüttelt verneinend den Kopf. Er möchte diese Nacht wach bleiben.

»Allein?«

Ja, allein. Und macht dann eine Geste, als wolle er sich entschuldigen und sagen: Nein, nicht ganz allein.

»Ich verstehe nicht.«

Dann macht er eine andere Geste, um mir zu bedeuten, daß er gerne schreiben möchte.

»Bist du Schriftsteller? Wie dein Vater?«

Nein, nicht wie sein Vater. Anstatt seines Vaters.

Moskau 1965 – Jerusalem 1979

Ich habe nie in meinem Leben gelacht. Verstehst du das, mein Junge? Sogar wenn es furchtbar lustig zuging, sogar wenn ich mich amüsierte, war das Herz nie dabei: Ich lachte einfach nicht. Du scheinst darüber gar nicht erstaunt zu sein. Sag mal, kennst du denn eigentlich viele Leute, die überhaupt nicht lachen können? Auf das Lachen kann man verzichten. Man kann Dummheiten machen, kann lieben, futtern, träumen, kann ein Schürzenjäger sein, auf dem straff gespannten Seil tanzen, man kann Wolken anzünden und Bäume ausreißen, sich über die Welt lustig machen, man kann sogar glücklich sein und trotzdem nicht lachen. Ganz klar, das kann man. Ich dagegen, mein Junge, ich wollte lachen. Einmal richtig lachen. Lauthals. Bis zum Ersticken. Aber es passierte nicht. Kaum schaute ich in einen Spiegel, überkam mich auch schon eine miese Stimmung, ein Ekel... Deshalb findest du auch keinen Spiegel bei mir. Dann trat plötzlich ein Dichter, der anders war als die anderen, ein verrückter Jude, in mein Leben und veränderte es mit einem Schlag, einfach dadurch, daß er mir sein Leben erzählte. Und daraufhin ...

Draußen senkt sich urplötzlich die Dämmerung auf die Hügel um Jerusalem. Von der kupferfarbenen Sonne bleibt nichts als eine Handvoll langsam verlöschender Strahlen auf den Fensterscheiben. Für gewöhnlich steht Grischa zu dieser Stunde am Fenster, um die Stadt zu betrachten, die sich nach der Nacht sehnt. Nicht so heute abend; denn Grischa ist zu sehr in das Testament seines Vaters vertieft. Wenn er die Seiten umblättert, hört er die rauhe abgehackte Stimme Viktor Zupanews, eine Stimme, die keiner anderen gleicht und die ihm aus der Ferne die Geschichte des ermordeten jüdischen Dichters erzählt.

Plötzlich schüttelt es ihn, sein Herz krampft sich zusammen. Er versucht, sich den Erzähler vorzustellen, aber es will ihm nicht gelingen. Gesichter tauchen vor ihm auf, feine und feiste, ruhige und erregte, mürrische und heitere – doch keins trägt die Züge des alten Nachtwächters von Krasnograd. Aber er hört ihn sprechen: »Schämst du dich nicht, Junge? War ich nicht dein Führer und Beschützer? Wärest du nach Jerusalem gegangen, wenn ich dich nicht geschickt hätte? Warum hast du mich vergessen, Grischa?« Morgen, sagt sich Grischa, morgen werde ich es wissen. Morgen trifft Raissa ein, und meine erste Frage wird lauten: »Hast du Zupanew gesehen? Beschreib ihn mir.« Und dann wird er nur noch Fragen nach seinem Vater stellen. »Hast du ihn geliebt, Mutter? Hast du ihn wirklich geliebt?« Morgen ...

Grischa vertieft sich von neuem in seine Lektüre:

»... Ich schreckte aus dem Schlaf empor. Mein Herz klopfte wie wild. Das Gerenne, die erstickten Schreie: Das hatte ich doch geträumt. Das kleine Mädchen, das gerade vom Turm gestürzt und gleichzeitig ertrunken war: Ein Alptraum. Als Kind sprach ich das Morgengebet: Ich danke dir, lebendiger Gott, daß du mir das Leben geschenkt hast. Warum hörte ich es plötzlich wie ein Echo? Ich hörte die Schläge meines Herzens, so als schlüge es außerhalb meines Körpers. Instinktiv hörte ich auf zu atmen und war ganz Ohr. Stille. Schwarze, bedrohliche Stille, die immer näher kommt ... Ich wußte nicht, daß die Stille sich bewegen konnte. Träumte ich immer noch? Ein Blick zum Fenster: Es ist noch finster; ich bin zu Hause in meinem Bett. Rechts steht die Wiege. Grischa schläft ganz friedlich; ich höre seinen ruhigen, vertrauensvollen Atem. Raissa wälzte sich unruhig hin und her. In welcher Falle zappelte sie? Vielleicht sollte ich sie wachrütteln: Sie kommen, Raissa. Sie sind bei Koslowski, hörst du mich? Ich stellte mir Koslowski vor, diesen einarmigen gutmütigen Kerl, der mich immer mit seinem dummen, überflüssigen Lächeln ärgert. Würde er lächeln, wenn er ihnen aufmachte? Nein, sie sind nicht bei ihm. Vielleicht bei Dr. Mosliak, diesem merkwürdigen Menschen. Ich sehe ihn manchmal flüchtig im Treppenhaus. Er wirkt beunruhigend auf mich. Sollte er an der Reihe sein?

Das Ganze dauerte nur eine Sekunde – eine Sekunde nach meinem Erwachen –, und schon hämmert eine eiserne Faust gegen meine Schläfen. Sie sind ganz nahe! Kümmere dich um den Kleinen, Raissa! Er darf mich nicht vergessen, versprich mir, daß er mich nicht vergessen wird! Ich möchte sie ganz sanft wachrütteln, aber ich bin wie gelähmt. Es klopft an die Tür. Es hat keinen Zweck, mich noch an einen Strohhalm zu klammern. Hör, Paltiel! Leises, höfliches, sehr beharrliches Klopfen. Eins, zwei, drei, vier. Pause. Eins, zwei, drei, vier. Raissa gibt mir einen Stoß mit dem Ellenbogen. Das Klopfen beginnt von neuem. Ich weiß nicht ein noch aus: Soll ich den Kleinen aufwecken? Mit ihm sprechen, ihn ein letztes Mal küssen? Ich atme tief durch: Nur nicht weich werden, Paltiel! Ich habe Schmerzen im linken Arm, in der Brust. Zu komisch, wenn ich jetzt einen Herzanfall bekäme. Eins, zwei, drei, vier. Sie werden ungeduldig. Ein verrückter Gedanke geht mir durch den Kopf: Und wenn ich nicht aufstehen, nicht öffnen würde? Wenn ich mich einfach krank oder totstellen würde? Und wenn das Ganze nur die Verlängerung meines Traums wäre? Ein kleines blondes Mädchen stürzt sich vom Turm, und dasselbe kleine Mädchen will sich jetzt ertränken; es schreit, ich schreie, doch die Leute schlafen, sie haben sich die Ohren zugestopft und schließen die Augen, die Leute wollen nichts damit zu tun haben ...

Nein, es ist aus. Ich bin an der Reihe. Raissa preßt meinen Arm. Ich sage leise: ›Es ist soweit, Raissa.‹ Ich möchte gern ihren Gesichtsausdruck sehen, aber es ist noch zu dunkel. Dann betrachte ich sie eben, ohne sie zu sehen, und spüre sie nur. Sie schüttelt den Kopf; ihr Haar fällt auf meine Schulter; mir wird heiß. Es ist aus, murmele ich. Du paßt auf unseren Sohn auf? Sie sagt nichts, aber seltsamerweise höre ich ihre Antwort und stelle fest, daß der Schrecken mich verlassen hat. Keine Spur von Panik. Ich muß das kleine Mädchen mit den goldenen Haaren nicht mehr retten; denn es ist schon tot. Die Angst, die seit Monaten auf mir lastete, ist von mir gewichen, hat sich aufgelöst. Ich empfinde etwas Neues, Unbekanntes, etwas wie Erleichterung. Ein Gefühl der Befreiung.«

Das Flugzeug aus Wien soll morgen am späten Vormittag ankommen. Eine Nacht bleibt Grischa noch in seinem Zimmer in Jerusalem, um sich darauf vorzubereiten. In seinem Kopf steht schon alles fest. Er wird seine Mutter in Lod abholen und sie zu sich nach Hause bringen. Für ein oder zwei

Wochen. Sie wird im Zimmer und er auf einem Feldbett im Vorraum schlafen. Während dieser Zeit gibt er ihr das Testament ihres Mannes zum Lesen ..., und dann wird sie im Aufnahmezentrum des Ministeriums Unterkunft finden. Vielleicht wird auch sie ein Gefühl der Erleichterung empfinden.

Ein Jahr ist vergangen, seit Grischa Krasnograd verlassen hat. Seine Mutter, bleich und mit aufgelöstem Gesicht, fragte: »Gehst du meinetwegen fort?« Grischa antwortete nicht sogleich. Die Mutter wiederholte mit leiser Stimme: »Sag, ist es meinetwegen?« Und schlug sich mit der Hand vor den Mund; sie schämte sich; sie wußte doch, daß ihr Sohn die Antwort nicht aussprechen konnte. Aber Grischa hatte gelernt, sich verständlich zu machen, indem er die Lippen bewegte und Laute hervorbrachte, oder drückte durch Gesten oder Blicke etwas aus. »Nein, nicht nur deinetwegen«, antwortete er. Sie war erleichtert und wollte wissen, ob es wegen des Doktors sei. »Nein, auch nicht. Ich gehe meines Vaters wegen.«

Das stimmte nur zum Teil. Natürlich hatte sein Entschluß auch mit seiner Mutter zu tun. Morgen wirst du den letzten Satz des Berichts von der Verhaftung lesen, denkt Grischa, und ich werde dich ansehen, wie ich dich noch niemals angesehen habe. Und du wirst den Tod meines Vaters erleben.

Und Raissa, was wird Raissa sagen? »Grischa, mein Sohn, richte nicht über mich, ich bitte dich, richte nicht über deine Mutter. Versuche, sie zu verstehen.« Genau das wird sie sagen, wie sie es immer getan hat, wenn sie sich vergeblich zu rechtfertigen suchte. »Gib dir ein bißchen Mühe, Grischa. Versuche, dir die verflossenen Jahre vorzustellen, den Schrekken, die Einsamkeit. Vor allem die Einsamkeit ...« Die Nacht bricht über Jerusalem herein, und die Stadt hält den Atem an.

Ich, ich habe niemals gelacht, sagte der alte Viktor Zupanew, als wolle er etwas noch nie Dagewesenes erklären. *Verstehst du das, mein Junge? Nie in meinem Leben habe ich gelacht.*

Als Paltiel Kossower sein Testament abfaßte, war er vor allem auf größte Genauigkeit bedacht. Jedes Wort enthält einen verborgenen Sinn, und jeder Satz berichtet von vielen Erfahrungen. Konnte er sich vorstellen, daß seine Niederschrift ihn überleben würde? Daß sie von seinem Sohn immer von neuem gelesen und sorgfältig geprüft würde. Wie alle Strafgefangenen, wie alle Verurteilten wußte dieser Sänger des jüdischen Leidens, dieser Dichter der gestorbenen Hoffnung, woran er war: In den finsteren Einzelzellen der Tscheka schrieb man nur für die Untersuchungskommissare, für die Folterknechte, für die Richter. Wenn man auf den Tod wartete, schrieb man nur für den Tod. Glaubte Paltiel Kossower trotzdem noch an das Unmögliche? Manchmal macht er eine Andeutung. Auf Seite ... auf welcher Seite? Grischa blättert im Manuskript. Ach ja, Seite 43 unten:

»... Sie fragen mich, warum ich schreibe und für wen. Früher fiel es mir leicht, darauf zu antworten. Während der Zeit, als ich durch die Kolchosen und Gemeinden reiste, wurden mir nach jedem meiner Vorträge diese beiden Fragen gestellt. Die Sowjetmenschen wollten es wissen, und der jüdische Dichter versuchte, es ihnen zu erklären. Ich schreibe, um das Böse zu besiegen und diesen Sieg zu verherrlichen; ich schreibe, um dreißig oder vierzig Jahrhunderte Geschichte, die ich in mir trage, zu rechtfertigen. Das sei ein hochtrabendes und anmaßendes Vorhaben? Schon möglich, aber es entsprach dem, was ich empfand ... Was nun die zweite Frage, für wen ich schrieb, betrifft, so antwortete ich: Ich schreibe für euch, die ihr leibhaftig vor mir steht, für euch, meine Zeitgenossen, meine Verbündeten, meine Gefährten, meine Brüder; ich möchte euern Arm nehmen, euch lächeln sehen, wenn ihr meine Geschichte hört, die auch eure Geschichte ist ...

Heute weiß ich es nicht mehr. Ich schreibe, aber ich weiß nicht für wen: Etwa für die Toten, für jene Toten, die mich unterwegs verlassen haben und nun auf mich warten? Ich schreibe, weil mir keine andere Wahl bleibt. Ach, da fällt mir eine uralte Geschichte ein. König David sang gerne, und solange er sang, konnte der Todesengel sich ihm nicht nähern; König David, der Psalmen dichtete, war unsterblich. Ich folge seinem Beispiel. Solange ich schreibe, solange ich dieses Papier Blatt um Blatt mit schwarzen Buchstaben bedecke, hat der

Tod keine Macht über mich. Ihr werdet mich hierbehalten, hier zwischen diesen stinkigen Mauern. Und wenn ich meine letzte Geschichte beendet habe, meine letzte Erinnerung erzählt habe, werden eure Sendlinge mich abholen und in den Keller führen. Ich weiß es; denn ich lebe ohne Illusionen. Und da ich das Recht habe, alles zu sagen – das ist das einzige Recht, das ich habe –, füge ich noch folgendes hinzu: Diese Worte, die ihr allein lesen werdet, diese Worte sind für andere als für euch bestimmt. Ihr könnt meine Hefte zerstören, ihr werdet sie zweifellos verbrennen, aber eine innere Stimme sagt mir, daß die Worte eines Verurteilten ihr Eigenleben, ihr Geheimnis haben. Entlockt euch das Wort Geheimnis nur ein müdes Grinsen? Ich fange trotzdem an, daran zu glauben. Die Worte, die ihr abwürgt, die ihr mordet, erzeugen eine Art von neuer, undurchdringlicher Stille; niemals wird es euch gelingen, eine solche Stille zu töten ...«

Grischa blättert weiter. Er erkennt seine eigene Schrift nicht mehr. Ob seine Mutter sie wird lesen können? Schade, daß ich stumm bin, denkt er. Ich hätte gerne meine Stimme meinem Vater geliehen, wäre gerne der Erzähler seines zerstörten Lebens und seines Todes, der keine Spur hinterließ. Armer Vater! Dein Sohn und Erbe vermag nur, unverständliche Laute von sich zu geben; dein Sohn ist stumm. Beim Lesen bewegt er die Lippen, als spräche er mit leiser Stimme. Ab und zu blickt er auf, fährt sich mit der Hand durch sein struppiges Haar, und seine Gedanken schweifen in die Ferne, überspringen Zeiten und Grenzen. Er sieht ein trauriges Kind, das seine Mutter plagt, ein unglückliches Kind, das von einem Fremden gedemütigt wird, ein Waisenkind, das nicht weiß, wo es hingehört, einen trotzigen und überspannten Jüngling, der sich an einen verrückten Alten hängt, an jenen namenlosen Nachtwächter, dessen Gesicht ihm abhanden gekommen ist. Er sieht eine Frau, die er liebt, die er nicht mehr liebt: »Versuche doch zu verstehen«, sagt sie. Grischa reibt sich die Augen, als wolle er ein unangenehmes Bild verscheuchen; er reibt sich immer die Augen, wenn er an seine Mutter denkt. Dennoch gab es eine Zeit, da wollte er sie nicht einmal für eine Stunde, nicht einmal zum Schlafen verlassen, er liebte sie, nur sie allein. Es gab eine Zeit, da waren sie beide allein auf der Welt, seufzt Grischa, und sein Herz wird schwer.

19

Er steht auf und tritt ans offene Fenster. Die frische Luft tut gut. In Jerusalem ist die Nacht gleichsam ein lebendes Wesen: Sie geht durch die Straßen, begleitet die Passanten, kauert sich in die Eingangstore. In Jerusalem ist die Nacht ein Bote.

Morgen, denkt Grischa, morgen vormittag kommt das Flugzeug an. Morgen ist Freitag und Vorabend von Kippur.

Wer wird ihn zum Flughafen bringen? Wegen der Verständigung. Sein Freund Yoaw, der Schriftsteller, der alle Leute kennt? Seit Jahren kämpft Yoaw für die russischen Juden. Viele verdanken ihm ihre Befreiung oder ganz einfach gesagt die Freiheit. Er hat Grischa auch gemeldet: »Deine Mutter ist soeben in Wien gelandet; in drei Tagen kommt sie.« Worauf Grischa einen Augenblick schwankte und Yoaw ihm zur Stütze einen Arm um die Schulter legte: »Du liebst sie, ist es das? Du hast nicht gedacht, sie je wiederzusehen, nicht wahr? Du bist aufgeregt, ich verstehe dich; ich bin es ja auch. Die Familie von Paltiel Kossower – d.h., was von ihr übriggeblieben ist – wieder vereint in Israel, du, das macht mir schon was aus, das schlägt mir auf den Magen ...« Armer Yoaw, denkt Grischa, alles glaubt er zu wissen und erraten zu können.

Oder soll er Katja fragen? Sicher würde sie ihn begleiten und sich dann diskret zurückziehen. Aber sie könnte möglicherweise etwas sagen, das besser ungesagt bliebe ... Nein, ich werde allein gehen, beschließt Grischa. Mit den Formalitäten bei der Polizei und beim Zoll wird meine Mutter sich schon zurechtfinden. Sie gehört nicht zu den schüchternen Frauen. Als ehemaliger Offizier der Roten Armee hat sie gelernt, sich durchzusetzen.

Morgen schlägt die Stunde der Wahrheit. Morgen ist der Tag des Gerichts und gleichzeitig Vorabend von Kippur. Ein merkwürdiger Zufall. Grischa holt tief Atem und nimmt die tausend Geräusche wahr, die von der Straße und aus den benachbarten Häusern herüberdringen. Ein Radio läuft mit voller Lautstärke und bringt Nachrichten, Kommentare und Kommentare zu den Kommentaren. Was für Schwätzer sind die Leute doch. Jeder will über alles eine Meinung hören. Über die Russen, die Chinesen, über die Linke, die Rechte, über die Abtreibung, die Psychoanalyse, über die Männer, über die Frauen und was es dazwischen noch gibt. Und dann stehen die nächsten Wahlen vor der Tür. Und auch der Tag der Großen

Vergebung. Soll man fasten oder an den Strand gehen? Politische Reden werden geschwungen, religiöse Ermahnungen ausgesprochen: Gott will, Gott fordert. Dank für das zu Ende gehende Jahr, laßt uns beten für das kommende. Keinen Krieg, nur keinen Krieg.

Es ist sechs Uhr abends, vielleicht auch später, aber in der Straße herrscht noch lebhaftes Treiben. Ein Rabbi und seine Schüler, die trotz der Hundstage ihren Winterkaftan tragen, begeben sich zur Klagemauer, um Gott anzuflehen, er möge ihnen die Kraft und die Gnade verleihen, ihn morgen abend noch inständiger anzuflehen. Ein Beamter kommt keuchend nach Hause. Ein Tourist läßt sich eine Inschrift auf der Fassade einer Jeschiwa erklären: »Dieses Gebäude wird weder verkauft noch vermietet, bevor nicht der Messias gekommen ist.« Mein Vater hätte diese ruhige Gewißheit sicher zu schätzen gewußt.

Kindergeschrei dringt herüber. Die Eltern, jüngst aus Odessa eingewandert, tauschen Klagen und gute Ratschläge aus: »Du suchst ein Auto, ohne Steuern dafür zu zahlen? Du mußt nur ...«

Gegenüber wohnt Katja im Erdgeschoß eines grauen dreistöckigen Hauses. Ob ich sie jetzt besuchen soll? Katja ist in Ordnung. Grischa würde sie gerne heiraten, wenn er nur könnte.

Katja ist aufbrausend, dabei sehr lustig und herzlich. Stumm ist sie auch, aber nur wenn es sich um ihren Mann handelt, der auf der Sinai-Halbinsel oder auf den Golan-Höhen gefallen ist. Darüber spricht sie nicht; sie ist eine Kriegerwitwe, lehnt es aber ab, die Gefangene eines Toten zu sein. Ganz im Gegensatz zu mir, denkt Grischa. Ich lebe im Gedenken an meinen Vater und mache sein Leben mir zu eigen; ich lebe in seinem Schatten; ich opfere ihm meine Freizeit, mein ganzes Streben, meine ganze Energie und Willenskraft. Ich bin der Schatten eines Schattens.

Nein, er geht nicht zu Katja. Heute abend nicht. Er weiß, wie es ausgehen würde. Heute abend will er sich nicht amüsieren.

Seit seiner Ankunft in Jerusalem, seit er sich in dieser Wohnung häuslich eingerichtet hat, die ihm Yoaw, der große Bewunderer seines Vaters, zur Verfügung gestellt hat, führt

Grischa das Leben eines Einzelgängers, wenn man von seiner Liaison mit Katja absieht. Er verbringt seine Tage damit, die Gedichte und das Testament seines Vaters abzuschreiben, zu studieren und wieder abzuschreiben. Abends besucht er Katja.

Beim erstenmal hatte es lange gedauert, bis er wußte, ob er ans Fenster oder an die Tür klopfen sollte. Er entschied sich für das Fenster. Sie öffnete es und zeigte sich keineswegs erstaunt.

»Wer sind Sie? Und was wünschen Sie?«

Grischa fand sie schön. Etwas üppig, etwas kräftig, aber schön. Wie sollte er ihr erklären, daß er stumm war?

»Gut, kommen Sie herein«, sagte die junge Frau, nachdem sie ihn eine ganze Weile gemustert hatte.

Und fügte noch hinzu:

»Ich lasse Sie herein, weil Sie ans Fenster geklopft haben. Wenn es an der Tür klingelt, handelt es sich immer um schlechte Nachrichten.«

Grischa sah sich im Zimmer um, als ob seine Sauberkeit ihn interessierte. Unter dem Spiegel sah er gerahmte Fotos. Ein Offizier, der den Verteidigungsminister begrüßt. Derselbe Offizier inmitten seiner Kameraden. Derselbe Offizier am Strand in den Armen einer jungen Frau, die etwas kräftig, aber schön ist.

»Ich heiße Katja. Und Sie?«

Grischa antwortete nicht. Er schaute sie nur an. Wie oft hatte er sie als Silhouette hinter ihrer Fensterscheibe gesehen; er fühlte sich von ihr angezogen und verwirrt und fürchtete, sie würde ihn abweisen oder gar bemitleiden.

»Sie sagen nichts? Warum sagen Sie nichts? Sind Sie stumm?«

Grischa nickte mit dem Kopf: Ja, er ist stumm. Sie stutzte einen Moment:

»Verzeihen Sie bitte.«

Grischa schüttelte wieder den Kopf. Sie brauchte sich nicht zu entschuldigen.

»Wie ist das passiert? Und wann? Im Krieg?«

Nein, nicht im Krieg.

»Wie denn sonst? Sind Sie von Geburt an stumm?«

Nein, nicht von Geburt an.

»Das verstehe ich nicht.«

Er machte eine Geste, um zu sagen: Das können Sie auch nicht verstehen. Sollte er ihr nicht doch sein Leben erzählen? Sie mit dem Werk seines Vaters bekannt machen, von seiner Mutter reden? Ihr das geheime Abenteuer eines alten Wächters über Gespenster namens Viktor Zupanew anvertrauen? Auch wenn er nicht stumm gewesen wäre, hätte er es nicht getan.

Anfangs hielt er auf Abstand und vermied es, sie zu berühren. Er hatte das Gefühl, daß sie nicht allein waren; man schläft nicht miteinander, Grischa, wenn Tote anwesend sind.

Dann hatte er nachgegeben. Sein Blut geriet in Wallung, und ein heftiges Verlangen ergriff ihn. Er vergaß seine Mutter, seinen Vater, den im Krieg gefallenen Offizier und ließ sich vom Drängen seines Körpers fortreißen. Er wollte diese junge Frau lieben und ihr eines Tages alles sagen ...

Aber nicht an diesem Abend, nein, nicht heute.

Ich werde morgen zu ihr gehen und sie bitten, mich zum Flughafen zu begleiten. Das ist besser, als Yoaw zu bitten. Auf der Rückfahrt wird er dann zwei Witwen im Auto haben. Gibt es etwas Gemeinsames zwischen den beiden? Bei Katja weiß ich, warum sie morgen da ist; aber bei meiner Mutter? Weshalb ist sie gekommen? Was hat sie veranlaßt, Krasnograd zu verlassen? Wie ist es ihr gelungen, sich von Dr. Mosliak zu lösen? Grischa stellt sich seine Mutter und ihren Liebhaber vor, denkt an ihre kalte Stadt, die so viele anheimelnde Ecken hat, die nur er kannte ... Dann sind seine Gedanken wieder in Jerusalem, einer Stadt voller Klarheit, die fest auf ihren Legenden und Königen sitzt. Jerusalem, das ist ein Spiel von Farben, das sind Stimmen, nahe und ferne Stimmen. Und darüber graue und weiße Wolken, die sich gegenseitig den Himmel streitig machen. Und mein Vater? Grischa fröstelt. Mein toter Vater will mit mir reden. Und ich? Wer bin ich? Ich bin nichts.

Das Foto zeigte einen Mann mit einem melancholischen, sorgenvollen Lächeln, der zugleich sehr alt und sehr jung, sehr traurig und sehr glücklich aussah. Wer konnte das wissen? Das Foto war abgegriffen und verstaubt. Grischa war etwa drei Jahre alt:

»Wer ist das, Mama?«

Er hatte ihr das Buch mit dem Foto hingehalten.

»Wo hast du das gefunden? Gib's her!«

Dann hatte sie ihm das Buch aus der Hand gerissen und es hastig wieder an seinen Platz gestellt ganz oben auf dem Regal, wo es hinter einem Haufen von Tellern, Gläsern und Töpfen kaum greifbar war. Grischa verstand nicht, warum seine Mutter sich so aufregte, er hatte doch nichts angestellt. Das Buch hatte er auf dem Boden gefunden und es aufgeschlagen, einfach so, ohne zu wissen, warum, er hatte wohl gehofft, lustige Zeichnungen darin zu finden, Bilder von Tieren und Maschinen, die wunderbare Abenteuer versprachen. Aber es gab nur ein einziges Foto, das auf dem Umschlag.

»Dieser Herr, Mama, wer ist das?«

»Siehst du nicht, daß ich alle Hände voll zu tun habe?«

Grischa konnte den Mann auf dem Foto nicht vergessen. Seine Art, die Hände ineinanderzulegen und sie nach außen zu drehen ... Ob er etwas suchte, nach jemandem rief, eine Geschichte von wilden Tieren oder von hungernden Kinder erzählte, eine Geschichte von ...

»Aber wer ist es denn, Mama?«

»Laß mich endlich in Ruhe!«

Noch niemals hatte Grischa seine Mutter so übelgelaunt gesehen. Gewöhnlich sprach sie ganz ruhig mit ihm und erklärte ihm, was er machen oder nicht machen, was er sagen oder nicht sagen sollte. Jetzt wandte sie das Gesicht ab und wich ihm aus. Sie spülte das Geschirr, räumte die herumliegenden Kleider auf und vermied es, den kleinen Jungen anzusehen, der sich plötzlich schuldig vorkam.

»Was habe ich denn gemacht, Mama? Was habe ich Schlimmes gesagt?«

»Nichts.«

»Aber du bist böse!«

»Ich bin nicht böse!«

Grischa hätte am liebsten geheult, obwohl er sich sonst immer alle Mühe gab, nicht zu weinen. Er preßte die Lippen zusammen und riß die Augen ganz weit auf, damit keine Tränen kamen, und hielt den Atem an. Raissa nahm ihn in die Arme.

»Ich will nicht weinen«, sagte Grischa, während ihm die Tränen übers Gesicht liefen.

»Ich weiß, ich weiß. Du bist ein großer Junge, und große Jungen weinen nicht.«

Er wollte sie schon wieder fragen, besann sich aber, um ihren Zorn nicht zu wecken. Er liebte seine Mutter und sagte sich, daß das ein Glück war. Sie hätte doch auch die Mutter eines anderen kleinen Jungen sein können.

»Versprich mir etwas«, sagte Raissa zu ihm und senkte die Stimme. »Versprich mir, niemals wieder dieses Buch anzufassen. Und wenn man dich fragt, dann sage, daß du es nie gesehen hast.«

»Wer ist denn der Mann auf dem Foto?«

»Du hast ihn nie gesehen. Und das Buch ebenfalls nicht.«

Grischa, der nun nichts mehr verstand und sich unverstanden fühlte, begann zu schluchzen. Es war ihm, als ob er schwebe, er sah sich mit dem Buch auf den Knien auf dem Regal sitzen, und jener Mann sagte zu ihm: Sag mal, du großer Junge, schämst du dich nicht, so zu weinen?

»Es ist dein Vater«, sagte Raissa.

Da beruhigte sich Grischa. Mein Papa ist kein Mann wie die anderen, mein Papa ist ein Foto. Gleich darauf korrigierte er sich: Mein Papa ist ein Buch. Und jahrelang trug er diese Entdeckung wie ein kostbares Geheimnis mit sich herum.

Wenn er allein in der Wohnung war, kletterte er heimlich auf den Tisch, von dort auf die Anrichte und konnte dann, wenn er sich auf die Zehenspitzen stellte, das verbotene Buch greifen, es an sich drücken und seinen Vater spüren. Manchmal saß er auch mit dem Buch am Fußende des Bettes, achtete auf jedes Geräusch, um es schnell verschwinden lassen zu können, und blätterte mit klopfendem Herzen in den Seiten, die er nicht lesen konnte. Sein Vater sprach zu ihm in einer Sprache, die er nicht verstand. Das machte ihm nichts aus; er fuhr mit den Fingern über die Wörter und Zeilen und war glücklich.

Eines Tages kam Raissa unverhofft nach Hause. Er glaubte schon, sie würde mit ihm schimpfen, aber sie zog nur ihren Mantel aus und hockte sich zu ihrem Sohn auf den Boden. Sie sah sorgenvoller aus als sonst.

»Verzeih mir, ich habe dir weh getan«, sagte Grischa. »Ich konnte nicht widerstehen ... Juri hat einen Vater, die kleine Natascha hat einen Vater, Wanja hat einen Vater, und ich habe auch einen Vater. Ich will ihn liebhaben, ich möchte ihn sehen und streicheln ...«

Raissas Augen füllten sich mit Tränen:

»Eines Tages wirst du es begreifen.«

»Versprichst du es mir?«

»Natürlich verspreche ich es dir. Eines Tages wirst du es begreifen.«

Sie nahm das Buch, schlug es an irgendeiner Stelle auf und las leise einige jiddische Verse vor, die sie dann übersetzte:

> Mensch,
> ich schenke dir
> mein Gedächtnis
> und seinen Ursprung,
> mein Licht
> und seine Dunkelheiten;
> und erbitte dasselbe
> von dir,
> damit wir teilen.

»Noch mehr«, sagte Grischa, ohne etwas zu verstehen, und sein Gesicht glühte. »Lies weiter, lies noch mehr.«

> Du hast vor mir
> von der verbotenen Frucht gekostet;
> du hast vor mir den
> Atem des Lebens gespürt;
> du hast für mich
> das Unendliche durchmessen,
> aber nach mir verlangen
> das hungernde Kind,
> der durstige Fremdling,
> der ängstliche Greis,
> und darauf bin ich stolz.
> Du aber bist weit fort.

»Das ist jiddisch«, erklärte Raissa. »Dein Vater schrieb in Jiddisch.«

»Was ist das?«

»Eine Sprache.«

»Wie die russische?«

»Nein, es ist eine jüdische Sprache. Eine Sprache wie keine

andere sonst, die in unvergleichlicher Weise tiefste Not und höchste Freude wiedergeben kann; eine sehr reiche Sprache, die einem sehr armen Volk geschenkt wurde.«

»Noch mehr«, drängt Grischa mit geröteten Wangen.

Sie liest weiter, schließt dann das Buch und sagt:

»Denke daran. Dein Vater ist ein Dichter.«

»Was soll das heißen?«

»Das soll heißen, daß dein Vater ein Dichter ist; und die Dichter sind immer gegenwärtig und bleiben lebendig.«

»Was willst du damit sagen?«

»Das besagt, daß ... daß dein Vater anders war als die anderen Menschen; er hat anders gelebt, anders geträumt, gelitten und geliebt. Für ihn war das Leben ein einziger Gesang. Er glaubte, mit Worten könne man alles vollbringen.«

Grischa klatschte in die Hände.

»Ich mag es gern, wenn du liest. Dann bekomme ich Lust, das Fenster aufzureißen und laut zu rufen: Kommt her, kommt alle her, und hört euch die Lieder meines Vaters an ...«

»Das darfst du nicht«, flüsterte Raissa, »du darfst überhaupt nicht davon sprechen.«

»Warum nicht?«

»Weil es zu gefährlich ist.«

»Für meinen Vater?«

»Aber nein. Dein Vater ist tot ...«

»Tot? Mein Vater ist tot? Wie ist das möglich? Er ist doch ein Dichter, und du hast mir gesagt, daß die Dichter immer lebendig sind!«

»Sie sind es auch.«

»Aber wieso ...«

»... sie sind zwar tot, aber sie bleiben lebendig.«

»Nein, Mama. Mein Vater ist nicht tot. Mein Vater ist ein Buch, und Bücher sterben nicht.«

Raissa war plötzlich ganz in Gedanken versunken und betrachtete ihren Sohn mit einem so traurigen Blick, daß er sie bestürzt ansah:

»Sei nicht traurig, Mama. Ich liebe dich doch genau so, wie ich ihn liebe und wie du ihn liebst. Denn du liebst ihn doch auch, Mama, nicht wahr, du liebst ihn?«

Raissas Augen wechselten die Farbe, ihre Pupillen verdüsterten sich, und Grischa bekam auf einmal Angst:

»Was ist los, Mama?«

»Es ist nichts.«

»Ich will es aber wissen.«

»Du bist noch zu klein. Zu klein, um zu begreifen.«

Ihre Stimme zitterte, ihre Augen glänzten, und Grischa wagte kein Wort mehr zu sagen. Er fühlte sich bedroht. Sein Zimmer war nicht mehr sein Zimmer, sein Spielzeug gehörte ihm nicht mehr: Er wurde von seiner Mutter getrennt, wie er von seinem Vater getrennt worden war; die Welt war voll von Dieben, sie stahlen die Seelen, töteten die Dichter und zerrissen die Bücher. Und die Waisenkinder in dieser Welt waren allein und einsam.

Das Testament
des Paltiel Kossower

Wenn Sie gestatten, Genosse Richter, möchte ich Ihnen, bevor ich beginne – und ich werde mit dem Ende beginnen, da ich es nahe weiß –, meinen Dank abstatten.

Sie waren so freundlich, mir die Erlaubnis zu erteilen, hier an diesem Ort meinen Beruf weiter auszuüben. Sie haben mir sogar ein Thema vorgeschlagen: »Schreiben Sie die Geschichte Ihres Lebens.«

So erfreue ich mich dank Ihrer Liebenswürdigkeit eines Privilegs, das in unserer Tradition nur den Gerechten gewährt wird; ihnen wird das Herannahen des Todes angezeigt, damit sie fähig sind, ihn ganz zu erleben. Vor allem aber, damit sie sich auf ihn vorbereiten und ihre Angelegenheiten in Ordnung bringen können. Und ihre Erinnerungen.

Sollte ich, gerade ich ein Gerechter sein? Ich scherze natürlich. Sollte ich es in Ihren Augen oder wenigstens Ihretwegen sein? Merkwürdigerweise scheint mir dieser religiöse Begriff des Gerechten hier sogar angebracht. Haben sich, Genosse Richter, unsere Beziehungen nicht von Anfang an unter einem religiösen Aspekt entwickelt? Sie haben mich aufgefordert, *zu bereuen, zu bekennen, mich zu läutern, Sühne zu leisten, meine Schuld zu tilgen, Verzeihung zu erlangen, das Heil zu verdienen:* Alle diese Akte sind ihrem Wesen nach religiöser Natur. Ob als Priester oder Inquisitor dienen Sie einer Partei, die göttliche Attribute besitzt: Sie ist groß und großmütig, mächtig und gnädig, unfehlbar und allwissend ...

Wenn die Zeit es mir erlaubt, Genosse Richter, werde ich eines Tages darauf zurückkommen. Doch zuerst das Geständnis.

Tausendmal haben Sie mich nach den Verbrechen gefragt, deren ich angeklagt bin, und tausendmal habe ich geantwortet, daß das alles weder Hand noch Fuß habe.

Heute habe ich voll tiefer Dankbarkeit die Ehre, Sie davon

in Kenntnis zu setzen, daß ich meine Ansicht geändert habe. Ich plädiere für schuldig. Nicht in allen Punkten, nicht in den Fällen, die andere Personen als mich betreffen. Schuldig nur für das, was für mich – und also auch für Sie – Symbolwert hat.

Ich erkläre mich für schuldig – ich spreche wohlgemerkt von Schuld und nicht von Verfehlung –, ein haßähnliches Gefühl gegenüber der ruhmreichen russischen Nation empfunden zu haben, in deren Schoß ich gelebt und für die ich gekämpft habe.

Ich erkläre mich für schuldig, daß ich erst reichlich spät, zu spät, eine übertriebene maßlose Liebe zu einem halsstarrigen Volk empfunden habe, zu meinem Volk nämlich, das Sie und Ihresgleichen ständig verhöhnt und unterdrückt haben.

Jawohl, heute breche ich meine Verbindung mit jener Welt ab, die durch dieses Gefängnis geschützt und repräsentiert wird. Ich mache mir die jüdische Sache zu eigen, ich trete voll und ganz, ohne jedes Wenn und Aber für sie ein, ja ich erkläre mich solidarisch mit den Juden, wo auch immer sie leben, jawohl, ich bin ein jüdischer Nationalist im historischen, kulturellen und ethischen Sinn. Ich bin zuerst und vor allem Jude und bedaure, daß ich es nicht schon früher und an anderen Orten unter Beweis gestellt habe.

Und jetzt zur Sache!

Sie werden lachen, aber ich würde mich gerne in Versen ausdrücken. Immerhin nennt man mich einen Dichter. Doch dazu würde ein ganzes Leben erforderlich sein.

Name, Vorname, Vatersname: Muß ich das niederschreiben? Sie wissen doch, wer ich bin. Stimmt es, daß man durch die vielen Verhöre, denen man durch Sie unterzogen wird, schließlich so weit kommt, daß man seine eigene Identität verliert? Und Sie, lernen Sie dabei immerfort noch dazu? Verzeihen Sie, Genosse Richter, einem Wortkünstler diese Frechheit. Seine Geschichte bindet Sie für immer an ihn. Eines Tages werden Sie alt und mit Ihren Gedanken allein sein, so wie ich es jetzt bin. Sie werden sich fragen: Wer bin ich? Und werden sich die Antwort geben: Ich bin der, den ein jüdischer Dichter vor seinem Übergang vom Leben zum Tod gesehen hat, bin der, dessen Bild Paltiel Gerschonowitsch Kossower mit in den Tod genommen hat.

Jawohl, Paltiel Gerschonowitsch Kossower, genau der bin ich. Dichter aus Berufung, Jude von Geburt und – verzeihen Sie mir – Kommunist oder ehemaliger Kommunist aus Überzeugung. Ich weiß, Sie machen jetzt ein unwilliges Gesicht. Sie sprechen mir das Recht ab, meine verschiedenen Dienste oder Verdienste hier anzuführen. Ich bin ein Feind des Volkes, das haben Sie mir noch und noch gesagt. Ein Feind des Volkes wird man nicht. Man ist es immer schon gewesen. Sogar, wenn man es überhaupt nicht wußte, sogar, wenn man mit aller Härte den Kampf gegen die Feinde des Volkes geführt hat. Es ist wie bei gewissen Christen mit der Gnade: Man hat sie, oder man hat sie nicht; man wird bereits mit ihr geboren.

Das verschafft mir einen nahtlosen Übergang: Geboren wurde ich hierselbst, in der schönen Stadt Barassy, nunmehr besser bekannt unter dem Namen Krasnograd.

Es war Ende Mai oder Anfang Juni. Es tut mir leid, aber genauer kann ich es nicht sagen. Alles, was ich weiß, ist, daß ich am zweiten Tag des Pfingstfestes auf die Welt gekommen bin. Sehen Sie, mein Vater war wie alle kleinbürgerlichen Juden ein tief religiöser Mensch und lebte nur nach dem jüdischen Kalender, von einem Fest zum anderen, von einem Sabbat zum anderen. Die Woche begann am Sonntag und das Jahr im September/Oktober.

Eine merkwürdige Sache ist es, daß mein Großvater, dessen Namen ich trage, am gleichen Tag des gleichen Festes starb. Allerdings drei Jahre vorher. Von ihm weiß ich, daß er in einem Nachbardorf ein Sägewerk besaß. Er genoß großes Ansehen in der ganzen Gegend. Die Landstreicher sprachen seinen Namen nur mit größter Ehrfurcht aus; denn er beherbergte und verpflegte sie wie hochachtbare Gäste und gab ihnen das Gefühl, daß sie ihm durch die freundliche Annahme seiner Gaben noch einen Gefallen erwiesen. Ebenso sehr wurde er wegen seiner Gelehrsamkeit und Frömmigkeit geachtet. Um Juden in sein Dorf zu ziehen, hatte er ein Studier- und ein Bethaus errichten lassen, wo er Erwachsene und Kinder in der Heiligen Schrift und den entsprechenden Kommentaren unterwies. Es scheint, daß die berühmtesten Rabbiner keine Mühe gescheut haben, um an seinem Begräbnis teilnehmen zu können.

Als Halbwüchsiger entdeckte ich in einem Buch, das

meinem Vater gehörte, ein Foto, das mich aus unerklärlichen Gründen in Unruhe versetzte. Es zeigte einen majestätisch aussehenden Chassid, einen Mann von großer, kräftiger Statur mit edlen, gütigen Zügen. Ich erkundigte mich bei meiner Mutter nach ihm:

»Wer ist das?«

»Dein Großvater«, gab sie zur Antwort, »Paltiel Kossower. Du solltest stolz darauf sein, seinen Namen zu tragen.«

Um ihr zu widersprechen, um sie zu kränken, rief ich dummer Kerl:

»Was meinst du? Ich soll stolz auf ihn sein?«

Der Kommunist in mir ging in seiner Frechheit noch weiter: »Ich stolz auf einen Chassid? Ich schäme mich seiner!«

Meine Mutter begann lautlos zu weinen, und ich, anstatt aufzuhören und sie um Entschuldigung zu bitten, fuhr mit einer Unverschämtheit, zu der nur Schwachköpfe imstande sind, fort:

»Du vergißt, in welcher Zeit wir leben, Mutter; wir glauben an den Kommunismus, wir lehnen Gott ab und noch mehr diejenigen, die den Glauben an Gott, ja Gott selbst nur dazu benutzen, um die Juden daran zu hindern, sich zu befreien, sich von alten Vorstellungen zu lösen und ihre Bürger- und Menschenrechte zu fordern.«

Den Gipfel meiner Arroganz und Dummheit erreichte ich, als ich dann auch noch die vergilbte Fotografie zerriß und meinen Großvater vor den Augen meiner entsetzten Mutter gewissermaßen auslöschte. Ihr Blick verfolgt mich bis heute ... Jetzt, Genosse Richter, tut es mir leid. Ich habe es übrigens damals sofort bedauert, wenn auch aus ganz anderen Gründen. Anstatt mich zu schelten oder mir zu drohen, sagte meine Mutter nur ganz leise zu mir:

»Ich werde nicht mit deinem Vater darüber sprechen, Paltiel, ich werde nichts zu deinem Vater sagen.«

Da hätte ich sie am liebsten angefleht, mir zu verzeihen, und mich an sie geschmiegt, und ... aber ich tat es nicht. Ich schämte mich zu sehr oder nicht genug. Jetzt also tut es mir leid, und zwar aus einem doppelten Grund: Es tut mir leid, daß ich meiner Mutter Schmerz zugefügt habe, und es tut mir leid, daß ich meinen Vater verraten und das Gesicht meines Großvaters, dessen Namen ich trage, zerstört habe. Ich hätte es so sehr gewünscht, daß mein Sohn sein Bild gesehen hätte; jetzt wird mein Sohn nicht einmal ein Bild von mir sehen. Mein Sohn ... Bringen Sie mich bitte nicht dazu, von meinem Sohn zu sprechen, Genosse Richter, haben Sie Mitleid, auch wenn Sie kein Mitleid kennen. Fragen Sie mich aus über alles, was Sie wollen, aber bitte, lassen Sie meinen Sohn aus dem Spiel, er ist doch erst zwei Jahre alt.

Er trägt den Namen meines Vaters, Gerschon, und wird Grischa gerufen. Mein Vater war ein Mann, der zugleich autoritär und weichherzig war. Er war der jüngste von acht Jungen und schien mit einer unheilbaren Schüchternheit geschlagen zu sein. Trotzdem setzte er sich durch; so groß war seine Überzeugungskraft. Seine Stimme erhob er nur selten, aber wenn er das Wort ergreifen wollte, brauchte er sich nur zu räuspern, um sich Gehör zu verschaffen. Was er zu sagen hatte, drückte er in wenigen Sätzen, manchmal mit einem einzigen Wort aus. Und was er sagte, war klar, präzise und wohlbegründet. Ich sehe Ihr Grinsen, Genosse Richter; denn meine Art, das Bild meines Vaters so liebevoll zu beschwören, muß Sie belustigen. Das macht mir nichts aus. Ich habe meinen Vater geliebt, ich habe ihn bewundert. Gesagt habe ich es ihm nie. Sie sind also der einzige, der es weiß. Denn, sehen Sie, er mußte doch das Gegenteil von mir annehmen. Sie müssen zugeben, daß ich damals voll und ganz die kommunistische Lehre befolgt habe: Der Sohn hatte sich von seinen Vorfahren zu lösen und sie abzulehnen.

Ich habe meinem Vater viel Leid zugefügt, und er litt darunter; ich bereitete ihm Kummer, ich habe ihn gequält. Trotzdem hörte ich ihm zu, wenn er sich entschloß, mir Rede und Antwort zu stehen, meine Argumente zu widerlegen oder ganz einfach ein vertrauliches Gespräch mit mir zu führen.

Von seinen drei Kindern – ich hatte noch zwei Schwestern – war ich das einzige, das ihm Sorgen machte. Er träumte davon, mich als guten Juden heranwachsen zu sehen, während ich alles tat, um diesen Traum zu zerstören. Jetzt bei der Niederschrift dieses Testaments versuche ich, die Ursprünge und Gründe für diese Auflehnung zu finden. Wie alt war ich damals? Es war nach meiner Bar-Mizwa, also muß ich schon dreizehn gewesen sein. Es war, nachdem wir Barassy verlassen hatten.

Ich erinnere mich sehr gut an meine Kindheit in Barassy. Ein jüdisches Haus in einer jüdischen Gasse mitten im Judenviertel, wo alle jiddisch sprachen. Wenn ich es mit einem Wort unseres großen Dichters Isaak L. Perez umschreiben soll, dann sprach in Barassy sogar der Fluß jiddisch. Und auch die Bäume rauschten oder jammerten – je nach Jahreszeit – jiddisch. Die Sonne ging auf, um die jüdischen Kinder zum *Cheder* und die Kabbalisten zu den rituellen Bädern zu schicken. Die Zeit floß nach dem Rhythmus und den Gezeiten der Tora dahin. Man achtete den siebten Tag als Ruhetag, aß Mazzen am Pesach-Fest, fastete am Tag der Großen Vergebung, berauschte sich, um das Gesetz zu feiern, zündete Kerzen an, um Siege und Wunder, die mehrere tausend Jahre zurücklagen, hell aufleuchten zu lassen, man betete für den Wiederaufbau des Tempels, dessen Ruinen uns in Trauer versetzten. König David und seine Psalmen, Salomon und seine Gleichnisse, Elias und seine Gefährten, der Bescht und seine Schüler wohnten in unserer Mitte. Rabbi Akiba, Rabbi Schimon bar Yohai, der kleine Rabbi Zaira von Babylon gehörten zu unserer vertrauten Umgebung. Ich hörte ihnen zu, sprach mit ihnen, spielte mit ihren Kindern: Wir hingen an der Gegenwart und lebten doch in der Vergangenheit.

Als ich drei Jahre alt war, hüllte mich mein Vater in seinen schweren rituellen Schal und trug mich zu Reb Gamliel, dem Tutor oder Vormund. Seine strenge Miene, seine buschigen Brauen, sein struppiger Bart flößten mir Angst ein. Wir mochten zehn oder zwanzig Kinder sein – ich konnte damals noch nicht zählen –, die mit lautem Summen die heiligen und ewigen Buchstaben zu lernen hatten, mit deren Hilfe Gott, wie man meint, die Welt erschuf und mit deren Hilfe wir, seine eingefleischten Rationalisten und Gegner, sie glaubten erklären zu können. Die schlechten Schüler zitterten jeden Morgen vor Angst, und den anderen erging es nicht besser. Reb Gamliel ließ seine Rute hemmungslos auf die Rücken der trotzigen und unaufmerksamen Schüler niedersausen, die er der Laschheit, der Faulheit, ja sogar der Gaunerei bezichtigte. Warum eigentlich auch nicht ... Welchen Haß empfand ich damals mit meinen drei Jahren! – Doch wenn ich heute die Bilanz jener fernen Jahre ziehe, denke ich mit Heimweh und Liebe an meinen alten Vormund.

Sagen Sie mir nicht, das sei ganz natürlich, und sagen Sie mir nicht, die Juden würden doch mit Wonne leiden. Nein, so dumm sind wir nicht. Wenn ich für einen alten Mann, der mir damals weh getan hat, ein liebevolles Gefühl hege, dann keineswegs deshalb, weil ich den Schmerz liebe, sondern weil ich die Kenntnisse liebe, die ich ihm verdanke. Ich behaupte sogar, daß ich Reb Gamliel verabscheute, ihn und alles, was er verkörperte: die Erziehung durch Angst, das Lernen durch Zwang, das erstickende Gefängnis, wo die Worte eine feindliche Macht waren, die das arme Hirn gequält und geschunden haben.

Ich kam jeden Abend weinend nach Hause. Natürlich weinte ich nicht, wenn mein Vater da war. Nie hätte ich ihm zu zeigen gewagt, daß ein derartiger Unterricht mich anekelte und daß ich von dem, der ihn erteilte, terrorisiert wurde. Nur bei meiner Mutter konnte ich mich gehen lassen. Da mein Vater oft noch bis in die Nacht hinein im Geschäft war – er war Tuchhändler –, blieben mir ein oder zwei Stunden, um die Spuren meines Kummers zu tilgen. Dann sang meine Mutter, um mich zu beruhigen, traurige Lieder: Ein jüdisches Kind schläft mit einer Ziege unter einer Wiege und wird benetzt von den Tränen einer sanften und schönen Frau namens Sion ... Und meine Mutter sagte zu mir:

»Lern diese Worte, die dich heute träumen lassen, morgen wirst du sie zum Klingen bringen.«

Nach und nach gewöhnte ich mich an den Rhythmus einer solchen Existenz: Bei Tage weinte und am Abend lachte ich. Das hat zwei Jahre gedauert. Zwei Jahre des Kummers und der angestauten Wut; denn die zweiundzwanzig Buchstaben des Alphabets leisteten mir Widerstand, und ich bezwang sie nur mit Widerwillen.

Als ich Reb Gamliel verließ, um zu einem anderen gelehrten Tutor zu gehen, wurde mir bewußt, daß ich trotzdem noch nicht von der Angst befreit war: Sie klebte an meinem Körper, an meinem Leben. Ich begriff auch, daß ich nicht der einzige war, der darunter litt. Meine Eltern waren ebenfalls von ihr gezeichnet, auch ihre Freunde und alle Juden unserer Straße und unseres Viertels, in allen steckte die Angst. Alle hatten sie Angst, natürlich nicht vor Reb Gamliel, sondern vor der Welt, die uns umgab und deren düstere Drohung sogar einen Reb Gamliel erzittern ließ.

Ich erinnere mich an einen Weihnachtsabend. Vor dem *Mincha*-Gebet werde ich nach Hause geschickt und frage meine Mutter nach dem Grund. Sie erklärt mir, daß es an diesem Abend und bis zum nächsten Morgen verboten ist, unsere heiligen Texte zu studieren. Den Grund dafür kennt auch sie nicht. Ich nehme meinen ganzen Mut zusammen und wende mich an meinen Vater, der doch alles weiß.

»Diese Nacht«, antwortet er mir, »bedeutet für uns, daß das Unheil durch die Straßen zieht, es ist besser, ihm nicht unsere geheimen Schätze vor Augen zu führen.«

Viel später erst erfuhr ich, daß die Feinde der Juden überall in den christlichen Ländern die Juden durch die Straßen trieben, um sie im Namen ihres Herrn, im Namen seiner Liebe zu strafen. Es war klüger, dann nicht zur Schule zu gehen und sich nicht in die Gebets- und Studierhäuser zu begeben. Die Vorsicht gebot es, daß die Juden in dieser Nacht zu Hause blieben.

Ich wuchs heran, wurde reifer und verstand besser, was es in einer christlichen Welt bedeutet, Jude zu sein, was es bedeutet, die Angst zu kennen und mit ihr zu leben. Die Angst vor dem Himmel und dazu noch die Angst vor den Menschen. Die Angst vor dem Tode und die Angst vor dem Leben – die Angst vor allem, was draußen lebt, vor allem, was sich auf der anderen Seite tut. Eine düstere Drohung lastete auf uns, auf jedem einzelnen. Sie nahm immer deutlichere Formen an. Ich sollte bei einem ersten Pogrom dabei sein, sollte es erleben und überleben. Ich weiß nicht mehr, wie alt ich damals war. Ich weiß nur, daß es vor dem Ersten Weltkrieg gewesen ist.

Eines Morgens betrat mein Vater überraschend und mit ungewöhnlich ernstem Gesicht das Klassenzimmer und zog den Lehrer in eine Ecke. Zweifellos brachte er ihm eine schlechte Nachricht; denn der Lehrer entschied, den *Cheder* für diesen Tag zu schließen. Er stieß einen tiefen Seufzer aus:

»O Gott, o Gott Abrahams, Isaaks und Jakobs, habe Mitleid mit ihren und deinen Kindern, habe Erbarmen.«

Wir schauten ihn verwundert an und gerieten dann völlig aus dem Häuschen, weil wir schulfrei hatten. Was für ein Geschenk! Wir jubelten, aber mein Vater rief uns in die Wirklichkeit zurück:

»Geht nach Hause«, sagte er, »lauft so schnell ihr könnt, und wenn Gott will, werdet ihr morgen wieder hier sein.«

Ich ergriff seine Hand und hielt nur mit Mühe Schritt mit ihm. Noch nie hatte ich ihn so hetzen gesehen. Meine Mutter stand mit einem Besen in der Hand im Hof, sie war mit den Vorbereitungen für das Pesach-Fest beschäftigt. Als sie uns kommen sah, preßte sie ihre Hand auf den Mund, um einen Schrei des Entsetzens zu unterdrücken. Sie hatte begriffen.

»Wo sind die Töchter?« fragte mein Vater.

»Drinnen.«

»Sie sollen drinnen bleiben. Sage ihnen, daß sie das Haus nicht mehr verlassen ... Ich habe die Schule schließen lassen«, fügte er hinzu.

»Und das Geschäft?«

»Ist auch geschlossen. Wir müssen alles dicht machen.«

Meine Mutter machte nicht einmal ein erstauntes Gesicht. Für sie war es nicht das erste Mal.

Es mußte gegen Mittag sein. Ein herrlicher Apriltag. Blühende Bäume, verlockende Düfte und herrliche Farben. Ein weißblauer Himmel mit einer goldenen, verheißungsvollen Sonne. In der Ferne die frischen, kühlen Parks und der langsam dahinfließende glitzernde Fluß. Und mitten in eine solche Idylle platzt ein kleines brutales, barbarisches Wort, als stieße eine Frau einen Schreckensschrei aus, als würde eine Menschenmenge hin und her gejagt, ein Messer in einen Leib gestoßen oder ein Schädel eingeschlagen. Ja, Genosse Richter, es muß gegen Mittag gewesen sein, an einem Mittag im Frühling, wo der Mensch sich in Einklang fühlt mit der Schöpfung; und Barassy war eine schöne Stadt. Das schöne Barassy, das heitere Krasnograd an jenem Tag werde ich nie vergessen.

Mein Vater rief meine älteste Schwester Mascha zu sich:

»Willst du einen Gang außer Haus und eine Besorgung für mich machen?«

»Natürlich, Vater.«

»Hast du auch keine Angst?«

»Nein, Vater, und außerdem ist es für eine Frau weniger gefährlich. Um was geht es?«

»Geh zum Studierhaus und sage den auswärtigen Studenten, daß sie zu uns kommen können, falls sie nicht wissen, wohin sie flüchten sollen.«

Mascha ging hinaus und kam mit drei jungen Leuten wieder, von denen einer später ihr Mann werden sollte. Eine echte Laune des Schicksals!

Wir standen alle im Schlafzimmer. Ich erinnere mich noch genau an das alte Bild mit der Klagemauer über den durch einen Nachttisch getrennten Betten. Mein Vater erklärte uns seinen Plan.

»Wir haben noch fünf oder sechs Stunden Zeit, nutzen wir sie. Es kommt vor allem darauf an, daß wir uns nicht verrückt machen lassen. Alles wird gut werden. Wenn Gott will, werden wir diese Prüfung heil und gesund überstehen.«

»Was gedenken Sie zu tun, Reb Gerschon?« fragte Maschas künftiger Mann. »Wollen Sie etwa Barrikaden errichten? Wozu sollten die nützen? Glauben Sie wirklich, Reb Gerschon, daß verrammelte Türen die Mörder aufhalten?«

»Bereiten wir uns alle darauf vor, als gute Juden zu sterben«, rief sein Freund, der Senderl hieß, ein schmächtiger Jüngling mit fiebrig glänzenden Augen. »Laßt uns unserer Vorfahren würdig sein!«

»Haben Sie einen Plan«, fragte der dritte Schüler, »einen Plan, um die Mörder aufzuhalten?«

Mein Vater hörte ihnen geduldig zu, strich mit der Hand über seinen gepflegten kurzgeschorenen Bart, bevor er ihnen antwortete:

»Die Mörder, Freunde, kann und wird Gott allein aufhalten oder entwaffnen. Oder sie mit Blindheit und Taubheit schlagen wie weiland in Ägypten. Wer sind wir denn, daß wir ihm Ratschläge erteilen könnten? Er weiß schon, wie er es anstellt. Was dagegen uns betrifft, so hört, was wir mit Hilfe des Himmels tun werden.«

Wir rissen alle Schubläden und Schränke auf, warfen Geschirr, Silbersachen und Kleider auf den Boden, um den Eindruck zu erwecken, als hätten wir in panischer Angst die Flucht ergriffen. Als wir das bewerkstelligt hatten, gingen wir einzeln oder in kleinen Gruppen hinaus in den Hof, um uns in der Scheune zu versammeln. Dort hob mein Vater eine breite Bohle hoch und ließ uns über eine schmale Leiter in die Tiefe steigen. Dann stieg auch er hinunter und rückte die Bohle wieder an ihren Platz. Im Halbdunkel erkannte ich Balken und alte mit Spinnweben bedeckte Möbel, die mein

Vater schwitzend vor die Öffnung schob. Dabei halfen wir ihm nach Kräften. Er wischte sich das Gesicht und sagte:

»Wenn Gott will, wird der Feind uns nicht entdecken. Wir wollen Vertrauen zu ihm haben, Kinder.«

Der Feind, immer wieder der Feind. Ich versuchte, ihn mir vorzustellen. Ägypter zur Zeit des Pharaos. Plünderer im Dienste Hamans. Kreuzritter im Schatten ihrer Heiligenbilder mit haßverzerrten Gesichtern. Der Feind ändert sich nicht und der Jude auch nicht. Und Gott auch nicht, Gott sei Dank.

Ein paar Sonnenstrahlen bahnten sich einen Weg in unser Versteck. Instinktiv rückten wir beiseite: wenn die Sonne uns aufstöbern konnte, dann könnte es auch dem Feind gelingen. Wenn wir uns doch bloß unsichtbar machen könnten ...

Wenn Gott es will, ist alles möglich. Wenn Gott will, diese Worte hatte mein Vater ständig auf den Lippen. Er hatte Vertrauen, war überzeugt, daß es für den göttlichen Willen kein Hindernis gibt. Aber wie soll man herausbekommen, was Gott will oder nicht will? Angenommen, der Feind entdeckte uns, würde das bedeuten, daß es der Wille Gottes war? Fragen über Fragen gingen mir durch mein kleines Hirn, aber ich durfte sie nicht laut aussprechen. Wir hatten ruhig zu sein, durften kein Geräusch beim Atmen machen, mußten alle unsere Sinne anspannen in der Stille, die uns schützte. Damals, Genosse Richter, wußte ich noch nicht, daß die Stille auch zu einer Qual werden kann. Ich habe hier an diesem Ort vor ein paar Wochen oder Monaten darüber nachgedacht, damals als Sie, Genosse Richter, es für nützlich und lohnend erachteten, mich in Isolationshaft zu stecken. Die Stille als Feind, als Gefahr. Die Undurchdringlichkeit der Stille, die Last der Stille, ihre Brutalität schienen mir hier bereits vertraut. Mit dem Unterschied allerdings, daß ich damals in dem staubigen Versteck von Barassy nicht allein war und daß damals der Feind wirklich der Feind war.

Ich erinnere mich an die Stille, an die Mauer des Schweigens, die zwei Lager trennt, ich erinnere mich, daß die Stille ihre eigenen Grenzen überschreitet, um allgegenwärtig, um Gott zu werden.

Was unterdessen in unserm Viertel los war, wurde uns erst nach dem Orkan, als alles vorbei war, geschildert. Ausgestorbene Straßen, geschlossene Fensterläden, herabgelassene Vorhänge. Nacht am hellichten Tag. Hin und wieder eine Katze, die träge vorbeistrich und auf die sich tausend Blicke richteten. Wenn ein Pferd wieherte, lauschten tausend Ohren, hielten tausend Menschen den Atem an, wollten tausend Köpfe wie mein Kopf zerspringen.

Die Stunden schlichen langsam und bedrückend dahin, zerrten an den Nerven. Wissen Sie, Genosse Richter, was es heißt, wenn man auf die Gefahr wartet und das Unheil voraussieht? Was es heißt, wenn man auf das Massaker wartet? Wissen Sie das, Sie, der nie warten muß?

Meine Mutter verteilte Butterbrote. Irgendwie hatte sie sie noch gemacht und in eine Leinentasche gesteckt. Nur die drei Studenten aßen davon. Mein Vater rührte nichts an, ich ebenfalls nicht.

Später verschwand die Sonne, und wir hatten das Gefühl, ein Freund habe uns verlassen. Mein Vater flüsterte:

»Es ist Zeit zum *Mincha*-Gebet.«

Die Männer sprachen das Gebet mit so leiser Stimme, daß ich kaum etwas vernahm. Es herrschte nun völlige Dunkelheit. Ich griff nach dem Arm meiner Mutter, um mich zu vergewissern, daß sie mich nicht verlassen hatte.

»Paltiel! Sprich das *Sch^ema Israel!*« befahl mir mein Vater ganz leise. »Wenn der Feind auch nahe ist, so darfst du dich doch nicht von Gott entfernen.«

Ich gehorchte. Ich kannte dieses Gebet auswendig – ich kenne es immer noch auswendig –, weil ich es jeden Morgen und jeden Abend gebetet hatte. Reb Gamliel behauptete, daß es die Dämonen fernhalte. Wir würden jetzt sehen, ob es stimmte.

Plötzlich erstarrten alle. Sonderbare Geräusche, die aus der Stille zu uns drangen oder von der Stille zu uns gejagt wurden, näherten sich dem Judenviertel. Mein Herz – oder war es das Herz meines Vaters – hämmerte so laut, daß es die ganze Stadt hätte aufwecken können. Das Unbekannte würde nun eintreffen, würde sich in meinem Kopf festsetzen und nie mehr verschwinden. Ich sollte erfahren, wozu Menschen fähig sind. Ihr Wahn, ein schwarzer, haßerfüllter Wahn, würde sich unserer Welt bemächtigen, ein wilder Wahn, der nach Blut und Mord gierte. Der Wahnsinn kam langsam näher, hinterhältig und mit genau berechneten Schritten, wie eine Meute wilder Tiere, die eine längst vor Schrecken erstarrte Beute umkreist.

Plötzlich brach er los. Ein Schrei, der aus den tiefsten Eingeweiden kam, zerriß das Schweigen und die Finsternis. »Tod den Juden!« Der Schrei wurde von unzähligen Kehlen aufgegriffen, hallte in den Vorstädten wider, lief weiter über die Wälder hinweg und brach sich an den Enden der Welt. Er durchdrang Bäume und Steine, Himmel und Hölle. Engel und Dämonen trugen ihn weiter, um ihn seufzend oder hohnlachend dem himmlischen Thron darzubieten zur Erinnerung an ein Abenteuer, das schlecht ausgegangen war, an einen Fehlschlag innerhalb der Schöpfung. »Tod den Juden!« Diese drei Worte bezeichneten von all den Worten, die Menschen benutzen, auf einmal etwas Reales, Unmittelbares und Wahrhaftiges. Als ich sie hörte, sie erlitt und spürte, wie sie in mein Hirn drangen, taten mir die Ohren, taten mir die Augen weh, tat mir alles weh. Ich konnte mich nicht mehr beherrschen, zitterte wie Espenlaub und preßte mich an meine Mutter; sie drückte mich an ihre Brust und wurde nun auch – durch mich – von einem heftigen Zittern befallen. Zu gerne hätte ich jetzt die Hand meines Vaters auf meinem Kopf oder auf meiner Schulter gespürt, aber er saß zu weit weg. Im Grunde war es vielleicht besser so, ich hätte mich geschämt, ihm meine Schwäche zu zeigen. Und wozu wäre es auch gut gewesen? Ich hätte mich am liebsten verkrochen oder wäre gerne gelähmt oder tot gewesen. Meine Zähne klapperten, und ich war überzeugt, daß sie mehr Lärm machten als das Pogrom draußen.

Es erreichte jetzt unsere Straße. Schreckensschreie, Röcheln, herzzerreißende Klagen vergewaltigter Frauen, Hilferufe. Und das Heulen der Plünderer, der Mörder, der Leichenfledderer. Ihre Haßausbrüche, ihr Jubelgeschrei tosten um unsere Häuser. Wer lebte noch, wessen Leben war bereits zu Ende? Die Gebete des Tags der Großen Versöhnung kamen mir in den Sinn: Irgendwer – Gott? – war dabei, in seinem Register nachzuschlagen, um einen Namen einzutragen oder zu löschen.

Der Tumult kam immer näher. Jetzt waren sie bei uns im Hof, jetzt im Haus. Scheiben wurden zertrümmert, Geschirr zerschlagen, Schränke mit Axthieben aufgebrochen und geplündert: Tod den Juden! Tod den Juden! Ein Besoffener schrie wütend: »He, ihr Judenlümmel, wo versteckt ihr euch? Raus mit euch, damit wir eure dreckigen Visagen sehen!« – »Sie sind abgehauen!« – »Diese Feiglinge, diese Schweine!« Eine andere Stimme war zu hören: »Sie sind schlimmer als Tiere! Sie haben ihr ganzes Geld mitgenommen!« Wieder die erste Stimme: »So sind die Juden! Bloß aufs Geld versessen!« Eine andere Stimme dagegen meinte: »Wieso denn? Vielleicht sind Iwans Leute schon vor uns hier gewesen ...«

Sie verwüsteten das Haus und verließen es unter wildem Geschrei. Als sie den Hof überquerten, um sich das nächste Haus vorzunehmen, entdeckte ein Schreier die Scheune und rief seinen Spießgesellen zu: »He, Jungs, wollen wir da nicht auch einen Blick hineinwerfen?« Sie stürmten mit Fackeln in der Hand durch das weit aufstehende Tor, durchwühlten alles bis in den finstersten Winkel, stellten den räderlosen Wagen auf den Kopf, rissen einen Kartoffelsack und einen Sack mit getrockneten Nüssen auf. Der sture Anführer kletterte auch noch auf den Dachboden und stieg enttäuscht wieder herunter. Dann legte er sich flach auf den Boden, lauschte angespannt und tobte: »He, ihr Scheißjuden, raus! Zeigt euch! Habt ihr keine Courage, eure Fressen zu zeigen?« Von unten konnten wir fast seinen Atem spüren. Meine Zähne klapperten unentwegt, meine Augen traten aus den Höhlen, meine Schläfen pochten wie wild, und eine Faust, eine eiserne Faust preßte sich auf meine Brust und hinderte mich zu atmen, zu leben. Ich wollte schreien, wollte meine Angst, meinen Schmerz, mein ganzes Elend hinausschreien ... Aber da streckte mein Vater seinen Arm nach mir aus und drückte einen Finger auf meine Lippen. Ich empfand diesen Druck so sanft und beruhigend wie die Schlaflieder meiner Mutter. Nur nicht nachlassen, nur nicht stöhnen, nur nicht mit der Wimper zucken, nur noch eins werden mit der Nacht, sich in Schweigen und Vergessen auflösen. Und einen endlosen Augenblick lang war der Feind, der mit der Nase am Boden lag und auf das leiseste Geräusch lauerte, der den winzigsten Spalt in der Bohle suchte, war der Feind der einzige Bewohner im Himmel und auf Erden.

Schließlich zog die Meute ab. Es dauerte noch eine ganze Weile, bis sich unsere Lippen entkrampften. Meine Mutter murmelte:

»Sind alle wohlauf?«

Alle waren wohlauf. Maschas künftiger Mann rief:

»Das ist ein Wunder! Ein richtiges Wunder, Reb Gerschon! Sie waren da, waren ganz nahe, und Gott hat sie blind und taub gemacht ...«

»... und uns, uns hat er stumm gemacht«, sagte ein anderer Student.

»... wie damals in Ägypten«, fuhr mein künftiger Schwager fort.

»Danke, Reb Gerschon, daß Sie dies Wunder herbeigerufen haben.«

»Es ist noch zu früh, sich zu freuen«, sagte mein Vater, »sie können noch zurückkommen.«

Ich schlief ein und wachte erst wieder auf, als das Pogrom vorbei war. Die Sonne warf ihre Strahlen auf ein entsetzliches Schauspiel. Die Straße war übersät mit verstümmelten Körpern. In den Wohnungen, die sperrangelweit aufstanden, lagen massakrierte Männer, Frauen mit aufgeschlitzten Bäuchen, zusammengekrümmte Kinder. Reb Gamliel hatten sie ein blutiges Kreuz in die Stirn geritzt. Ascher, den Totengräber, hatten sie gekreuzigt, seiner Frau Manja die Kehle durchgeschnitten und ihre acht Söhne und Töchter erschlagen.

Wohin zuerst den Blick wenden? Um was sich zuerst kümmern? Wem zur Hilfe eilen?

Drei Studierhäuser hatten unsere Straße geziert, sie waren alle entweiht und geplündert. Die heiligen Rollen lagen beschmutzt und zerrissen am Boden herum. Schimon, der für den Gottesdienst verantwortlich war, lag in einer riesigen Blutlache.

Mit meinem Vater, meinen drei Schwestern und den drei Studenten ging ich von Haus zu Haus, von einer Familie zur anderen, ich schaute, hörte zu und weinte voll Wut und Bitterkeit, weinte, weil ich noch ein Kind war, weil ich den Opfern nicht helfen und die Mörder nicht niederstrecken konnte. Ich empfand eine ungeheure Liebe zu den Juden meines Viertels, ich wollte sie ins Leben zurückrufen, sie trösten und glücklich machen. Ich wünschte, sie an dem Wunder teilhaben zu lassen, das der Himmel uns gewährt hatte.

Die Mörder, die Plünderer haßte ich dagegen aus tiefster Seele. Sie wollte ich im Staube vor mir sehen, ausgepeitscht und gefesselt – ja, Genosse Richter, ich empfand gegen den Pöbel von Barassy, also von Krasnograd, demnach auch gegen das russische Volk und gegen das große Rußland einen abgrundtiefen, ungeheuren, unerbittlichen Haß.

Ja, Genosse Richter, ich habe die Meinen geliebt und Ihr Volk gehaßt.

Aus diesem Grunde bekenne ich, Paltiel Gerschonowitsch Kossower, wohnhaft in Krasnograd, Straße des Oktober Nummer 28, ein jüdischer Dichter, der der Subversion, des Abweichlertums und des Verrats angeklagt ist, bekenne ich mich für schuldig. Seit meinem fünften – oder vierten? – Lebensjahr hat meine Liebe einem Volk gegolten, das nur Gott gehorcht, und dieser Gott ist nicht euer Gott. Mit anderen Worten: Ich machte mich bereits in diesem Alter jüdischer Umtriebe und Machenschaften schuldig, die gegen euer Gesetz gerichtet waren; denn euer Gesetz ist meines Gesetzes Feind.

Krasnograd nach dem Zweiten Weltkrieg. Wer könnte ein Bild der Stadt von damals zeichnen? Die dort Geborenen schwören, daß ihre Stadt eine wahre Metropole ist. Aber unter uns gesagt, Krasnograd ist eine richtige Provinzstadt, nicht besser und nicht schlechter, nicht häßlicher und nicht aufregender als jede andere.

Vielleicht ist sie aber reizvoller. Nachts vernimmt man das Rauschen eines fernen Wasserfalls. Im Sommer verziehen sich die jungen Paare in den Wald. Die Kühnen klettern ins Gebirge, dessen höchster Gipfel sich über sie lustig zu machen scheint. Wer weder den Wald noch die Berge liebt, kann sich in einem der fünf Parks ergehen, die den Stolz unseres Gemeinwesens bilden. Der schönste ist der Gorki-Park. Er ist oft menschenleer, und das hat seinen Grund: Die Büros der staatlichen Sicherheit befinden sich nämlich gleich daneben. Die Leute ziehen den kleinen romantischen und leicht verwilderten Park unterhalb des Hügels der »Sieben reumütigen Räuber« vor. Er trägt diesen Namen zur Erinnerung an sieben Räuber, die im 18. Jahrhundert angesichts der Lichter der Stadt die Partei, will sagen, das Handwerk, gewechselt haben.

Krasnograd zählt hundert- bis hundertfünfzigtausend Einwohner verschiedenster Herkunft. Das ist in dieser Gegend nichts Überraschendes. Zwischen Schironew und Tosachin gelegen, bildet Krasnograd die Spitze eines Dreiecks. Es werden dort fünf Sprachen gesprochen und gestritten wird in sieben.

Wie alle städtischen Ballungszentren der Sowjetunion besitzt Krasnograd Straßenbahnen, Fabriken, Tageszeitungen und Kulturhäuser, Theater, Kinos, höhere Schulen und Volksschulen; die Stadt hat ihre Helden und ihre Widerlinge, ihre Säufer und Volkstribunen. Es gibt dort zwei Kirchen und eine Synagoge; man muß doch auch an die Alten denken. Die Jungen dagegen gehen lieber in die verschiedenen Clubs, von denen die meisten unter der Obhut der Pioniere oder des Komsomol stehen, und das trotz der politischen Berieselung. Die Räume sind meistens sehr groß, und die Kantine ist annehmbar. Man kommt, um Schach zu spielen, um einen Freund zu treffen, oder auch nur, um die letzten Lokalnachrichten mitzubekommen. Das alles ist recht erholsam.

Wie andernorts bleiben auch hier die Leute unter sich: Hier die Alten, dort die Jungen, hier die Ingenieure, dort die alten Kämpfer, die Kranken, die Beamten, die Parteimitglieder, jeder lebt in einer streng abgegrenzten sozialen Schicht. Die Juden treffen nur Juden, die Lehrer verkehren nur mit ihren Kollegen, die Tschekisten pflegen nur mit den Tschekisten Kontakt.

Es gibt nicht mehr viele Juden in Krasnograd. Eine große Anzahl war gleich zu Beginn der deutschen Invasion umgebracht worden, die anderen hatten sich zu den Partisanen in die Wälder geschlagen. Die Jungen kämpften, die Alten kümmerten sich um die Versorgung. Sie mußten sich gleichzeitig vor den Eindringlingen und vor den Einheimischen schützen; denn die Feinde des gemeinsamen Feindes waren keineswegs ihre Freunde. Die Juden hatten keine Freunde. Ihre Isolierung überdauerte die Invasion. Grischas früheste Erinnerungen reichen bis in diese Zeit; immer wenn er zurückdenkt, empfindet er Schmerz.

Er war noch sehr jung, als er für sich die Welt und die engen Mauern der Kindheit entdeckte. Seine Mutter verstärkte seine Einsamkeit noch, weil sie ihn ihre eigene Isoliertheit spüren ließ. Sie redete wenig mit ihm und machte ihm erst recht keinen Mut zu einem Gespräch mit ihr. Mutter und Sohn lebten als Ausgestoßene, auf denen der Bann der Mitbürger lag, die mit dem Finger auf sie zeigten. Man steckte die Köpfe zusammen, wenn sie vorbeikamen. Das Fehlen des Vaters war Grund genug, einen Bogen um sie zu machen. Man verkehrte nicht mit der Familie eines Saboteurs, eines Spions, eines Volksfeindes ... Man schenkte einem Schüler, dessen Vater in eine politische Verschwörung verwickelt war, nicht einmal ein Lächeln und gab einer Frau, dessen Mann verschwunden war, nicht die Hand.

Jeden Morgen lieferte Raissa ihren Grischa vor dem Schultor ab und eilte in die Fabrik, wo sie als Buchhalterin beschäftigt war. Tag für Tag sah Grischa, wie sie von der Menge verschlungen oder von der überfüllten Straßenbahn entführt wurde, und hatte Angst, sie für immer zu verlieren. Um ihr diese Angst nicht zu zeigen, mußte er für sie ein glückliches Lächeln aufsetzen, wenn er sie nachmittags am gleichen Platz wieder traf. Er wich dann den ganzen Tag nicht mehr von ihrer Seite, folgte ihr in die Gemeinschaftsküche, ins Bad, in den Lebensmittelladen; und nur wenn er sein Bett aufsuchte, das im gleichen Zimmer stand wie das ihre, trennte er sich von ihr.

Es ist nicht leicht für einen Jungen, ständig in einem Zustand der Ungewißheit und des Abschiednehmens zu leben. Grischa verwandte seine Energie und Freizeit darauf, seine Mutter zu trösten, die ihrerseits ihre Freizeit damit verbrachte, ihm Trost zu geben. Wie sie das aushielten, wußten sie selber nicht. Sie mußten es einfach.

Eines Tages wurde dann alles anders. Das Beste kommt oft erst zum Schluß, diesmal kam es zuerst. Die neuen Herren, die eine politische Liberalisierung einleiteten, öffneten die Lager, die Gefängnisse, die Kerker des langsamen Sterbens. Akten wurden überprüft, Urteile aufgehoben. So kam es, daß Raissa Besuch bekam von drei Beamten mit feierlichen Gesichtern.

»Wir haben eine offizielle Nachricht von höchster Wichtigkeit für Sie.«

»Setzen Sie sich«, entgegnete Raissa geschäftig und konnte nur schlecht ihre Unruhe und innere Erregung verbergen. »Wir haben leider nicht genug Stühle ... Ich laufe schnell zu den Nachbarn, um welche zu leihen ...«

»Machen Sie sich keine Mühe, wir setzen uns einfach aufs Bett.«

Grischa, der die Unterhaltung nur am Rande mitbekam, verstand nichts:

»Wer ist das, Mama? Was wollen die?«

Sie erklärten Raissa den Zweck ihres Besuches, und Raissa gab die Erklärung ihrem Sohn weiter:

»Das sind gute Nachrichten, es handelt sich um eine offizielle Mitteilung über die Rehabilitation ...«

»Aber wer sind sie?«

»Sie sind vom ... Zentralkomitee geschickt«, sagte Raissa.

»Weshalb denn?« bohrte Grischa weiter.

Mit seinen acht Jahren hatte er bereits begriffen, daß man Unbekannten gegenüber mißtrauisch sein mußte.

Der Anführer der drei, ein gutmütiger Kerl mit schweren Lidern, nahm ihn beiseite und erklärte es ihm wie einem Erwachsenen:

»Wir sind gekommen, um über deinen Vater zu sprechen.«

Grischa bekam es mit der Angst zu tun. Er warf einen Blick auf das Bücherbrett, um zu sehen, ob sein Vater noch an seinem Platz war, und atmete erleichtert auf. Die Besucher würden ihn nicht entdecken. Plötzlich sah er seine Mutter zu seiner größten Überraschung auf einen Stuhl klettern und das verbotene Buch herunterholen, um es triumphierend dem Sprecher zu präsentieren. Grischa protestierte:

»Das darfst du nicht, Mama! Du darfst meinen Vater nicht zeigen, er darf sein Versteck nicht verlassen!«

Der Gutmütige lachte:

»Warum nicht, Grischenka?«

»Das ist gefährlich, das wissen Sie doch oder nicht?«

»Aber nein, mein kleiner Grischa Paltielowitsch, das ist nicht mehr gefährlich; die Zeiten haben sich geändert ...«

Er sah sich das Werk genau an, reichte es seinem Stellvertreter, der es ernst und gewissenhaft durchblätterte, bevor er es seinem Kollegen gab, und alle drei schüttelten traurig den Kopf, machten ein bedauerndes Gesicht, sagten ein paar Worte der Bewunderung und stießen schließlich einen langen Seufzer aus:

»O ja, das ist zweifellos ein großes Werk.«

»Er war ein wirklicher Dichter, das hat man uns höheren Orts gesagt, wissen Sie.«

»Ein Märtyrer ... Welcher Verlust, was für ein Verlust ...«

»Und was für eine Schweinerei!«

Grischa kannte sich nicht mehr aus. Was sollte die ganze Rederei? Seine Mutter hingegen genoß es sichtlich. Noch nie hatte Grischa sie so aufgekratzt und übertrieben freundlich gesehen. Die Besucher verabschiedeten sich und versprachen wiederzukommen, um über praktische Fragen wie Pension, Entschädigung usw. zu sprechen. Raissa begleitete sie bis auf die Straße und kam in ganz gehobener Stimmung zurück, als schwebe sie in anderen Regionen.

»Siehst du, Grischa, siehst du, sie sind gekommen; sie haben von deinem Vater gesprochen, das bedeutet, daß auch du von jetzt an von ihm sprechen kannst, und heißt auch, daß wir sein Buch behalten können.«

Für Grischa änderten die Dinge sich auch in der Schule. Die Lehrer und Kameraden behandelten ihn nicht mehr wie einen Aussätzigen. Trotzdem fühlte er sich gleich wieder einsam, wenn er seinen Vater erwähnte.

Zu diesem Zeitpunkt seiner Kindheit machte er zwei entscheidende Bekanntschaften. Zuerst lernte er den Dr. Mosliak und dann den alten Nachtwächter ihres Wohnblocks kennen, einen seltsamen Alten mit Namen Viktor Zupanew, der sein Beschützer, Führer, Verbündeter und Freund werden sollte.

Dr. Mosliak war Arzt oder etwas Ähnliches. Grischa war überzeugt, daß er stundenlang vor dem Spiegel stand, um sich zu bewundern, vielleicht sogar, um Selbstgespräche zu führen; er hielt sich für unwiderstehlich mit seinen kalten, durchdringenden Augen und hatte den harten Blick eines Menschen, der glaubt, alles zu wissen und sich alles erlauben zu können.

Grischa verstand seine Mutter nicht: Wie konnte sie sich nur in so einen Kerl verlieben? Sicher, sie war allein und brauchte im Leben einen Mann, denn er, Grischa, machte sie nur noch einsamer.

Grischa konnte Mosliak nicht ausstehen und machte auch kein Hehl daraus. Er war schuld daran, wenn Raissa am Abend in der Etage über ihnen verschwand. Um sie zu beruhigen, stellte Grischa sich schlafend, obwohl sie trotzdem gegangen wäre. Oft wartete er mit brennenden Augen und halb krank vor Unruhe auf ihre Rückkehr, ob er nicht endlich das Knarren der Tür hörte. Die Angst wich nicht eher von ihm, bis die Tür aufging; dann schloß er die Augen und tat so, als ob er tief schlafe. Einmal gelang es ihm nicht. Es war ihm unmöglich, die Augen zu schließen. Grischa kniff sie immer wieder zusammen, aber es war nichts zu machen. Raissa knipste die Nachttischlampe an und entdeckte sein übernächtigtes Gesicht:

»Was ist los mit dir, Grischa?«

»Nichts, Mutter, gar nichts.«

»Du schläfst noch nicht?«

»Doch, ich bin gerade wach geworden. Ich habe schlecht geträumt.«

»Ich bin doch da. Schlaf jetzt.«

Sie löschte das Licht:

»Du solltest mehr mit deinen Klassenkameraden zusammen sein und dir Freunde machen«, sagte sie im Dunkel. »Jetzt ist das erlaubt. Jetzt geht das.«

»Das weiß ich genausogut wie du«, gab er trotzig zurück.

Sie fuhr auf:

»Wovon sprichst du?«

»Von nichts.«

Sie schwieg einen Augenblick, bevor sie fortfuhr:

»Bist du mir böse?«

»Nein.«

»Der Dr. Mosliak ist in Ordnung, das weißt du, und du würdest ihn bestimmt mögen, wenn ...«

»Wenn was?«

»Wenn du ihn kennenlernen würdest. Er kann sich ebenfalls nichts Schöneres vorstellen.«

Grischa dachte nach:

»Was macht ihr eigentlich, wenn ihr zusammen seid?«

»Nichts«, antwortete sie rasch. »Wir reden miteinander, das ist alles. Wir trinken Tee und schwätzen. Wolodja, wollte sagen: Dr. Mosliak erzählt gut.«

»Und mein Vater?«

»Was willst du damit sagen?«

»Ob mein Vater auch gut erzählte?«

Eine feindliche Stille schob sich zwischen sie.

»Dein Vater sprach nicht viel. Er war ein Dichter. Und Dichter brauchen Stille, um dichten zu können. Dein Vater schwieg oft.«

Grischa gab sich das Versprechen, eines Tages auch zu schweigen und zu lernen, die Worte schon zu vernehmen, bevor sie entstanden waren, und sie noch zu hören, wenn sie längst verhallt waren.

Ich habe niemals gelacht, hatte der Nachtwächter immer wieder beteuert. Ich habe nie in meinem Leben gelacht.

Meine Eltern haben versucht, mich zum Lachen zu bringen, meine Nachbarn haben es versucht, ja sogar Kindesentführer haben alles Mögliche angestellt, um mich zum Lachen zu bringen. Das Leben und der Tod, die sich umschlungen halten wie zwei Betrunkene, haben nichts unversucht gelassen, um mich zum Lachen zu bringen.

Meine Eltern haben mich zu Ärzten gebracht, die mich zum Kotzen brachten, dann zu Zigeunern, die mir zu trinken gaben, dann zu Wahrsagern, Gauklern, Mönchen, Gaunern, Hexen, Akrobaten, Possenreißern und Fakiren; jedesmal kam ich mit saurem Gesicht zurück.

Meine Lehrer im Internat verpflichteten sich auf Ehre, mich zum Lachen zu bringen; sie schlugen mich, entzogen mir Essen und Trinken und den Schlaf; sie lachten, aber ich nicht.

Meine Klassenkameraden hetzten mich. Die Mädchen kitzelten mich, ihre Mütter streichelten mich und lachten lauthals. Es war nichts zu machen, ich lachte nicht.

Ich hatte keine Freunde, keine Feinde, keine Geliebten, keine unehelichen Kinder – ich hatte niemanden und war niemand. Und das alles nur, weil ich nicht lachen konnte.

Im Büro sah ich alles, was passierte, ich beobachtete, hörte zu, machte Notizen – aber nicht einmal dort hatte ich Lust zu lachen.

Das Testament
des Paltiel Kossower

(Fortsetzung)

Bald darauf brach der Erste Weltkrieg aus, aber dafür konnte ich wirklich nichts, das schwöre ich Ihnen. Das überrascht Sie zweifellos; denn Sie sind überzeugt, daß alles, was in der Welt geschieht, von den Juden angezettelt, gelenkt und gewollt wird. Im Falle Sarajewo bin ich es nicht gewesen.

In Wirklichkeit brachte ich nur alles durcheinander. All diese Namen, Titel und gekrönten Häupter, das war zuviel für mein kleines jüdisches Köpfchen. Die Erwachsenen machten sich Sorgen, ich auch, nur daß ich dafür andere Gründe hatte: Wir mußten unsere Ferien abkürzen, um die Schäden zu beseitigen, die durch das Pogrom entstanden waren. Das Haus wieder instand setzen, die zerstörten Sachen ersetzen, die entweihten Bücher vergraben. Es gab Arbeit für jeden, auch für die Schüler.

Das Begräbnis der Opfer hat mich tief beeindruckt. Ein langer Zug mit Särgen, die mit schwarzem Tuch bedeckt waren und von Rabbinern und Gelehrten in Trauerkleidung getragen wurden. Die Feier fand im Hof der großen Synagoge in Anwesenheit von Würdenträgern aus Charkow, Odessa und St. Petersburg statt. Unter einem grauen, schweren Himmel lauschte eine dichtgedrängte Menge den Trauergebeten und setzte sich dann in Richtung Friedhof in Bewegung. Drei wahre Schreckgespenster von Kirchendienern eröffneten den Zug, schüttelten Sammelbüchsen und schrien:

«Zedaka tazil mimawet – die Barmherzigkeit errettet euch vom Tode, die Barmherzigkeit ist stärker als der Tod ...» Jeder trat furchtsam heran, um ein Geldstück hineinzustecken. Mein Vater hatte mir fünf oder sechs Kopeken gegeben, aber ich war nicht imstande, sie hinzubringen. Es ist verrückt, ich weiß es, aber die drei mageren Männer, die den Toten voranschritten, waren wie der Tod selbst und entsetzten mich; noch heute spüre ich diesen Schrecken.

Als der Sommer seinem Ende zuging, hörte ich dumpfes Trauergeläute von den Kirchen. Es klang schauerlich und beängstigend. Die Glocken läuteten stundenlang und riefen über Felder und Berge hinweg den Menschen zu, daß sie bald ein Rendezvous mit dem Tod haben würden, die einen würden seine Boten, die anderen seine Opfer sein. Sie läuteten und läuteten und zerrten an unseren Nerven und kündigten das große Blutbad an. Würden sie je wieder aufhören zu dröhnen?

»Krieg, was ist das eigentlich?« fragte ich meinen Vater.

Er versuchte, es mir zu erklären, sprach von Politik, von Strategie, von territorialen Ansprüchen, von Nationalstolz und wirtschaftlichen Erwägungen. Was ich verstand, war, daß die Österreicher ihren Kaiser, die Engländer ihren König und die Russen ihren Zaren liebten, aber daß alle drei Herrscher aufeinander eifersüchtig waren und sich untereinander nicht ausstehen konnten.

»Aber warum«, sagte ich erstaunt, »kämpfen dann nicht sie miteinander? Warum schicken sie dann ihre Völker los, die sich an ihrer Stelle töten lassen? Es wäre doch viel einfacher ...«

Mein Vater dachte genau wie ich, aber:

»Dummerweise denken die Könige nicht wie wir.«

Ein anderes Mal gab er mir eine bessere Erklärung:

»Der Krieg ist eine Art Pogrom, aber in größerem Stil.«

»Richtet es sich auch gegen die Juden?«

»Nicht nur. Weißt du, in Kriegszeiten gibt es Menschen, die werden zu Juden, ohne es zu wissen.«

Bürger im waffenfähigen Alter verließen die Stadt, an ihrer Stelle tauchten Unbekannte im Stadtbild auf. Die Söhne und Ehemänner, die zu den Fahnen gerufen wurden, zogen singend zum Bahnhof, während in anderen Städten eingezogene Rekruten in unsere Mauern kamen. Der Krieg war zunächst einmal eine große Reise, ein ständiger Ortswechsel, eine Entwurzelung auf internationaler Ebene.

Mein Vater wurde aus Gesundheitsgründen nicht eingezogen, so daß unser Familienleben keine Veränderung erlitt. Dagegen trugen meine Onkel väterlicher- und mütterlicherseits die Uniform und kämpften für den Ruhm und die Ehre des Herrschers aller Reußen.

Ich erinnere mich, daß sich abends Nachbarn und Freunde bei uns versammelten, im Winter im Eßzimmer und im Sommer unter der Pappel, um über die Lage an der Front zu diskutieren. Die drei Studenten, unsere unglücklichen Gefährten während des Pogroms, besuchten uns häufig. Zwei kamen wegen des Essens, der dritte wegen meiner Schwester.

Die Gespräche befaßten sich auch mit der Zukunft; ob es für die Juden besser sei, wenn der Zar siegte oder wenn der Kaiser triumphierte. Beide sollten am Ende diesen Krieg verlieren, der eine nach dem anderen, aber keiner zugunsten des anderen.

Zu jener Zeit erzählte man in unseren Familien viel von einem hochgestellten Mönch und seinen dämonischen Kräften, von seinem Einfluß auf den Zarenhof und den Gang der Ereignisse; man kam auf das Elend des Landes, auf seine Schwächen zu sprechen, sprach von den Soldaten, die nicht oder schlecht kämpften, von den Reichen und Aristokraten, die in der Nähe der Front oder weit hinter ihr die Nächte mit Trink- und Festgelagen verbrachten, sprach von der Unzufriedenheit, die immer mehr im Volke um sich griff.

Ich hörte ganz neue Begriffe wie Bolschewismus, Menschewismus, Sozialismus, Anarchismus und wandte mich an meinen Vater:

»Ismus, was ist das genau?«

»Das ist wie mit einer unschlüssigen Frau, die bereit ist, irgendeinen zu heiraten ... Ismus – was für ein Wort.«

Es war auch von wagemutigen oder voreiligen Rädelsführern – je nachdem – die Rede, die aus dem Untergrund oder vom Ausland aus angeblich den Zaren stürzen wollten und konnten.

»Da kann man doch nur lachen«, bemerkte einer. »Den Zaren absetzen, auf so etwas, auf nichts Geringeres bereiten sie sich vor ..., die sind doch nicht ernst zu nehmen ...«

Später sprach man von Revolution und Konterrevolution, vom Waffenstillstand von Brest-Litowsk, vom Frieden, von den Armeen der Weißen und der Roten.

Warum entschloß sich mein Vater eines schönen Tages, Barassy zu verlassen und sich mit uns in Rumänien niederzulassen? Zweifellos hatte er mehr Angst vor dem Bürgerkrieg als vor dem Kommunismus; und vor dem unbekannten

Kommunismus mehr als vor dem altgewohnten Haß der erklärten Antisemiten.

Der Umzug gestaltete sich schwierig und war voller Zwischenfälle; wir verloren unterwegs mehr als die Hälfte unseres Gepäcks. Meine Mutter vertrug die Reise schlecht, beklagte sich aber nie. Mascha bedauerte, daß sie ihren künftigen Mann verlassen hatte; Zlata, ihre um ein Jahr jüngere Schwester, zeigte sich sehr anstellig und war immer gut gelaunt. Für mich hingegen waren diese Abenteuer eher aufregend: Verwüstete Städte und Dörfer, Männer und Frauen, die auf der Flucht waren, nach irgend etwas suchten, wonach sie sich richten konnten, und bei einer kurzen Begegnung tolle Geschichten erzählten. Das war etwas, das aus dem üblichen Rahmen fiel. Ich erlebte diese Zeit mit allen Fasern meines Herzens. In meinem kindlichen Gemüt hatte ich manchmal die Vorstellung, dieser Krieg sei nur ausgebrochen, um meine Begeisterung zu wecken, um mich Neues erfahren und auf Reisen gehen zu lassen.

In Ljanow wurden wir von Scholem, der ein Vetter meiner Mutter und ein glühender Chassid war, freundlich empfangen und aufgenommen. Wir gewöhnten uns schnell ein. So ist das nun einmal, Genosse Richter, die Juden bleiben überall Juden, sind solidarisch, barmherzig, gastlich. Jeder weiß, daß die Rollen vertauscht werden können, wer Obdach gewährt, kann sich sehr leicht eines Tages in der Lage seines vertriebenen Besuchers befinden.

Sie werfen dem jüdischen Nationalismus internationalistische Züge vor, und damit haben Sie recht. Zwischen einem Händler aus Marokko und einem Chemiker aus Chikago, einem Lumpensammler aus Lodz und einem Industriellen aus Lyon, einem Kabbalisten aus Safed und einem Intellektuellen aus Minsk besteht eine tiefere und substantiellere, weil ältere Verwandtschaft als zwischen zwei Bürgern des gleichen Landes, der gleichen Stadt oder des gleichen Berufs. Ein Jude, der allein ist, ist niemals einsam; er bleibt in eine zeitlose Gemeinschaft integriert, auch wenn diese nicht sichtbar, wenn sie geographisch oder politisch nicht realisierbar ist. Der Jude läßt sich nicht nach geopolitischen Begriffen definieren, Genosse Richter, er spricht und versteht sich in historischen Kategorien. Die Juden helfen einander, um ihre gemeinsame

Geschichte fortzuschreiben, um ihr gemeinsames Schicksal zu erforschen und reicher zu machen, um das Feld ihres Kollektivgedächtnisses zu erweitern.

Ich weiß, was ich Ihnen da sage, bedeutet einen zusätzlichen Beweis meiner Schuld. Ich habe jetzt erkannt, daß ich ein schlechter Kommunist, ein Verräter der Arbeiterklasse und ein unverbesserlicher Feind Ihres Systems bin. Aber in meinen Augen zählt das Urteil meines Vaters mehr als Ihr Urteil. In Wirklichkeit zählt nur das seine.

Sein Bild wird in der Todesstunde vor mir aufsteigen, und vor ihm muß ich Rechenschaft über mein Leben ablegen. Vor ihm empfinde ich heute fast ein Gefühl der Scham. Zu viele Jahre habe ich vertan, habe zu lange nach etwas gesucht, das mir fremd war.

Um ihm zu gefallen, hätte ich nur dem Weg zum Himmel folgen, nur dem Gesetz Moses' gehorchen, mich einfach der Gnade Gottes anheimgeben müssen. Ich habe ihn in all diesen Punkten und in vielen anderen enttäuscht.

In Ljanow war ich in dem Alter, da man lernt, alles aufsaugt und sich aneignet. Er meldete mich in den besten Schulen an, brachte mich zu berühmten Meistern, ließ mich die Freuden und Wonnen eines guten talmudischen Streitgesprächs kosten. Ich frage mich heute, ob seine Bemühungen doch nicht ganz umsonst gewesen sind.

Ich liebte Ljanow, und Barassy schien mir weit weg zu sein. Vielleicht liebte ich Ljanow gerade deshalb, weil Barassy so weit weg war. Ich war ein Staatenloser, ein Flüchtling, ein rumänischer Untertan. Das Pogrom verschwand in der Vergangenheit, an Krieg und Flucht dachte ich nicht mehr. Meine Studien hatten mich zu interessieren, und meine Studien nahmen mich ganz und gar in Anspruch. Kurzum, das Leben verlief wieder in normalen Bahnen.

Mein Vater übte wieder seinen Beruf als Tuchhändler aus. Zlata half ihm im Laden. Eine strahlende Mascha zählte die Tage, bis sie ihren Schüler aus der Jeschiwa von Barassy wiedersehen und ehelichen sollte.

Ich erinnere mich an diese Hochzeit, weil sie mir großes Elend und tiefe Verzweiflung vor Augen führte. Es war 1922, dem Jahr meiner Bar-Mizwa.

Die Hochzeit wurde mit ausgelassener Freude und großem

Pomp gefeiert. Onkel und Tanten, Vettern und Kusinen nahmen daran teil. Ich hatte keine Ahnung, wie zahlreich unsere Verwandtschaft war. Dazu kamen noch Freunde, Kameraden und Bekannte. Zum Glück konnte mein Vater es sich erlauben, sonst hätte diese Hochzeitsfeier ihn völlig ruiniert.

Wie es der Brauch will, wurde ein eigenes Essen für die Armen bereitet; Mascha tanzte für sie und mit ihnen. Sah sie sie überhaupt? Doch, sie sah sie; denn sie weinte. Aber vielleicht weinte sie vor Rührung. Ich beobachtete sie und hielt meine Tränen zurück. Hier auf dieser Hochzeit wurden meine späteren Sympathien für den Kommunismus geweckt.

Der Tisch für die Armen war in einem langen, geräumigen Saal gedeckt. Die Luft dort war zum Ersticken. Erbärmliche und groteske Gestalten, Männer und Frauen, saßen oder standen dort dicht gedrängt und bemühten sich, ein Stück Fisch oder ein Weißbrötchen zu ergattern. Da und dort gab es Streit. Man spuckte, brüllte, beschimpfte sich, wurde handgreiflich. Das war nichts Ungewöhnliches: Die Kinder des Hungers hatten Hunger. In Lumpen gekleidet, mit stieren Blicken und von Haß und Gier entstellten Zügen, sahen sie aus wie Wesen, die von einem anderen Stern, aus einer verfluchten Welt stammten. Im anderen Saal aber, wo die vornehmen Gäste und hohen Persönlichkeiten saßen, wurde getafelt und so ausgelassen und ausgiebig gefeiert, daß man alles andere vergaß, als ob Leid, Not und Elend bereits von unserem Globus verschwunden wären.

Der Gang von dem einen in den anderen Saal war für mich eine Tortur. Die Rabbiner sprachen die Segenswünsche und hielten die üblichen Ansprachen, aber ich hörte sie nicht. Alle Welt schien glücklich zu sein, nur ich nicht. Ich fühlte mich ausgeschlossen; man hatte mich vergessen zwischen den Bettlern.

Für meine Bar-Mizwa, die einige Monate später stattfinden sollte, nahm ich mir vor, meine Rede vor der Gemeinde dem Skandal der sozialen Ungerechtigkeit mit Blick auf die jüdische Tradition zu widmen.

Ich führte den babylonischen und den Jerusalemer Talmud an, zitierte Maimonides und Nachmanides, Menachem ha-Recanati und den Macharal von Prag, die Dichter des Goldenen Zeitalters und den Gaon von Wilna; ich wurde zornig, ich protestierte: »Einst glaubte man, daß es die Schuld der Gesellschaft war, wenn ein Jude arm war, daß das Exil schuld daran war, wenn er leiden mußte, man vergaß, daß es auch unsere Schuld ist, meine und eure Schuld.« Und ich schloß mit den Worten: »Wenn es zum Menschen gehört, Unrecht zu begehen, dann gehört es ebenso zu ihm, es wiedergutzumachen; wenn die Schöpfung der Welt auch das Zeichen Gottes trägt, ihre Ordnung trägt das Zeichen des Menschen.«

Meine Rede rief einige Unruhe unter den Zuhörern hervor. Ein Purist warf mir vor, ein Zitat falsch wiedergegeben zu haben, ein Frommer behauptete, er habe blasphemische »Anspielungen« herausgehört. Mein Vater machte es kurz:

»Bedenke immer, Paltiel, daß in Gott alles möglich ist und daß außerhalb Gottes nichts Gültigkeit hat.«

Noch in derselben Woche kam Reb Mendel der Schweiger im Studienhaus auf mich zu und teilte mir mit, daß er mich als Schüler ausgewählt habe. Das war eine Bestätigung für mich; denn Reb Mendel nahm nicht irgendwen in seinen Kreis auf. Häufig wies er sogar Kandidaten ohne die geringste Erklärung zurück. Er hatte jedoch die Freundlichkeit, mir zu sagen, warum ich Gnade in seinen Augen gefunden hatte:

»Ich nehme dich bei mir auf, um dich daran zu hindern, einen falschen Weg einzuschlagen«, sagte er zu mir mit seiner heiseren Stimme. »Du suchst die Rinde und nicht den Baum! Du willst verstehen und nicht erkennen; du strebst nach der Gerechtigkeit und nicht nach der Wahrheit. Aber, du Ärmster, was würdest du tun, wenn du erführst, daß die Wahrheit selber ungerecht ist? Du wirst mir sagen, das sei unmöglich? Aber wer kann das bestätigen? Nein, wir müssen alles tun, damit es unmöglich ist. Und das will ich dich lehren.«

So trat ich in die leidenschaftlichste, die reichste, die schwärmerischste Phase meines Lebens ein. Ich lernte die maßlose Demut und den übersteigerten Ehrgeiz der mystischen Erfahrung. Ich verfolgte das Schweigen im Wort und das Wort im Schweigen. Um mein Ich zur Entfaltung zu bringen, strebte ich danach, es zu zerstören. Ich erniedrigte mich, um höher zu blicken, ich demütigte mich, um reinere Freude zu empfinden. Um an das Heil zu glauben, tanzte ich am Rande des Abgrunds.

Von Reb Mendel geleitet, herausgefordert und beschützt, erforschte ich die messianischen Wege. Ich bemühte mich, sie zu entschleiern, sie erreichbar zu machen.

Ich verbrachte Tage und Nächte im Studierhaus. Ich studierte, wenn ich nicht betete, und betete, wenn ich nicht studierte. Wenn es geschah, daß ich von Müdigkeit und Schlaf übermannt wurde, dann folgte ich noch im Traum dem Propheten Elias, der nach der Überlieferung die Antworten auf alle Fragen besitzt.

Meine Fragen drehten sich unentwegt um den Messias. Ich verzehrte mich danach, sein Kommen zu beschleunigen, damit der Abstand zwischen Reichen und Armen, zwischen Erniedrigten und Glücklichen, zwischen Bettlern und Besitzenden beseitigt werde, damit Pogrome und Kriege ein Ende hätten, damit die Gerechtigkeit sich mit dem Mitleid verbände und beide echt seien.

Sie lächeln, Genosse Richter. Sie tun mir leid. Sie tun mir leid, weil Sie einen solchen Traum nicht erlebt haben ... Nicht doch, Paltiel Gerschonowitsch Kossower, du tust diesem braven Genossen Richter unrecht, der dies lesen wird: Sein Messias hieß Marx ... Ja, aber unser Messias, Genosse Richter, hat keinen Namen. Darin liegt die Größe unserer Überlieferung, daß sie uns lehrt, daß unter den zehn Dingen, die älter sind als die Schöpfung, sich auch der Name des Messias befindet – der Name, den niemand kennt noch kennen wird, bis er erscheint.

Im Grunde, Genosse Richter, war das, was ich machte, Kommunismus, ohne daß ich es wußte. Auch ich wollte den Armen, den Hungernden, den Verdammten dieser Erde helfen. Mit dem Unterschied, daß ich glaubte, der Weg dorthin führe über den Messias; weil er und nur er das Heilmittel für den Skandal der menschlichen Ungerechtigkeit und für das Drama unserer Existenz bringen wird.

Aber wie soll man es anstellen, diesen Messias herbeizurufen? Reb Mendel der Schweiger wußte es: Es genügt, gründlich unsere heiligen Texte zu studieren, sich in unsere esoterische Überlieferung zu versenken, die Namen bestimmter Engel zu lernen und bestimmte Kräfte freizusetzen. Die beunruhigende Schönheit des messianischen Abenteuers besteht darin, daß nur der Mensch, für den der Messias kommen muß, fähig und würdig ist, ihn kommen zu lassen. Welcher Mensch das ist? Irgendeiner. Jeder kann, wenn er es inständig wünscht, sich der Schlüssel bemächtigen, die die Pforten des himmlischen Palastes öffnen, und kann dem Gefangenen dort diese Macht als Opfergabe darbringen. Der Messias ist, wie Sie sehen, eine Angelegenheit zwischen dem Menschen und ihm selber.

Eines Abends im Studierhaus sah ich, wie sich die Tür öffnete und ein Schatten auftauchte. Ich hielt den Atem an. Ein Mann, mit einem sehr weiten Kaftan bekleidet, blickte verstohlen um sich, und da er mich nicht bemerkte, faßte er sich ein Herz und trat näher. Das ist bestimmt der Prophet Elias, dachte ich und stand auf, um ihm entgegenzugehen und um seinen Beistand zu bitten. Ich konnte mich vor Glück kaum noch halten. Ich dachte: Endlich sind meine Wünsche erhört, der Prophet ist da und führt mich zum himmlischen Palast, wo alles in Licht getaucht ist. Freue dich, Israel, die Stunde deiner Befreiung naht! Aber der Prophet, dieser nächtliche Besucher, der da auftauchte, war nicht darauf gefaßt, mich zu dieser Stunde an diesem Ort anzutreffen, denn er machte eine entsetzte, ja panikartige Bewegung, und ich stellte fest, daß ich mich geirrt hatte:

»Ephraim«, rief ich leicht enttäuscht aus. »Was machst du denn noch so spät hier?«

»Dasselbe wie du«, sagte er irritiert.

»Studierst du auch die Kabbala?«

»Ja.«

»Mit wem denn?«

»Ich habe nicht das Recht, es dir zu verraten.«

»Suchst du auch nach dem Geheimnis der letzten Lösung?«

»Klar.«

»Und versuchst du auch ein *Aliyat-neschama*, eine Auffahrt deiner Seele?«

»Natürlich.«

Seine Antworten reizten mich. Ich bin also nicht der einzige, der die Pläne der Schöpfung durchkreuzen will, dachte ich. Und Reb Mendel der Schweiger ist nicht der einzige Meister auf diesem Gebiet. Ich hakte bei Ephraim nach. Er galt als sehr gescheit und fromm, und man sagte ihm eine glänzende Karriere voraus; wahrscheinlich würde er der

Nachfolger seines Vaters als rabbinischer Richter werden. Ich freute mich über seinen Besuch. Wir könnten Freunde werden, dieselben Werke zu Rate ziehen, dieselben Gefahren bestehen. Aber warum verhielt er sich nur so sonderbar? Unter seinem Kaftan hatte er etwas ziemlich Umfangreiches versteckt.

»Was ist das?« fragte ich aus purer Neugierde.

»Ach, nichts.«

Um so besser, sagte ich mir. Er hat sich sicher mit einer sehr seltenen Abhandlung befassen müssen.

»Los, Ephraim. Zeig her!«

»Nein, dazu habe ich kein Recht. Übrigens muß ich gehen, ich muß mich beeilen. Ich werde erwartet.«

Ich drängte ihn nicht weiter. Er drehte sich auf dem Absatz herum und stieß dabei ungeschickt an ein Lesepult. Um nicht zu fallen, streckte er die Hand aus und ließ das Paket fallen. Und Sie, Genosse Richter, werden niemals erraten, was es enthielt. Broschüren und Pamphlete von nicht eben mystischer Art.

Ja, mein Ephraim war es, der mir in dieser Nacht im Studierhaus meine erste Lektion in Kommunismus gab. Ulkig, was? Ephraim war ein kommunistischer Agitator! Ephraim, der künftige rabbinische Richter, verteilte heimlich Propagandaschriften! Er versteckte sie in den Lesepulten und – lachen Sie nicht – in den Taschen mit den heiligen Büchern und Kultgeräten.

»Laß mich sehen!«

Er zuckte die Schultern zum Zeichen des Einverständnisses. Ich setzte mich auf die Stufen der Empore und fing an zu lesen. Verrückte, bizarre, blutige Geschichten, die die Tätigkeit der Terroristen und Revolutionäre zu Beginn des Jahrhunderts verherrlichten. Attentate gegen den Zaren und seine Familie, Bomben gegen den Wagen des Gouverneurs, Mord am Polizeiminister ... Wie dumm und kindisch das doch ist, dachte ich. Was hatte ich mit all diesen Abenteurern, diesen Verbrechern, auf die Sibirien wartete, zu schaffen. Der Zar hatte mir persönlich nichts getan, seine *Ochrana* hatte mich nie behelligt, niemand war auf die Idee gekommen, mich in die oder die Festung zu sperren ... Ich las diese Hetzschriften, diese Geschichten von gestern, ohne sie wirklich zu verstehen; ihre Verfasser schrieben zwar jiddisch, aber in Wirklichkeit war das nicht meine Sprache.

Ich sah Ephraim unentschlossen an und wußte nicht, ob ich böse sein oder lachen sollte:

»Bist du verrückt geworden, Ephraim? Dafür wendest du dich von den heiligen Texten ab?«

Verlegen legte er den Kopf auf beide Hände und sagte nichts.

»Ehrlich, Ephraim, meinst du, auf diese Weise die Befreiung zu beschleunigen?«

»Ja«, sagte er und hob den Kopf mit einem Ruck.

»Armer Kerl! Unsere Weisen hatten recht, das Studium der heiligen Schriften vor einem bestimmten Alter zu untersagen. Das gefährdet den Verstand.«

»Ich habe nicht den Verstand verloren, Paltiel. Hör mir gut zu. Ich möchte immer noch das Menschengeschlecht retten, die Gesellschaft von ihren Übeln befreien. Ich habe immer noch den Wunsch, den Messias herbeizurufen. Mit einem Unterschied, ich habe eine neue Methode entdeckt, das ist alles. Ich habe es mit Meditation, mit Fasten, mit Askese versucht, alles ohne Erfolg. Es gibt nur einen Weg, der zum Heil führt.«

»Und der ist?«

»Die Tat.«

»Die Tat? Aber daran glaube ich auch. Ist denn das Gebet etwas anderes als eine Tat? Was ist denn die mystische Praxis anders als ein Tun um Gottes willen?«

»Ich rede nicht von einer Tat um Gottes willen, sondern der Geschichte wegen, der Ereignisse wegen, die die Geschichte machen, kurz gesagt, um des Menschen willen.«

Wir saßen auf einer Bank vor den beiden Lesepulten, ich mit meinem Buch der Gebete von Rabbi Itzhak Luria, er mit seinen idiotischen Pamphleten, wirklich ein schönes Bild, Genosse Richter.

»Möchtest du, daß wir ernsthaft diskutieren?« fragte Ephraim.

»Warum nicht?«

»Dann versprich mir zuerst, mit niemandem darüber zu sprechen.«

»Abgemacht.«

»Versprechen genügt nicht; schwör es mir.«

»Ich schwöre es dir.«

»Bloß schwören genügt nicht ... Schwöre es vor der offenen Lade und berühre dabei die heiligen Rollen.«

Das lehnte ich selbstverständlich ab. Mit der Tora spielt man nicht.

»Wenn du kein Vertrauen zu mir hast, um so besser. Dann lassen wir eben alles.«

»Doch, ich habe Vertrauen. Wenn ich diesen Schwur von dir verlange, dann ebenso für deine wie für meine Sicherheit; du mußt deine Zunge im Zaume halten, andernfalls könntest du aus Versehen ein Wort herauslassen, das man nicht sagen darf, das man hierzulande nicht sagen darf.«

»Was könnte mir dann passieren?«

»Es ist besser, es nicht zu wissen. Du hast doch schon von der Geheimpolizei gehört? Es gibt sie tatsächlich, und für sie ist die Folter zu einer Wissenschaft geworden. Wenn sie dich erst in ihren Fängen hat, ist es aus mit dir. Nie wird man dir glauben, daß du nicht in ... das alles verwickelt warst.«

»Verwickelt in was?« rief ich.

»In die Revolution«, sagte er sehr ernst.

Er versuchte mir einen Schnellkurs in Politikwissenschaft im Ton einer Talmud-Lehrstunde zu geben, aber ich nahm ihn nicht allzu ernst, wenigstens in dieser Nacht nicht. Seine Furcht war jedoch nicht aus der Luft gegriffen. Er schien mir seine Eltern noch mehr als die Geheimpolizei zu fürchten. Trotz seiner Argumente und seines guten Zuredens blieb ich standhaft und leistete nicht den Schwur vor der heiligen Lade. Mein Wort mußte ihm genügen. Er konnte es annehmen oder nicht. Er stand auf, und ich glaubte, er wolle weggehen. Das war keineswegs so. Kaltblütig ging er an die Arbeit und steckte in jedes Pult eine Broschüre und in die Taschen für den Kult seine Schriften. Ich beobachtete ihn mit ungläubigem Staunen, ohne mich zu rühren. Er ließ sich nicht stören und war sogar so dreist und frech, mich um Hilfe zu bitten, da er sonst nicht rechtzeitig fertig werde. In meiner Dummheit wußte ich nichts Besseres zu tun, als mich einverstanden zu erklären. So kam es, daß ich, ohne mir dessen bewußt zu sein und ohne darüber nachzudenken, sein Komplize wurde. Er war so nett, mir zu versprechen, in der nächsten Woche wiederzukommen und unsere Diskussion – und unsere Arbeit fortzusetzen. Klar, daß er Wort hielt.

Seine Erklärungen und Argumente hätte der jüngste unserer Pioniere herunterleiern können. Sicher waren sie simpel und simplifizierend, aber aufrichtig. Und für einen romantischen Jüngling von sechzehn Jahren waren sie auch verlockend; denn sie trafen mich an einer empfindlichen Stelle. Sie betonten das menschliche Elend und nicht die religiöse Herausforderung. Wenn Ephraim rein marxistische Thesen von sich gegeben hätte, würde ich ihm den Rücken gekehrt haben. Aber anstatt nur Marx, Plechanow und Lenin zu zitieren, brachte er unsere gemeinsame messianische Hoffnung ins Spiel. Und ich konnte ihm nur recht geben; denn er plädierte für Gerechtigkeit gegenüber den Opfern, für Menschenwürde gegenüber den Sklaven. Amen.

»Mein Vater ist ein Gerechter«, sagte er. »Er hat niemals einem lebenden Wesen Böses getan; und er ist arm. Wußtest du, daß wir Hunger haben? Zwei warme Mahlzeiten pro Woche, das ist alles, was wir uns leisten können. Warum sind wir dazu verdammt, zu hungern und im Elend zu leben?«

»Weil Gott es so will«, erwiderte ich. »Wer sind wir denn, daß wir seine geheimnisvollen Wege ergründen wollen? Daß doch der Messias käme und ...«

»Ich habe vier ältere Schwestern; alle sollten heiraten und können es nicht, weil es an Geld fehlt. Weshalb bist du dafür, daß meine Schwestern alte Jungfern bleiben?«

»Gottes Wille ist unergründlich; es steht uns nicht zu, ihm Fragen zu stellen, das weißt du genau. Wenn doch der Messias käme und ...«

»Der Messias, der Messias! Seit zweitausend Jahren flehen würdigere Menschen als wir ihn an, daß er sich zu erkennen gibt, daß sein Reich beginnt, aber die Ungerechtigkeit geht weiter, Jahrhundert um Jahrhundert ... Kennst du den Kutscher Hanan? Er besitzt nichts; nicht einmal sein Pferd gehört ihm und seine Kutsche ebensowenig; auch seine ärmliche Behausung nicht, ja nicht einmal sein Körper. Er rackert sich ab von morgens bis abends, bis spät in die Nacht. Du siehst ihn manchmal, wenn er mit übernächtigten Augen und hungrigem Mund Yoine Davidowitsch kutschiert; und stell dir dann Yoine vor, wie er bequem hinter Hanan in der Kutsche sitzt, und wage zu leugnen, daß soviel Ungerechtigkeit uns gebietet, nicht länger zu warten ... und wage Hanan zu sagen, er müsse sich gedulden!... Und Broche, die Waschfrau, weißt du, wen ich meine? Sie ist fromm und demütig; sie hat ihren Mann verloren und schuftet sich zu Tode, um ihre sieben Kinder zu ernähren, um die Studien für ihre drei Söhne zu bezahlen, um etwas zu haben für das Sabbatmahl. Sie putzt, wäscht und kocht bei Ksil Messiwer, dem Gemüsehändler ... Ksil hat natürlich die Zeit und die Mittel, auf den Erlöser zu warten – aber Broche, die Waschfrau? Denke an sie, bevor du antwortest!«

Ephraim sprach mit Leidenschaft und stürzte mich in Verwirrung. Wir waren wie gewöhnlich allein im Studierhaus. Draußen schneite es. Da und dort wurde eine Kerze angezündet. Ephraim ging beim Sprechen auf und ab, als ob er mit mir einen verworrenen, von Rabbi Elieser, dem Sohn des Hyrkanos, vorgelegten Text über die Reinheit und Unreinheit bestimmter Gegenstände studierte.

»Du antwortest mir, das sei Gottes Sache«, fuhr er fort. »Du hast recht, aber nur teilweise. Natürlich geht das Leiden des Menschen Gott etwas an, aber es betrifft auch uns. Warum lassen die Menschen ihre Mitmenschen leiden? Diese Frage betrifft uns, dich und mich!«

»Wer läßt denn seinesgleichen leiden? Das sind die Bösen, die Gottlosen. Das Schicksal ihrer Opfer geht uns nahe, ihr eigenes Schicksal läßt mich gleichgültig. Daß es Böse und Gottlose in der Welt gibt, ist ein Problem für die Philosophen, und ich bin kein Philosoph. Wie soll man die Unvollkommenheit der Schöpfung erklären? Da die Antwort der Mystik dich nicht befriedigt, lies Maimonides. Ich ziehe es vor, auf den Messias zu warten.«

»Nun gut, du Ärmster, nur läufst du Gefahr, lange warten zu müssen.«

»Was? Du glaubst nicht an das Kommen des Erlösers?«

»Doch, Paltiel. Ich glaube daran. Jeden Morgen bete ich, daß er kommen möge, daß er sich mit seinem Kommen beeile. Ich bete wie du, aber er läßt auf sich warten, und die Last des Exils ist schwer zu ertragen, unerträglich ist sie für die armen Lasttiere, die Arbeiter, die Bettler ... Verstehst du, Paltiel? Ich will gern noch ein Jahr, noch ein Jahrhundert warten – aber sie können nicht länger warten!«

Schritt für Schritt, langsam und systematisch machte er mich mit seiner Vorstellung von der Welt vertraut; nur der Kommunismus erlaube dem Menschen, rasch über Unterdrückung und Ungleichheit zu triumphieren. Nach seiner Auffassung war der Kommunismus eine Art Messianismus ohne Gott, ein weltlicher, ein sozialer Messianismus in Erwartung des anderen, des wahren Messianismus.

»Schau dich um, Paltiel, sieh, wie es rings um uns her, wie es in Ljanow aussieht. Auf der einen Seite die Reichen, auf der anderen die Armen. Hier die Mächtigen und dort die Ausgebeuteten. Die Reichen sind reich, weil die Armen arm sind, und umgekehrt. Wenn die Reichen niemanden mehr berauben könnten, würde nichts von ihrem Reichtum bleiben. Daraus folgt, daß der Reichtum der Reichen genauso skandalös ist wie das Elend der Armen.«

Unsere nächtlichen Treffen erfolgten immer häufiger. Ich half ihm, seine Schriften zu verteilen, und manchmal begleitete ich ihn auch ganz selbstverständlich in die anderen Synagogen. Wir bildeten eine kleine Mannschaft. Trotzdem hatte er mir noch nicht anvertraut, daß er zur Untergrundpartei gehörte. Wir sprachen von Mystik und Liturgie, Geschichte und Poesie, redeten über alles mögliche, nur nicht über Ideologie. Ich half ihm, weil er mein Freund geworden war; er war mein Freund, weil er mir die Möglichkeit gab, zu handeln. Wir waren Freunde, weil wir eben Freunde waren.

Gemeinsam glaubten wir, daß die letztendliche Erlösung nur von uns abhing, wie es die alten Texte uns immer wieder bestätigten. Gott hat die Welt geschaffen und die Verantwortung für sie dem Menschen anvertraut. Es ist unsere Sache, sie zu formen und ihr Glanz zu verleihen. Wenn wir unserem Nächsten helfen, helfen wir Gott. Wenn wir die Unterdrückten wachrütteln, indem wir ihren Stolz und ihre Würde wecken, erfüllen wir die Aufgabe Gottes für Gott. Auf diese Weise brachten wir die göttliche Allmacht mit der menschlichen Freiheit in Einklang. Gott in seiner Allmacht hat uns frei gemacht; unsere Aufgabe ist es, das ursprüngliche Gleichgewicht dadurch wiederherzustellen, daß wir den Armen zurückgeben, was sie ihren Ausbeutern überlassen mußten; es ist unsere Aufgabe, die Ordnung der Dinge zu verändern, also Revolution zu machen.

»Begreifst du das denn nicht?« rief Ephraim begeistert aus. »Wir müssen die Revolution machen, weil Gott es uns befiehlt. Gott will, daß wir Kommunisten sein sollen!«

Trotz aller Erklärungen Ephraims wußte ich immer noch nicht, was dieses Wort bedeutete, wie ich auch nicht wußte, daß es uns an die Sowjetunion band. Ich wußte nicht einmal, daß es bei uns in Ljanow eine geheime kommunistische Partei gab.

Ich war sehr naiv, Genosse Richter. Ich war Kommunist und wußte es nicht.

Ohne sich beim Abwaschen in der Gemeinschaftsküche stören zu lassen, warf Raissa einen überraschten Blick auf ihren Sohn, der im Türrahmen erschien und sie wieder mit seinen Fragen bedrängte:

»Bitte, Mama, erzähl mir von meinem Vater. Jetzt ist es doch erlaubt, das hast du selber gesagt.«

»Siehst du nicht, daß ich zu tun habe?«

Sie war wie üblich gereizt, und das wirkte ansteckend.

»Immer bist du beschäftigt. Und wenn du nichts zu tun hast, gehst du zu Dr. Mosliak hinauf.«

»Fängst du schon wieder an?«

Grischa hatte ihr schon den Rücken gekehrt, besann sich aber schnell eines Besseren. Wozu sich streiten? Wenn er mit ihr stritt, konnte er sie nicht dazu bewegen, mit ihm zu sprechen.

»Hör, Mama. Ich kenne meinen Vater kaum; ich kenne ihn überhaupt nicht. Das ist nicht normal. Ein Sohn muß seinen Vater doch kennen, selbst wenn er nicht mehr lebt.«

»Was möchtest du wissen?«

»Alles.«

Raissa, ein Tuch um den Kopf geschlungen und einen Topf in der Hand, schien sich geschlagen zu geben. Grischa fand sie hübsch und verwundbar. Ein melancholisches Lächeln spielte um ihre Lippen, als dächte sie an ihre Jugend.

»Alles?« fragte sie lächelnd. »Alles, was ist das?«

Grischa zögerte; seine Sicherheit verließ ihn. Seit einiger Zeit fühlte er sich in Gegenwart seiner Mutter als Kläger und Angeklagter zugleich. Warum tat er ihr weh? Warum wich sie aus? Und warum verfolgte er sie? Tat er es, weil er sie liebte oder weil er sie nicht liebte?

»Nun sag mir doch, Grischa, was ist alles?«

Grischa lief rot an. Seine Mutter hatte recht. Alles, was für ein blödes Wort, das jeder benutzt, ohne sich etwas dabei zu denken. Es hat eine bestimmte Bedeutung für die Lebenden und bedeutet etwas anderes für die Toten; etwas Bestimmtes für Mosliak, etwas ganz anderes für Kossower. Für die Lebenden ist es vielleicht dieser Sonnenstrahl, der in die Küche dringt und mit den Staubkörnchen spielt; oder das Geräusch, das die Stühle oben in der ersten Etage verursachen; oder die dann plötzlich eintretende Stille, die das verlassene Kind wie einen heftigen Schmerz empfindet.

»Sag mir ... War er glücklich?«

»Ich denke schon. Wenigstens manchmal. Warum fragst du mich danach?«

»Ich habe es dir doch gesagt, ich will alles wissen, was mit meinem Vater zu tun hat.«

Auf einmal war es für Grischa ganz wichtig und wesentlich zu erfahren, ob sein Vater glücklich gewesen war. Und es gab niemanden als Raissa, der ihm darauf eine Antwort geben konnte.

»Er war glücklich wie jedermann, Grischa.«

»Die Antwort gefällt mir nicht. Mein Vater war nicht wie jedermann!«

»Das stimmt, Grischa. Er war nicht wie alle anderen, wenn man vom Glück absieht; er war glücklich und unglücklich wie jedermann.«

»Und was machte ihn glücklich?«

»Alles und nichts. Ein Lächeln. Das Rauschen eines Baches. Ein Wort, das ihm in den Kopf kam.«

»Und was machte ihn unglücklich?«

»Ein Lächeln. Das Rauschen eines Baches. Ein Wort, das ihm nicht einfallen wollte.«

Raissa schwieg eine Weile und fuhr dann fort:

»Nein, er war nicht wie alle anderen.«

»Liebte er dich?«

Das war eine äußerst wichtige Frage für Grischa; zu wissen, ob sein Vater Raissa geliebt hatte.

»Ja, er liebte mich.«

»Woher weißt du es? Hat er es dir gesagt?«

»Er hat es mir gesagt.«

»Wann?«

»Das weiß ich nicht mehr.«

»Wie hat er es dir gesagt?«

»Ich weiß es nicht mehr.«

»Denk nach!«

»Ich weiß es doch nicht mehr.«

Raissa hatte den letzten Satz fast geschrien. Eine Nachbarin kam herein und betrachtete sie argwöhnisch. Dann nahm sie ihre Teekanne und ging wieder.

»Und du?« sagte Grischa. »Liebtest du ihn?«

»Warum diese Fragen? Warum gerade jetzt?«

»Liebtest du ihn? Antworte mir! Ich habe das Recht zu wissen, ob du meinen Vater geliebt hast.«

»Das Recht? Wer hat dir das Recht gegeben? Ich erlaube dir nicht, daß ...«

Raissa war so erregt, daß ihre Stimme haßerfüllt klang, aber sie fing sich wieder:

»Du bist noch ein kleiner Junge, Grischa. Das kannst du noch nicht verstehen. Zwischen einem Mann und einer Frau gibt es verschiedene Arten der Liebe.«

Sie seufzte tief auf:

»Dich hat er wirklich geliebt.«

Sie hatte das Geschirr und die Trockentücher wieder weggeräumt und fuhr fort:

»Du hast das nicht gewußt, du konntest es nicht wissen, aber dich liebte er so sehr, daß ich eifersüchtig wurde.«

Grischa sagte nichts dazu, deshalb beeilte sie sich, der Unterhaltung ein Ende zu machen:

»Das ist alles sehr kompliziert. Andere als ich könnten es dir erklären. Zum Beispiel ...«

»Der Dr. Mosliak? Ist es so?«

Grischa ging hinaus, ohne die Antwort seiner Mutter abzuwarten. Ein einziger Gedanke quälte ihn: Sein Vater war nicht glücklich gewesen, nicht glücklich gewesen. Und sein Sohn war ebenfalls nicht glücklich. Warum nicht? Wer war schuld daran? Seine Mutter vielleicht? Sie verbreitete Unglück ...

»Ah, du bist es? Komm herein.«

Katja verläßt das Fenster und geht zur Tür, um ihm aufzumachen. Das ist ein Ritual: Er klopft ans Fenster, und sie öffnet ihm dann die Tür; und wie immer sieht sie ihn scharf an.

»Du machst aber ein Gesicht«, sagt sie. »Verflixt. Ich habe ganz vergessen, daß du alles tun und empfinden, aber nicht ausdrücken kannst. Also, du bist schlecht gelaunt, das gibt's. Gut, ich werde auf deine Erklärungen verzichten; es bleibt mir schließlich gar keine andere Wahl.«

Grischa läßt sich auf seinen Stammplatz auf dem Sofa fallen.

»Hast du Durst?«

Nein, er hat keinen Durst.

»Willst du Obst?«

Nein, er hat keinen Hunger.

»Oder hast du etwa einen anderen Wunsch?«

Sie zwinkert ihm vielsagend zu. Nein, er hat diesen anderen Wunsch nicht. Heute abend nicht.

»Stimmt das wirklich?«

Ja, er ist sich da ganz sicher.

»Gut, dann machen wir einen Fernsehabend.«

Politik, Gerede, Klatsch wie üblich. Die Redner der Rechten und die Redner der Linken versprechen den Bürgern Glück und ein angenehmes Leben; kritische Journalisten antworten ihnen, haben Vorbehalte und Einwände. Die Tagesnachrichten melden die Ankunft von achthundert Touristen. Doppelt so viele werden für morgen, den Tag der Großen Versöhnung, erwartet. In Österreich will die Regierung das Transitlager für Einwanderer aus Rußland schließen. Und was ist mit denen, die schon dort sind? Grischa springt auf. Und meine Mutter? Keine Sorge, sie wird morgen ankommen. Übrigens versucht Golda, den Beschluß rückgängig zu machen. Sie hat Kreisky einen Besuch abgestattet, und der hat ihr nicht einmal ein Glas Wasser angeboten. Ein Regierungssprecher meint: Alles läuft gut und wird noch besser. Ein Sprecher der Opposition: Alles läuft schlecht und wird noch schlimmer; das Geld verliert seinen Wert, die Jugend ihren Glauben ... Der Wahlkampf läuft auf vollen Touren. Die Leute machen sich lustig darüber. Die Reden sind nicht ernst zu nehmen; immer die alte Leier: Schenkt uns euer Vertrauen. Helft uns, damit wir euch helfen können. Die Politiker sind ebenfalls nicht ernst zu nehmen. Nur auf die Armee kann man sich verlassen: Denkt doch an den Sieg von 1967. Israels Armee ist immer auf Posten. Sie ist stark, stärker denn je. Sie sieht alles, sie weiß alles. Die Araber verhalten sich ruhig; sie werden es nie wagen, Dummheiten zu machen. Morgen ist Kippur-Tag. Schönes Fest, wünsche ich dir, Grischa. Fastest du auch?

Ja, er wird fasten.

»Was, du bist fromm?«

Nein, er ist nicht fromm. Aber er ist Jude. Wenn sein Volk fastet, fastet er auch. Wie soll er ihr das erklären? Zum Glück verlangt sie keine Erklärung. Sie stellt Fragen und gibt sich selbst die Antwort.

Da Grischa ihr zu verstehen gegeben hat, daß er heute abend nicht will, weiß sie nicht, was sie tun soll, und schlurft schmollend durchs Zimmer. Katja ist immer sehr langsam. Ob sie es auch vorher war? Wohl kaum. Das Leben hat für sie mit dem Tod von Yoram aufgehört. Sie macht keine Pläne, hat keine Interessen. Katja scheint immer irgendwie abwesend zu sein, sogar im Bett.

»Manchmal frage ich mich, ob ich dich nicht beneiden soll«, sagt sie. »Du bist stumm. Du wirst etwas gefragt und brauchst nur die Brauen hochzuziehen, um zu sagen: Tut mir leid, wenden Sie sich an den Schalter nebenan; bei mir ist geschlossen ... Oh, verzeih mir, das war ein schlechter Scherz ...«

Sie setzt sich zu ihm aufs Sofa:

»Bist du sicher, daß du ...«

Ja, er hat keine Lust heute abend. Er schreibt ihr auf ein Blatt Papier: »Meine Mutter trifft morgen ein.« Als ob das sein Verhalten erklärte. Katja sieht keinen Zusammenhang, drängt aber nicht weiter. Grischa schreibt weiter: »Ich möchte gern, daß du mich morgen zum Flughafen begleitest.«

»Gerne, wenn dich das glücklich macht.«

Da ist sie wieder bei ihrem Lieblingsthema: Glück. Wenn sie damit anfängt, hört sie nicht mehr auf.

»Yoram war glücklich«, sagt Katja verträumt. »Vor ihm war es Eytan. Mein Eytan war ein fröhlicher Mensch. Und vor ihm war es meine Freundin Myriam. Myriam war zierlich und anmutig, wie geschaffen für die Freude und das Glück ... Alle Menschen, die ich liebte, die mich liebten ... Ich spreche von ihnen, ich denke an sie in der Vergangenheit ... Der Tod ist eifersüchtig, dieser Dreckskerl! Er hat mir alle genommen, die mir nahestanden ... du tust recht daran, auf Abstand zu gehen. Es muß nicht sein, daß ... Komme mir nicht zu nahe ... Der Dreckskerl ist nicht weit. Ich spüre es. Er hält Ausschau nach dir, er lauert uns auf. Ich fühle es, Grischa. Wer wird seine Beute sein: Ich oder du? Deine Mutter vielleicht? Ich fühle, daß er bewaffnet ist, wie im Kriege ...«

Sie steht auf, geht zum Spiegel und betrachtet sich, als suche sie eine andere Person, das Bild eines Menschen ohne Spiegelbild, und schüttelt ärgerlich den Kopf:

»Du hast keine Lust heute abend«, sagt sie. »Ich verstehe dich, Grischa. Man liebt sich nicht in Gegenwart des Todes.«

Ist sie beleidigt? Fühlt sie sich zurückgewiesen? Grischa kennt sie nicht sehr gut, und sie weiß noch weniger von ihm; alles, was sie weiß, ist, daß er Jude, und zwar russischer Jude ist und stumm.

»Gib dir keine Mühe, mit mir glücklich zu sein«, sagt Katja. »Das ist gefährlich für dich. Der Dreckskerl ist eifersüchtig, eifersüchtig auf das Glück, das ich schenke.«

Glücklich? Grischa ist nicht glücklich. Er denkt an seine Mutter, die das Glücksempfinden in ihm erstickt hat. Ist er überhaupt einmal glücklich gewesen? Ja, irgendwie fast glücklich. In Krasnograd nach seinem Unfall. Glücklich, wie ein ungeliebter Jüngling nur sein kann, der einem ungewöhnlichen alten Mann begegnet, der eine Botschaft für ihn hatte und sein großer und einziger Freund werden sollte. Ach, die Abende bei Viktor Zupanew, dem Nachtwächter mit seinen Geschichten aus tausendundein Nächten der Einsamkeit. Die Geschichten und Erinnerungen, die er ihn auswendig lernen ließ. Ihre geheimen Treffen. Die Mission, die er ihm vorschlug und erläuterte und die von ihm akzeptiert wurde. Ja, damals war Grischa glücklich. Die unveröffentlichten Gedichte des Vaters, die Kapitel seines Testaments, die Qual des Schweigens, das unterdrückte und schließlich befreiende Lachen: Grischa erinnert sich an den ganzen Ablauf des Plans und lächelt. Sieg über Dr. Mosliak und Sieg über seine Mutter. Begreift Katja, weshalb ein stummer Junge lächeln möchte, wenn sie ihm von traurigen Ereignissen berichtet?

Katja sieht ihre eigene Vergangenheit wieder vor sich, ihre eigenen Kämpfe und Niederlagen, sie schildert Grischa die ungetrübten Jahre mit den Eltern im Kibbuz – beide sind tot –, die glücklichen Jahre mit Yoram – tot –, ihre romantische

Liaison mit Eytan – tot – und ihre tiefe, herrliche, ewige Freundschaft mit Myriam – tot auch sie. Grischa denkt an sein eigenes Leben, an seine Eltern, an seine Mutter. Ist es normal, seine Mutter zu hassen? Normal, ihr im Namen eines Toten Schmerz zufügen zu wollen?

Draußen ist es Nacht, und die Stadt reckt sich plötzlich dem Himmel entgegen, als wolle sie mitten zwischen den Sternen einen Platz finden, den Sternen, die alles sehen und nichts preisgeben.

»Verstehst du, Grischa?« sagt Katja unendlich langsam und wie im Traum. »Du verstehst das, mein lieber stummer Liebhaber? Manchmal frage ich mich, ob ich nicht mit dem Tod im Bunde stehe. Er benutzt mich als Werkzeug, um die Menschen anzulocken, die ihm gefallen. Zuerst mache ich sie glücklich, dann liefere ich sie ihm aus ... Du bist in Gefahr, Grischa. Morgen mußt du mich verlassen. Morgen siehst du deine Mutter wieder. Behalte sie bei dir. Dein Schriftstellerfreund wird nichts dagegen haben, dessen bin ich sicher. Du brauchst deine Mutter, und sie braucht dich. Und mich, mich laß bitte allein. Es ist sicherer so. Du mußt fern von mir leben ...«

Hinter dem Fenster liegt die Stadt, sie hängt unwirklich zwischen Wolken und Hügeln, als schwebe sie zwischen Sehnsucht und dunkler Ahnung.

Das Testament
des Paltiel Kossower

(Fortsetzung)

Ich setzte meine Studien fort. Es gab keinen Konflikt zwischen meinem mystischen Streben, den alten Streitfragen über den Tempelkult und meiner »politischen« Arbeit mit Ephraim.

Mein Vater zeigte sich zufrieden und war offensichtlich stolz auf seinen Sohn. Wenn ich so weitermachte, würde ich bald ordiniert werden, ein schönes, kluges Mädchen heiraten, das gut erzogen, tugendhaft und aus guter Familie sein müßte; wir würden Kinder haben, die als gute Juden heranwüchsen; und wenn es Gott gefiel, würden wir dazu ausersehen sein, den Messias vor den Toren von Ljanow zu empfangen, und ein Nachher würde es dann nicht mehr geben.

Was Ephraim betrifft, so war mein Vater glücklich über unsere jetzt allgemein bekannte Freundschaft. Wie sollte er auch nicht? Vertieften wir uns doch gemeinsam in die faszinierenden Texte des Talmuds. Dagegen war nichts einzuwenden, denn unsere Weisen empfehlen dem Studierenden sogar, nicht nur einen Meister zu wählen, sondern auch einen Gefährten.

Nach außen war alles in bester Ordnung, und Ephraim, der ein großes Geschick besaß, andere zu verführen und zu beeinflussen, begann mich behutsam in die Lektüre profaner Texte einzuweihen. Zuerst Gedichte, Geschichten und Essays religiöser Autoren, anschließend solche von Freidenkern wie Mapu, Mendele, Frischmann, Perez, Bialik, Schneur ... Ephraim hatte keine leichte Aufgabe, der eingefleischte Talmudist in mir leistete ihm Widerstand. Ich konnte mich nicht für die Dramen und psychologischen Konflikte imaginärer Wesen interessieren, während mich die kleinste Anekdote zu begeistern vermochte, jede von einem Rabbi Jochanan ben Sakkai oder einem Hillel dem Älteren formulierte Lehre. Mein Erinnerungsvermögen fesselte mich stärker als die Phantasie.

75

Aber Ephraim war ein geduldiger Mentor und verlor den Mut nicht. Wir beschäftigten uns mit einem sozialkritischen Roman wie mit einer Seite der Haggada, wir analysierten ihn von innen her. Und schließlich unterlag ich dieser Verführung, mußte mir eingestehen, daß es außer den Traktaten über Götzendienst oder Ehescheidung auch noch andere Bücher zu entdecken gab. Ich fing an, die russischen und französischen Klassiker zu verschlingen, natürlich in jiddischer Übertragung. Victor Hugo und Tolstoj, Zola und Gogol. Mein Horizont erweiterte sich. Ich ließ Safed hinter mir, um in Paris zu flanieren. Ich war auf dem Weg zur Emanzipation.

Die folgende Phase verlief langsamer und war schwieriger. Um mich wirklich frei zu machen von alten Vorstellungen, machte mich Ephraim mit philosophischen Werken bekannt, mit den Ideen von Spinoza, Kant und Hegel – natürlich immer in jiddischer Übersetzung. Dagegen verwahrte ich mich energisch: Diese Menschen wagen es, die Existenz Gottes in Zweifel zu ziehen? Sie wagen es, die biblische Wahrheit zu leugnen? Den göttlichen Ursprung der Genesis? Ephraim erklärte mir, ohne sich dabei aufzuregen, daß blinder Glaube des Menschen unwürdig sei, daß es durchaus erlaubt war, Fragen zu formulieren. Das hatte sogar Maimonides getan. Und Jehuda Hallevi. Und Don Itzhak Abravanel. Wenn man die Ungläubigen widerlegen wollte, mußte man ihre Argumente kennen. Das steht in der *Ethik unserer Väter* geschrieben. Die Bibelkritik macht dir Angst, Paltiel? Warum denn? Sie ist lediglich ein wissenschaftliches Studium der Schrift. Erschreckt dich die Wissenschaft? Aber unsere größten Denker, unsere berühmten Kommentatoren waren doch alle Suchende ... Ephraim wußte, wie er vorgehen mußte. Er schulte mich, und ich ließ es geschehen. Er besorgte mir Schlegel, Feuerbach und Marx. Wir diskutierten immer weniger über die *Schechina* im Exil, aber dafür um so mehr über die *Kritik der reinen Vernunft*. Sie werden es nicht glauben, Genosse Richter, aber in jenem Jahr lernte ich ganze Passagen des *Kapitals* auswendig, einschließlich der Kommentare.

Gleichzeitig weckte Ephraim ganz systematisch in mir die Liebe zum Vaterland der Vaterlandslosen, ich will damit sagen: Zu unserem Vaterland. Und ich, der sich doch so schlecht in Geographie und Wirtschaft auskennt, mußte alles über die Städte und Republiken, über die Steppen und Gebirge Sowjetrußlands lernen, vor allem aber alles über seine Revolution, über ihre Struktur, ihr Sozialsystem, ihre Wohltaten für die Menschheit. Ich lernte auch Zeitungen, Zeitschriften, das höhere Schulwesen, Kriegshelden und revolutionäre Dichter Sowjetrußlands kennen und war am Ende besser über das Leben in der Sowjetunion informiert als über das Land, das uns aufgenommen hatte. Sie war mir so vertraut wie das himmlische Jerusalem, wo mir jeder Weg und Steg bekannt war. Wenn man Ephraim Glauben schenkte, dann hatte der Messias Jerusalem gegen Moskau eingetauscht.

»Siehst du jetzt ein«, sagte er, und seine Stimme überschlug sich fast, »daß sie dort die Prophezeiung des Isaias verwirklicht, die Tröstung des Jeremias gerechtfertigt haben ...

Es gibt keine Reichen und keine Armen mehr, weder Herren noch Knechte, weder Verfolgte noch Verfolger. Es gibt keine Unwissenheit mehr, keinen Schrecken, kein Elend. Verstehst du, was ich sage, Paltiel? Dort sind alle Menschen Brüder vor dem Gesetz; denn sie haben kein Recht, es nicht zu sein. Denke, was das bedeutet. Die Juden leben nicht mehr in tödlicher Bedrohung, nicht mehr in Furcht und Unsicherheit; sie müssen nicht mehr das Recht auf Glück oder auf Schulbildung erkaufen. Sie sind frei, sind den anderen gleichgestellt, werden weder gefürchtet noch beneidet, noch isoliert. Sie leben, wie sie es möchten, sie singen in ihrer Sprache, sie bauen ihre Häuser nach ihrem Geschmack und verwirklichen ihre Träume nach ihren Vorstellungen ... Das zählt doch, Paltiel. Wenn es heute ein einziges Land gibt, wo die Juden sich zu Hause und in Sicherheit fühlen können, dann ist es die Sowjetunion ... Und weshalb? Weil die Revolution gesiegt hat. Sie hat einen neuen Menschen hervorgebracht – den kommunistischen Menschen –, der die Macht des Kapitalismus überwunden, die Diktatur der Reichen, den Fanatismus des Aberglaubens gebrochen hat.«

Da bei uns in Ljanow und Umgebung der Antisemitismus grassierte und die Leiden und das Elend seiner Opfer mir das Herz zerrissen und da Reb Mendel der Schweiger gestorben war, bevor er mich gelehrt hatte, wie die Ankunft der messianischen Zeiten gemäß geheimer Verfahren zu beschleunigen war; und da meine Seele ebensosehr nach Idealismus wie nach Romantik dürstete und da mein Freund ebensosehr zu überzeugen wie zu verführen verstand, ließ ich mich blenden, ließ mich verführen, leistete dem Ruf der Revolution, wie er es ausdrückte, Folge.

Eines Abends traf ich bei einem Kameraden aus bürgerlicher Familie weitere Kameraden: zwei Schüler der *Jeschiwa*, eine Schneiderin, einen Friseur und ... Feiwisch, den Angestellten meines Vaters. Beim Anblick des letzteren überkam mich ein Gefühl der Empörung und der Trauer. Wie alle, die dort versammelt waren, verdammte Feiwisch die geizigen und habgierigen Kapitalisten, die das Blut der Arbeiter tranken. Ich fühlte, wie mir das Blut zu Kopfe stieg. Mein Vater ein habgieriger Blutsauger? Ich hob die Hand und bat ums Wort:

»Du lügst, Feiwisch! Mein Vater ist ein frommer, barmherziger Mensch! Er arbeitet mehr als du, mehr als jeder andere. Und er teilt, was er verdient! Er gibt und gibt gern! Das wißt ihr genau. Ihr alle wißt sehr gut, daß wir nie das Sabbatmahl halten, ohne einen Armen an unseren Tisch zu laden. Nach beendetem Gebet geht mein Vater von einer Synagoge zur anderen, um sich zu vergewissern, ob auch kein Fremder und kein Bettler ohne Obdach und Essen bleibt. Und jeden Mittwoch läßt er bei uns im Hof eine Küche aufstellen für die Bettler aus Ljanow und die hungrigen Landstreicher. Und du, Feiwisch, du weißt es besser als jeder andere. Weshalb verleumdest du ihn dann? Ist das euer Kommunismus? Verleumdung und Lüge?«

Auf dem Nachhauseweg versuchte Ephraim, die Sache in Ordnung zu bringen:

»Der Fehler liegt bei mir. Es war nicht richtig von mir, dich und Feiwisch zusammenzubringen.«

»Darum geht es nicht«, sagte ich und geriet von neuem in Fahrt. »Es geht darum, daß Feiwisch lügt; und daß ihr ihn dazu noch ermuntert. Ob er in meiner Gegenwart lügt oder wenn ich nicht da bin, hat nichts mit der Tatsache zu tun, daß er lügt! Und wenn er lügt, dann lügen die anderen Kameraden auch! Ist das die kommunistische Wahrheit? Die totale Lüge?«

»Du bist in Rage, ich verstehe dich ja auch«, sagte Ephraim. »Aber du schießt übers Ziel hinaus. Fasse die verallgemeinernden Äußerungen eines Kameraden nicht als persönliche

Beleidigung auf. Der Kommunismus ist nur gültig als objektives System; wenn man ihn auf das Individuum anwendet, verändert man seine eigentliche Natur.«

Er hatte recht, aber ich ebenfalls. Es tat mir leid wegen meines Vaters. Und was Feiwisch betraf, so war ich ihm böse und sprach kein Wort mehr mit ihm. Wenn es nach mir gegangen wäre, hätte ich ihn entlassen; weil es mir einfach unmöglich erschien, mit ihm unter einem Dach zu wohnen. Meine Mutter ahnte etwas von meinem Mißbehagen, sie musterte mich oft verstohlen, als wollte sie mich auffordern, sie ins Vertrauen zu ziehen. Ahnte sie die Ernsthaftigkeit und die Art meines Engagements? Niemals habe ich auch nur den Schatten eines Vorwurfs in ihren Augen gesehen. Selbst an dem Tag, als ich ihr meine Absicht kundtat fortzugehen, sah sie mich nur mit einem traurigen Blick an, ohne ein Wort des Vorwurfs.

Ich war ins wehrpflichtige Alter gekommen und hatte nicht die geringste Lust, Soldat Seiner Majestät, des Königs des glorreichen Rumänien, zu werden. Außerdem hatte ich mich im Einvernehmen mit Ephraim entschlossen, ins Ausland zu gehen. Nach Berlin, Paris und – wenn Gott es wollte – nach Moskau.

»Wann reist du ab?« fragte sie und wurde blaß.

»In ein paar Tagen.«

»Ist dein Vater im Bilde?«

»Nein, ich will heute abend mit ihm darüber reden.«

Sie nickte mit dem Kopf:

»Gib dir Mühe, ihm nicht zuviel Kummer zu bereiten.«

Worauf spielte sie an? Ich räusperte mich und fragte sie. Sie antwortete mit einer Gegenfrage, die anscheinend nichts mit meiner Frage zu tun hatte:

»Wo hast du deine *Tefillin*?«

»Meine Gebetsriemen sind im Studierhaus.«

»Du vergißt doch nicht, sie dorthin mitzunehmen, wohin du gehst?«

Die Tatsache, daß sie mir eine solche Frage stellte, bewies mir, daß sie eine Ahnung von meiner heimlichen Tätigkeit haben mußte. Ich befolgte immer noch die Grundvorschriften der Tora, unterzog mich den religiösen Übungen, studierte die heiligen Texte, aber ich entfernte mich nach und nach von ihnen. Meine Abreise würde einen unheilbaren Bruch bedeuten, das wußte meine Mutter genau.

»Denkst du im Ernst, ich werde aufhören, Jude zu sein, wenn ich fortgehe?«

»Alles ist möglich, mein Sohn. Fern von den Eltern ist alles möglich. Deshalb sage ich dir jetzt: Erinnere dich an deine Eltern, wenn du den Versucher verjagen willst.«

Meine Mutter wußte, daß wir für lange Zeit weit voneinander entfernt sein würden, aber es gelang ihr, keine Trauer zu zeigen. An diese Unterhaltung erinnere ich mich, als sei es gestern gewesen. Wir waren in der Küche. Meine Mutter machte eine Schublade sauber und stellte das Geschirr an seinen Platz. Auf ihrem Gesicht lag ein Lächeln, das ich bei ihr nicht kannte und mich tief traf. Ich wäre am liebsten zu ihr gegangen, um sie um Verzeihung zu bitten, aber ich tat es nicht und weiß nicht warum.

Abends kam mein Vater etwas verspätet heim, Feiwisch begleitete ihn.

»Ich möchte dich gerne sprechen, Vater.«

»Gleich«, sagte er, »ich habe noch nicht das *Maariw*-Gebet gesprochen.«

Feiwisch machte ein entsetztes Gesicht. Er hatte Angst, ich würde ihn verraten. Er ging hinaus und ließ mich allein mit meiner Mutter.

»Verheimliche deinem Vater nichts, aber tu ihm nicht weh. Sage ihm, warum du fortgehen mußt. Sag ihm, du hättest deinen Stellungsbefehl bekommen und müßtest dich nächste Woche in der Kaserne melden. Sag ihm, daß wir beide meinen, es sei falsch, deine Jahre zu vergeuden und in einer Armee zu dienen, in der man nicht nach dem jüdischen Gesetz leben kann – aber von allem übrigen sprich nicht.«

Jawohl, sie wußte es. Sie wußte, daß ich mich verändert hatte und mich immer mehr verändern würde.

Mein Vater betrat wieder die Küche:

»Komm ins Wohnzimmer«, sagte er.

Ich folgte ihm. Er griff zu dem Bibelkommentar, den er am meisten schätzte, und legte ihn vor sich auf den Tisch. Von ihm trennte er sich nie, sogar im Geschäft lag er auf seinem Schreibtisch.

»Ich höre«, sagte er und setzte sich.

Ich schilderte in groben Zügen die Situation. Er schien betrübt, aber nicht überrascht zu sein. Während er mir zuhörte, blätterte er zerstreut in seinem Buch. Über den Militärdienst hatten wir mehr als einmal gesprochen. Das Regime war korrupt, und mit Hilfe einer kleinen Bestechung konnte man sich ausmustern oder sogar durch einen anderen ersetzen lassen. Aber diese Lösung mißfiel ihm. Bestechen ist schlimmer, als sich bestechen zu lassen, sagte er mit Nachdruck. Dann blieb nur die Möglichkeit, ins Ausland zu fliehen und bei der nächsten Amnestie zurückzukommen.

»Wann gedenkst du fortzugehen?«

»In ein paar Tagen. Anfang nächster Woche.«

»Gehst du zuerst nach Bukarest?«

»Ja, für ein oder zwei Tage. Während dieser Zeit will ich mir die nötigen Papiere verschaffen und dann weiterfahren nach Wien oder Berlin.«

»Hilft dir jemand? Und wer?«

»Ephraim und ein Freund von ihm«, sagte ich.

Mein Vater hatte die rechte Hand auf den aufgeschlagenen Kommentar gelegt und versank in tiefes Nachdenken. Wo befand er sich jetzt? Welchen unserer Vorfahren befragte er? Mit leiser Stimme wandte er sich schließlich wieder an mich:

»Ich habe drei Kinder; du bist mein einziger Sohn; wirst du den *Kaddisch* für mich sprechen, und wirst du Jude bleiben? Du bleibst es doch?«

Der gequälte Ton seiner Stimme traf mich wie ein Schlag, ich sprang auf: Er war also auch im Bilde.

»Ganz bestimmt«, stotterte ich, »ganz bestimmt. Warum fragst du mich danach?«

Mechanisch fuhr er mit der Hand über die aufgeschlagene Seite, auf die sein starrer Blick gerichtet war, und mir wurde klar, daß ich unrecht gehabt hatte, ihm meine Aktivitäten der letzten Wochen zu verheimlichen. Auch er hatte sich nicht täuschen lassen. Schon seit langem hatte er gemerkt, daß Ephraim und ich uns mit illegalen Dingen befaßten. Aus Achtung vor meiner Person hatte er nicht eingegriffen, auch deshalb nicht, weil er mir in religiöser Hinsicht und in bezug auf meine Studien nichts vorzuwerfen hatte.

»Du hoffst, die Menschen zu verändern«, sagte er. »Das ist gut. Du möchtest die Gesellschaft verändern. Eine herrliche

Sache. Du gedenkst, das Böse und den Haß auszurotten. Großartig. Damit bin ich ganz einverstanden.«

Er sprach langsam und mit schmerzlicher Stimme; ich lauschte ihm mit jeder Faser meines Herzens. Plötzlich wechselte er ganz unvermittelt das Thema:

»Erinnerst du dich an Barassy?«

»Ja, Vater. Daran erinnere ich mich.«

»Und an das Pogrom?«

»Ich sehe den Keller noch vor mir und die Finsternis und spüre die atemlose Stille.«

»Erinnerst du dich an das Begräbnis?«

»Es bleibt mir in Erinnerung bis an das Ende meiner Tage.«

»Und an die Särge ...«

Das Bild stand deutlich vor mir. Die schwarzen Särge, die Menschenmenge, die drei schwarzen Männer mit ihren Sammelbüchsen.

»Was riefen die drei Kirchendiener, die vor den Särgen hergingen? *Zedaka tazil mimawet:* Die Barmherzigkeit wird euch vor dem Tod erretten. Was für ein absurder Gedanke. Stellen wir uns vor, ein Mensch kommt auf die Idee, sein Vermögen unter den Armen zu verteilen, stellen wir uns vor, er übt Tag für Tag und sogar des Nachts noch Barmherzigkeit. Heißt das nun, daß er niemals sterben wird? Dann würden die Reichen demnach außer ihrem Geld auch noch die Zusicherung für Unsterblichkeit haben? Nein, so ist es nicht; dieses Wort bedeutet etwas anderes. Dadurch, daß wir den Armen helfen, daß wir Auge und Ohr für die haben, die uns brauchen, haben wir lediglich das Privileg, unser Leben in seiner ganzen Fülle zu leben. Denn ohne dieses Privileg wären wir ein lebender Leichnam. Darin liegt der Sinn des Satzes: Die Barmherzigkeit errettet den Menschen vor dem Tod ... errettet ihn, bevor er stirbt. Das ist mein Reisegeschenk, mein Sohn. Verstehst du nun, weshalb ich dich nicht daran gehindert habe, das zu tun, was du getan hast? Mit Ausnahme von Ephraim kenne ich keinen deiner kommunistischen Freunde. Ich weiß nur, daß sie danach trachten, das Unglück in der Welt zu vermindern. Das und nur das zählt. Es heißt, sie lästerten Gott. Das geht nur sie etwas an und ist Sache des Herrn. Möge er sich damit befassen. Entscheidend ist, daß sie für die kämpfen, die weder die Mittel noch die Kraft haben, sich zu wehren. Wesentlich ist, daß du ein Herz hast für die Leiden deines Nächsten. Solange du mit aller Leidenschaft gegen die Ungerechtigkeit kämpfst und die Opfer, sogar die Opfer des Himmels, verteidigst, wirst du spüren, daß du lebst, das heißt, daß du Gott in dir spürst, den Gott deiner Vorfahren, den Gott deiner Kindheit, du wirst Leidenschaft für den Menschen und Leidenschaft für Gott in dir spüren. Die wirkliche Gefahr, mein Sohn, ist die Gleichgültigkeit.«

Mein Vater hatte mich noch nie mit so wenigen Worten so vieles gelehrt. Ich blickte auf seine Hand, die immer wieder über die aufgeschlagene Seite strich. Ich mußte mich zusammenreißen, sonst hätte ich mich über diese Hand gebeugt und sie geküßt wie am Tag der Großen Versöhnung.

»Damit ist gesagt«, nahm mein Vater wieder das Wort, »daß du dich an eines immer erinnern mußt: Du bist Jude, in erster Linie Jude, und als solcher wirst du der Menschheit helfen. Wenn du dich um andere kümmerst und dabei deine Brüder im Stich läßt, wirst du schließlich allen untreu werden. Wenn du magst, betrachte dies als mein Testament.«

Er unterbrach sich, seine Hand lag jetzt ruhig auf dem offenen Buch.

»Versprich mir, Jude zu bleiben, um mehr bitte ich dich nicht.«

»Ich verspreche es dir.«

»Versprich mir, jeden Morgen die Gebetsriemen anzulegen.«

»Ich verspreche es dir.«

»Sei stets darauf bedacht, kein Schweinefleisch zu essen. Vergiß deine Studien nicht. Feiere unsere Feste. Daß du am Tag der Großen Versöhnung fasten wirst, weiß ich.«

Seine Sicherheit rührte mich. Wie konnte er das wissen, wie es voraussehen? Nächste Woche würde ich in der Hauptstadt, dann in einer anderen Stadt, schließlich in einer dritten sein; ich würde anderen Leuten begegnen, andere Ansichten hören. Vielleicht würde ich mir untreu werden, ihm untreu werden. Wie konnte er sich dessen so sicher sein?

Er schloß das Buch, zog sein Taschentuch aus der Tasche und sagte kein weiteres Wort, ich schwieg ebenfalls. Dann gingen wir in die Küche zu meiner Mutter. Sie lächelte uns zu und war glücklich, weil sie sah, daß wir trotz unseres Schweigens einen versöhnten Eindruck machten.

Die Woche verging zu schnell und gleichzeitig zu langsam. Ich hatte Reisevorbereitungen zu treffen und war darauf bedacht, möglichst viel bei meinen Eltern zu sein. Endlich kam der Abreisetag. Der Koffer war gepackt, ich brauchte ihn nur noch in die Hand zu nehmen. Ein dicker Briefumschlag mit Banknoten lag für mich auf dem Tisch. Meine Mutter kochte in der Küche Tee. Wir tranken ihn im Stehen, wechselten ein paar nichtssagende Worte, hinter denen sich zärtliche Liebe verbarg. Paß gut auf dich auf. Das werde ich tun. Vergiß nicht, regelmäßig zu essen. Das werde ich schon nicht. Wirst du auch schreiben? Ich werde schreiben. Mascha, den Kindern und Zlata sagst du, daß du ... Ihrem Verlobten wirst du erklären ... Nie hatte ich mich meinen Eltern so nahe gefühlt, die nun schutzlos und gefaßt ihrem Sohn und dem Leben gegenüberstanden. Nie zuvor hatte ich eine so heiße Liebe zu ihnen empfunden. Wenn das ein Verbrechen ist, dann erkläre ich mich für schuldig. Schuldig, weil ich zwei gütige und rechtschaffene, zwei aufrichtige und ehrliche Menschen als Eltern gehabt habe, die allerdings der schlimmen Klasse der Bourgeoisie angehörten; die an Gott glaubten und die Religion ihrer Vorfahren ausübten. Es waren lautere Menschen, die ein hehres Ideal hatten und dennoch keine Kommunisten waren. Ich erkläre mich für schuldig, weil ich sie mehr als unsere heißgeliebten Führer geliebt habe, mehr als irgend jemanden auf der Welt – ich erkläre mich für schuldig, weil ich sie heute immer noch liebe, tausendmal, nein sechsmillionenfach mehr liebe als zu ihren Lebzeiten.

Mein Vater machte mich darauf aufmerksam, daß es Zeit sei; wir mußten Abschied nehmen. Ich schluckte ein paarmal. Irgendwo schrie ein Kind, und seine Mutter schimpfte mit ihm.

»Es wäre klüger«, sagte mein Vater, »wenn du ohne uns zum Bahnhof gehen würdest. Es ist besser, kein Aufsehen zu erregen.«

Er hatte recht. Es fehlte nicht an Spitzeln bei uns. Ephraim würde meinen Koffer tragen und ich ihn begleiten, als ginge er für ein oder zwei Wochen zum Rabbi von Wardein.

Ich küßte zuerst meiner Mutter, dann meinem Vater die

Hand. Ich fühlte, wie mein Herz klopfte. Zum Glück kam Ephraim herein. »Keine Tränen, Paltiel«, befahl er mir mit einem stummen Blick. Ich ging rasch zur Tür hinaus. Es ist peinlich, Tränen zu vergießen, wenn man schon alt genug ist, um Soldat zu werden, sich stark genug fühlt, um gegen die Mächte des Bösen in den Krieg zu ziehen, und zwar im Namen einer guten, gerechten und humanen Sache, mit anderen Worten: Im Namen der Revolution.

Die Sonne spielte im Laub der Bäume am Straßenrand. Passanten grüßten sich, Schatten huschten vorüber, Vögel zwitscherten, Kinder liefen mich beinahe um, mein Kopf war voll dunkler Ahnungen. Ich ging langsam, zwang mich, nicht rückwärts zu schauen, wo ich die brennenden Blicke meines Vaters und die tränenumflorten Augen meiner Mutter wußte. Dabei war mir, als gingen sie stumm vor mir her. Sie würden bis zuletzt über mich wachen.

Wußte ich damals schon, daß ich sie nie wiedersehen würde?

Grischa, mein Sohn!

Ich unterbreche meine »Beichte«, um Dir diesen Brief zu schreiben. Wenn Du ihn liest, wirst Du erwachsen genug sein, um ihn zu verstehen und mich zu verstehen. Aber wirst Du ihn überhaupt lesen? Wirst Du ihn überhaupt bekommen? Ich fürchte nein. Wie alles von Gefangenen Geschriebene wird auch er in den Geheimarchiven verrotten. Trotzdem sagt mir etwas in mir, daß ein Testament niemals verlorengeht. Selbst wenn kein Mensch liest, was darin steht, so ist es doch ausgesprochen. Der Appell der Sterbenden wird gehört werden, wenn nicht heute, dann morgen. Alle unsere Taten werden in das große Buch der Schöpfung geschrieben. Das ist der eigentliche Kern dieser großartigen Überlieferung des Judentums, die ich Dir ans Herz legen möchte.

Ich schreibe Dir, weil ich bald sterben werde. Wann, das weiß ich nicht. In vier Wochen oder in sechs Monaten. Ich weiß auch keine Antwort auf die Frage, wann ich dieses Bekenntnis beenden werde.

Es ist dunkel, aber ich weiß nicht, ob die Dunkelheit draußen oder in meinem Innern herrscht. Die elektrische

Birne mit ihrem stechenden Licht blendet mich. Der Wärter wird bald kommen und das Guckloch aufmachen. Sein Schritt ist mir vertraut. Ich habe keine Angst vor ihm. Ich erfreue mich gewisser Privilegien. Ich darf schreiben, soviel ich will und wann ich will. Und auch, was ich will. Ich bin ein freier Mensch.

Ich stelle mir vor, wie Du in fünf oder zehn Jahren aussiehst. Wer wirst Du dann sein, wenn Du in mein Alter kommst? Was weißt Du dann von den Verhören und Ängsten, die Deinen Vater gequält haben?

Mein Sohn, ich sehe Dich so, wie ich meinen Vater sehe. Wie im Traum, als ob der Traum Wirklichkeit wäre, ruft meine Stimme nach Dir und nach ihm, und sei es nur, um der Welt ihre Häßlichkeit ins Gesicht zu schleudern, um gemeinsam um Hilfe zu schreien, um gemeinsam den Tod der Hoffnung zu beweinen und gemeinsam den Tod des Todes zu besingen.

Ich bin Dein Vater, Grischa, und es ist meine Pflicht, Dir Instruktionen und Ratschläge zu geben. Woher soll ich sie nehmen? Ich habe im Leben nicht viel Erfolg gehabt, so daß ich mir kaum anmaßen darf, Deinem Leben Richtung zu geben. Trotz meiner Erfahrung mit den Menschen kenne ich das Mittel nicht, um sie zu retten, um sie aufzuklären; ich frage mich, ob sie überhaupt gerettet oder aufgeklärt werden wollen. Trotz aller Erfahrungen, und ich habe viel erfahren, weiß ich keine Antwort auf die schwerwiegenden und entscheidenden Fragen, die das Wesen des Menschen betreffen. Angesichts der Zukunft und gegenüber den anderen Menschen hat das Individuum keine Chance zu überleben. Bleibt der Glaube und bleibt Gott. Als Ursprung der Fragen ließe ich ihn gerne gelten, aber er will, daß man ja zu ihm sagt, und dem kann ich nicht zustimmen. Und dennoch beneide ich meinen Vater und die Seinen, die an Gott glaubten. Du sollst wissen, daß ich, der noch nie einen Menschen um etwas beneidet hat, sie um ihren reinen, unangefochtenen Glauben beneide.

Vielleicht hast Du eines Tages die Möglichkeit, meine Gedichte zu lesen, sie sind eine Art spiritueller Biographie. Nein, das klingt zu anspruchsvoll. Vielleicht eine poetische Biographie? Auch das stimmt nicht. Es sind Gesänge, schlicht und einfach meinem Vater gewidmete Gesänge, wie ich ihn im Traum gesehen habe. Unter den neuesten gibt es ein Gedicht, das zu ändern ich mir vorgenommen habe. Sein Titel ist gleichermaßen naiv und ironisch. Er lautet: »Das Leben ist ein Gedicht.« Das Leben ist aber kein Gedicht. Ich weiß nicht, was das Leben ist, und ich werde sterben, ohne es erfahren zu haben.

Mein Vater, dessen Namen du trägst, wußte es. Doch er ist tot. Deshalb kann ich Dir nur sagen: Denke immer daran, daß er wußte, was sein Sohn nicht weiß.

Ich habe danach gesucht. Sollte ich noch genügend Zeit haben, werde ich Dir erzählen, wie ich danach suchte. Wenigstens das eine will ich Dir sagen: Geh nicht meinen Weg, er führt nicht zur Wahrheit. Für einen Juden liegt die Wahrheit darin, daß er unter seinen Brüdern bleibt. Binde Dein Schicksal an das Deines Volkes, sonst wirst Du im Nirgendwo enden.

Nicht, daß ich mich schäme, einmal an die Revolution geglaubt zu haben. Sie hat Millionen von Hungernden und Verfolgten Hoffnung gegeben. Aber ich sehe, wohin sie geführt hat, und ich glaube nicht mehr daran. Die großen Umwälzungen in der Geschichte, das dramatische Tempo, mit dem sie sich vollziehen ... mir sind im Grunde die Mystiker wichtiger als die Politiker.

In einem Monat oder einem Jahr werde ich sterben – und möchte so gerne noch leben. Mit Dir und für Dich. Um Dich mit den Persönlichkeiten bekannt zu machen, die in dieser Zelle das endlose Warten mit mir teilen.

Du sollst wissen, daß ich mich in meiner Lebensbeichte für schuldig bekenne. Jawohl, schuldig. Nicht in dem Sinne, wie es die Anklage versteht. Nein, in einem ganz anderen Sinne, ich bekenne mich schuldig, weil ich nicht wie mein Vater gelebt habe. Mein Sohn, fällt Dir die Ironie auf: Ich habe als Kommunist gelebt und sterbe als Jude.

Ein Sturm ist über die Menschen hinweggefegt; sie sind nicht mehr die, die sie waren. Ich bin erwachsen geworden, bin reif geworden. Ich bin in den Wald gegangen und habe mich verirrt, und zum Umkehren ist es zu spät. So ist nun einmal das Leben: Ein Zurück gibt es nicht.

Dein Vater

Du hast offensichtlich einen Unfall gehabt, hatte der Nachtwächter Zupanew gesagt. Du mußtest ins Krankenhaus gebracht werden. Du hast nicht geweint. Bravo, mein kleiner Grischa. Du gefällst mir. Du bist ein kluger und braver Junge. Komm mit zu mir. Wir wollen ein bißchen plaudern. Ach, ich weiß ja, daß du das nicht kannst. Das macht nichts. Plaudern werden wir trotzdem. Komm mit zu mir. Dort ist es gemütlicher. Du kennst mich gar nicht? Ich kenne dich natürlich, das liegt an meinem Beruf; ich kenne alle Leute hier im Viertel. Ich bin über alles im Bilde, was sich in den einzelnen Wohnungen und Familien tut. Ich kenne deine Mutter und eure Nachbarn; ich kenne den Mann, den du nicht magst, und – weißt du – ich kann ihn auch nicht ausstehen, diesen Dr. Wolodja Mosliak. Komischer Doktor ist das ... Los, komm. Wir können uns besser bei mir unterhalten. Wie ich es anstellen werde, dich zu verstehen, da du doch stumm bist? Mach dir deswegen keine Gedanken, ich kriege das schon hin. Ich habe gelernt, Worte zu hören, die nicht gesagt werden, und Worte zu lesen, die sich im Kopf bilden und die man nie auszusprechen sich schwört. Stell dir einfach vor, du würdest sprechen, ich höre dich dann schon. Denke einfach, daß du sprichst, und dann wirst du auch sprechen. Hast du Vertrauen zu mir?

Grischa schenkte ihm Vertrauen. Sie wurden Freunde, Vertraute und Verbündete. Grischa brauchte einen Vater und Zupanew einen Sohn.

Sie waren sich an einem Sommerabend begegnet. Es war fürchterlich heiß. In Krasnograd regte sich nichts; die geringste Bewegung war anstrengend. Sogar Fliegen und Mücken schwirrten nur in Zeitlupe.

Raissa war mit Dr. Mosliak schwimmen gegangen. Grischa war allein in der Wohnung und bemitleidete sich. Mit Olga, einer Klassenkameradin, hatte er sich verkracht. Außerdem hatte der Unfall ihn noch mehr isoliert. Er war jetzt vierzehn Jahre alt und fühlte sich völlig am Ende. Er war sogar bereit, einen neuen Unfall zu provozieren. Wollte er damit seine Mutter strafen? Mosliak hätte sie schnell getröstet. Aber das hatte noch Zeit. Vielleicht morgen, vielleicht nächstes Jahr.

Er hob eine Zeitung vom Boden auf und fand nichts Lesenswertes darin. Das Buch auf dem Nachttisch war auch nicht interessant. Er blätterte darin, ohne an einer Zeile hängenzubleiben. Er wußte nicht einmal, um was es in diesem Roman eines berühmten Modeschriftstellers ging. Er goß sich gerade ein Glas Wasser ein, als es an die Tür klopfte. Ein kleiner Mann mit Glatze stand auf der Schwelle.

»Darf ich reinkommen?«

Grischa nickte mit dem Kopf.

»Ich habe dich gesehen, und da habe ich mir gesagt ... Ach, Entschuldigung, ich habe mich nicht vorgestellt. Ich bin Zupanew, der Nachtwächter Zupanew ... Darf ich mich setzen?«

Grischa wies auf einen Stuhl und gab ihm durch ein Zeichen zu verstehen, ob er ein Glas Wasser wünsche.

»Nein, danke. Ich bin zufällig vorbeigekommen und wollte ein bißchen schwätzen. Um diese Zeit ist sonst niemand im Haus. Die Mieter sind alle fort, um zu baden oder im Park frische Luft zu schnappen. Stört es dich, daß ich gekommen bin?«

Grischa schüttelte den Kopf. Nichts störte ihn; nichts verdroß ihn; nichts regte ihn auf.

»Hättest du keine Lust, zu mir zu kommen? Dort haben wir es bequemer«, sagte der Nachtwächter.

Grischa warf ihm einen prüfenden Blick zu. Der Mann nannte sich Nachtwächter. Wie kann es sein, daß er mir noch nie aufgefallen ist? Zupanew schien seine Gedanken zu erraten.

»Du hast sicher schon tausendmal meinen Weg gekreuzt, aber mich nie angeschaut. Wundert dich das? Ich bin nun einmal so, ich ziehe keinerlei Aufmerksamkeit auf mich. Ich bin ein menschliches Chamäleon oder so etwas Ähnliches. Ich gehöre zum Inventar, bin ein Teil der Landschaft; ich habe nichts an mir, das den Blick auf sich zieht. Alles an mir ist dermaßen alltäglich, daß die Menschen mich ansehen, ohne mich zu bemerken. Aber ich, ich sehe sie. Es ist doch die Aufgabe des Nachtwächters, alle im Auge zu haben.«

Wie alt mochte er sein? Sechzig? Vielleicht mehr, vielleicht weniger. Er war ein Mann ohne Alter. Als Kind mußte er wohl schon das runde ausdruckslose Gesicht, die blassen, nichtssagenden Augen, die hängenden Schultern, den kahlen Schädel und den schweren Gang gehabt haben; nichts an ihm machte neugierig. Grischa erkannte, weshalb das so war. Seine Züge waren so ausdruckslos, daß der Blick sofort von der Stirn über Augen und Nase zum Mund glitt, ohne daß eine Falte oder sonst eine Linie ihn aufgehalten hätte. Er war die Anonymität in Person.

»Komm, Junge«, sagte Zupanew. »Ich werde für zwei reden. Ich will dir Geschichten erzählen, die du nicht kennst, aber kennen solltest.«

Sie stiegen ins Erdgeschoß hinunter. Zupanew öffnete eine Tür, bat Grischa einzutreten und bot ihm ein Glas Mineralwasser an, das dieser in kleinen Schlucken trank und dabei das Zimmer inspizierte. Ein Feldbett, zwei Stühle, ein Tisch, ein Koffer, ein Bücherbord mit Büchern, deren Titel der Junge rasch überflog. Zu seiner großen Bestürzung stand dort das Werk seines Vaters: *Ich habe meinen Vater im Traum gesehen.*

»He, Bürschchen, ist dir nicht gut?«

Er sah, wie Grischas Blick unverwandt auf das Bücherbord gerichtet war.

»Ach so: Die Gedichtsammlung ... darüber bist du so erstaunt? Warum eigentlich? Darf ich keine Gedichte lieben? Sie sind in Jiddisch geschrieben. Und ich verstehe Jiddisch.«

Er nahm den Band und schlug irgendeine Seite auf. Das Gedicht hatte den Titel »Funken«. Er las es mit zögernder Stimme, und Grischa war bald den Tränen nahe. Fragen über Fragen wirbelten durch seinen Kopf: Wer sind Sie, Zupanew? Wo haben Sie diesen Band aufgetrieben? Seit wann sind Sie Nachtwächter in diesem Viertel? Haben Sie meinen Vater gekannt? Zupanew schien ihn zu verstehen.

»Eines Tages werde ich dir mehr darüber sagen. Du kommst wieder, und dann erzähle ich; du sollst alles wissen.«

Zupanew ließ seinen kahlen Kopf so tief sinken, als wolle er ihn in seiner Brust vergraben. Wollte er einen Schmerz verbergen? Sein Körper schien in sich zusammenzusinken, und Grischa spürte, wie ihn eine dunkle unerklärliche Unruhe überkam.

Zupanew hielt Wort. Und was für Geschichten der Nachtwächter kannte! Entzückt und entsetzt zugleich lauschte Grischa und verlor kein einziges Wort. Hätte sein Vater mit ihm sprechen können, dann hätte er nicht aufmerksamer gelauscht.

Wer war Zupanew? Warum lebte er allein, führte eine Randexistenz? Was tat er, wenn er nicht zu arbeiten hatte? Wen sah er? Wer informiert ihn, und wen informiert er?

Mit der Zeit wurde Grischa klar, daß sein Freund nichts von sich selber preisgab. Er sprach immer über andere, um nicht über sich selbst sprechen zu müssen.

»David Gawrielowitsch Bilamer ... sagt dieser Name dir etwas?« brummte Zupanew. »Er war Schriftsteller, ein großer Schriftsteller. Jude, Kommunist und mit den Großen befreundet. Paß auf: Eines Abends wird er in den Kreml gerufen und findet sich zu früh ein. Er wird höflich empfangen und in ein Vorzimmer geführt, wo man ihn warten läßt. Seine Angst ist so groß, daß er das dringende Bedürfnis empfindet, sofort auf die Toilette zu gehen, aber es ist niemand da, der ihm die Tür öffnet, sie ist abgeschlossen. Er weiß auf einmal, daß es kalten Schweiß gibt. Kurzum, er macht in die Hosen. Da geht die Tür auf, und ein Offizier bittet ihn, ihm zu folgen. Bilamer versucht, ihm sein Problem zu erklären, aber der Offizier sagt: Sie werden erwartet. Dann stehen sie vor dem großen Khan – vor Stalin höchstpersönlich. Ein Alptraum überkommt Bilamer, er denkt: Sie werden mich erschießen, weil ich gewagt habe ... Er spürt, wie eine eiskalte Riesenfaust sich ihm auf die Schulter legt. Plötzlich vernimmt er die wohlbekannte Stimme: ›Ich habe Wert darauf gelegt, Genosse, dir persönlich zu sagen, daß dein Artikel über die Mythen in der Literatur mir sehr gefallen hat.‹ Und schon ist Bilamer wieder im Flur, dann draußen, wo der Wind ihm den Atem nimmt.«

Zupanew hält mit einem verunglückten Lächeln, das einer Grimasse gleicht, einen Augenblick inne, bevor er abschließend sagt: »Bilamer wurde im Zuge der antikosmopolitischen Säuberungen verhaftet und wegen unzüchtigen Benehmens und Beleidigung des Parteichefs verurteilt und natürlich erschossen.«

Woher weiß er das alles, fragte Grischa sich. Zupanew wußte noch viel mehr. Er ließ einen ganzen Zug von bedeutenden und mittelmäßigen, von einfachen und mächtigen Menschen und höchst merkwürdigen Leuten aufmarschieren. Grischa brauchte nur die rechte Hand des Nachtwächters zu beobachten, um zu erraten, was kommen würde. Wenn sie über sein Teeglas strich, dann beschrieb er verachtenswerte Menschen, wenn sie eine Zigarette drehte, dann war das ein Zeichen, daß er die fragliche Persönlichkeit bewunderte.

»Du kennst bestimmt nicht die Geschichte von Makarow«, sagte er eines Abends und holte seinen Machorka aus einer Innentasche. »Du bist zu jung. Ach, dieser Makarow! Stark wie ein Stier und sanft wie ein Lamm. Er glaubte, daß sich der Gang der Geschichte beschleunigen läßt. Das nennt man dann Revolution, nicht wahr? Jahrhundertelang rührt sich nichts, und dann stürzen mit einem Schlage die Berge zusammen, und alles vollzieht sich schneller. Anstatt seine Zeit damit zu verlieren, sich nach einem Beruf oder einer Frau umzusehen, trat Makarow in die Partei ein und erklomm schon bald den Posten eines Funktionärs, Verzeihung: eines hohen Funktionärs. Er hat ganze Stufen übersprungen, ohne sich dessen bewußt zu werden. Glückwunsch für Makarow, zumal der Kerl auch noch gute Arbeit leistet. Und der Erfolg verdreht ihm nicht den Kopf. Er führt weiter dasselbe bescheidene Leben, besucht weiter seine Freunde, trinkt mit ihnen und wagt es sogar, sie aufgrund seiner Stellung zu schützen. Eines schönen Tages kommt dann der Absturz, ebenso abrupt und unerwartet fällt er in Ungnade. Eines Nachts wird er aus dem Bett geholt. Er wehrt sich, er protestiert, und man sagt ihm: ›Später ... du kannst das alles später sagen.‹ Vor dem Untersuchungsrichter stampft er wütend mit dem Fuß auf und droht, sich höheren Orts zu beschweren. Der Richter lacht ihm ins Gesicht: ›Aber du bist hier höheren Orts, du Dummkopf!‹ und geht direkt auf sein Ziel los. ›Wir wissen alles. Wir wissen, daß du nicht schuldig bist. Wir kennen deine Loyalität der Partei gegenüber. Du hast dir nichts zuschulden kommen lassen, wir haben Vertrauen zu dir, und deshalb bist du hier. Es wartet eine Aufgabe auf dich, und du bist der einzige, der sie erfüllen kann.‹ Er leiert noch weitere Sprüche gleichen Kalibers herunter und präzisiert ihm dann, um was und um wen es sich handelt: um Iwanow. ›Iwanow muß unbedingt unschädlich gemacht werden; er ist dein Jugendfreund, ich weiß es, und deshalb ist niemand besser als du geeignet, ihn zu entlarven.‹ – ›Aber wessen beschuldigt man ihn?‹ – ›Er gehört zur Bande um Sinowjew.‹ – ›Unmöglich! Ich kenne Iwanow wie meine Westentasche. Ich lege die Hand für ihn ins Feuer. Niemals könnt ihr mich glauben machen, daß mein Freund Iwanow an der Arbeiterklasse, der er doch sein ganzes Leben geweiht hat, Verrat geübt hat. Niemals werdet ihr mich dazu bringen, ihn einen Feind der Partei zu nennen; er hat doch sein Blut für den Sieg unserer Sache vergossen.‹ Makarow schreit und wird in die Zelle zurückgebracht. Das Verhör wird zehnmal, hundertmal wiederholt. Der Richter bedient sich der üblichen Methoden, ohne Erfolg. Er zieht Spezialisten hinzu, wiederum ohne Erfolg. Dann spricht er zu ihm von Ideologie, Patriotismus, vom individuellen Gewissen gegenüber dem kollektiven Bewußtsein, von Zielen, von Mitteln, vom eigenen Opfer und dem kommunistischen Ideal. Während seiner ganzen Rede spielt er mit einem spitzen schwarzen Bleistift, der auf seinem Schreibtisch liegt. Makarow gelingt es nicht, seinen Blick davon zu lösen, und das ist die Rettung für ihn. Er antwortet: ›Ich gehöre mit Leib und Seele der Partei, aber ich würde mich vor mir selber ekeln, wenn ich meinen besten Freund belasten würde; dann wäre ich der Partei unwürdig.‹ – ›Mit einem Wort, du weigerst dich, einen Befehl der Partei auszuführen?‹ – ›Keineswegs. Die Partei verlangt, daß wir die Wahrheit sagen; ich sage die Wahrheit.‹ – ›Von welcher Wahrheit redest du? Von deiner oder von der der Partei?‹ – ›Es gibt nur eine einzige.‹ – ›Aber wenn die Partei etwas sagt und du sagst etwas anderes, wer hat recht?‹ – ›Die Partei, vorausgesetzt, daß so etwas nie vorkommen kann.‹ – ›Nie? Dann höre gut zu: Die Partei verurteilt Iwanow, die Partei erklärt ihn für schuldig. Und du erklärst ihn für unschuldig!‹ – ›Unmöglich! Die Partei kann meinen Freund Iwanow nicht verurteilen, die Partei kann nicht lügen.‹ Der Richter gerät in Harnisch. Makarow, der kein Intellektueller ist, kümmert sich einen Dreck darum, ob das, was er sagt, logisch ist oder nicht. Und der einmalige Fall in den Annalen der Partei tritt ein, daß die ganze Affäre nicht als Tragödie endet. Zehn Jahre Straflager anstatt Genickschuß, verabreicht vom ›Gentleman von Keller vier‹. Wie so etwas zu erklären ist? Nun, die beiden Freunde hatten sich geweigert, irgend etwas zu unterschreiben. Die Akte der beiden wurde so lange hin und her geschoben, bis die blutdürstigen Götter eine andere Beute und andere Diener fanden.«

Grischas Erstaunen wurde immer größer. Woher hatte Zupanew all die Geschichten, die er erzählte? Hatte er ihre Helden selbst gekannt?

»Eines schönen Morgens«, fuhr Zupanew fort, »trafen Makarow und Iwanow sich im Hof des Gefängnisses und fielen sich in die Arme. ›Wie hast du es bloß angestellt, um das zu schaffen?‹ – ›Das ist ganz einfach. Sie versuchten, mich zu überzeugen, daß ich mich für das Wohl der Menschheit selbst verleugnen müsse; worauf ich antwortete: Wie kann ich hoffen, für das Wohl der Menschheit zu arbeiten, wenn es der Verräter in mir es tun muß? Das ist wirklich nicht leicht gewesen und hat endlos gedauert, aber du siehst, ich bin hier … Und du, wie hast du es geschafft?‹ – ›Oh, das war noch einfacher: Ich sah auf den Bleistift des Richters, fixierte ihn und sagte mir: Ich bin kein Bleistift, ein menschliches Wesen ist kein Bleistift …‹«

Was für Sachen der Nachtwächter kannte! Gefängnisse und Folterungen, Hüter der Gerechtigkeit und Narren – als hätte er verborgene Türen aufgesprengt, um an Geheimnisse zu kommen, die niemand auszusprechen wagte. Aber weshalb gab er sie seinem stummen jungen Freund preis? Wieso hatte er Zugang zu Dingen, deren bloße Erwähnung einem ganzen zum Schweigen verurteilten Volk verboten war? Was sahen seine unbewegten Augen, wenn er grinsend auf einen Satz oder eine bestimmte Geste zurückkam? Zupanew grinste, er grinste nur und lachte nicht; er stieß Laute aus, die ein Lachen erzeugen sollten, aber es gelang ihm nicht. Er bewegte den Kopf, fuhr mit der Zunge über seine Lippen, und während seine Hände seltsame Formen in die Luft zeichneten, machte er Hahaha, und das klang wie Wiehern. Hahaha, verstehst du, was ich sagen will? Grischa verstand nicht immer, aber er hörte aufmerksam zu.

Manchmal meinte er, daß Zupanew nicht ganz bei Verstand sei. Die Welt der Gefängnisse, pflegte er zu sagen, ist eine Art Jenseits. Dort ist alles unbegreiflich, und nichts scheint real zu sein. Verurteilte und ihre Richter treffen dort aufeinander, Ankläger und Angeklagte, Folterer und Gefolterte, falsche und wahre Zeugen, und das Ganze ist ein wahres Sammelsurium auf der Ebene von Untermenschen.

Grischa und Zupanew trafen sich häufig; die Wohnung des Nachtwächters wurde ein Zufluchtsort für Grischa, zu dem weder seine Mutter noch Dr. Mosliak Zutritt hatten.

Wer bist du, alter Wächter? Aus welchem Gefängnis kommst du? Wie viele Sprachen kennst du? Und warum redest du mit mir? Warum bringst du mir Jiddisch bei? Und warum willst du unbedingt, daß ich mir deine Geschichten anhöre?

»Habe ich dir schon die Geschichte von Hersch Talner, du weißt doch, dem bekannten Historiker, erzählt? In seiner Zelle setzte er seine Arbeit als Historiker fort. Da er nicht schreiben konnte, wiederholte er mal laut, mal leise alles, was er eigentlich zu Papier bringen wollte. Eines Nachts geschieht ein Wunder: Jemand schiebt ihm ein Stück Bleistift und ein leeres Blatt Papier durch die Tür. Versuch, dir das einmal vorzustellen, Junge, stell dir vor, er konnte endlich sein ›Ich klage an‹ niederschreiben und für die Geschichte niederlegen. Er hatte so viele Dinge zu sagen, zu viele für ein einziges Blatt. Wie soll einer auf zwei Seiten die Alpträume und das Sterben einer ganzen Generation zusammenfassen! Er stützt den Kopf in die Hände und grübelt; er leidet mehr, als wenn er gefoltert würde, er kämpft mit sich. Sein Gedächtnis quillt über, es hat zu viele Fakten, zu viele Bilder gespeichert. Wie soll er sie weitergeben, ohne sie zu verstümmeln? Er ist sich der Schwere seiner Aufgabe bewußt, er wägt die geisterbleichen Gesichter und eingeschlagenen Zähne, die Geständnisse und Widerrufe, das Vermächtnis der Toten und den Ruf der Sterbenden gegeneinander ab; er befragt sie, zieht sie zu Rate, muß entscheiden: Wen soll er vor dem Vergessenwerden retten? Der Morgen dämmert, und er hat noch keine einzige Zeile geschrieben. Von Panik erfaßt, beginnt er zu weinen. Sollte der Historiker an seiner Aufgabe scheitern? Er weint so laut, daß der Wächter in seine Zelle kommt und Bleistift und

Papier konfisziert. Die einmalige Chance ist vorbei und vertan. Später wurde der Historiker wieder vor den Untersuchungsrichter geführt. Im grellen Licht des Büros sah ihn ein Bekannter von mir und hätte beinahe laut aufgeschrien: Die roten Haare von Hersch Talner waren schneeweiß geworden. Kannst du das verstehen, Junge? Ein einziges nicht beschriebenes Blatt Papier hatte aus ihm einen Greis gemacht.«

Die Augen des Nachtwächters verdüsterten sich, und auch Grischa wurde es schwer ums Herz. Und wie war das mit meinem Vater? fragte sich der stumme Junge. Ob er auch gealtert war? Ob der Nachtwächter das auch wußte? Zupanew schien alles zu wissen.

»Höre, mein Junge, hör gut zu«, sagte Zupanew mit seiner monotonen Stimme und entführte ihn in seine eigene Zeit, in seine eigene Welt, wo die Menschen aus den gleichen Gründen beten und verzweifeln. »Gib dir Mühe zu verstehen, was ich dir sage. Jede Generation formt sich ihre eigene Wahrheit. Wer wird unsere Wahrheit verkünden, wer wird sie sagen, wenn alle ihre Zeugen umgebracht worden sind.« Er hielt inne und grinste wieder. »Ich weiß wer. Die wahnsinnigen Historiker. Die gelähmten Akrobaten. Und weißt du, wer noch? Ich will es dir sagen: die stummen Redner. Ja, Söhnchen, die stummen Dichter werden unsere Wahrheit hinausschreien. Willst du?«

Und der Jüngling konnte nur mit dem Kopf nicken: Natürlich will ich es, und ich will deshalb möglichst schnell älter werden.

Das Testament
des Paltiel Kossower

(Fortsetzung)

Berlin 1928. Ich war neunzehn, und das Leben war schön. Die Welt um mich brach zusammen, aber gerade das reizte mich. Ich spürte, daß ich lebte, ich lebte intensiv, wie man sagt.

Ich hatte angefangen, Gedichte und nochmals Gedichte zu schreiben. Sie taugten nicht viel, und ich mag sie nicht; ich bevorzuge die hier im Gefängnis geschriebenen. Aber wichtig für mich war, daß ich etwas tat, daß ich mich ausdrückte, daß ich sagte, was ich von den Menschen dachte, was ich für sie empfand – natürlich nicht für alle, nicht für die Industriebarone mit ihren überheblichen oder grimmigen Gesichtern, sondern für ihre Sklaven, für die Jammergestalten, für die Randfiguren wie mich, und davon gab es ungeheuer viele. Trotzdem war das Leben lustig. Man krümmte sich vor Lachen oder vor Hunger, meistens aus beiden Gründen. Ich war freigebig, ich gab, was ich besaß, manchmal weniger, häufig mehr. Das Geld, das ich aus Ljanow mitgebracht hatte, stellte damals ein echtes Vermögen dar. Verglichen mit meinen Freunden, war ich ein kleiner Rothschild. Gewiß, aber verglichen mit Rothschild war ich ... Aber weshalb sollte ich mich denn mit Rothschild vergleichen? Das war damals Mode; die Leute sagten, *ich möchte dieser oder jener sein.* Darüber konnte ich nur lachen. Eines Tages erzählte ich die Geschichte von Rabbi Susia, dem berühmten chassidischen Meister, der zu seinen Freunden und Schülern sagte: Wenn ich vor dem himmlischen Gericht erscheine, wird der Engel Ankläger mich nicht fragen: Susia, warum bist du nicht Moses gewesen? Warum bist du nicht Abraham, warum nicht der Prophet Jeremias gewesen, Susia? Nein. Er wird mich fragen: Sag mal, Susia, warum bist du nicht Susia gewesen?

Worauf meine Freunde sich über mich lustig machten und mir zur Antwort gaben:

»Du zitierst jetzt die Rabbiner? Und ausgerechnet hier? Was ist in dich gefahren, armer Susia?«

Sie gehörten alle zu jenem völlig irren Berliner Milieu, wo überspannte Intellektuelle, verrückte Künstler, politische Freunde und politische Feinde von einer Veranstaltung zur anderen rasten und sich dort präsentierten, die einen aus Berufung oder von Berufs wegen, die anderen als Gigolos, Mätressen oder Bekennerseelen.

Man traf sich bei *Blum,* im *Neuen Parnaß* oder in den verschiedenen Clubs. Man schrie und tobte, geriet außer sich vor Begeisterung, verkrachte sich und versöhnte sich am gleichen Tag. Es wurde über den Versailler Vertrag, über Rosa Luxemburg oder Paris diskutiert, über den Wahnsinn Nietzsches oder homosexuelle Tendenzen bei Plato, über Politik, moderne Literatur und Philosophie, über Kunsttheorien, über Kommunismus, Faschismus, Pazifismus – es wurde ununterbrochen geredet. Man berauschte sich an Worten, immer gleichen Worten, die da hießen: Fortschritt, Entwicklung, Realismus, Proletariat, die Frage aller Fragen, die alle anderen in Frage stellte.

Ich war glücklich und schämte mich dessen nicht. Ja, ich war glücklich, jeder war glücklich, sogar die Unglücklichen waren glücklich im Berlin von 1928.

Glücklich, das ist natürlich eine Übertreibung. Sagen wir, wir waren fröhlich und ausgelassen. Wir amüsierten uns selbst und die anderen. Wir spielten mit in einem amüsanten Stück, wo die Chansonniers, die Humoristen und Karikaturisten den Ton angaben. Wer nicht mitlachte, machte sich lächerlich.

Auf dem Territorium des besiegten Deutschland konnte man sich offenbar alles erlauben, nur sich ernst nehmen, das durfte man nicht. Man zerschlug die Idole, stürzte die Statuen von ihrem Podest, riß den Hütern des Glaubens die Maske herunter, lachte über das Heilige und sprach das Lachen heilig, weil man lachen wollte.

Meine Freunde waren mehr oder weniger kommunistisch angehaucht oder verstanden sich als Anhänger der kommunistischen Idee. Daß ich in ihrem Kreis bewundert wurde, verdankte ich Bernard Hauptmann, einem international bekannten Essayisten und Spezialisten für mittelalterliche Dichtung, dem mein Mentor Ephraim meine Ankunft gemeldet hatte. Woher kannten die beiden sich? Hatten sie gemeinsame Freunde oder Erlebnisse? Das war unwahrscheinlich und kaum verständlich. Ephraim mit seinem Kaftan und Hauptmann mit seiner Künstlerfliege waren zu verschieden. Mich empfing der Universitätsprofessor gleichwohl mit großer Liebenswürdigkeit.

»Ach, Sie sind es, den der gute Ephraim uns von Ljanow herschickt? Ich heiße Sie herzlich willkommen. Berlin wartet auf Sie.«

Machte er sich über mich lustig? Er nahm meinen Koffer und trug ihn in mein Zimmer.

»Kommen Sie«, sagte er, »eine Tasse von meinem schlechten Kaffee wird ihnen guttun. Eine Butterstulle sicher auch, denke ich.«

Wir nahmen den Kaffee im Salon. Hauptmann war elegant gekleidet, als ob er in die Oper gehen wollte. Er musterte mich von Kopf bis Fuß:

»Die Schläfenlocken«, sagte er nach einer Pause, »sehe ich immer noch, oder besser gesagt ihre Spuren. Sie haben recht daran getan, sie abzuschneiden.«

Ich wurde rot. Bevor ich in Bukarest den Zug nahm, war ich zu einem Friseur in Bahnhofsnähe gegangen: »Welchen Schnitt wünschen Sie?« – »Einen modernen, einen sehr modernen ...« Einige wenige Schnitte mit der Schere, und ich sah nicht mehr wie ein Jude – ein religiöser Jude – aus. Es war mir klar, daß mein Vater mich jetzt nicht sehen konnte, fühlte mich aber trotzdem schuldig; ich verriet ihn. Aber ich hatte doch keine andere Wahl, Vater! Ich konnte doch nicht nach Berlin mit Bart und Pejes fahren, im Kaftan und mit schwarzem Filz! Ich ging doch nicht ins Ausland, um die Schönheiten der jüdischen Orthodoxie zu predigen oder meine Studien über Rabbi Schimon bar Yohai zu vertiefen!

»Sieht man es noch so deutlich?« fragte ich geniert.

»Nicht doch«, rief Hauptmann. »Sie haben mich falsch verstanden. Ihre Löckchen sind nicht zu sehen, aber ich sehe sie trotzdem. Ach was, denken Sie nicht mehr daran, mein lieber Reisender aus Ljanow. Wir werden schon sehen, ob Berlin oder Ljanow in Ihnen die Oberhand gewinnt.«

Bernard Hauptmann war witzig und sarkastisch und sehr

eloquent. Seit seinen Jünglingsjahren hatte er eine einzige
Leidenschaft, junge religiöse Juden von ihrem Glauben abzubringen. Er investierte sein Vermögen, seine Zeit und seine
Intelligenz darin. Bei mir erwies sich sein Vorhaben leicht und
kompliziert zugleich. Theoretisch war ich bereit, mich seinem
marxistischen und atheistischen Einfluß auszusetzen, aber in
der Praxis widersetzte ich mich ihm. Ich hatte das Versprechen, das ich meinem Vater gegeben hatte, nicht vergessen.
Was dabei herauskam, war geradezu lächerlich. Abends nahm
Hauptmann mich mit, um Chaim Warschauer gegen Gott
wettern zu hören, und am nächsten Morgen legte ich meine
Gebetsriemen an, betete zu Gott, mich vor Satan zu schützen,
mir Durst nach Erkenntnis und Liebe zur Wahrheit zu
schenken und ganz besonders, die Heilige Stadt, das ewige
Jerusalem in Jerusalem wieder zu errichten. Was sollte dieses
Doppelspiel? War es meine Loyalität Moses gegenüber? Absolut nicht. An Moses dachte ich nicht, ihn hatte ich in der
Wüste gelassen. Ich hatte Sehnsucht nach meinen Eltern, und
eine kindliche Stimme flüsterte mir heimlich zu, daß meine
Eltern bestraft würden, wenn ich die Gebetsriemen nicht
mehr anlegte. Dieses Risiko wollte ich nicht eingehen.
Natürlich machte Hauptmann sich lustig über mich, und mit
seinem logischen Verstand hatte er nicht unrecht. Er erkannte
in mir die menschliche Schwäche, die sich als Hindernis
zwischen das Individuum und sein Heil stellt. Meine alten
Bindungen entfremdeten mich ihm, ich war seiner Freundschaft nicht würdig. Ich fühlte mich ihm und meinem Vater
gegenüber schuldig. Meine innere Zerrissenheit wuchs. Als
ich nicht ein noch aus wußte, hatte ich wenigstens den Mut
zur Flucht. Ich zog in eine Mansarde in der Asylstraße, wo ich
ganz nach meinem Geschmack mit halblautem Singsang beten
konnte, ohne dafür eine Erklärung abgeben oder mich rechtfertigen zu müssen.

Wenn Hauptmann auch nicht mehr freundschaftlich mit
mir verkehrte, blieb er mir doch wie ein Polizist auf den
Fersen und ließ mich nicht aus seinen Fängen. Bei *Blum* oder
bei einem abendlichen Treffen mit Freunden provozierte er
mich immer wieder. Ich erinnere mich an einen Zwischenfall
in einem Café.

»Nun, mein Herr Rabbiner? Hast du heute schon mit Ihm

gesprochen? Was denkt Er über die Lage? Vergiß nicht, uns auf dem laufenden zu halten.«

Völlig eingeschüchtert zuckte ich hilflos mit den Schultern. Ich kannte seine Argumente über den verhängnisvollen Einfluß der Religion, über die Sterilität der überholten Riten, über den lähmenden Einfluß auf unsere Sitten und seine Ideen über den gefährlichen Einfluß der Propheten, der Weisen und Gerechten.

»Ich möchte lieber nicht diskutieren«, sagte ich und senkte die Stirn.

»Habt ihr das gehört? Er zieht es vor, nicht zu diskutieren. Und so einer nennt sich Marxist! Hast du eigentlich schon einmal etwas von Dialektik gehört?«

»Ich ziehe es vor, nicht zu diskutieren«, wiederholte ich dickköpfig.

»Du kneifst! Du schließt die Augen und verstopfst dir die Ohren, du hältst den Widerspruch nicht aus! Und du hältst dich für einen Intellektuellen und behauptest, mit der kommunistischen Partei zu sympathisieren? In Wirklichkeit, Paltiel, bist du in Ljanow geblieben bei deinen fanatischen, blinden und ungebildeten Juden! Gib's doch zu, Paltiel! Gib doch zu, daß du Ljanow nicht verlassen hast, daß du morgens und abends in die Synagoge gehst, daß du die ewig Gestrigen bewunderst, die noch an Wundertäter glauben! Gib es doch zu und höre auf, uns etwas vorzumachen.«

Er machte eine Pause, um wieder zu Atem zu kommen.

»Dir fehlt es an Verständnis«, sagte ich mit belegter Stimme. »Und an Feingefühl. Es steht dir frei, Gott zu beleidigen und die Meister zu beschimpfen. Aber du hast unrecht, wenn du ihre armen Anhänger lächerlich machst, die ihrer bedürfen, weil sie bei ihnen ein bißchen menschliche Wärme und ein bißchen Hoffnung finden. Was wirfst du ihnen vor, Hauptmann? Die Unglücklichen leben im Exil, sie besitzen nicht die Bücher, die deine geistige Nahrung bilden, sie haben nicht die Schulen besucht, an denen du lehrst – sie sind zutiefst unwissend. Können sie etwas dafür? Warum machst du dich über sie lustig, Hauptmann?«

»Sieh mal einer an!« rief Hauptmann, »er liebt sie sogar leidenschaftlich! Habe ich es euch nicht gesagt? Als der Zug Ljanow verließ, ist unser Freund auf dem Bahnsteig geblieben!«

Ein schallendes Gelächter zollte seinem Scherz Beifall. Dem Redner und Polemiker Hauptmann konnte keiner das Wasser reichen. Ich stand allein gegen ihn, allein gegen die ganze Bande.

Nein, nicht ganz allein.

»Idioten! Was gibt es da zu lachen! Besoffene, dekadente Bande! Schämt ihr euch nicht? Was ist in euch gefahren? Wo ist denn euer Kameradschaftsgeist?«

Ich war so überrascht, daß ich einen Moment brauchte, um mich wieder zu fangen. Jemand verteidigte mich also. Ich hob die Augen und erblickte Inge, die Freundin von Hauptmann. Betretenes Schweigen.

»Es gibt zwei Möglichkeiten. Entweder existiert der Gott dieser armen Juden, und in diesem Falle tun sie recht daran, sich an ihn zu wenden. Oder er existiert nicht, dann haben wir die Aufgabe, erst einmal Mitleid mit ihnen zu haben und sie aufzuklären – denn sie sind doch lebendige Wesen! Mit welchem Recht verachtet ihr sie? Seit wann verachten Marxisten die menschliche Person?«

Alle am Tisch blickten sie ungläubig an, erhoben aber keinen Widerspruch. Sich mit Inge anzulegen war gefährlich; niemand außer Hauptmann hatte das Format, ihr Paroli zu bieten.

»Du würdest einen hervorragenden Talmudisten abgeben«, konterte Hauptmann, um sich seine Verwirrung nicht anmerken zu lassen. »Wenn du jiddisch sprechen würdest, könntest du nach Ljanow gehen und dort missionieren.«

Diesmal ging der Schuß ins Leere. Ob es ihr erster Streit war? Jedenfalls nicht der letzte. So begann der Bruch zwischen den beiden, und es fand sich ein neues Paar; Inge wurde meine erste Flamme, wie die Pennäler sagen. Bei ihr entdeckte ich die Liebe, sie war meine erste Liebe. Ich sehe sie vor mir und lächle. Eine Frau von Dreißig, vielleicht etwas jünger, für mich keine schöne, sondern die schönste Frau. Es war Liebe auf den ersten Blick.

Warum war ihre Wahl auf mich gefallen? War es ihr mütterlicher Instinkt, der ein kleines Bürschchen beschützen wollte, das von bösen Erwachsenen bedrängt wurde? Ich war ihr dankbar dafür. Nie hätte ich gewagt, ihr den Hof zu machen. Ich war zu schüchtern, als daß ich je die Initiative ergriffen hätte. Eine noch so freundliche Abfuhr hätte mich am Boden zerstört. Inge mußte es gewußt haben, Inge, mein erster Führer, meine erste Zuflucht, der Engel und der Dämon meiner Jugend. Sie war gebildet und willensstark, und obwohl sie sehr weiblich wirkte, hatten alle Angst vor ihr; man fürchtete ihre Ausbrüche, ihre beißenden Antworten. Ich hingegen liebte ihr langes dunkles Haar, ihre großen dunklen Augen, ihren sinnlichen Mund. Ihr Anblick ließ an einen Urwald denken, in dem man sich verirren und sich alles erlauben konnte.

Ich mochte ihre unbekümmerte, fast schlampige Art, sich zu kleiden oder ihr Haar zu tragen. Niemand wäre auf die Idee gekommen, ihr daraus einen Vorwurf zu machen oder sie deswegen zu loben. Sie verbat es sich, daß man über sie urteilte. Sie hielt sich für unabhängig und war es auch; und bei ihr erging es mir ebenso: Ich tat Dinge, die mich bei jedem anderen empört hätten. Sie brauchte mich nur anzusehen, meine Hände oder meine Stirn zu streicheln, und schon schwanden bei mir alle Hemmungen. Wenn jemand es fertiggebracht hat, mich Ljanow vergessen zu lassen, dann ist sie es gewesen.

Hauptmann sollte mir später gestehen, daß seine frühere Mätresse nur die Anweisungen der Partei befolgt hatte. Sie hatte die Aufgabe bekommen, meine politische Erziehung voranzutreiben, die, frei heraus gesagt, zu wünschen übrigließ. Mag sein. Hätte ich mich nicht so unsterblich verliebt, wenn ich es gewußt hätte? Tatsache bleibt, daß ich sie liebte, auch als sie alles tat, mir die Theorien von Engels und Genossen einzuimpfen. Ich glaube, daß auch sie mich auf ihre Weise liebte; sie liebte meine Unschuld, meine Unwissenheit, meine völlige Unerfahrenheit. Es gefiel ihr, mich gewisse Dinge zum erstenmal tun zu lassen.

Das erste Mal ...

Wir wollten gerade eine politische Versammlung verlassen, auf der Bernfeld, ein kleiner alter Lüstling mit Kinnbärtchen, sich die Seele aus dem Leib geschrien hatte, um das Revolutionskonzept Trotzkis – mit dem er übrigens Ähnlichkeit hatte – zu verteidigen. Hauptmann widersprach ihm. Im Saal in der ersten Etage bei *Blum* wuchs die Spannung wie in einem Zirkus, wenn man fürchtet, der Akrobat könne abrutschen und sich das Genick brechen. Gewalt lag in der Luft. Zwischenrufe, Buhrufe, Beleidigungen: Beide Seiten schaukelten sich gegenseitig hoch. Ich, Genosse Richter, klatschte Hauptmann Beifall. Klar. Aber als es galt, die Antworten Bernfelds niederzuschreien, war ich nicht dazu imstande. Ich gestehe, daß meine verdammte Schüchternheit mich hinderte, meine Pflicht zu tun. Anstatt aus vollen Lungen mit meinen Kameraden zu schreien, machte ich meinem Unwillen durch ein schwaches »Nein, nein, das reicht« Luft … Zum Glück sahen und hörten das meine Kameraden nicht, weil sie zu sehr bei der Sache waren. Plötzlich spürte ich, wie mich jemand mit dem Ellenbogen stieß. Es war Inge, die mit hochrotem leidenschaftlichem Gesicht den Streit genoß, den sie zu lenken schien. Sie zerschmetterte unsere Gegner, zwang sie in die Knie, machte sie fertig …

»He, Paltiel!« befahl sie mir. »Los, stärker! Mach schon!«

»Ich … kann nicht.«

»Bist du stumm? Schrei, das ist ein Befehl! Schrei irgendwas! Mach Krach!«

»Ich kann nicht, Inge, es tut mir leid, aber …«

»Du mußt! Schweigen ist Sabotage!«

»Ich kann nicht.«

Da packte sie in einem Anfall von Wut meinen Arm und drückte ihn sehr heftig. Es sollte mir weh tun, aber ich spürte keinen Schmerz, sondern etwas anderes, ein zugleich angenehmes und schmerzhaftes Gefühl durchzuckte mich. Meine Verwirrung war so groß, daß ich keinen einzigen Ton herausbrachte. Bernfeld sang Loblieder auf Lew Davidowitsch, Hauptmann auf Wladimir Iljitsch und Inge auf Hauptmann. Und ich bedauerte, mein Haus und meine Eltern, meine kleine Provinzstadt verlassen zu haben, wo Frauen und Männer sich nicht wegen eines Wortes oder eines Namens haßten. Inge ließ meinen Arm nicht los, ich versuchte, meine Gefühle zu unterdrücken, und spürte, daß ich schwach wurde. Anstatt mir Mut zu machen, lähmte sie mich. Dann legte sie ihre Hand auf meine Hand, unsere Finger verkrampften sich, und was ich dann empfand, Genosse Richter, das geht Sie nichts an. Es gab nur noch uns beide, wir waren der Mittelpunkt der Welt. Ein heftiges und doch beruhigendes Verlangen durchzuckte mich, brannte in mir und gab mir

Flügel. Inge schrie noch immer, und ich schwieg noch immer. Meine Kameraden und ihre Gegner lagen sich über der Geschichte und dem Schicksal der menschlichen Rasse in den Haaren, sagten eine blutige Zukunft, Sieg oder den Tod der Revolution voraus, während ich nur meinen und Inges Körper spürte und sie nicht anzusehen wagte aus Furcht, sie zu verlieren. Und aus Angst, sie zu verlieren, unterdrückte ich meine Furcht und meine Begierde und begann lauthals zu schreien, immer wilder, immer lauter. Bernfeld konnte seine Ausführungen nicht beenden; er verlor die Schlacht und Trotzki mit ihm; und ich entdeckte an diesem Abend, daß zwischen der Revolution und dem Körper einer Frau eine Verbindung bestehen kann.

Um den Sieg zu feiern, gingen wir mit Hauptmann und der ganzen Bande in das *Gasthaus zum Buckligen,* wo wir Kredit hatten. Ich trank einen Schluck, und schon drehte sich mir alles vor Augen.

»Das ist die Aufregung«, sagte eine Stimme, »war doch seine erste Schlacht.«

»Der Knabe hat noch nichts erlebt.«

»Bist du krank? Geht es schon besser?«

»Es ist zuviel auf ihn eingestürmt«, meinte Hauptmann.

»Ich fühle mich nicht gut«, sagte ich leise. »Ich sollte besser nach Hause und ins Bett gehen.«

»Dann begleite ich dich«, entschied Inge.

Hauptmann versuchte, sie davon abzubringen:

»Machst du jetzt auf barmherzige Schwester? Das klappt nicht, mein liebes Kind.«

Inge gab ihm keine Antwort, der verächtliche Blick, den sie ihm zuwarf, sagte alles. Mühsam erhob ich mich; Inge half mir, zum Ausgang zu kommen. Frische Luft schlug mir ins Gesicht, und ich sog sie begierig ein.

»Wollen wir gehen?« fragte Inge.

Meine Beschützerin war stärker als ich. Eine bessere Hilfe war nicht vorstellbar.

»Gehen wir.«

Was würde meine Wirtin sagen? Ich beschloß, später darüber nachzudenken. Im Augenblick hatte ich Besseres zu tun. Ich stützte mich auf Inge, mein Herz schlug mir bis zum Hals, und ich spürte meinen Körper wie noch nie zuvor. Mein

Blick schweifte durch die leeren Straßen, meine Ohren hörten auf das Geräusch unserer Schritte, meine Nase nahm Essensgerüche aus längst geschlossenen Restaurants wahr. Während wir unter dem schweren grauen Himmel den Mülltonnen auswichen, entdeckte ich in mir zum erstenmal eine ganz neue, eine verlockende Angst, die Angst, den Körper, der meinen Körper mit sich zog, berührte und umsorgte, kennenzulernen. Was wird meine Wirtin sagen? Zum Teufel mit der Vermieterin. Aber was wird Inge sagen, wenn ich sie bitte, bei mir zu bleiben? Und was werde ich sagen, wenn sie einverstanden ist?

Die Wirtin sagte nichts. Sie schlief, das Haus, die Straße, das Viertel, alles schlief. Wir blieben vor dem Eingangstor stehen. Ich zog meinen Schlüssel heraus und zögerte. Sollte ich ganz einfach aufschließen und ihr den Weg zeigen, oder sollte ich gute Nacht sagen, auf Wiedersehen, bis bald? Inge entschied für mich. Sie griff nach dem Schlüssel, steckte ihn ins Schloß und drehte ihn um.

»Welcher Stock?« flüsterte sie.

»Vierter.«

Sie wollte auf die Flurbeleuchtung drücken, ich hinderte sie daran, was würde die Wirtin sagen, wenn wir sie aufweckten? Aber Inge hatte immer Streichhölzer bei sich. Wir stiegen ganz leise die Treppe hinauf, ich ging voran. Vor meiner Tür blieb ich stehen. Wieder nahm Inge mir den Schlüssel aus der Hand. Sie fand den Schalter und machte Licht. Die Unordnung schien sie nicht besonders zu stören. Sie nahm mir meine Jacke ab, öffnete meinen Gürtel, knöpfte mir das Hemd auf und befahl:

»Marsch, ins Bett!«

Ich starrte sie mit offenem Mund an. Was soll das heißen? Einfach so ins Bett, vor ihren Augen? Ich, der Sohn des Gerschon Kossower, dem der Kopf von den göttlichen am Sinai vernommenen Geboten schwirrt, soll mich in ihrer Gegenwart ins Bett legen, und vielleicht sogar ...

»Ruh dich diese Nacht aus, das wird dir guttun«, erklärte sie.

Dann nahm sie mir den Gürtel ab und fing an, mich auszuziehen. In meiner Ratlosigkeit wußte ich Tollpatsch nicht, was ich nun tun sollte: Protestieren oder es geschehen lassen? Die Augen schließen oder sie ansehen? Schweigen oder reden? Sie an mich ziehen oder mich abwenden? Tausend widersprüchliche Gedanken quälten mein armes Hirn. Angenommen, sie bliebe, würde ich mich der Situation gewachsen zeigen? Und dann kam mir eine Frage, eine zum Schreien dumme und lächerliche Frage: Wie sollte ich meine Gebetsriemen anlegen, wenn Inge im Zimmer oder – der Himmel möge mir vergeben – in meinem Bett war? In diesem Moment lag ich bereits im Bett, und zwar allein, noch allein. Inge machte sich in der anderen Zimmerecke zu schaffen.

»Was suchst du?«

»Eine elektrische Kochplatte.«

»Ich habe keine.«

»Schade. Morgen bringe ich dir eine. Du brauchst einen Lindenblütentee. Oder ein Glas Milch.«

»Ich habe keinen Durst.«

»Bestimmt nicht?«

Sie warf einen letzten prüfenden Blick ins Zimmer und auf das Bett:

»Wenn es so ist, dann lasse ich dich jetzt schlafen.«

Sie wandte sich zur Tür und löschte das Licht. Ich hielt den Atem an. Schlafen? Ich wollte nicht schlafen. Die Enttäuschung schmerzte mich; denn ich hatte mir schon gewisse Gedanken gemacht, mir gewisse Situationen ausgemalt. Ljanow, dachte ich. Hauptmann hatte recht: Ich bin in Ljanow geblieben. Ich hatte Inges Verhalten falsch gedeutet, ich war ein Dummkopf, ein Dorfdepp. Ich war so frech gewesen, ihr Absichten zu unterstellen ... Aber der Fehler lag bei mir! Ich hätte ihr vorschlagen müssen zu bleiben, hier die Nacht zu verbringen, unter dem Vorwand, daß ich mich nicht gut fühlte, daß ich sie brauchte. Ich konnte doch nicht von ihr erwarten, daß sie sich soweit herabließ und sich mir anbot. Das doch wohl nicht. Zu spät. Inge war gegangen, wirklich gegangen. Gegangen die Frau, die mich völlig durcheinandergebracht hatte, die mich leiden ließ.

Sicher war sie zu Hauptmann zurückgekehrt ...

Doch merkwürdigerweise hatte ich nicht gehört, daß die Tür ins Schloß gefallen war. Das war auch kein Wunder, denn im Dunkeln spürte ich auf einmal Inges Hand auf meiner Stirn ... Ein brennendes Gefühl durchzuckte mich ... Es klingt absurd, plötzlich erinnerte ich mich an den alten Rabbi von Drohowitsch. Was hat er hier in meinem Zimmer in Berlin zu suchen? Das letzte Mal hatte ich ihn bei seinem Bruder in Barassy gesehen; ich war damals noch ein Kind. Er fragte mich nach meinen Studien, legte seine Hand auf meinen Kopf und segnete mich. Damals hatte ich dasselbe Gefühl ... Inge muß wohl vor meinem Bett knien; ihr Gesicht streicht zärtlich über meine Wangen, unser beider Atem vermischt sich. Ich bin krank, ich zittere, das Fieber wird mich dahinraffen ... Der alte Rabbi von Drohowitsch spricht mit mir von Gott, aber Gott schweigt, und ich schweige. Inge schweigt, und ihr Schweigen bohrt sich in das meine. Ich wage nicht, mich zu rühren, zu atmen – ich bin unfähig zu atmen; meine Brust gehört mir nicht mehr, auch meine Lippen nicht; denn Inges Lippen haben sie fest versiegelt. Das ist also die Liebe, sage ich mir. Ein Mann und eine Frau lieben sich und die Gegenwart des alten Rabbi von Drohowitsch stört sie nicht. Zwei Menschen küssen sich, und der Abgrund in ihrem Leben wird strahlend hell. Ein Mann und eine Frau umschlingen sich, und alles menschliche Elend ist besiegt. Es bedarf keiner großen Worte, keiner Riesenprojekte, der Menschheit kann mit viel weniger geholfen werden. Andere nicht minder naive Überlegungen kreisen in meinem Hirn, während Inge mich lehrt, sie zärtlich zu küssen. Inge hat die Bewegungen einer Schlange. Ohne von mir zu lassen, ohne eine Sekunde innezuhalten, hat sie ihre Bluse, ihren Rock und was sie sonst noch anhat, ausgezogen und liegt in meinem schäbigen Bett, das schmal und unbequem ist, liegt neben mir, auf mir, unter mir, umschlingt mich, als wolle sie mich zerbrechen, zerquetschen, damit mein Körper sich aufbäumt und sie mich besser küssen kann. Ihre Finger, ihre Lippen, ihre Zunge entfachen tausend Feuer in meinem Körper, ich weiß nicht, was ich tun soll, ich drehe mich, wälze mich, tue alles, was sie tut, werde erfinderisch, werde mutig in der Dunkelheit, sehe trotz der Dunkelheit, sehe zwei Körper, die sich umschlingen, sich wieder lösen, um sich aufs neue ineinander zu krallen wie zwei erbitterte Kämpfer. Und der Rabbi von Drohowitsch? Und meine Wirtin? Zum Teufel mit der Wirtin! Zum Teufel mit der ganzen Welt! Ich bin allein und frei, allein mit Inge, frei wie sie, wir sind eins in unserer Freiheit, nichts anderes zählt, wir sind eins in unserem Schmerzensschrei, unserem Lustschrei, in der befreienden todesähnlichen Erschöpfung. Ich habe eine Welt verlassen, um in eine andere, tiefere, beglückendere einzutauchen. Es ist also wahr, daß es das Paradies gibt.

Weshalb habe ich bloß an das Paradies gedacht? Weil Hauptmann in seiner gestrigen Rede – gestern, war es erst gestern? – gesagt hatte, daß Trotzki sich irrte, als er das Paradies in eine Hölle verwandeln wollte? Es geht doch darum, die Hölle in ein Paradies zu verwandeln. Nein, Trotzki, Hauptmann und ihre Streitereien haben nichts damit zu tun. Ich habe an das Paradies gedacht, weil ich Adam und Eva vor Augen hatte. Nicht umsonst bin ich Talmudist. Ich führe alles auf die Heilige Schrift zurück, und soeben habe ich das Glück des ersten Menschen erlebt, der sich erkennt, indem er die Frau erkennt.

»Warum lächelst du?« fragte Eva – Pardon! – Inge.

»Ich denke an unseren Großvater Adam!«

»Hieß dein Großvater denn Adam?«

»Deiner auch, Inge.«

Ich mußte es ihr erklären. Sie richtete sich halb auf und strich mir über den Kopf, als wäre ich ein Kind, vielleicht ihr Kind:

»Mein armer, kleiner Paltiel, glaubst du wirklich daran? Die Bibel, die Heilige Schrift – du hast zuviel darin gelesen, es wird Zeit, daß ich dir eine andere Lektüre verschaffe.«

Und noch im Bett, zwischen zwei Küssen, gab sie mir einen Schnellkurs über Darwin und die Entwicklung der Arten, über den historischen Materialismus, die Ursprünge des Universums, den Mythos des Göttlichen. Ich hörte zu, ohne etwas dazu zu sagen, ich hörte, ohne zuzuhören ... Gott – eine kapitalistische Erfindung. Abraham – ein Großgrundbesitzer? Moses, David, Isaias – Feinde der Arbeiterklasse, mit anderen Worten: des Volkes? Ein merkwürdiger Ort und ein komischer Zeitpunkt, um mir Wissenschaftsphilosophie einzutrichten, dachte ich und mußte heimlich lachen. Doch Inge brachte mir auch andere und bessere Dinge bei. Glücklicherweise ...

Gegen Morgen schlief ich in ihren Armen ein. Später wachte ich auf und bekam einen Schreck: Wie sollte ich in ihrer Gegenwart die Tefillin anlegen? Ich betrachtete sie und schämte mich zutiefst. Ich hatte eine Sünde begangen, hatte eines der Zehn Gebote übertreten und wollte jetzt scheinheilig die Gebetsriemen anlegen? Die Gebetsriemen durfte ich wohl kaum noch anlegen!

Inge lächelte im Schlaf. Wem lächelte sie zu? Und warum? Vielleicht mokierte sie sich über mich. Ich hatte Ljanow verlassen, aber Ljanow verfolgte mich. Ich hatte das Bedürfnis, mich zu waschen, mich zu reinigen, mich zu kasteien, mich zu verstecken, aber da öffnete Inge die Augen und zog mich wortlos an sich, mein Körper straffte sich vor Begierde, ich dachte an ganz andere Dinge, und dann dachte ich an nichts mehr.

Wir trennten uns gegen Mittag. Kaum hatte sie die Tür hinter sich geschlossen, da stürzte ich mich auf die Schublade, wo ich meine Gebetsriemen aufbewahrte. Ich entrollte die Lederriemen, legte sie über meinen linken Arm und an meine Stirn und sprach die Morgengebete. Ich stieß einen Seufzer der Erleichterung aus. Ich war noch einmal mit heiler Haut davongekommen; was hätte ich nur gemacht, wenn sie sich entschlossen hätte, den ganzen Tag im Bett zu bleiben? Danke, Gott. Danke, daß du mir gestattet hast, dir zu dienen und dabei deinen Gegner zu lieben.

In der Folgezeit mußte Inge wohl etwas von meinen religiösen Seitensprüngen ahnen; denn sie versuchte häufig, mich bei sich zu behalten, mich daran zu hindern, allein zu bleiben, das heißt, allein zu bleiben mit Gott. Sie war zu klug und intelligent, als daß sie mich ganz mit Beschlag belegt hätte. Sie richtete es ein, daß ich für ein oder zwei Stunden frei war, tauchte dann aber ganz plötzlich auf, als wolle sie mich in flagranti ertappen. Da ich diese unangenehme Situation befürchtete, betete ich immer schneller. Ich benahm mich wie ein Junge, der eine Dummheit macht, fühlte mich schuldig, weil ich ihr eine Beziehung verheimlichte. Offen gesagt, ich belog sie, und zwar im Grundsätzlichen. Inge glaubte, sie hätte mich zum Ideal der kommunistischen Revolution bekehrt, also zum Atheismus. Sie täuschte sich. Sie täuschte sich, weil ich sie täuschte. Lachen Sie nur, Genosse Richter, lachen Sie ruhig: Ich liebte Inge, liebte sie leidenschaftlich und betrog sie mit Gott, den ich nicht mehr liebte.

110

Doch das ist eine andere Geschichte, die nicht Ihrem Urteil unterworfen ist.

Trotzdem gelang es Inge, mein Leben zu beeinflussen. Eines Nachts begleitete ich sie mit einer Gruppe von Kameraden, die in einer Wirtschaft in der Nähe des Zoologischen Gartens Nazis verprügeln wollten. Wir waren ungefähr zwanzig, die anderen dreimal so stark. Ich hatte mich bis dato noch nie geprügelt, für Schlägereien war ich nicht zu haben. Zart und schwächlich, wie ich war, wenig sportbegabt und schon gar nicht für Faustkämpfe, hielt ich mich für einen Versager, der für solche Unternehmungen völlig untauglich war. Aber was tut man nicht alles für eine Frau, die einen liebt und nach der man selber verrückt ist? Ich stand also plötzlich mitten im Kampfgetümmel. Aber nicht für lange ... Eine Sekunde später war ich bereits außer Gefecht und kam erst auf dem Straßenpflaster wieder zu mir: Blut spuckend, mit geschwollenem Gesicht, halb blind, halb taub und halb tot. Freunde halfen Inge, mich nach Hause zu bringen. Sie pflegte mich, bemutterte mich, liebte mich. Am nächsten Morgen – ich schäme mich, es zu gestehen – war ich so erschöpft, daß ich meine Gebete vergaß, weil die junge Frau mich keinen Augenblick verlassen hatte. War sie nur dageblieben, um mich zu zwingen, mit ihrem Rivalen zu brechen? Die Gebetsriemen blieben auf der Strecke. Ich dachte erst am übernächsten Tag an sie; zu spät, um meine alten Gewohnheiten wieder aufzunehmen.

Daß ich mit der religiösen Praxis brach, war also nicht das Ergebnis eines nach reiflicher Überlegung gefaßten Entschlusses, sondern geschah, weil ich es einfach vergaß, und dieses Vergessen kann ich mir nie mehr verzeihen. Mit Gott brechen, gut und schön, aber Gott vergessen?

Ich vergaß ihn dennoch nicht. Ich blieb ihm verbunden in der Hoffnung, daß er es mir nicht zu sehr verübelte, daß ich ihn des Nachts verließ, um Inge zu treffen, denn ich brauchte ihren Unterricht und ihre Gegenwart. Gott hingegen konnte auf meine Gebete verzichten.

Was mit den Gebetsriemen geschah? Sie lagen zusammengerollt in einer Ecke.

Yoram sang aus Lebensfreude«, sagt Katja mit ihrer langsamen monotonen Stimme. »Nein, die Lebensfreude sang aus ihm ... Hör mal, könntest du mir die folgende Frage beantworten: Singen die Stummen auch? Wären das dann Lieder ohne Worte? Yoram sang, und ich sang mit ihm zusammen. Und wenn es Gott gibt, dann hat auch er mit uns gesungen.«

Katja steht auf und setzt sich wieder. Sie redet viel. Das ist nicht verwunderlich bei einer Witwe; Witwen sind meistens redselig. Manchmal bleibt sie vor dem Fenster stehen und blickt in die Nacht hinaus, und dann scheint es, als ob sie mit der Nacht spräche und nicht mit sich selbst. Oft richtet sie ihren Blick auf die Tür und unterbricht sich; sie hat Angst, weiterzureden, und Angst, nicht mehr zu reden. Dann bekommt ihr Gesicht einen verstörten, beinahe irren Ausdruck.

Grischa muß an seine Mutter denken, die nie sang, und an Olga, die immer sang. Seine Mutter ... Olga. Das war gestern. Und morgen?

»In unserer Jugend im Kibbuz sangen wir im Chor mit, aber ich sang falsch. Das ärgerte alle außer Yoram. Ihm war das egal, er liebte mich. Die Jungs schimpften und wollten wissen, ob wir nicht verliebt sein könnten, ohne den anderen auf den Wecker zu gehen? Da antwortete Yoram, es sei besser, sich richtig zu lieben und falsch zu singen als umgekehrt.«

Olga war eine Klassenkameradin, ein hübscher blonder Käfer, aufgeregt und aufregend. Sie wurde böse, wenn nicht alles nach ihren Wünschen ging. Anfangs floh Grischa vor ihr und traf sie doch immer wieder. Morgens auf dem Weg zur höheren Schule oder auf dem Nachhauseweg, wenn er für seine Mutter einkaufte oder eine Zeitung holte, immer tauchte Olga auf. Das kleine Luder fand das lustig und drehte sich laufend nach ihm um. Eines Tages versperrte sie ihm mitten auf der Straße bei einem Brunnen, der außer Betrieb war, den Weg:

»Ich wette, du hast noch nie ein Mädchen auf den Mund geküßt.«

»Ein Mädchen, du sprichst von nur einem Mädchen? Du bist wirklich altmodisch . . .«

»Wie viele denn?«

»Keine Zeit gehabt, sie zu zählen.«

Die Hände herausfordernd in die Hüften gestemmt, musterte sie ihn von oben bis unten:

»Wenn du so schlecht küßt, wie du lügst, dann kann ich diese Mädchen nur bedauern.«

»Soll ich's dir beweisen?«

»Dazu bist du gar nicht fähig.«

»Willst du nun, ja oder nein?«

»Ja.«

Grischa sank das Herz in die Hose. Wie sollte er sich nur herausreden?

»Nicht hier.«

»Du Feigling!«

»Vor allen Leuten? Was würden deine Eltern sagen, wenn sie uns sähen?«

Olga schürzte die Lippen, warf wütend den Kopf in den Nacken und zischte ärgerlich:

»Du solltest dich begraben lassen.«

»Laß mich vorbei«, sagte Grischa. Er wagte nicht weiterzugehen; er wußte nicht, wie er sie zurückdrängen konnte, ohne sie zu berühren; er wollte nicht mit ihr in Berührung kommen. Er schaute ratlos drein und wußte nicht, was er machen sollte. Sollte er Reißaus nehmen oder das Spiel in die Länge ziehen?

Olga, die reifer und kecker war, machte eine verächtliche Bewegung.

»Wie blöd die Männer doch sind«, sagte sie enttäuscht und ließ ihn vorbei. Dann folgte sie ihm mit einem Schritt Abstand. Schweigend setzten sie ihren Weg fort und blieben vor Olgas Haus stehen:

»Du bist überhaupt nicht höflich«, sagte Olga. »Mach mir schon die Tür auf.«

Er gehorchte, sie trat ein und rief ihm zu:

»Und was ist mit dieser hier?«

Es gab noch eine zweite Tür, die auf den Hof ging. Grischa öffnete sie.

»Ich wette, du hast noch nie einer Frau richtig in die Augen gesehen«, sagte Olga.

Der Gymnasiast hatte nicht den Mut, die Herausforderung anzunehmen. In seinem Kopf tauchten Bilder auf und Gedanken, die er immer von sich wies, wie Dr. Mosliak und seine Mutter miteinander sprachen, wie sie schwiegen und sich küßten.

»Bitte, Olga. Ich muß heim. Ich werde schon erwartet.«

»Unter einer Bedingung: Sieh mir in die Augen.«

Grischa konnte nicht noch einmal nein sagen und gehorchte. Das Mädchen lächelte ihn mit strahlenden Augen an, und von diesem Blick ging eine solche Wirkung aus, daß ihm ganz schwindelig wurde. Um nicht das Gleichgewicht zu verlieren, griff er nach ihr und hielt sich fest.

»Siehst du«, sagte sie spöttisch, »jetzt fällst du mir sogar in die Arme.«

Schwitzend und außer Atem kam er nach Hause, als ob er einen anstrengenden Lauf hinter sich hätte. Seine Mutter fragte, was los sei; er antwortete wie gewöhnlich ausweichend und wollte auf keinen Fall zugeben, daß ein Mädchen ihm den Kopf verdreht hatte. Diesem frechen Ding war er böse, weil sie ihn besiegt und demnach gedemütigt hatte. Er hörte nicht auf, ihr böse zu sein, das heißt, an sie zu denken. Ihretwegen verbrachte er eine schlaflose Nacht, sogar eine zweite und dritte.

Da die beiden Nachbarn waren, gingen sie zusammen zum Gymnasium. Natürlich ganz zufällig. Eine große Liebe beginnt ohne Grund und endet aus einem ganz bestimmten Grund. Im Falle von Grischa und Olga lag es an der Nationalität, der Religion, der Angst vor dem Antisemitismus; denn Olga war keine Jüdin. Das war für Grischa kaum von Bedeutung, aber seine Mutter mischte sich ein:

»Mir scheint, du gehst gerne mit Olga aus?«

»Was willst du damit sagen?«

»Du weißt genau, was ich sagen will.«

»Nein, das weiß ich nicht. Olga ist eine Klassenkameradin. Ich sehe sie, wie ich eine Menge anderer Mädchen sehe.«

Sie verschwand in der Küche und kam wieder zurück:

»Olga ist kein Mädchen für dich, und du paßt auch nicht zu ihr«, sagte sie. »Denk an deinen und an ihren Vater. Dein Vater war stolz auf seine dichterische Berufung und auf seine jüdische Vergangenheit, während ihr Vater der Urenkel eines gewissen Leutnants Bogdan Schmelnitzki ist, dessen Ruhm darin besteht, an dreizehn Pogromen in neun jüdischen Gemeinden teilgenommen zu haben, und zwar innerhalb von weniger als drei Tagen. Wußtest du das? Hast du daran gedacht?«

»Bravo, du bist gut informiert. Kennst du auch die Herkunft deines Freundes so gut?«

Das Verhältnis von Mutter zu Sohn wurde von Tag zu Tag schlechter. Sie hatten Schwierigkeiten, sich zu verständigen und sich zu verstehen.

»Wenn du in diesem Ton mit mir sprechen willst, dann halte lieber den Mund«, sagte Raissa.

»Wie du möchtest.«

Grischa fühlte sich nicht wohl in ihrer Gegenwart. Der Grund dafür war natürlich Dr. Mosliak, der den Platz seines Vaters eingenommen hatte. Raissa und der Doktor wohnten nur deshalb nicht zusammen, weil Grischa ihnen im Wege stand. Daher kam auch das immer stärker werdende Gefühl, der Ungeliebte, der Eindringling, der Unerwünschte zu sein. Er war das Abbild eines toten Dichters, seines Vaters.

»Hast du miese Laune?« fragte Olga ihn eines Tages, als sie das Gymnasium verließen.

»Ein bißchen.«

»Und warum?«

»Das geht vorbei«, antwortete Grischa düster.

Niemals hätte er Olga die Wahrheit über seine Mutter gestanden. Er wechselte das Thema:

»Wenn dein Vater erführe, daß wir beide ..., sagen wir mal, so eng befreundet sind, würde er dir dann eine Tracht Prügel verabreichen?«

»Das würde er niemals wagen. Das verstößt gegen das Gesetz. Das sowjetische Gesetz versteht keinen Spaß bei Eltern, die einen Angehörigen des Komsomol verprügeln.«

»Der Antisemitismus ist auch vom Gesetz her verboten«, sagte Grischa, »und trotzdem ...«

»Das ist nicht dasselbe. Die schwachen und wehrlosen

Minderjährigen müssen geschützt werden, aber die Juden, die sind mächtig, es heißt sogar, allmächtig.«

Sie schüttelte sich vor Lachen:

»Im Ernst, Grischa, das hat keinerlei Bedeutung. Ob mein Vater einverstanden ist oder nicht, das ist sein Problem, nicht mein und nicht unser Problem. Deine Nationalität? Was heißt das schon? Ich freue mich, daß du Jude bist, um so mehr noch, wenn das meinen Vater auf die Palme bringen sollte; man muß sich befreien, so gut es eben geht. Ich mache mich frei durch meine Liebe zu dir.«

Grischas Herkunft war für sie kein Problem. Als Kommunistin war für sie Ungleichheit nur im Zusammenhang mit der Klassengesellschaft denkbar. Der kommunistische Mensch bekämpft doch die Diskriminierung! Der kommunistische Mensch engagiert sich im Kampf gegen Unwissenheit, Aberglauben, Fortschrittsfeindlichkeit, gegen Fanatismus, gegen die Religion, und zwar sowohl beim Individuum als in der Gesellschaft. Besser noch: Er kämpft gegen das Individuum zum Nutzen der Gesellschaft! Olga und ihre Freunde im Komsomol glaubten fest an diese Parolen.

»Du gehst mir auf den Wecker mit deinem Judentum«, regte sie sich häufig auf. »Was ist das, dein Judentum? Eine Religion? Du bist, Gott sei Dank, kein Rassist. Eine Krankheit? Du bist doch gesund und munter. Ist es schließlich nur ein Vorwand? Das ist es, Bürschchen. Du willst mit mir brechen und suchst nach einem Vorwand.«

»Aber nein, Olga, nein. Du täuschst dich in mir und in bezug auf das Judentum. Das Judentum, Olga, ist mehr als ein Vorwand ... es ist etwas anderes.«

»Du sagst: etwas anderes. Etwas anderes, aber was? Eine Kultur? Du kennst sie nicht. Eine Lebensform? Aber du lebst sie nicht. Eine Philosophie? Aber du richtest dich nicht danach. Ein Vaterland? Aber du wohnst nicht in Israel.«

Olga hat ihre eigene Meinung. Wie kann man ihr erklären, was jüdisch eigentlich bedeutet?

»Sagen wir, daß Jude sein für einen Juden eine Frage des Bewußtseins ist.«

»Das sind doch alles Sprüche.«

»Nehmen wir einmal an, für einen Juden bedeutet Jude sein, Sprüche bzw. Gedichte zu machen.«

»Was weißt denn du schon davon? Solltest du zufällig ein Dichter sein?«

»Nein«, sagte Grischa, »aber mein Vater war einer.«

»Kann ich seine Gedichte lesen?«

»Nein, sie sind in Jiddisch geschrieben.«

»Könntest du sie mir nicht übersetzen?«

Einmal mehr gab er ihrem Drängen nach. An einem Nachmittag im Mai saßen sie unter einem Baum, und er zeigte ihr die Gedichtsammlung von Paltiel Kossower. Er las:

> Ich träume von einem verfluchten Tag
> und habe Angst.
> Ich träume von einem glühenden Morgen
> und habe Durst.
> Ich träume von einer erloschenen Sonne
> und habe Schmerzen.
> Ich träume den Traum eines Hungernden
> und habe Hunger.
> Und ich friere.
> Und dann segne ich den Tag
> und bringe
> dem Morgen ein Opfer dar.
> Denn ich werde die Sonne
> wieder anzünden
> mit dem Feuerfunken
> meiner Seele.
> (Aus dem Jiddischen)

»Stammt das von deinem Vater?« fragte Olga.

»Ja.«

»War er vielleicht verrückt?«

»Vielleicht, Olga.«

> Ich lausche dem Wind,
> der die versunkenen Kontinente
> durchweht.
> Ich lausche der Nacht,
> die die totgeborenen Kinder
> mit sich trägt.

Ich lausche dem Gebet
des Verdammten,
der nicht mehr beten kann.
Ich lausche dem Leben,
das dem einsam Sterbenden
entflieht.

(Aus dem Jiddischen)

»Ist das auch von deinem Vater?« fragte Olga nach einem langen Schweigen.

»Ja, die ganze Sammlung stammt von ihm.«

»Er war also sehr unglücklich? Und sehr einsam?«

»Er war verrückt. Und war Jude.«

Olga fragt nicht weiter. Sie nimmt seine Hand und führt sie an ihre Lippen. Diese Geste sollte Grischa niemals vergessen. An den folgenden Tagen bat sie ihn, ihr noch weitere Gedichte vorzulesen. Sie schätzte sie. Sie lauschte ihnen mit geschlossenen Augen, den Kopf in die Hände gestützt. Für jedes Gedicht hatte sie einen kleinen Kommentar, halb ironisch, halb liebevoll, und das brachte sie Grischa näher.

Diese Lesungen wurden erst durch den Unfall unterbrochen, der sich in der Praxis von Dr. Mosliak ereignete. Olga sah Grischa erst zwei Wochen später wieder, als er schon stumm war. Da sie davon keine Ahnung hatte, bat sie ihn, ihr etwas von Paltiel Kossower vorzulesen. Grischa schüttelte nur den Kopf. Sie wollte den Grund seines Schweigens wissen. Er schüttelte immer nur den Kopf. Da kamen ihr zum erstenmal die Tränen.

»Das habe ich nicht verdient«, sagte sie.

Wie sollte er ihr erklären, wie ihr erzählen, was geschehen war. Grischa konnte nur den Kopf schütteln und mit den Schultern zucken.

»Also gut«, sagte Olga, »bis morgen in der Klasse.«

Er kehrte nicht mehr in die Klasse zurück. Seine freien Stunden verbrachte er von nun an bei Zupanew, dem Nachtwächter, der ein merkwürdiges Interesse für jüdische Poesie an den Tag legte.

118

»Yoram sang, und weißt du, weshalb er sang?« sagt Katja mit stockender Stimme, als ob ihr jedes Wort Widerstand leiste.

»Ich will es dir sagen. Er sang, weil seine Eltern keinen Grund zum Singen hatten. Weißt du, seine Eltern waren durch die Lager gegangen. Yoram war ihr einziger Sohn. Sie haben das Glück gehabt, daß sie nicht seinen Tod beweinen mußten; sie sind vor ihm gestorben und wußten, daß er glücklich war. Sie haben sein Glück mit sich genommen.«

Sie hält inne. Sie muß aufhören. Sie muß Yoram aus ihrem Kopf vertreiben.

»Komm, Grischa«, sagt sie, »komm zu mir.«

Aber Grischa ist ganz mit seiner Vergangenheit beschäftigt und gibt ihr zu verstehen, daß er heute abend nicht will.

Plötzlich steigt ein verrückter Gedanke in ihm auf. Vielleicht hat Katja recht. Warum sollten wir dieser einmaligen Nacht nicht einen besonderen Stempel aufdrücken? Und wenn ich ja sagte? Ja, Katja. Wir wollen miteinander schlafen. Ich werde dir ein Kind machen, einen Sohn, der mir ähnlich sein wird, der meinem Vater ähneln wird ...

Der arme Yoram. Er ist gestorben, ohne einen Erben zu hinterlassen. Mit seinem Tode ist ein ganzes Geschlecht erloschen. Und wenn ich sterbe, ohne einen Erben zu hinterlassen? Das würde mein Ende bedeuten und das meines Vaters.

Katja errät, daß er es sich anders überlegt hat. Sie ergreift die Gelegenheit beim Schopfe.

»Komm«, sagt sie.

Wie immer zieht sie ihn in ihr Zimmer, das wie immer unaufgeräumt ist, legt sich auf das ungemachte Bett und wartet ... Und Grischa denkt trotz der Leidenschaft, die ihn gepackt hat, an Olga. Er weiß, daß er nicht tun dürfte, was er jetzt tut, und wird es trotzdem tun. Sein Körper glüht, und Katjas Augen sind so feucht wie ihre Lippen.

»Komm«, sagt sie, und er glaubt, Olgas Stimme zu hören.

Er glaubt das reine Mädchen seiner Träume zu hören, die Tochter des antisemitischen Richters, und kann nur noch gehorchen. Er wirft sich auf Katjas Körper, ohne ihn zu sehen, ohne ihn zu spüren, denkt nur an das junge Mädchen in Krasnograd, dem er jeden Morgen mit sehnsüchtigen Blicken und klopfendem Herzen nachschaute. Er hört nicht, wie Katja befriedigt stöhnt, gibt ihr keine Antwort, als sie ihn ganz leise und ganz zärtlich fragt, ob er glücklich ist, ob es ihm gefällt, ob er auch den Mund öffnet, wenn er sie nimmt, ob seine Stummheit, die ihn daran hindert, vor Glück zu schreien, ihn auch hindert, dieses Glück zu empfinden. Er versinkt in ihr, als sauge eine erloschene Sonne ihn auf.

Das Testament
des Paltiel Kossower

(Fortsetzung)

Es waren verrückte, sorglose, beängstigende und vor allem ahnungslose Jahre, die »Goldenen Zwanziger« der schönen und turbulenten Weimarer Republik.

Wir waren arm, hatten wenig zu essen, aber was machte das schon? Uns rief die Zukunft, und die Zukunft gehörte uns. Ich schrieb an meine Eltern: »Mehr denn je bin ich überzeugt, daß wir dazu berufen sind, die Welt zu retten.« Wir, wer war das? Mein Vater mußte annehmen: Wir, das sind die Juden. Ich dachte: Wir, das sind die Idealisten, die Jungen, wir, das sind die Revolutionäre.

Berlin bewegte sich ständig zwischen Lachen und Weinen, tanzte am Rande eines Abgrunds, wurde zwischen Genußsucht und bitterem Elend hin- und hergerissen, eine unersättliche Lebensgier mischte sich mit der Angst vor dem Kommenden. War die Blindheit der freien Menschen oder die der Fanatiker die eigentliche Gefahr? Wir wollten nicht in die Zukunft blicken, wir wollten überhaupt nichts sehen. Ob Bernard Hauptmann aus diesem Grunde später Selbstmord beging?

Inge und ich lebten jetzt zusammen, verkehrten aber trotzdem weiter mit ihm. Er war unser Senior, der ruhende Pol, an den sich auch die anderen Kameraden klammerten. Wir bewunderten ihn wegen seiner außerordentlichen Fähigkeiten, etwas zu analysieren und zu erklären. Nach außen hin hatten unsere Beziehungen sich nicht geändert. Er legte weder Feindschaft noch Groll an den Tag. Daß ich ihm Inge genommen hatte, nahm er mir so wenig übel wie seinerzeit den Wohnungswechsel. Häufig beobachtete er uns mit halb wohlwollenden, halb spöttischen Blicken.

Es war bekannt, daß er neue Liebschaften hatte, aber keine machte ihn glücklich, das war offensichtlich. Er hielt immer mehr Reden und Vorträge und hatte immer weniger Spaß daran. Er war überall, in Vorlesungen, bei Studenten, bei Kameraden, bei öffentlichen Debatten, bei Schlägereien mit den Nazis. Er legte Wert darauf, an allen Veranstaltungen teilzunehmen, sogar wenn sie bedeutungslos waren, nur um seine Zeit auszufüllen; denn er fürchtete sich vor der Einsamkeit.

Ich gebe zu, daß ich mich in seiner Gegenwart nicht ganz wohl fühlte. Er machte mir keinen Vorwurf, aber ich hatte ihn betrogen. Inge hatte gut reden, wenn sie immer wieder betonte, daß sie den ersten Schritt getan hatte, daß sie verantwortlich sei. Ich fühlte mich trotzdem schuldig. Und je großzügiger sich Hauptmann zeigte, um so unsicherer wurde ich und um so mehr suchte ich seine Gesellschaft. War es Masochismus, das Bedürfnis zu sühnen, etwas wiedergutzumachen? Ich hatte mich immer noch nicht von meinen puritanischen Hemmungen aus Ljanow frei machen können.

Für diese Art Befreiung war Berlin genau der richtige Ort. Die Hauptstadt, in der es ständig gärte und brodelte, erinnerte an die sündigen Städte der Bibel. Der Talmudist in mir wandte errötend seinen Blick ab angesichts von Prostitution und Pornographie, von körperlichen und geistigen Ausschweifungen, von sexuellen und anderen Perversionen. Die Stadt zog sich nackt aus, schminkte sich, erniedrigte sich ohne jede Scham und stellte ihre Verkommenheit und Entartung wie eine Ideologie zur Schau.

Wenige Schritte von *Blum* entfernt gab es einen Privatclub, wo Männer und Frauen oder Frauen und Frauen nackt miteinander tanzten. Anderswo nahm man Drogen, peitschte sich aus, suhlte sich im Dreck und kannte keine Grenzen mehr. Ich wurde an die Sitten der Sabbatäer erinnert. Alle Werte wurden auf den Kopf gestellt, alle Tabus gebrochen. Spürten die Menschen den nahenden Sturm? Bevor die Nacht über sie hereinbrach, wollten sie alles ausprobieren, alle geheimen Wünsche und Träume Wirklichkeit werden lassen.

Unsere Gruppe folgte nicht diesem allgemeinen Trend. Wir waren disziplinierter und hatten uns andere Ziele gesteckt. Unser soziales Gewissen bewahrte uns vor Ausschweifungen. Unsere Erfahrungen lagen auf einer anderen Ebene. Wir wollten lieber mit Ideen spielen, ihnen die Masken herunterreißen und ließen dabei die Leute, die sie verteidigten, durchaus gelten. Bei uns begann und endete alles mit dem Wort, drehte sich alles um das Wort.

Der letzte Artikel von Tucholsky wurde diskutiert, das jüngste Stück von Brecht, Stanislawskis und Wachtangows Inszenierungen, Moskaus neueste Wirtschaftspolitik, der Weg der Revolution. Über die Nazis sprachen wir wie über eine unangenehme Krankheit, die sicher nicht sehr ernst, aber keinesfalls tödlich war. Wir sagten uns, jede Gesellschaft produziert ihre Abfälle, auch die unsrige; eines Tages werden sie auf dem Müllhaufen der Geschichte landen. Die Drohungen, die Faseleien, die unflätigen Phantastereien eines Goebbels, eines Göring oder ihres lächerlichen Führers ließen uns kalt. Wir dachten, sollen sie nur kläffen und schreien, bis sie schließlich müde werden. Eine Sekte, eine Randerscheinung, erklärte Hauptmann. Ohne Schulung und ohne Rückhalt bei den Massen könnten sie nicht auf den Gang der Ereignisse einwirken. Man verändert die Geschichte nicht mit ein paar antisemitischen Reden, fügte er hinzu. Sie zu bekämpfen hieße, ihnen zuviel Bedeutung beizumessen und ihnen zuviel Ehre zu erweisen. Es ist besser, sie sich nicht zu Feinden zu machen. Unsere wahren Feinde sind in nächster Nähe, sind die gewerkschaftlich organisierten Arbeiter, die Sozialisten und Sozialdemokraten. Die Nazis lenken uns nur davon ab.

Eine ganz konträre Meinung vertrat ein Essayist namens Traub, der gleichzeitig Spezialist für Meister Eckhart und Hegel war. Er war groß, hager und lang wie eine Bohnenstange und mit Paul Hamburger befreundet. Er beschwor uns mit seiner brüchigen, keuchenden Stimme, versuchte uns zu überzeugen, daß der Nazismus den Untergang der Zivilisation, der Freiheit und der Moral bedeute, daß er vernichtet werden müsse, bevor er sich organisieren könne, bevor es zu spät sei.

Wenn ich ehrlich sein soll, muß ich zugeben, daß mein Standpunkt sich dem Hauptmanns näherte. Die Warnungen Traubs klangen hohl. Für mich waren die Nazis Gesindel, üble Burschen, die den Haß als Lebenselement brauchten. Zu Hause bezeichnete man solche Leute als Judenhasser, hier nannte man sie Nazis. Sie waren alle gleich. Sie waren Sadisten, Widerlinge und Mordbuben, zugegeben, aber daß sie an die Macht kommen würden? Niemals im Leben. Das war völlig undenkbar. Das hieße doch, die Intelligenz des deutschen Volkes unterschätzen, die Kultur des deutschen Menschen, den deutschen Rationalismus, den gesunden Menschenverstand der Deutschen, den deutschen Beitrag zur geistigen Entwicklung der Menschheit. Niemals würden im Lande Goethes und Schillers diese ungebildeten Kerle an die Macht kommen.

Die Fakten schienen uns recht zu geben. Bei den Wahlen 1928 erhielt die Partei der Nazis nur 800 000 Stimmen. Ein klägliches und beruhigendes Ergebnis. Bravo, Weimar! Bravo, Deutschland! Die Nazis waren auf die Schnauze gefallen.

Vor allem in Berlin. Im Gegensatz zu Ljanow oder Bukarest schien Berlin von Juden wie mir oder Hauptmann beherrscht zu sein. Sie beherrschten Zeitungen und Verlage, Theater und Banken, Kaufhäuser und literarische Zirkel. Die französischen Antisemiten, die überall Juden am Werk sahen, hatten recht ... in bezug auf Deutschland. Auch in den Wissenschaften, in der Medizin und den Künsten gaben die Juden den Ton an, drängten an die Spitze.

Was für ein Unterschied zu Ljanow! Bei uns mußten die Juden, um zu leben oder zu überleben, sich mit ihren Talenten und genialen Einfällen verstecken. Um nicht zu sterben, mußten wir uns totstellen. Ein Jude Minister, Universitätsprofessor, Chefredakteur einer einflußreichen Zeitung? Davon durfte man nicht einmal träumen. Um eine Position im Bereich der Politik oder Kunst einzunehmen, mußte der Jude sich von seinen jüdischen Ursprüngen und seinen jüdischen Brüdern trennen, sie sogar verleugnen. Um ins Konservatorium oder die Akademie aufgenommen zu werden, mußte man seinen Taufschein vorlegen. Nicht so in Berlin. In Berlin gehörten die Juden zum Stadtbild, gaben ihm Farbe, waren in das kulturelle Leben verwoben. Berlin war wohl ohne Nazis, aber sicher nicht ohne Juden vorstellbar.

Hauptmann bestätigte es, und ich unterstützte ihn dabei. Ich erinnere mich an seine ausgewogenen Vorschläge und die Wirkung, die sie bei Traub hervorriefen. Der Freund Paul Hamburgers schrie wie ein Besessener. Stürmische Diskussionen und leidenschaftliche Debatten berührten alle aktuellen Fragen: Pazifismus oder Krieg? Patriotismus oder Internationalismus? Woher kommt das Heil? Die offiziellen Kommunisten verteidigten die wechselnden Thesen Moskaus; ihre besonnenen und klarblickenden Freunde schauten auf Paris. Hauptmann lag ebenso wie Inge auf der Linie Moskaus, ich nicht. Ich sympathisierte mit dem Kommunismus wegen Ephraim, aber mehr wegen Inge. Wenn Inge so überzeugt vom Messias gesprochen hätte, wäre ich ihr auch blindlings gefolgt.

Hauptmann verkörperte den Typ des linientreuen orthodoxen Kommunisten. Er hatte Kurt Eisner und Ernst Toller zur Zeit der roten Räterepublik in Bayern gekannt und dabei auch mitgemischt. Als sie zusammenbrach, war er während der kritischen Monate von Arbeitern versteckt worden. »Ich hatte Vertrauen zu den Massen«, wiederholte er immer wieder, »und hatte recht damit.« Er glaubte an die Massen, nur an die Massen, das war seine Religion. Er, der elegante Intellektuelle, fühlte sich in tiefem Einklang mit den anonymen und amorphen Massen. Er griff ihren Ruf auf und glaubte sich von ihr mit einer hehren Aufgabe betraut; sein Wille spiegelte ihren Willen. Wenn er das Wort »Massen« aussprach, klang seine Stimme ernst und feierlich.

Inge war wie Hauptmann eine glühende Kommunistin, die bereit war, sich für die Partei der Revolution zu opfern. Was sie trennte, war, daß Hauptmann auch ohne Fanatismus über die Partei sprechen konnte, Inge niemals.

Mit Gleichgesinnten begleitete ich sie zu den öffentlichen Versammlungen, wo die Redner informierten, belehrten, wetterten und tobten, verurteilten und Forderungen stellten, je nach Tagesbefehl. Es machte mir Spaß, die Menge zu betrachten und in ihr aufzugehen. Ich liebte den ernsten, vertrauensvollen Ausdruck der »Massen«, mochte die Art, wie sie mit geballter Faust die Frohe Botschaft des Kommunismus empfingen; ich liebte ihre Brüderlichkeit, ihre Schicksalsgemeinschaft und beneidete sie darum.

Manchmal fragte ich Inge, ob ich nicht der Partei beitreten solle. Sie riet mir ab. Später, sagte sie mir, du bist noch nicht reif dazu. Später, aber wann? wollte ich wissen. Eben später, entschied sie. Und wenn sie auf etwas bestand, war nichts dagegen zu machen.

Vielleicht hatte sie recht. Ich war noch zu sehr an meine Eltern in Ljanow gebunden. Ich übte zwar nicht mehr die Religion meiner Vorfahren aus, aber sie fehlte mir. Samstags konnte es passieren, daß ich eine chassidische Melodie vor mich hin sang, oder abends, daß ich ein altes Gleichnis zitierte. Morgens kam es vor, daß ich mich an eine mystische Gestalt wandte, um ihr meinen Kummer oder meine Zerrissenheit anzuvertrauen. Inge wußte davon.

Oberflächlich betrachtet, führte ich das Leben eines Kommunisten, aber nur nach außen hin. Inge wies mich oft darauf hin:

»Du bist kein Kommunist; ich will damit sagen, kein ganzer.«

»Das stimmt. Ich denke zuviel an den Messias. Manche warten auf ihn, aber der Kommunist trachtet danach, ihm zu begegnen, und dabei hilfst du mir.«

Solche Worte brachten sie außer sich. Für sie war der Messias eine Art Rabbiner; und die Rabbiner verachtete sie, sie mochte sie ebensowenig wie die Pfarrer.

»Siehst du«, sagte sie ärgerlich, »du bist noch nicht reif.«

»Weil ich den Messias anspreche? Weißt du, Inge, daß es eine Tradition gibt, die von einer messianischen Überraschung spricht? Der Retter erscheint völlig überraschend in dem Augenblick, da ihn die Menschheit am wenigsten erwartet.«

»Ich mag diese Art von Überraschung, von Erlösung nicht. Der Kommunismus ist etwas anderes. Er bedeutet, unverzüglich ans Werk zu gehen, heißt, Umstürze hervorzurufen, und zwar nicht durch Zaubersprüche, sondern durch Arbeit und politische Aktionen.«

Ich wollte ihr gefallen und arbeitete deshalb hart. Das Geld, das ich von meinem Vater erhielt, um meine Bedürfnisse zu befriedigen und meine »Studien« zu bezahlen, teilte ich mit der Partei oder vielmehr mit einigen ihrer Mitglieder. Um noch genauer zu sein, ich unterstützte hilfsbedürftige Freunde und Kameraden. Wenn ich Geld übrigbehielt, was selten genug vorkam, gab ich es Inge; sie leitete es an Hauptmann weiter, der es einer Spezialkasse zuführte.

Die Wahlen von 1932 rückten näher. Ich machte diesen Wahlkampf zu meiner persönlichen Angelegenheit, als hinge meine Zukunft davon ab. Ich schrieb Artikel und verfaßte jiddische Flugblätter, wobei Inge mir half, sie ins Deutsche zu übersetzen, ich eilte von einer Versammlung zur anderen, von einer Demonstration zur nächsten; ich schrie mit den Massen, die Hauptmann so teuer waren, demonstrierte mit ihnen, kämpfte für sie mit trefflichen Parolen und bald auch mit treffsicheren Fäusten; ich trug die rote Fahne vor ihnen her, wie mein Vater in Ljanow die heiligen Rollen trug – mit Liebe und Entschlossenheit.

Ich erwartete einen entscheidenden Sieg; Inge und Hauptmann ebenfalls. Hauptmann hatte sich verändert; er wurde mager, als verzehre ihn ein heimliches Feuer. Hatte er Zweifel am Wahlergebnis? War er hellsichtiger, als wir annahmen? Er schuftete wie wir alle, aber je näher die Wahlen rückten, desto besorgter schien er zu werden.

Eines Abends, als wir uns zu einer Demonstration in den Vororten begaben, machte ich mir Sorgen um ihn.

»Was hast du, Bernard? Du bist nicht gut in Form.«

»Ich bin erschöpft, sonst nichts, einfach übermüdet.«

»Noch ein paar Tage, dann kannst du dir Ruhe gönnen.«

»Noch ein paar Tage, und die eigentliche Arbeit fängt erst an.«

»Erklär mir das, Bernard.«

»Wir werden gewinnen, das Volk wird siegen, und dann sind wir gefordert, die Verantwortung zu übernehmen«, sagte er und lächelte dabei.

Falls er einen Zweifel hegte, dann betraf dieser seine Fähigkeit, die Macht zu übernehmen; denn er war überzeugt, daß die Massen ihn dorthin bringen würden. Wir teilten seine Überzeugung. Wir führten einen Kampf für das Volk, für die kämpfende Arbeiterklasse, und unser Sieg war unausweichlich. So wollte es die Geschichte, und wir marschierten an der Seite der Geschichte.

Natürlich diskutierte man in den oberen Rängen der Partei über mögliche Koalitionen und Verbindungen mit anderen Parteien, die Nazis ausgenommen. Für uns war die Sache einfacher; wir sahen nur die Umrisse eines Bildes, das die Wähler mit ihren Stimmzetteln deutlich machen würden. Die Armen, die Arbeitslosen, die Obdachlosen zählten nach Tausenden; sie konnten doch gar nicht anders, sie mußten uns wählen, wir sprachen für sie, wir forderten ihr Recht auf Menschenwürde, wir kämpften, um ihren Hunger zu stillen, um ihren Durst nach Menschlichkeit zu löschen.

Ich erinnere mich an eine Rede, die Hauptmann am Vorabend der Wahl hielt: »Wenn du an die Urne gehst, überlege, Arbeiter, und halte einen Augenblick inne. Und auch du, seine Frau, mach es genau so. Bleib einen Augenblick stehen, um zu überlegen, und frage dich, ob du lieber ein erbärmliches Almosen oder einen wohlverdienten Lohn willst, ob du den Haß der Solidarität vorziehst! Schenke diesen Augenblick mir, Kamerad, bevor du über deine Zukunft entscheidest ...«

Inge erklärte: »Meine Eltern sind reich, ihre Freunde ebenfalls; sie haben noch nie einen Finger krumm gemacht, um ihren Lebensunterhalt zu verdienen; die anderen arbeiten für sie. Ich habe sie verlassen, und wißt ihr warum? Um die Kette des Unheils zu zerbrechen und zu helfen, die brüderliche Gemeinschaft der Arbeiter zu schmieden ... Ich stehe auf eurer Seite, Kameraden, nicht auf der meiner Eltern.«

Und ich applaudierte, applaudierte wie verrückt. Ich sprach nur halbwegs deutsch, um nicht zu sagen überhaupt nicht, und ergriff niemals das Wort. Nur einmal habe ich eine Rede gehalten ... in Jiddisch vor einer Gruppe Zionisten. Ich weiß nicht, ob die Leute mich wegen meiner politischen Ideen oder wegen meiner Sprache ausgepfiffen haben, weil sie eine Rede in Deutsch erwartet hatten. Ich ergriff die Flucht und war den Spötteleien Inges ausgesetzt:

»Was willst du denn, es ist ein Triumph ... jedenfalls für die Zionisten!«

Dann kam der Wahltag. Nach einer schlaflosen Nacht hatten wir uns bei *Blum* niedergelassen und tranken einen schwarzen Kaffee nach dem anderen, während wir auf die neuesten Nachrichten warteten. Hauptmann begab sich in regelmäßigen Abständen zum Sitz der Partei, und wenn er zurückkam, schüttelte er den Kopf zum Zeichen, daß es noch zu früh sei, um sich schon eine Meinung zu bilden. Die Stunden schlichen dahin. Inge hielt es nicht an ihrem Platz, sie wollte sich bei der Redaktion der *Weltbühne* informieren, wo sie einen politischen Kommentator kannte. Vergebens. Sie machte einen Sprung ins *Romanische Café* in der Budapester Straße und kam völlig außer Atem wieder zurück. Sie war erschüttert: Die ersten Resultate zeigten erstaunliche Gewinne der Nazis ... Hauptmann beschwichtigte mit einer Handbewegung unsere Panik; dieses Viertel hatte Goebbels bearbeitet, das besagte überhaupt nichts ...

Nach einer zweiten schlaflosen Nacht hatten wir allen Grund in Panik zu geraten. Es handelte sich um einen Dammbruch für Hitler. Die Zahlen kletterten in die Höhe, sie überschlugen sich. In nur zwei Jahren hatte Hitler sechs Millionen Stimmen gewonnen.

Inge war völlig aufgelöst und schluchzte haltlos. Hauptmann war blaß und legte seinen Arm um ihre Schultern, und diese Geste erschütterte mich merkwürdigerweise mehr als die Tränen meiner Freundin. Ob er sie immer noch liebte? Hatte ich unrecht daran getan, sie zu trennen? Zusammen hätten sie vielleicht den Sieg davongetragen ... Ich hatte wieder meine alten Komplexe von Ljanow, meine alten Schuldgefühle. Zum Glück kümmerte sich niemand um mich.

Aus einem mir unverständlichen Grund wollte Inge nicht mit mir nach Hause gehen; sie zog es vor, sich bei ihren Eltern zu erholen, in einer von Linden umstandenen Villa. So schlugen wir drei in dieser Nacht, als wir auseinandergingen, alle eine andere Richtung ein.

Unsere Gruppe war nie mehr vollständig. Wir gingen am nächsten Morgen wieder zu *Blum,* nahmen unsere alten Gewohnheiten wieder auf, waren aber nicht bei der Sache. Wir sahen, wie das Verhängnis unerbittlich seinen Lauf nahm. Bald würde jeder von uns davon betroffen sein.

Inge war umgezogen; sie hatte ein Zimmer in der Wohnung einer Schauspielerin gemietet, die bei Reinhardt in einem Stück spielte. Sie liebte mich nicht mehr. Das dachte ich wenigstens und sagte es ihr auch.

»In diesen Zeiten haben wir nicht das Recht, an die Liebe zu denken«, antwortete sie knapp.

Ich hätte darauf erwidern müssen:

»In diesen Zeiten, Inge, ist die Liebe etwas, woran wir denken müssen.«

Bernard war völlig niedergeschmettert und sprach immer weniger. Ich fragte ihn:

»Und was ist nun mit den Massen? Ihre Vernunft, ihre Dankbarkeit, sind die auf einmal verschwunden? Erkläre mir, wie sechs Millionen im Elend lebende Menschen bereit waren, für ein noch schwärzeres Elend, für eine noch unerträglichere

Schmach ihre Stimme abzugeben. Erkläre mir, Bernard, den Sieg des Lumpenpacks über Anstand und Vernunft.«

Hauptmann schaute mich mit einem langen stummen Blick an; er sagte kein Wort; er hatte nichts darauf zu sagen; er verstand das Geschehene ebensowenig wie ich.

Dann kam der Vorabend des schicksalhaften neuen Jahres. Eine Freundin Hauptmanns, die aus einer großbürgerlichen Familie stammte, hatte uns ihr Haus zur Verfügung gestellt, wo wir gemeinsam feiern konnten. Aber was feiern und wie? Eine Hoffnung war zunichte geworden. Ahnten wir, daß es unser letztes gemeinsames Fest werden sollte? Wir tranken, stießen miteinander an und gaben uns alle Mühe, ausgelassen zu sein. Schallendes Gelächter, noch geräuschvollere Küsse. Wir sangen Lieder, die lustig klingen sollten, wir schworen uns ewige Liebe und Treue. Bevor wir nun wie Schauspieler von der Szene abtraten, wollten wir noch einmal unsere Rollen spielen. Einer forderte Hauptmann auf, einen Toast auszubringen. Er hob sein Glas und sagte mit dumpfer Stimme:

»Auf die Niederlage!«

Wir standen wie erstarrt und mit versteinertem Gesicht da und erwiderten nichts. Inge war den Tränen nahe und bat ihn mit ihren Blicken, doch noch einen Satz hinzuzufügen, ein Wort der Hoffnung. Hauptmann lächelte ihr zu und sah mit dem gleichen Lächeln jeden von uns an, dann setzte er sein Glas ab, ohne getrunken zu haben.

Noch in derselben Nacht schoß er sich eine Kugel in die Schläfe.

Ich hätte nie gedacht, daß ich es eines Tages als Glück empfinden würde, zu den Untertanen Seiner Majestät des Königs von Rumänien zu gehören, denn das war ich doch. Gut, ich übertreibe, aber es war verdammt nützlich. Wenn auch die Wehrdienstfrage ungeklärt war, so hatte mein rumänischer Paß doch nach wie vor Gültigkeit; ich konnte jederzeit ohne Schwierigkeiten das Dritte Reich verlassen.

Meine deutschen Freunde hätten mich durchaus begleiten oder mir folgen können; denn 1934 wurde die Überwachung der Grenzen so lässig gehandhabt, daß alle Juden hätten ins Ausland gehen können; die Polizei ermunterte sie sogar dazu.

Wie oft habe ich nicht versucht, Inge und Traub zu bewegen, alles liegen- und stehenzulassen und sich in Prag, Wien oder Paris niederzulassen, irgendwohin auszureisen ... Es gab lebhafte Diskussionen, die zu nichts führten. Jeder blieb bei seiner Meinung.

Inge blieb dabei, daß es ihre Pflicht sei, weiterhin in Berlin zu bleiben. Die Partei brauchte alle tätigen Kräfte, alle Kämpfer und alle Anhänger. Das Naziregime würde nicht lange dauern, konnte gar nicht von Dauer sein, es ging darum, hier an Ort und Stelle auszuharren, um seinen Sturz zu beschleunigen.

Für Traub war das nur ein frommer Wunsch. Der Sieg der Nazis entsprang für ihn nicht politischen oder wirtschaftlichen Überlegungen, sondern einer mystischen Situation. Hitler verkörperte den Drang nach Macht und Vorherrschaft und rührte damit etwas im tiefsten Innern des deutschen Volkes an. Deutschland war vielleicht nicht Hitler, aber Hitler war Deutschland. Man mußte blind sein, um das nicht zu erkennen. Demnach würde das Naziregime von Dauer sein und schwer auf einer ganzen Generation lasten.

Obwohl Traub das klar erkannte und sich keine Hoffnungen machte, weigerte er sich fortzugehen nach Paris, Wien oder Prag ... Aber seine Kameraden, alle, die ihm nahestanden, befanden sich doch noch in Berlin. Auch trotz der Schikanen, der Mißhandlungen und öffentlichen Demütigungen, die sporadisch am Anfang der Hitlerzeit standen, konnten die Juden weiter ihr eigenes Leben führen wie bisher, wenn nicht sogar besser. Da sie von den Christen boykottiert wurden, waren sie auf sich selbst angewiesen, und daraus entwickelte sich eine kulturelle Aktivität, wie sie nie zuvor in der Geschichte des deutschen Judentums zu verzeichnen gewesen war. Da jede Art von Assimilation unmöglich war, besuchte eine große Zahl von ihnen Seminare und Abendschulen, um zu entdecken, wer sie eigentlich waren, und das war für viele ein ausreichender Grund, in Deutschland zu bleiben.

Ist dies der rechte Augenblick, um anzumerken, daß mein Vater, Gerschon Kossower, gesegnet sei sein Andenken, sich, wie ich viel später erfuhr, in Ljanow im gleichen Dilemma befand. Freunde hatten ihm angeraten, in Bukarest Schutz zu suchen. Von dort könne er gegen Bezahlung nach Palästina ausreisen. Aber er konnte sich nicht dazu entschließen. Er sprach mit meiner Mutter, meinen Schwestern, mit Freunden und Nachbarn darüber. Sollte er die Gemeinde ihrem Schicksal überlassen? Sollte er bleiben und leiden, bleiben und sehen, was kommen würde? Seine Pflicht als Jude, seine Verantwortung als Mensch, was bedeutete das? Sich in der Unsicherheit einrichten oder sich anderswo dem Unbekannten stellen? Meine Mutter war dafür, das Geschäft zu liquidieren, das Haus zu verkaufen und zu fliehen. Mein Vater warf ihr vor, nur an ihre eigene Lage zu denken. Sie blieben. Was dann folgte, wissen Sie, wie ich annehme.

Am Abend vor meiner Abreise hatten Inge und ich eine letzte Diskussion. Inge packte meinen Koffer, und ich bat sie dringend, auch ihren eigenen zu packen. Sie hatte keinen stichhaltigen Grund zu bleiben. Ihre Eltern suchten einen Käufer für ihr Kaufhaus und ihre Luxuswohnung; sie hatten geschäftliche Beziehungen nach England und waren entschlossen, dorthin zu gehen. Ihre Freunde und Kameraden waren geflohen, saßen im Gefängnis, waren unauffindbar und unsichtbar. Die Partei funktionierte nach der Niederlage nur noch schlecht oder überhaupt nicht mehr. Wahrscheinlich gehörte Inge zu einer Untergrundorganisation. Sie machte eine Andeutung:

»Ich habe Arbeit hier.«

»Arbeit wirst du immer haben, hier wie in Frankreich. Dieselbe Arbeit sogar.«

»Nein, nicht dieselbe«, sagte sie und wechselte das Thema. Sie ließ sich nicht darauf ein, die genaue Art ihrer Arbeit zu verraten, aber das war nicht nötig. Ich verstand die Anspielung, ohne jedoch ihre Begründung zu akzeptieren.

Ein Gefühl des Scheiterns lastete auf uns. Wir hatten in jeder Hinsicht versagt, als Kämpfer, als Freunde, als Menschen. Seit dem Selbstmord Hauptmanns hatten wir uns immer mehr voneinander entfernt. Wir trafen uns zwar jeden Tag, wohnten aber nicht mehr zusammen. Der Schatten unseres Freundes, sein spöttisches und wohlwollendes Lächeln ließen uns nicht los. Wir vermieden es, über ihn zu sprechen, aber das änderte nichts; er blieb gegenwärtig. Die Erinnerung an ihn war wie ein Gewissensbiß, der uns quälte ...

Sogar an diesem Abend beschäftigten sich unsere Gedanken mit ihm. Warum dieser Selbstmord? Aus Angst vor dem soeben begonnenen Jahr oder aus Ekel vor dem zu Ende gegangenen? Traub behauptete, Bernard habe bereits seit langem mit der Idee des Selbstmordes gespielt. Er hatte oft Seneca und sein Lob des Selbstmordes zitiert: *Der Weise lebt, solange er muß, nicht solange er kann.* Bernard hatte Angst vor dem Alter, vor Impotenz und Gebrechlichkeit. Inge hingegen hielt daran fest, daß die Tat Hauptmanns die Menschheit und nicht seine eigene Person im Auge hatte. Er hatte sich nach ihrer Meinung getötet, weil wir jetzt dem Untergang, dem Tod des Menschengeschlechts beiwohnten.

Der Gedanke ging mir durch den Kopf, daß Inge nicht aus Loyalität der Partei gegenüber, sondern wegen Hauptmann darauf bestand, in Deutschland zu bleiben. Ich fragte sie danach:

»Hält Hauptmann dich zurück?«

»Nicht unbedingt.«

»Inge, wenn du sagst ›nicht unbedingt‹, dann heißt das ja.«

»Diesmal kann es auch nein heißen.«

Zum ersten und letzten Mal sprachen wir offen und ehrlich über unseren toten Freund, genauer gesagt, über unser Verhältnis zu ihm. Hatten wir ihm gegenüber nicht richtig gehandelt? Trugen wir Schuld an seiner Verzweiflung, also an seinem Tod? Trotz der Ansicht von Traub paßte der Selbstmord Hauptmanns nicht zu dem Menschen und intellektuellen Revolutionär, zu dessen scharfem Verstand und logischem Denken, der die Fähigkeit besaß, nicht einem plötzlichen Impuls oder etwas Irrationalem zu erliegen, sondern furchtlos der äußersten Gefahr entgegenzutreten und sie am Ende in sein Wertesystem zu integrieren. Hauptmann ein Selbstmordgefährdeter? Nein, er nicht. Und trotzdem. Was war die Ursache für eine Tat, die sein eigenes Leben Lügen strafte? War es unsere Liaison, unsere Liebe? Ich neigte dazu, es zu glauben, Inge nicht. Inge neigte vielmehr zu einer Erklärung, die ebenso einleuchtend wie einfach war ... Enttäuscht von den Wahlen, verraten von seinen »Massen« und all seiner Illusionen beraubt, hatte er aus dieser Situation den radikalsten Schluß gezogen. Das war seine Art, dem deutschen Volk, der deutschen Geschichte zu sagen: Ich habe genug von euch, ihr habt euch entschlossen, mit dem Teufel zu tanzen, amüsiert euch gut mit ihm, aber ohne mich.

Für mich bleibt diese Frage offen, sie beschäftigt mich noch heute, hier in dieser Zelle, wo alles so fern und so nahe zu sein scheint. Manche sind als Tote lebendiger als zu ihren Lebzeiten. Hauptmann ist einer von ihnen.

Warum entschließt sich ein intelligenter, dynamischer und schöpferischer Mann eines Abends, sich zu töten? Warum entschließt er sich dazu, warum fasziniert ihn die selbstzerstörerische Gewalt? Warum weigert er sich so entschieden und endgültig weiterzuleben. Um nicht zu leiden, um sich nicht verächtlich zu machen? Um die Überlebenden zu bestrafen? Um sie für die Tat verantwortlich zu machen? Warum spielt ein Mensch wie ich, der wegen nichts eingesperrt ist und nichts zu verlieren hat, nicht auch mit dieser Idee? Warum habe ich nie daran gedacht? Ich könnte wie Atticus, der große Freund Ciceros, die Nahrung verweigern, verhungern und statt in Gegenwart des Henkers allein sterben. Warum gerate ich nie in diese Versuchung? Weil ich eine Frau habe, die ... sprechen wir nicht von Raissa, Genosse Richter. Nicht ihretwegen hänge ich am Leben, sondern wegen meines Sohnes Grischa. Werde ich ihn eines Tages wiedersehen? Ihm von meinem Vater erzählen, dessen Namen er trägt? Ist er es, oder ist es mein Vater, der mir verbietet, mein eigener Henker zu sein? Manchmal während der – sagen wir – peinlichen Verhöre kam es vor, daß ich sterben, aber niemals mir den Tod geben wollte. Töten bleibt töten; und ich lehnte es bis in mein Unterbewußtsein hinein ab, dem Tod zu dienen.

In unserer letzten Unterredung gingen Inge und ich nicht so weit. Sie hatte, wie sie sagte, genug davon, Worten nachzuspüren, die sich unter der Hand in Nichts auflösten. Statt dessen teilte sie mir ihre Absicht mit, die Nacht bei mir zu verbringen. Ich war froh darüber. Ich glaube, ich liebte sie noch immer. Sie kam mir noch schöner vor; ihr trauriges Gesicht machte sie noch verführerischer und unnahbarer. Als ich anfing, mich auszuziehen, wandte sie sich ab.

»Willst du nicht auch?«

Nein, sie wollte nicht. Sie wollte sich lieber angezogen aufs Bett legen. Also tat ich es auch. Schweigend blickten wir ins Dunkel. Gestalten geisterten durchs Zimmer. Mein Vater, der mich bat, die Tefillin anzulegen, meine Mutter, auf meine Gesundheit achtzugeben. Ephraim lachte still vor sich hin. Blum mahnte die siebzig Mark an, die ich ihm seit drei Monaten schuldete. Bernard erklärte mir, daß philosophisch gesprochen Geschichte Bewegung bedeutet, also Veränderung, also ... Also was? fragte jemand. Ich hörte die Antwort nicht, denn ich wurde schläfrig. Inge rührte sich nicht und tat die ganze Nacht kein Auge zu. An was oder an wen dachte sie? Ich weiß es nicht und werde es niemals wissen.

Mein Zug ging erst am Abend. Ich weiß nicht, was Inge so sehr in Anspruch nahm – sicher ein geheimer Auftrag –, daß sie sich entschloß, mich schon am Morgen zu verlassen. Es war auch besser so. Vor der Tür umarmten wir uns. Ich wiederholte meinen Vorschlag:

»Komm nach Frankreich, Inge. Du wirst dort nützlicher sein als hier.«

Sie schien gar nicht zuzuhören. Ich versuchte es noch einmal:

»Wenn du deine Meinung änderst und dich entschließt zu kommen, weißt du dann, wie du mich erreichen kannst?«

Sie blickte mich an, ohne mich wahrzunehmen.

»Inge! Wirst du es wissen?«

»Die Kameraden werden es schon wissen«, sagte sie mit teilnahmslosem Blick.

Sie gehörte schon nicht mehr zu unserer Welt, sondern zu der Bernard Hauptmanns. Sie drehte sich auf dem Absatz um und ging fort, ohne sich noch einmal umzusehen.

Ich mußte an ihren ersten Besuch in diesem Zimmer denken und empfand einen fast körperlichen Schmerz, der mir das Herz zerriß. Ich hatte Lust, zu schreien und loszuheulen. Ich hatte Lust, hinter Inge herzurennen, sie zu bestürmen umzukehren, mit mir zu kommen, mit mir zu leben, ganz einfach zu leben. Wenn ich sie heftig genug bedrängte, wenn meine Liebe stark genug wäre, würde sie vielleicht nachgeben. Aber ich konnte mich nicht von der Stelle rühren. Die Würfel waren gefallen, es stand unwiderruflich fest, Inge würde in Berlin bleiben, ich mich in das Pariser Leben stürzen, wie ich es mir in meiner Phantasie vorstellte. Ich rief mich zur Vernunft: Inge wird kommen, das wirst du schon sehen. Früher oder später werden alle kommen, die Traubs, die

Blums und ihre Kameraden, die Liberalen, die Anarchisten, die Kommunisten und die Juden; denn hier werden sie doch ersticken; sie werden der Freiheit entgegeneilen ... In meinem Innersten wußte ich, daß das eine eitle, kindliche Hoffnung war. Inge würde in Berlin bleiben und in Berlin sterben, und ich würde anderswo leben, mir anderswo eine andere Frau suchen. Wir wollen die Seite umblättern, Inge. Du hast mich die Liebe entdecken lassen, dafür danke ich dir. Du hast mich in die politische Aktion eingeführt, auch dafür Dank. Du hast mir Gutes getan, du hast mir weh getan. Ich habe dir zu danken.

Letzter Tag in Berlin. Ich mache Abschiedsbesuche, zahle meine Schulden bei Blum, führe ein letztes Gespräch mit Traub, der mir unbedingt einen Kaffee anbieten will, schreibe einen letzten Brief an meine Eltern. Das nächste Mal, Vater, werde ich dir aus Paris schreiben, so Gott will. Natürlich, wenn Gott es will. Beruhige dich, Vater, dein Sohn wird die Gebetsriemen mitnehmen.

Ein letzter Spaziergang an diesem strahlenden Apriltag. Die Straßen sind belebt, wimmeln von Menschen. Braune, graue, schwarze Uniformen. Unzählige Hakenkreuze. Glückliche Gesichter. Die Stadt ist mit sich selbst im reinen. Hitlerbilder in allen Schaufenstern, sein Volk betrachtet ihn mit unverhohlenem Stolz, ja mit Liebe. Armer Bernard Hauptmann, die Massen machen oft Dummheiten, ist das ein Grund, sich umzubringen? Arme Inge, dieses Volk hat dich ausgestoßen, es spuckt auf dich und die Deinen, und du wolltest dich unbedingt dafür opfern; glaubst du wirklich, daß es das, daß es dich verdient?

Plötzlich taucht in der Nähe des Zirkus eine seltsam würdige Gestalt auf, ein Jude. Er ist mit unauffälliger Eleganz gekleidet und schreitet mit erhobenem Haupt und sicherem Schritt durch die Menge der Fußgänger, ohne Furcht oder Mißtrauen zu zeigen. Ich könnte nicht sagen, was mich auf den Gedanken bringt, daß er Jude ist. Aber ich weiß, daß er es ist und nicht von hier stammt. Er zieht die Aufmerksamkeit der Leute auf sich. Ein Nazi, der ihn bemerkt, macht ein empörtes Gesicht; andere bleiben stehen und blicken ihm nach. Er scheint aus einem anderen Land, aus einem anderen Zeitalter zu kommen. Ist er ein Fürst Israels? Ein Sendbote

Gottes? Er trägt einen sorgfältig gepflegten Bart, hat ein intelligentes Gesicht und strahlt eine solche Autorität aus, daß die Leute auf der Straße anfangen, unruhig zu werden. Es wird nicht mehr lange dauern, und alle werden wie erstarrt dastehen; sie haben nur noch Augen für diesen vornehmen hochmütigen Juden, der durch Berlin spaziert, als ob hier nicht die Nazis regierten.

Ich spüre, wie ich mir Sorgen um ihn mache; er schwebt in Gefahr und scheint sich dessen gar nicht bewußt zu sein. Und wenn so ein Schweinehund sich auf ihn stürzte? Wenn die Menge ihn einkesselte, um ihn zusammenzuschlagen? Wäre ich bereit, ihm zur Hilfe zu eilen? Ich würde diese Frage gerne bejahen, aber ich bin mir dessen nicht sicher. Im übrigen ist mein Problem rein theoretischer Natur. Die Menge ist so erstaunt, daß sie sich ganz ruhig verhält; die Leute lassen ihn passieren und um die nächste Ecke gehen. Bevor sie sich eines anderen besonnen haben, ist er bereits verschwunden. Soll ich hinter ihm herrennen? Ich sehe keinen Grund dafür, und außerdem ist es schon spät geworden. Ich muß schnell nach Hause. Rasch, Frau Braun, wieviel bin ich Ihnen schuldig? Würden Sie so freundlich sein und mir die Post nachsenden? Ich werde Ihnen meine Adresse schicken, ja? Vielen Dank im voraus, und Dank für alles, und auf Wiedersehen. Na, na, liebe Frau Braun, machen Sie nicht so ein Gesicht, eines Tages werden wir uns wiedersehen. Bei uns sagt man, nur die Gebirge treffen sich nicht wieder. Geben Sie mir schnell den Koffer. Ist alles drin? Hemden, Bücher? Meine Gebetsriemen? Da ist meine Aktenmappe. Aber mein Paß? Wo ist mein Paß? Verflixt, ich habe ihn verlegt. Nein, ich habe ihn in meiner Tasche. Wo ist die Fahrkarte? Sie steckt im Paß. Und den Paß habe ich ja in der Hand. Ich bin ganz durcheinander, werde noch verrückt in diesem verrückten Land. Schnell, ein Taxi. Was, es gibt kein Taxi? Dann laufe ich eben. Da kommt doch ein Taxi. »Zum Bahnhof, schnell.« – »Zu welchem Bahnhof?« – »Ich nehme den Zug nach Paris.« – »Paris?« sagt der Chauffeur ganz erstaunt. »Das ist zu spät, aber«, fährt er lachend fort, »warten Sie noch ein paar Jahre, dann treffen wir uns alle dort wieder ...« Gar nicht komisch, dieser Scherz. »Was soll's«, sagt er und beschleunigt das Tempo. Die Straßenlaternen gehen an. Die Schupos gestikulieren. Die

Schaufenster erstrahlen hell. In den Gefängnissen recken sich die Folterknechte, und ihre Opfer flüstern: Das ist bloß ein Traum, ein böser Traum. Eine dumpfe Unruhe erfaßt mich: Wer wird zum Bahnhof kommen, wer ist gekommen? Inge? Traub? Ich eile zum Bahnsteig 11, der Zug ist noch da. Ich steige ein, stoße mit Mitreisenden zusammen, finde meinen Platz, lege meinen Koffer auf den Sitz, steige wieder aus, suche ein vertrautes Gesicht. Von all meinen Freunden, all meinen Kameraden hat sich niemand herbemüht. Ich bin ihnen ein bißchen böse. Ich tue ihnen unrecht; sie haben Angst, und ich fahre fort in eine Welt ohne Angst. *Werde ich sie jemals wiedersehen?* Diese Frage verfolgt mich ständig, Tag für Tag. *Werde ich sie eines Tages wiedersehen?* Eine unpersönliche, schnarrende Stimme ruft: »Zug nach Paris, einsteigen! Vorsicht bei der Abfahrt.« Mein Herz will mir zerspringen, es tut mir weh, und ich weiß warum. Es gibt Momente, da weiß der Mensch alles; jetzt erlebe ich einen solchen Moment; ich sehe meine Kameraden vor mir, die lustigen und traurigen, die glücklichen und unglücklichen, die besonnenen und kühnen, ich weiß, der Sturm aus Blut und Feuer wird sie mit sich fortreißen, und ich, der glückliche Deserteur, werde leben.

Der Zug hat Berlin hinter sich gelassen. Ich stütze mich auf das heruntergelassene Fenster und starre in die Nacht hinaus, wage nicht, mich umzudrehen. Schließlich werde ich müde und setze mich auf meinen Platz. In der Ecke gegenüber sitzt ein Mann und lächelt mir zu. Es ist der geheimnisvolle Fürst, den ich am Morgen in der Nähe des Zirkus gesehen hatte.

Müde und erschöpft schließe ich die Augen und öffne sie sogleich wieder, um sein Lächeln zu erwidern. Auf einmal verspüre ich Lust, zu weinen, zu weinen um Inge und ihre im dunkeln liegende Zukunft, zu weinen um Hauptmann und seine zu Grabe getragenen Illusionen, um Traub und seine Kameraden, um Berlin und seine Juden. Ich möchte am liebsten weinen, aber jener Reisende lächelt mir zu. Und meine Tränen zurückhaltend und wider Willen wie ein Irrer lächelnd, habe ich das Dritte Reich verlassen. Aus Schwäche, aus Feigheit, als Deserteur? Ich erkläre mich für schuldig, Genosse Richter. Ich erkläre mich für schuldig, weil ich vor dem Gefängnis und dem Tod in Berlin geflohen bin.

Unveröffentlichte Gedichte
(im Gefängnis geschrieben)
von
Paltiel Kossower

Kinder

Kinder der Armen,
ihr armen Kinder.
Ihr braven und stillen,
ihr fleißigen oder
ausgelassenen Kinder,
auf euch
wartet das Exil.
Die Menschen,
sie haben euch
nicht verdient,
ihr armen
jüdischen Kinder.

Brot

Der Gefangene
in seiner Zelle
denkt nicht an Gott,
nicht an das Meer,
nicht an den frischen
Atem des Gebirges;
der hungrige Gefangene
in seiner Zelle
denkt an Brot:
Das ist seine
einzige Erinnerung,
sein Gott.

Nacht

Sie ist nicht Zufluchtsort,
nicht Haus noch Heim,
nicht Ruhe
noch Vergessen.
Eine Falle ist sie,
eine Schlinge,
das Rauschen
des Endes.

Städte

Schatteninseln,
Scheiterhaufenasche.
Tote Gassen,
blinde Fenster,
Menschenschicksal
unentwirrbar.
Städte mitten in
den Städten,
die von Kain
errichtet wurden;
Heimstatt seiner
künftigen Opfer.

Passanten

Der Zufall
führte sie zusammen,
für einen Augenblick,
einen einzigen,
um aus ihrer Brust
den Menschenjäger
loszulassen.

Mauern

Sichtbare und
unsichtbare Mauern,
die den Horizont
verbergen

und ersetzen.
Schwarze Mauern,
schmutzbedeckt
und ekelhaft,
auch wenn sie
vor Reinheit
glänzen.
Werk von Menschen,
das die Menschen
überleben wird.

Häuser

Zerrissene Souvenirs,
Erinnerungsstücke,
zusammengekrümmte Leiber,
starr,
und auf dem Herd das Mahl
noch unberührt;
durchwühlt die Schränke,
umgestürzt die Tische;
häßlich der Anblick,
unerhört und unbegreiflich.
Verkriech dich, Mensch,
in deine Höhle,
damit du überlebst.

Asyle

Furchtbares Leiden,
unsagbare Angst,
Gesichter, alle
verschmolzen in eins;
zerbrochene Finger
und irre Blicke:
Vor diesen Wahnsinnigen,
diesen Märtyrern
müssen wir fliehen,
wir müssen sie fliehen
lassen.

(Aus dem Jiddischen)

Wer bist du eigentlich, Freund Zupanew? Woher kommst du? Von welchem Stern bist du gekommen, um in mein Leben einzutreten? Was hast du gemacht, mit wem hast du verkehrt, bevor du den Nachtdienst in diesem Viertel übernommen hast? Was für ein Mensch bist du, Freund Nachtwächter? Welche Geheimnisse, wessen Geheimnisse hütest du? Auf wessen Befehl? Von wem hast du sie erfahren? Wer hat sie dir besorgt? Du behauptest, daß sie dir jemand für mich anvertraut hat. Wie konnte dieser Unbekannte wissen, daß wir uns treffen würden? Du erzählst mir so viele Dinge, Zupanew, warum tust du das eigentlich? Werde ich eines Tages auch wissen, was du mir verschweigst?

Der Nachtwächter weckte immer stärker Grischas Neugierde, und immer wieder gingen diesem die gleichen Fragen durch den Kopf. Zupanew mußte seinen Vater gekannt haben. Vielleicht im Gefängnis? Weil er nicht fragen konnte, sah er ihn mit flehentlichen Blicken an und hoffte, der Nachtwächter würde sie verstehen. Ob Zupanew sie verstand? Seine Antworten verschleierten eher das Thema, das seinen jungen Besucher interessierte, als daß sie es erhellten.

Sie trafen sich am Wochenende oder abends. Der Nachtwächter saß auf dem Feldbett oder auf einem Hocker, die Hefte auf seinen Knien, und spielte die Rolle des Meisters. Er brachte Grischa alles bei, was er in der Schule nicht gelernt hatte. Er machte ihn mit den aktuellen Ereignissen bekannt, mit der veränderten russischen Politik gegenüber den jüdischen Mitbürgern, den Ereignissen in Israel, mit dem Problem der Auswanderung; er brachte ihm Grundkenntnisse des Jiddischen bei und gab ihm Unterricht in jüdischer Geschichte. Kurzum, er bereitete ihn für die große Abreise vor.

»Mich werden sie nicht gehen lassen«, sagte er, »dich schon. Einige Kinder von Schriftstellern sind schon draußen. Die Reihe kommt auch an dich, und dann mußt du bereit sein.«

»Bereit wozu?« fragte sich Grischa. Aber Zupanew hatte bereits ein anderes Thema angeschlagen, und nachhaken konnte man unmöglich bei ihm.

Eines Tages hatte er eine Überraschung für seinen jungen Schützling:

»Ich habe ein Geschenk für dich. Unveröffentlichte Gedichte deines Vaters. Er hat sie im Gefängnis geschrieben.«

Es waren Verse, die wie Feuer brannten. Grischa stellte sich seinen Vater vor, wie er in seiner Zelle hockte und die finstere Welt in Brand steckte mit seinen einfachen, alltäglichen Worten. Sie fielen in ein toll gewordenes Jahrhundert und haben die Befreiung verzögert.

»Die Summe eines Lebens«, sagte Zupanew. »Todesnöte, Freundschaften, Trennungen, Worte, mit denen alles beginnt und alles endet.«

Bald, träumte Grischa, bald werde ich meinen toten Vater besser kennen, als meine Mutter ihn als Lebenden gekannt hat.

»Siehst du«, sagte Zupanew, »daß alles möglich ist«, und wiederholte noch einmal:

»Ja, mein Junge. Alles ist möglich und wird möglich.«

Dabei zwinkerte er ihm vielsagend zu.

Das Testament
des Paltiel Kossower

Paris – eine strahlende Lichterstadt? Mag sein, aber ich kam an einem regnerischen Tag verschwitzt, unrasiert und hundemüde an der Gare de l'Est an und wußte nicht, wohin ich gehen sollte. Ich kannte niemanden, hatte keinen entfernten Vetter in der Lederbranche und keinen Onkel in der Rue des Rosiers. Eine einzige Adresse, die von Paul Hamburger, hatte ich mir gemerkt. Sie stammte von Traub:

»Setz dich mit ihm in Verbindung. Man kann nie wissen. Vielleicht könntest du ihm nützlich sein.«

Das war leicht gesagt. Ich konnte doch nicht einfach bei ihm aufkreuzen mit dem Koffer in der Hand und mit leerem Magen, als sei ich vom Himmel gefallen; seit Berlin hatte ich keinen Bissen zu mir genommen. Die Aufregung war mir auf den Magen geschlagen, und außerdem hatte mein Reisegefährte mich so eingeschüchtert, daß ich, selbst wenn ich Hunger gehabt hätte, es mir nie hätte anmerken lassen.

Wir waren allein im Abteil. Er saß an der Tür, ich am Fenster. Da ich nichts von ihm wußte, nicht einmal, daß er Jude war, betrachtete ich die Landschaft, den Himmel und die Telegraphenstangen, die Häuser und Bauernkaten, um nicht von ihm ins Gespräch gezogen zu werden. Außerdem war Vorsicht geboten. Wir waren immer noch auf deutschem Boden; wer wußte, ob der Mann nicht ein Spion oder ein Spitzel war? Er sah zwar nicht danach aus, aber Spitzel und Polizisten sehen meist anders aus, als man denkt. Nein, ich versteckte mich besser hinter meinen Gedanken und meinem Heimweh; ich hatte innerlich immer noch nicht aufgehört, mit Inge zu streiten, fand neue Argumente und war noch nie beredter und überzeugender gewesen ...

Plötzlich wandte ich verdutzt den Kopf; mein Gefährte hatte mich auf jiddisch angesprochen:

»In diesem verfluchten Land hat man den Eindruck, dem Ende der Welt beizuwohnen, stimmt's?«

Ängstlich antwortete ich ihm in seiner Sprache:

»Sie sollten solche Dinge nicht so laut sagen ...«

Er mißachtete meinen Rat und fuhr fort:

»Die Angst gehört zu den biblischen Verwünschungen, die Angst, zu reden und zuzuhören, zu wachen und zu schlafen, ja, wir wohnen dem Ende der Welt bei.«

Er sprach ein reines litauisches Jiddisch, das sehr melodisch klang und im Kontrast zu seiner rauhen Stimme stand.

»Dabei sage ich mir, daß es seit Bestehen der Welt immer einen Menschen gibt, der erklärt, das sei das Ende, und er hat immer recht.«

Seine Unvorsichtigkeit machte mich neugierig und unruhig. Ich rutschte zur Seite, um ihm ins Gesicht zu sehen. In Berlin hatte ich ihn wegen seiner majestätischen Haltung für einen Prinzen aus einem königlichen Stamm Israels gehalten. Daß er unauffällig und elegant gekleidet war, habe ich bereits erwähnt. Er trug ein Sakko und eine goldene Kette, hatte eine hohe Stirn und eine Adlernase, seine ausdrucksvollen Augen waren auf einen fernen Punkt gerichtet. Ich hatte in Barassy und Berlin, in Ljanow und Bukarest alle möglichen Juden gesehen, fromme und ungläubige, reiche und arme, liebenswerte und eitle, aber dieser hier glich keinem von ihnen. Er gehörte einer besonderen Kategorie an; es ging eine geheimnisvolle Kraft von ihm aus, die über uns hinauswies.

»Wer sind Sie?« fragte ich ihn.

»Ach, entschuldigen Sie bitte, ich habe mich noch gar nicht vorgestellt. Ich bin Professor. Mein Name ist David Abulesia.«

Er sah weder wie ein Professor noch wie ein Spanier aus. Ein David Abulesia hätte Kastellanisch gesprochen oder höchstens noch Ladino, aber auf keinen Fall Jiddisch. Ich hatte wieder den Verdacht, daß dahinter etwas steckte, das er nicht verraten wollte.

»Was lehren Sie?«

»Die Geschichte der jüdischen Dichtung. Oder wenn Sie so wollen: Die Dichtung der jüdischen Geschichte.«

Und fing an über die Dichtung in der Bibel, bei den Propheten, im Midrasch zu sprechen, sprach von den mittelalterlichen Litaneien, von den Gesängen zum Gedenken an

145

die Märtyrer der Kreuzzüge und Pogrome, von Jehuda Hallevi, von Schmul Hangrid, Elieser Hakalir und Mordechai Joseph Hakohen von Avignon. Er wußte so viel Interessantes darüber zu sagen, daß ich sogar die verdächtigen Leute in dunklen Regenmänteln und Uniformen vergaß, die ständig im Gang auf und ab spazierten. Wir näherten uns langsam der Grenze.

»Das Werk des Dichters und des Historikers ähneln sich«, sagte mein Gegenüber. »Beide lassen Höhepunkte aufscheinen, und ihre Arbeitsweise besteht darin, daß sie aussondern, sie halten nur ein Wort von zehn anderen, nur ein Ereignis von hundert anderen fest. Und der Unterschied zwischen Dichtung und Geschichte? Die Dichtung ist gewissermaßen die unsichtbare Dimension der Geschichte.«

Er verbreitete sich darüber so ausführlich, daß es mich schließlich langweilte. Wir fuhren durch ein Land von Barbaren, wo jüdische Dichtung und Geschichte ständig bedroht und an den Pranger gestellt wurden, und er, der hoch aufgerichtet wie ein Standbild vor mir saß, spielte mit Worten, jonglierte mit Ideen, und immer auf jiddisch. Alles hat schließlich seine Grenzen.

»David Abulesia ist doch ein spanischer Name; wo haben Sie eigentlich jiddisch gelernt?«

Die Erklärung war einfach. Seine Großeltern mütterlicherseits waren russische Juden, und väterlicherseits Sephardim aus Tanger.

Wo er denn wohne und lehre?

»Sozusagen überall. Seit vielen Jahren bin ich unterwegs, ziehe durch Städte und Dörfer und gehe von Land zu Land.«

Was er suche?

»Ich suche jemanden.«

»Etwa den Messias?« sagte ich lachend.

Mein Ton mißfiel ihm. Er riß seinen Kopf hoch:

»Warum nicht? Warum nicht Ihn? Er ist von dieser Welt, junger Mann. Die Weisen des Talmuds plazieren Ihn vor den Toren Roms, aber in Wirklichkeit befindet er sich unter uns, ist überall. Nach dem Sohar wartet Er darauf, daß man Ihn ruft. Er wartet darauf, daß Er entdeckt wird, damit man Ihn krönen kann. Sie müssen wissen, junger Mann, daß der Messias aussieht wie jedermann, nur nicht wie der Messias. Er ist älter als die Schöpfung, und auch sein Name ist älter. Die Geschichte des Messias ist die Geschichte einer Suche, die Geschichte eines Namens, der auf der Suche nach einem Wesen oder nach dem Sein ist.«

Seine weitschweifigen Gedankengänge ärgerten mich. Für wen hielt er sich eigentlich? Für einen Eingeweihten? Er ist verrückt, dachte ich. Wir befinden uns noch im Reich Adolf Hitlers, und er hat nichts anderes als seine messianischen Theorien im Kopf. Er muß verrückt sein. Aber ich hatte keine Gelegenheit, ihn meinen Ärger merken zu lassen; denn der Zug hielt. Wir hatten die Grenze erreicht, und ganz andere Gedanken beschäftigten mich. Wenn mein Name auf einer schwarzen Liste stand? Wenn man mich verhaftete? Ich stand Todesängste aus, als Polizisten und Zollbeamte meinen Paß prüften und meinen Koffer durchwühlten. Abulesia hingegen betrachtete sie ganz ruhig, geradezu herablassend. Weil er einen britischen Paß hatte? Ich entdeckte nicht die Spur von Ängstlichkeit bei ihm. Die Deutschen grüßten uns höflich und entfernten sich wieder. Trotzdem wich der Druck erst von mir, als der Zug wieder anfuhr und die Grenze passierte. Ich stieß einen Seufzer der Erleichterung aus, betrachtete meinen Reisegefährten mit neuen Augen und wollte uns beide beglückwünschen, aber er kam mir zuvor:

»Ich habe Sie gestern gesehen, junger Mann«, sagte er. »In der Nähe des Zirkus sind Sie mir aufgefallen. Ich habe erwartet, daß Sie mir folgen.«

Er ist verrückt, dachte ich.

»Aber ... bin ich Ihnen nicht bis hierher gefolgt?«

»In der Tat«, erwiderte er. »Das bedeutet für mich eine Verpflichtung. Äußern Sie einen Wunsch, ich werde ihn erfüllen.«

Na schön, es ging also weiter. Nur spielte er jetzt nicht mehr den Messias, sondern den Propheten Elias. Noch einer von der Sorte. Ich hatte in meinem Leben genug Propheten und Messiasse getroffen ... Seit meiner Kindheit zog ich die Verrückten genauso an, wie sie mich anzogen. Maimonides hatte recht, eine Welt ohne Verrückte könnte nicht bestehen. Aber die Verrückten aus meiner Kindheit waren lauter arme Teufel, Verlorene, aus der Bahn Geworfene, die auf ein Stück Brot aus waren oder einfach nur bei jemandem Gehör finden wollten, nicht wie dieser sephardische Professor, der ausgezogen war, in Deutschland den Messias zu suchen.

»Also, was ist mit dem Wunsch?«

»Gut. Beantworten Sie mir folgende Frage: Was haben Sie in Deutschland gemacht?«

Er kam aus seiner Ecke und setzte sich mir gegenüber ans Fenster:

»Die Alten glaubten, daß der Messias an dem Tag kommen wird, an dem die Menschheit entweder völlig schuldig oder völlig unschuldig ist. Ich bin in einer ganz bestimmten Mission nach Deutschland gekommen, ... um das Maß der Schuld dieses Landes festzustellen.«

»Ja und«, sagte ich und machte das Spiel mit, »wie lautet das Resultat?«

»Die Welt ist noch nicht völlig schuldig, aber beruhigen Sie sich, junger Mann, sie wird es über kurz oder lang sein«, sagte er mit einer Entschiedenheit, die mich überraschte. »Aber ...«

»Ja bitte?«

»... Ich möchte nun meinerseits auch eine Frage an Sie richten.«

»Tun Sie es.«

»Ich habe in Ihrem Koffer Gebetsriemen bemerkt. Nun tragen Sie aber keinen Hut und haben auch Ihre Gebete heute morgen nicht gesprochen. Was für ein Jude sind Sie eigentlich?«

Ach so, die Gebetsriemen.

»Ich bin kein praktizierender Jude.«

»Aber dann verstehe ich nicht ...«

Ich erklärte es ihm, sprach von Ljanow, von meinem Vater und meinem Versprechen. Abulesia interessierte sich für meine Vergangenheit und erzählte auch von seiner eigenen. Er hatte in einer berühmten *Jeschiwa* in Litauen studiert und in Galizien, Griechenland, in Syrien und in der Altstadt von Jerusalem gelehrt. Überall hatte er Meister und Schüler ... Beim Zuhören wurde ich an einen Vorfall aus der Zeit, als ich bei Rabbi Mendel dem Schweiger studierte, erinnert.

Dessen Schüler waren jung, hingebungsvoll und begeistert. Sie drangen immer tiefer in die verborgene Herrlichkeit der Schrift ein, die das sterbliche Wesen mit seiner Unsterblichkeit verbindet. Jedes unserer Worte fand Widerhall im himmlischen Palast, wo Gott und seine Umgebung dem Bericht von unseren Leiden aufmerksam lauschen, und jedes Schweigen von uns rief ein anderes, höheres und heiligeres Schweigen hervor. Ich erinnere mich, daß einmal, kurz vor Mitternacht, Nachum, der jüngste Sohn des für die Sauberkeit des rituellen Bades Verantwortlichen, unseren Meister bat, ihm eine Frage stellen zu dürfen: »Wir haben die Schwelle der Erkenntnis erreicht, Rabbi, aber wozu dient sie?« Nachum zitterte wie ein Blatt, das sich gerade von einem Ast lösen will. Er wußte, daß er sich verrannt hatte; denn ob die Erkenntnis das Ziel oder der Weg war, in beiden Fällen erregte sie Furcht ... Rabbi Mendel der Schweiger verbarg den Kopf in seinen Händen und blickte erst nach einer Weile wieder auf: »Du willst wissen, wozu die Erkenntnis dient«, sagt er. »Wohlan, so höre, hört alle gut zu: Sie dient dazu, die Schöpfung zu begreifen, das heißt, sie in Besitz zu nehmen, auf sie und auch auf ihren Schöpfer einzuwirken; sie dient dazu, daß wir uns zugleich dem Beginn und dem Ende nähern; sie dient dazu, die Befreiung des Wesens in den menschlichen Wesen zu bewirken, des Ewigen in der Dauer ...« Zum erstenmal hatten wir den Eindruck, der Meister sei in Trance. Er sagte, daß die Erkenntnis ein Schlüssel ist, der kostbarste und gefährlichste, den es gibt; denn er öffne zwei gleiche Türen, von denen die eine zur Wahrheit, die andere in die Finsternis führe. Nachum rief: »Und wenn ich sie ablehne?« – »Zu spät«, entgegnete unser Meister, »wir haben bereits die Schwelle überschritten; von nun an ist kein Zweifel mehr erlaubt.« Ein lastendes Schweigen breitete sich aus, das niemand zu brechen wagte. Es dauerte bis zum Morgengebet, nein, es ließ gar kein Gebet zu ... Wir verbrachten diesen Tag, ohne zu beten, ohne zu essen und ohne uns auszuruhen ... Kurz darauf verlor Nachum seinen Glauben, sein Bruder das Leben, und ich fühlte, wie der Boden unter meinen Füßen schwankte.

Während David Abulesia redete, sah ich Rabbi Mendel den Schweiger wieder vor mir, dessen Blick sich vor Zorn verdunkelte, wenn ein Text seinen Sinn nicht preisgeben, sich nicht erschließen wollte. Ich sah Ephraim wieder und seine politisch-religiösen Spiele; den Sohar und Groschenromane, Ljanow und Berlin, Bernard Hauptmann und jetzt David Abulesia vor mir ... Jeder versucht, den äußeren Schein zu durchbrechen und die Ereignisse zu beschleunigen, versucht, die Menschen auf den Messias vorzubereiten – oder den Messias auf die Menschen vorzubereiten. Das Ziel ist dasselbe, aber unerreichbar, außer für Inge. Sie verkörperte im schuldig gewordenen Deutschland das Heil. Während Abulesia redete, bat ich Inge im stillen, doch alles hinter sich zu lassen und zu mir nach Paris zu kommen.

»... Da er sich weigert, unter uns zu erscheinen«, erklärte mein Abteilgenosse im vollen Ernst, »werde ich ihn weiter verfolgen, bei Ihm im Himmel und hier auf Erden.«

»Viel Glück«, sagte ich.

Im Gang herrschte Betrieb. Verschlafene Reisende strebten zum Speisewagen, andere kamen halbwach zurück. Wir näherten uns Paris. Schon tauchten grau und trist die ersten regennassen Vorstädte auf. Man lachte, gähnte, tauschte Adressen aus. Sind wir bald da? Bald. Die Beine waren steif, der Kopf schmerzte, die Lider waren schwer und gerötet. Der Zug verlangsamte sein Tempo.

»Vergessen Sie nicht, junger Mann«, sagte David Abulesia zu mir, »vergessen Sie eines nicht: Wichtig ist nicht, der Messias zu sein, sondern ihn zu suchen.«

»Und wenn ich ihn finde?«

»Finden Sie ihn erst einmal, dann sprechen wir darüber.«

»Zu dritt?«

Wir schüttelten uns die Hand und verließen gemeinsam den Zug, dann verloren wir uns im Gewühl. Ich hätte nicht gedacht, ihn noch einmal wiederzutreffen, aber ich irrte mich. Während ich nach dem Auskunftsbüro Ausschau hielt, hörte ich hinter mir seine Stimme:

»Ich kenne Paris, junger Mann, kommen Sie doch einfach mit mir.«

Ich konnte mir ein Lachen nicht verkneifen. Wenn er trotz allem der Prophet Elias wäre? Oder der Messias? Nicht der wahre, der große, der einzige, sondern ein viel bescheidenerer, eben mein Messias? Lichterstadt Paris, wach auf! Ich bringe dir den Messias! Und er bringt mich in sein Hotel.

Es war ein Hotel für arme Leute in der Gegend der République, eng, übelriechend und dunkel. Die erste Etage – das merkte ich erst später – war für spezielle Gäste reserviert, die für kurze Zeit hinaufgingen und sich dann mit gesenktem Kopf und schuldbewußtem Gesicht davonschlichen.

»Das Hotel hat den Vorteil«, erklärte mir Abulesia, »daß es billig ist und die Polizei nur selten auftaucht, weil sie hier zufällig auf eine bekannte Persönlichkeit, auf einen Minister oder Industrieboß oder eine andere honorige Person stoßen könnte.«

Der Besitzer, ein Trinker mit aufgedunsenem, unausge- schlafenem Gesicht, empfing uns mit einem angestrengten Lächeln:

»Ach, der Herr Professor«, rief er hinter seiner Theke, »sind Sie wieder einmal im Lande? Mal sehen, welches Zimmer ich Ihnen geben kann ... Da hab' ich's. Dasselbe wie immer. Und für den jungen Mann ...«

Mein Zimmer im zweiten Stock war dummerweise belegt – ausnahmsweise und vorübergehend – von einem jener eiligen Gäste.

»Warten Sie hier«, sagte der Wirt, »und trinken Sie inzwi- schen einen Kaffee. In der Zeit ist das Zimmer fertig. Bestimmt.«

So wurde ich in die Sitten und Gebräuche der Touristenho- tels in Frankreich eingeführt. Das Fehlen von strenger Ord- nung schockierte mich, in Berlin wäre so etwas nie passiert.

»Nehmen Sie es nicht tragisch«, sagte der Wirt nach Verlauf von zwei Stunden. »Der Gast von oben hatte es vielleicht nötig. Versetzen Sie sich mal in seine Situation ...«

Ich würde gerne an seiner Stelle sein, aber ich fiel um vor Müdigkeit. Was sollte ich auch antworten? Ich konnte mir nicht einmal den Luxus leisten, mich zu beschweren; da ich kein Französisch konnte. Abulesia sprach es fließend und wurde mein Dolmetscher.

»So«, bedeutete mir endlich die verschlafene Stimme des Wirts, »jetzt können Sie hinaufgehen.«

Um mich zu beschwichtigen, war er bereit, mir das anzubieten, wozu soeben – ausnahmsweise und vorüberge- hend – mein Zimmer gedient hatte, aber als er sah, daß ich rot wurde, verschwand er.

Ich warf mich aufs Bett und schlief sofort ein. David Abulesia weckte mich am Spätnachmittag, um mich zum Essen in ein koscheres Restaurant einzuladen. Er lud mich auch am nächsten und übernächsten Tag wieder ein, solange er in Paris war.

Ich weiß nicht, was er in Paris zu tun hatte; morgens verließ er das Haus, ohne mir zu sagen, wohin er ging und wie lange er fortblieb. Bei der Rückkehr klopfte er an meine Tür und holte mich zum Essen ab. Anschließend gingen wir in sein Zimmer hinauf und plauderten. Die Situation war komisch und recht grotesk: Zwei Stockwerke tiefer gab es käufliche Liebe, Männer und Frauen gaben sich mit falschen Liebesschwüren ihrem Vergnügen hin. Man hörte Gelächter, Schreien und Stöhnen, atmete nicht gerade wohlriechende Düfte ein – und der Rabbiner-Professor, der Abenteurer und Magier, beschwor seine Reisen ins Innere des Wortes. Zwei Stockwerke tiefer gaben sich Männer und Frauen dem schnellen Rausch der Sinne hin, reduzierten das Glück auf rein körperlichen Genuß, und David Abulesia sprach von der Endzeit, von der letzten Erfahrung, vom Auseinanderbrechen der Sprache im Grenzbereich des Absoluten. Das Ende, immer wieder das Ende, das war die fixe Idee, die ihn nicht losließ. Er begann mir allmählich auf die Nerven zu gehen. Schließlich war ich nicht nach Paris gekommen, um mir sein Gerede über die endzeitliche Auflösung der Geschichte anzuhören, das hatte ich bereits in Ljanow über mich ergehen lassen müssen ... Ich konnte ihm aber auch nicht weh tun. Das habe ich Ihnen schon gesagt, Genosse Richter, es gab etwas in ihm, etwas Einmaliges und Edles – ja, etwas Edles sogar in diesem Stundenhotel –, das achtunggebietend war. Außerdem stand ich in seiner Schuld.

»Nun, haben Sie ihn schon getroffen, Ihren berühmten namenlosen Menschen?« fragte ich ihn, um mein Interesse zu bekunden.

»Noch nicht, noch nicht.«

Aber er setzte seine Suche fort, wanderte von einem Markt zum anderen, von einer Synagoge zur anderen, von einem Hotel zum anderen.

»Denn auch Er liebt Bewegung und Wechsel«, erklärte er mir. »Auch Er wechselt gerne Ort und Milieu.«

»Und wenn er Ihnen absichtlich aus dem Wege gehen, gar vor Ihnen fliehen sollte? Ist Ihnen dieser Gedanke noch nie gekommen?«

»Schon möglich«, gab er widerwillig zu. »Es kann sein, daß ich Ihm Angst mache. Ich bin frei, ich muß ihn nicht rufen; bei Ihm ist es anders: Er hat nicht die Freiheit, die Antwort auf meinen Ruf zu verweigern ... Hör, was mir gestern passiert ist. Ich habe das Irrenhaus in Charenton besucht. Ein Freund von mir, ein sehr bekannter Psychiater, hat mir dort seine Kranken vorgestellt. Seinet- und ihretwegen mußte ich unter anderem über Paris fahren. Alle behaupten nämlich, der Messias zu sein.«

Er machte eine Pause, um noch stärker zu betonen:

»Alle. Auch der Psychiater.«

Über solche Menschen und Dinge schwätzten wir, wenn wir in meinem oder seinem Zimmer saßen. Ich auf dem Bett, er auf dem einzigen Stuhl, während im ersten Stock brave Bürger damit beschäftigt waren, ihre schlechte Laune zu vertreiben, ihrer Einsamkeit zu entrinnen oder, wie man hier sagt: Liebe zu machen, wie man Kaffee machen, Essen machen oder den Haushalt machen sagt.

In der Woche nach meiner Ankunft begab ich mich in die Rue de Paradis in ein Büro, wo Ausländer wie ich Hilfe und Rat erhielten. Die Adresse hatte ich in einer jüdisch-kommunistischen Tageszeitung entdeckt, die *La Feuille* hieß. Ich hatte ebenfalls den *Pariser Haint* gekauft, eine Publikation, die ich nur wegen ihrer literarischen Qualität, nicht wegen ihrer politischen Haltung schätzte, denn sie war für meinen Geschmack zu zionistisch. Ich zog den kommunistischen Internationalismus dem jüdischen Chauvinismus vor. Der Einfluß Inges erwies sich eben als dauerhafter als der von Rabbi Mendel dem Schweiger. Ich träumte mehr von Moskau als von Jerusalem.

Die Hilfsorganisation in der Rue de Paradis kümmerte sich vornehmlich um jüdisch-kommunistische Flüchtlinge, Parteigänger und Sympathisanten oder solche, die es werden konnten. In den Dienststellen drängten sich Männer und Frauen aller Altersgruppen, die eine Aufenthaltsgenehmigung brauchten, um eine Arbeitserlaubnis zu bekommen, oder eine Arbeitserlaubnis, um sich eine Aufenthaltsgenehmigung zu besorgen. Es waren polnische Arbeiter, russische Lebensmittelhändler und Kaufleute aus Rumänien, die scheu und verängstigt aussahen wie in Ljanow und Barassy-Krasnograd.

Als ich fast zwei Stunden gewartet hatte, fragte mich eine fette Frau mit Knoten und Brille, ob ich Geld oder Papiere brauche. Geld: Tür A, Dokumente: Tür B. Wie eine Lehrerin zeigte sie, um jeden Irrtum auszuschließen, mit dem Finger auf die beiden Türen. Sie sprach natürlich jiddisch, allerdings mit französischem Akzent.

»Wenn Sie Geld wollen, brauchen Sie Dokumente, die beweisen, daß Sie keins haben. Wenn Sie Dokumente brauchen, ist es genauso.«

»Ich habe beides.«

Sie hob den Kopf:

»Was?«

»Ich habe Geld, um zu beweisen, daß ich Geld habe, und Dokumente, um zu beweisen, daß ich Dokumente habe.«

»Dann brauchen Sie also nichts?«

»Nichts, Madame. Ich habe einen gültigen Paß und etwas Geld zum Leben.«

»Aber was ... was wünschen Sie dann?«

»Ich möchte Leute treffen, die meine Sprache sprechen und denken wie ich ...«

Die arme Lehrerin sank auf ihrem Stuhl zusammen und wirkte noch fetter, als sie in Wirklichkeit war. Sie hatte wohl noch nie mit einem Vogel wie mir zu tun gehabt. Ich erklärte ihr meine Situation, daß ich schrieb, daß ich aus Berlin kam, daß ich mich der Arbeiterklasse verbunden fühle, ohne wirklich dazuzugehören, daß ich den Wunsch hätte, mich nützlich zu machen. Sie hörte mir aufmerksam, aber ungläubig zu, dann stand sie auf, ging in ein anderes Büro (vielleicht Tür C). Nach etwa zehn Minuten erschien sie wieder und verkündete mir feierlich den Beschluß:

»Genosse Pinsker wird Sie empfangen.«

Ihrer Beschreibung folgend, ging ich in den ersten Stock hinauf, wo ein alter Mann in Hemdsärmeln mir bedeutete, bis ans Ende des Flurs zu gehen und dann an die dritte Tür rechts zu klopfen. Man hieß mich eintreten. Hinter einem Berg von Zeitschriften und Zeitungen saß ein Mann mit einem Stoß Papiere vor sich und schrieb. Er machte sich nicht einmal die Mühe, den Kopf zu heben, weder um mich zu begrüßen noch um mich anzusehen. Ich trat näher. Nichts. Der Schreiber mußte sehr beschäftigt sein. Jeder Augenblick zählte. Schrieb er etwa das *Kapital* ab? Ich stand endlos lange da. Ich räusperte mich. Nichts. Er schrieb weiter und machte den Eindruck, als wollte er bis ans Ende seiner und meiner Tage schreiben. Schließlich riß mir die Geduld:

»Man hat mir gesagt ..., daß ich zu Ihnen kommen sollte.«

Noch immer nichts. Zweifellos arbeitete er an einem neuen Kapitel, das das philosophische Denken unserer Generation revolutionieren würde.

»Man hat mir unten gesagt, ich sollte Sie besuchen, das heißt, mit Ihnen sprechen«, sagte ich gereizt.

Er änderte seine Haltung nicht, ließ sich aber wenigstens dazu herbei, den Mund aufzumachen:

»Warten Sie«, sagte er schroff.

Also gut. Ich beobachtete ihn mit wachsender Feindseligkeit. Für wen hielt er sich eigentlich? Noch nie hatte man mich so lange stehen und warten lassen. Was wollte er damit zeigen? Daß jedes Büro seinen kleinen Diktator hat? Endlich legte er den Federhalter beiseite und wandte sich an den Eindringling, der ihn mitten in der Arbeit störte.

»Ja, was wollen Sie?«

»Mich setzen.«

Mit einer Bewegung der rechten Hand, die er sehr hoch heben mußte, damit sie hinter dem Papierberg zu sehen war, gestattete er mir, mich auf einem mit Wörterbüchern bedeckten Stuhl niederzulassen.

»Schießen Sie los«, sagte Pinsker. »Was wollen Sie?«

»Irgend etwas tun, am liebsten etwas Nützliches.«

»Wer sind Sie?«

Pinsker war wohl kein Schriftsteller, denn er fragte wie ein Polizeiinspektor. Ich stellte mich kurz vor.

»Sie sagen, daß Sie Schriftsteller sind?«

»Ich möchte gerne etwas schreiben.«

»Was?«

Wußte ich das denn? Weiß man jemals, was man schreiben will? Man schreibt, und dann weiß man es.

»Gut, Sie wissen keine Antwort darauf. Dann eine andere Frage: *Warum* wollen Sie schreiben?«

Der Kerl suchte wohl Streit. Warum, warum wollte ich schreiben? Weiß man denn, warum man, *ohne* zu wissen, dieses oder jenes tut?

»Nun?«

Ich versuchte, so gut es ging, ihm zu erklären, daß es mir leid täte, aber ich konnte nichts erklären. Um meine literarische Unfähigkeit zu kaschieren, ließ ich mich lang und breit über meine »Tätigkeit« als rechter Arm Ephraims aus, über meine »Arbeit« als Mitarbeiter Inges ... Er unterbrach mich:

»Sie sind Mitglied der Partei?«

»Nein ...« und fügte eilig hinzu:

»... aber Dichter.«

Das machte ihn einen Moment sprachlos, so daß er vergaß, an seiner Zigarette zu ziehen – er rauchte also –, aber er faßte sich schnell wieder und grinste boshaft:

»Jetzt ist mir alles klar. Ich habe zwar noch nicht die heutige Morgenzeitung gelesen, aber ich habe Hunger. Das macht nichts, junger Mann ... Von was oder von wem handeln Ihre Gedichte denn?«

Ich fing an zu stottern. Noch nie habe ich bis heute über das sprechen können, was ich eigentlich tue.

»Zeigen Sie sie her!« befahl Pinsker mir.

»Ich habe nichts bei mir«, entschuldigte ich mich.

»Dann tragen Sie sie vor«, sagte er verdrossen.

»Ich ... ich kann es nicht.«

»Aber weshalb sind Sie dann überhaupt hierher gekommen?«

Sieh mal einer an, der Herr Pinsker war also imstande, wütend zu werden; das war immerhin eine menschliche Regung, er war also keine Maschine, die nur schreiben, sondern eine Maschine, die man auch kränken konnte ... Neugierig beobachtete ich ihn und wartete, ob ihm die Zigarette nun aus dem Mund fallen würde oder nicht.

»Glauben Sie, daß ich meine Zeit gestohlen habe? Warum hat man Sie überhaupt hergeschickt?«

Sein Zorn war noch immer nicht verraucht. Er schlug mit der Faust auf den Tisch, daß es nur so staubte.

»Es tut mir leid, Herr Pinsker. Es war falsch, zu Ihnen zu kommen und Sie zu belästigen. Ich interessiere Sie weniger als die unbedeutendste Zeitschrift auf Ihrem Tisch. Ich werde mich an den Chefredakteur von *La Feuille* wenden; er wird sich sicher etwas freundlicher zeigen.«

156

Ich stand auf; er erhob sich ebenfalls, und ich war enttäuscht, daß er nicht größer war.

»Tatsächlich?« sagte er, und sein Gesicht heiterte sich auf: »Sind Sie da so sicher? Glauben Sie wirklich, daß der Chefredakteur netter sein wird?«

»Ich hoffe es.«

Wird die Zigarettenkippe nun fallen oder nicht? Sie fiel, und Pinsker warf seinen zerzausten Kopf in den Nacken und rief:

»Hoffen Sie nur. Hoffen Sie nur immer, junger Mann.«

»Oh, das wird nicht sehr schwer sein; denn jeder andere ist liebenswürdiger als Sie.«

»Jeder andere? Und was sagen Sie, wenn ich Ihnen jetzt erkläre, daß ich der Chefredakteur von *La Feuille* bin?«

Er schüttelte sich vor Lachen, und ich wäre am liebsten im Boden versunken, so tief wie nur möglich. Aber da kam er mir zur Hilfe, drückte mir die Hand und bat mich, so schnell wie möglich zum Hotel zu eilen und noch schneller mit meinen Gedichten zurückzukommen.

Es klingt unglaublich, aber ich schwöre, es ist wahr: Sie gefielen ihm, und er versprach mir, sie abzudrucken. Er hielt Wort, und mein erstes Gedicht erschien in der nächsten Wochenendausgabe. Es hatte den Titel »Wie«. Wie kann man den Hungernden ihren Stolz, wie den Gedemütigten ihre Kraft wiedergeben? Wie zu den Enterbten von Liebe, wie zu den Waisen von Glück reden? Und Hoffnung wecken angesichts des stummen Elends? Wie stellt man es an? Fragt die Erniedrigten, die Elenden, sie werden euch zeigen wie. Doch fragt ihr sie nicht, dann wehe euch! Denn eifersüchtiger als die eifersüchtigen Götter, fordernder als die fordernden Propheten, unerbittlicher und härter als die rächenden Richter werden die Arbeiter das Reich der Menschen errichten. Geht ans Werk; und du, armseliger Wortklauber, wirst bis zum Wahnsinn an die Türen hämmern, und niemand wird dir sagen, wie sie zu öffnen sind ...

Das Gedicht war schwülstig, es war nicht gut – ich habe es auch nicht in meine Sammlung aufgenommen. Ich wußte es, und Pinsker wußte es auch, noch eher und besser als ich, aber der Talmudist und Mystiker, der daraus sprach, hatte sein Interesse geweckt. Er konnte seinen Lesern einen neuen Sieg des aufgeklärten jüdischen Proletariats verkünden: Paltiel

Kossower, Jude durch Geburt und Dichter aus Berufung, hat Gott und seinen Vorfahren zugunsten der Arbeiterklasse den Rücken gekehrt, die überholte Tora zugunsten des kommunistischen Ideals, die müßiggängerische Meditation zugunsten des Klassenkampfes hinter sich gelassen ... Seine Einführung entsprach dem Niveau der Zeitung, aber das störte mich nicht. Für mich war wichtig, daß ich gedruckt worden war.

In der Folgezeit gewöhnte ich mir an, Pinsker täglich zwei oder drei Gedichte zu schicken; er hob sie eine Woche lang auf und gab sie mir dann zurück. Sie waren zu einfach, zu kompliziert, zu persönlich, nicht persönlich genug, zu lyrisch, zu nüchtern – und natürlich zu zahlreich ... Sie waren jedoch nicht alle schlecht. Sieben von ihnen habe ich in meine Sammlung aufgenommen.

Pinsker riet mir, mich in Prosa zu versuchen. Von Zeit zu Zeit nahm er eine Erzählung oder eine kurze pseudo-chassidische Meditation an, bisweilen auch ein Gedicht, und das war dann ein Festtag für mich.

David Abulesia hatte lediglich das erste Gedicht gelesen, dabei die Augenbrauen hochgezogen und mit traurigem Gesicht seinen Kommentar dazu gemurmelt:

»Wir klopfen alle an Türen, aber sind es für alle die gleichen Türen? Und was, junger Mann, erwartet uns wohl auf der anderen Seite?«

»Früher begeisterte ich mich für das, was hinter der Tür war, heute beschäftigt mich, was vor der Tür vor sich geht.«

»Wirklich? Schade. Ja, Paltiel, ich habe schade gesagt. Ein Dichter, der nicht das, was jenseits der Mauer ist, betrachtet, ist wie ein stummer Vogel ...«

Eines Tages gab er mir seine Abreise bekannt. Er wollte Freunde besuchen, hatte Aufgaben in Italien, Griechenland und Palästina wahrzunehmen.

»Ich möchte dir gerne einen Dienst erweisen«, sagte er mir.

»Soll ich wieder einen Wunsch äußern?«

»Nein«, antwortete er freundlich lächelnd, »es ist etwas anderes. Ich möchte, daß du mir deine *Tefillin* anvertraust. Du legst sie doch nicht mehr an ... und ich verspreche dir, sie dir zurückzugeben.«

»Nein. Das nicht. Die Gebetsriemen und ich sind unzertrennlich. Das war der Wille meines Vaters.«

»Ich verstehe«, sagte der rätselhafte Professor, »ich freue mich, daß du nein gesagt hast.«

Wir drückten uns die Hand. Die Frage aller Fragen in diesen Jahren brannte mir auf den Lippen: *Werden wir uns wiedersehen?* Mein Freund war davon überzeugt, ich nicht. Ich verließ das Hotel noch am gleichen Tag – zum Leidwesen des Besitzers und einiger hübscher Dinger, die mich im Treppenhaus gern attackierten –, um mich bei einer leidenschaftlichen Kämpferin einzumieten, die mir Pinsker empfohlen hatte, oder vielmehr der Pinsker mich empfohlen hatte. Sie liebt die Dichter, hatte er mir mit seiner ewigen Zigarette im Mund gesagt.

Sie hieß Scheina Rosenblum. Ich erinnere mich vor allem an ihre Lippen, an üppige, bebende Lippen, die einen jeden Augenblick verschlingen konnten. Ihre Arme, ihren Kopf, ihre Augen entdeckte ich erst später – nach der ersten Nacht.

Eine sonderbare Kämpferin, diese Scheina Rosenblum. Mit zwanzig Jahren war sie Besitzerin einer Wohnung in der Rue La Boetie, und dabei überzeugte Kommunistin. Sie beherbergte Illegale, die die Partei ihr schickte und die sie sorgfältig auswählte. Kaum hatte ich ihre Schwelle übertreten, unterzog sie mich einer regelrechten Prüfung:

»Wer schickt Sie?«

»Pinsker.«

»Weil Sie keine Papiere haben? Sind Sie illegal hier?«

»Absolut nicht.«

»Warum dann Pinsker ...«

»Weil ich«, sagte ich und wurde rot, »weil ich ... Dichter bin.«

Damit reichte ich ihr, wie Pinsker mir vorgeschlagen hatte, die Ausgabe von *La Feuille* mit meinem ersten Gedicht.

»Gut«, sagte sie, »nehmen Sie Platz. Dort im Salon. Sprechen wir also von Ihrem *Werk* ...«

Ob das ironisch oder boshaft gemeint war, war mir einerlei. Während der ganzen Konversation sah ich nur auf ihren Mund, der sich in regelmäßigen Abständen öffnete und wieder schloß. Dann und wann fuhr sie langsam mit der Zunge über die Lippen, um sie Geduld zu lehren.

»Sie klopfen oft an Türen?« fragte sie brüsk, nachdem sie mein einziges Gedicht gelesen hatte.

Ihre Stimme verwirrte mich, sie klang sinnlich, sehr sinnlich sogar. Ich räusperte mich und schwieg.

»Anklopfen ist dumm«, fuhr sie fort. »Türen sind dazu da, um aufgestoßen zu werden.«

Ihre Lippen zogen mich magisch an; ich erriet, worauf sie hinauswollte. Sollte ich ja oder nein sagen; sollte ich sagen, das ist richtig, Mademoiselle, oder das ist falsch, Genossin? Fehlte es mir an Erfahrung oder Kühnheit, oder dachte ich an Inge? Jedenfalls brachte ich kein Wort über die Lippen.

»Ich nehme Sie«, sagte sie. Ich wollte sagen: Als Mieter. »Holen Sie Ihre Sachen.«

Ich raffte mich auf:

»Aber ... wieviel kostet es?«

»Machen Sie sich keine Sorgen wegen der Miete; Sie zahlen mir nach Ihren Möglichkeiten; ich kenne nichts Schöneres, als unseren bewundernswerten jüdischen Dichtern zu helfen.«

Ich wollte protestieren: Ich bewundernswert? Aber sie schob mich schon zur Tür hinaus:

»Gehen Sie, mein lieber Dichter, wir wollen keine Zeit verlieren. Kommen Sie schnell zurück. Ich möchte Sie näher kennenlernen, ich meine natürlich Ihre Gedichte ...«

Ich ließ mich nicht lange bitten. Ich hatte Glück, erreichte meine Metro, bekam alle Anschlüsse und verlor keine Minute. Kaum weggegangen, war ich schon wieder da und richtete mich in einem kleinen Zimmer, das auf den Hof ging, häuslich ein. Dann hockte ich mit meinem Gedichtheft auf dem Sofa im Salon. Auf dem Tisch stand eine Kanne, aus der ein berauschender Duft drang. Scheina bereitete ihren Trip vor.

Während ich las, weilten meine Gedanken bei meinem frommen Vater in Ljanow, bei Inge, die durch die Straßen Berlins eilte, sah ich die mißbilligenden Augen meiner Mutter und die entsagungsvollen Blicke meiner ehemaligen Gefährtin. Lesen Sie, sagte eine fremde Stimme zu mir. Ich las und wußte nicht, was ich las; ich war ganz anderswo. Lesen Sie, sagte ein stöhnender Mund, hören Sie nicht auf, lesen Sie, lesen Sie ... Der Mund war riesig und tief, lud mich ein, ihn zu erforschen, ihn zu verschlingen. Ein wahnsinniger Gedanke überkam mich: Dieser Mund würde mir eine geheimnisvolle Welt erschließen, in der ich die Meinen wiederfinden würde.

Dann wurde es mir mitten in einem schlechten Gedicht, mitten in einem zertrümmerten Traum auf einmal schwarz vor Augen, und in dieser Schwärze erlosch meine Stimme.

Paris – Stadt der Begegnungen, der flüchtigen und schmerzlichen Überraschungen. Alle romantischen und antiromantischen Bewegungen treffen hier aufeinander und alle revolutionären und konterrevolutionären ebenfalls. Nirgendwo sonst auf unserem Planeten redet man soviel über so viele Dinge mit soviel Leidenschaft, um nicht zu sagen: Aufrichtigkeit. Bergson und Breton, Blum und Maurras, Drieu und Malraux, Stalin und Trotzki. So verbrachte ich mit den Redakteuren von *La Feuille* meine Abende im Café *Le Chénier* in der Rue Montmartre. Ich hörte zu, wenn sie von den neuesten Ereignissen in Politik, Dichtung und Philosophie redeten, immer unter dem Blickwinkel des Kommunismus. Eine Rede von Daladier erregte uns nicht weniger als die letzte Kritik von Davidson über das Werk eines unserer Autoren im *Pariser Haint*.

Ich mischte mich nicht in die Auseinandersetzungen ein, ich hörte lieber zu, lernte dabei und paßte mich an. Ich fühlte mich noch zu jung und zu sehr als Anfänger, um schon Stellung zu beziehen. Über ein einziges Thema erlaubte ich mir, meine Meinung zu äußern, und das betraf Hitlerdeutschland. Leider gab es schon genügend Experten für dieses Thema, die alle lauter schrien als ich.

Schließlich traf ich auch Paul Hamburger, und damit begann ein neuer Abschnitt in meinem Leben.

Hamburger empfing mich in seinem Hotelzimmer. Ja, er erinnerte sich an Traub. Er kannte auch Inge, mit der er noch Kontakt hatte.

»Ich freue mich, daß du gekommen bist. Bleib bei mir. Wir werden gute Arbeit zusammen leisten.«

Er sah aus wie der Direktor eines großen Unternehmens. Es kamen Leute, die Fragen hatten und mit seinen Anweisungen wieder verschwanden. Briefe und Notizen wurden ihm vorgelegt. Seine Antworten waren immer kurz und bündig. Alle sprachen deutsch, ich ebenfalls, und sehr schnell stellte sich ein herzlicher Kontakt ein.

»Was ist das für eine Arbeit, die du machst?«

»Das wirst du bald erfahren.«

»Wann denn, Paul?«

»Du wirst es schon erfahren, sage ich dir.«

Paul Hamburger war ein Riese, eine Art Abulesia, nur viel kräftiger. Er besaß eine ungewöhnliche Intelligenz, war kultiviert, großzügig und kühn und konnte nicht nur mit dem Kopf, sondern auch mit den Händen arbeiten. Er organisierte Agentennetze, wählte Leute für Geheimaufträge aus, verfaßte Pamphlete und Handbücher für die Propaganda, überwachte die bereits vorhandenen oder im Entstehen begriffenen Verbindungsorgane zwischen den verschiedenen Untergrundbewegungen in Deutschland. Jeder kannte ihn, und er kannte jeden. Er war der überzeugteste Kommunist, den man sich vorstellen kann. Jeder arbeitete gern mit ihm und für ihn; jeder schwor nur auf ihn.

Mir vertraute er sofort die Rubrik «Poesie» in den mehrsprachigen Zeitschriften an, die er herausgab. Ich machte mir auf diese Weise einige Freunde und nicht wenige Feinde. Ich besaß eine gewisse Macht, denn meine Kritik hob dieses Werk besonders hervor und machte jenen Autor herunter, aber ich bediente mich nur widerwillig dieser Macht. Schmeichelei lag mir ebensowenig wie scharfe Kritik. Aber es mußte sein. Paul sagte es mir oft genug: »Wir befinden uns im Krieg; deine persönlichen Gefühle und Vorlieben sind uns nur in dem Maße nützlich, wie sie uns helfen, die Nazis zu bekämpfen.«

Ich besaß sein Vertrauen, obwohl ich kein Mitglied der Partei war. Wohl hatte ich Pinsker gebeten, mich als Kandidat für die jiddische Kulturabteilung aufzustellen, aber Paul riet mir davon ab und erteilte mir eine freundliche Abfuhr:

»Was willst du denn? Eine Karte? Was ist das, eine Karte? Ein Stück Papier mit einem Foto, genau wie der von der Polizei ausgestellte Personalausweis. Davon habe ich ein Dutzend. Mein Name ändert sich, aber nicht mein Foto, so ist das nun mal.«

»Du begreifst nicht . . .«

»Was begreife ich nicht? Dein Zusammengehörigkeitsgefühl? Dein Wunsch, zu einer schönen, loyalen Bruderschaft zu gehören? Aber das sind doch romantische Vorstellungen, Paltiel. Mit oder ohne Karte gehörst du zu uns, oder stimmt's etwa nicht?«

Es stimmte. Ich wurde vom Geheimfond der Partei bezahlt, arbeitete für die Partei, setzte mich Gefahren aus für die Partei, lebte für die Partei. Ich litt sogar für die Partei; denn die Redakteure des reaktionären *Pariser Haint* ließen keine Gelegenheit aus, um vergiftete Pfeile auf mich abzuschießen. Es war wie ein richtiger Krieg. Meine Artikel ärgerten sie, meine Gedichte brachten sie auf die Palme. Aber unsere Zeitung ging auch mit ihnen keineswegs zimperlich um. Unsere öffentlichen Auseinandersetzungen waren heftig und gingen weit über bloße politische Differenzen hinaus. Alles, was sie predigten, war schlecht, was wir machten, war hervorragend. Wir verteidigten Wahrheit und Gerechtigkeit, sie vertraten Lüge und Götzendienst.

Es war wirklich absonderlich; wir waren Juden wie sie, sprachen jiddisch wie sie, kamen aus Mitteleuropa wie sie, unsere und ihre Eltern hatten aus der Tora gelebt, und dennoch ... dennoch trennte uns ein Abgrund.

Wir bekämpften den gleichen Feind, uns drohte die gleiche Gefahr. In den Augen der Faschisten waren wir Juden, dreckige Juden. Wir waren alle verhaßt und verachtet, wir waren aus dem Land zu jagen, aus der Gesellschaft auszuschließen, waren auszurotten. Wir reagierten beide darauf, aber getrennt. Es war unmöglich, sich über gemeinsame Versammlungen, Demonstrationen, Solidaritäts- oder Protestkundgebungen zu verständigen. Jeder kämpfte für sich, und man hätte denken können, wir würden viel heftiger gegeneinander als gegen die Antisemiten in Deutschland oder Frankreich kämpfen.

Ein Artikel von mir, der Ende 1935 oder Anfang 1936 erschien, löste eine Lawine von Haßtiraden gegen mich im *Pariser Haint* aus. Ich begründete darin meinen Widerstand gegen das Prinzip des Zionismus: Es gibt nur zwei Möglichkeiten. Entweder seid ihr religiös, dann ist es euch verboten, das Reich Davids vor der Ankunft des Sohnes Davids wieder zu errichten, oder aber ihr seid es nicht, und dann bringt der jüdische Nationalismus die Juden in Gefahr, statt sie zu retten, wie er behauptet. Ich wurde noch deutlicher: Ein jüdischer Staat in Palästina würde ein Ghetto sein; wir sind doch gegen die Ghettos; wir kämpfen doch überall gegen Mauern, gegen Diskriminierung, gegen Trennung; wir sehen doch im Phänomen Ghetto einen Makel, ein Zeichen der Schande; wir sind doch für Humanität ohne Grenzen. Starre religiöse Überzeugungen wecken nur Mißtrauen und Rachsucht unter den Völkern; wir versuchen, die Juden, anstatt sie von der übrigen Menschheit zu trennen, zu integrieren, sie zusammenzuschweißen; es genügt nicht, den Juden zu befreien, laßt uns den Menschen befreien, und das Problem wird gelöst sein ...

Eine Woche lang ließ mir das zionistische Blatt keine Ruhe. Man nannte mich einen Propagandisten im Solde Moskaus, einen Renegaten und Verräter. Die Gemäßigteren warfen mir meine Unwissenheit, um nicht zu sagen Dummheit vor. Dichter, die sich in die Politik einmischen, erklärte der Polemiker Baruch Großmann, sind wie Schlafwandler, die einen Posten als Führer verlangen.

Insgeheim jubelte ich: Baruch Großmann hatte in mir den Dichter erkannt! Das fiel mehr ins Gewicht als alle Beleidigungen der Welt. Trotzdem parierte ich den Angriff. Weshalb sollen die Dichter sich aus der Politik heraushalten? Was ist dann mit den Propheten? Was machen Sie mit Isaias, Jeremias, Habakuk, mit Amos und Hosea? Waren das Dichter oder nicht? Haben sie sich in die Politik gemischt oder nicht? Und was ist mit den französischen Revolutionären von 1789?

Eine Woche lang kochte und brodelte es richtig in der jiddischen Kolonie in Paris. Die beiden Lager stritten sich mit beispielloser Wortgewalt – sogar in *unseren* Annalen gibt es kein Beispiel dafür – und das alles wegen einiger, von einem gewissen Paltiel Kossower gezeichneter Zeilen. Ich war das Tagesgespräch in den Cafés und Clubs, in den Lederwerkstätten, bei den Schneidern und Büglern, man sprach nur noch über den Kampf zwischen den beiden jüdischen Tageszeitungen, man teilte Noten aus, kritisierte und beglückwünschte uns. Heute war ich der Gewinner, morgen der Verlierer; mein Kurs fiel, stieg und fiel von neuem. Man hätte meinen können, es gäbe nichts anderes, nichts Wichtigeres auf der Welt.

Nachklänge dieser Polemik drangen sogar bis nach Ljanow. Mein Vater schrieb mir in einem seiner kurzen, rührenden Briefe:

»... Es scheint, daß es in Paris einen Menschen gibt, der so heißt wie du; er ist ein Dichter, ein Schriftsteller. Unser wöchentlich erscheinendes Lokalblatt hat Auszüge aus einem Artikel von ihm über unser Volk abgedruckt... Es ist bedauerlich, daß er deinen Namen und den deiner Familie beschmutzt... Du solltest von der Zeitung eine Richtigstellung verlangen, die feststellt, daß es sich nicht um dich handelt...« Zum Schluß erinnerte er mich daran, daß ich geschworen hätte, jeden Morgen meine *Tefillin* anzulegen.

Von allen Reaktionen auf meinen Artikel schmerzte mich nur diese.

Sie müssen zugeben, Genosse Richter, daß es eine Ironie des Schicksals ist, wenn mich heute *La Feuille* fallen läßt und die zionistische Presse zu meiner Verteidigung antritt. Die Zeitungsausschnitte, die Sie mir letzte Woche gezeigt haben – oder war's letzten Monat? Ich habe hier jedes Zeitgefühl verloren –, brachten mich zum Lachen: Pinsker hat mich schon *immer* für einen Spitzel gehalten; deshalb hatte er sich seinerzeit meinem Eintritt in die Partei widersetzt. Und ein anderer Mitstreiter, Alter Joselson, übte in den Spalten desselben Blattes Selbstkritik: »Ich gestehe, daß diese Schlange mich gebissen hat.« Und in einer jüdisch-kommunistischen Zeitung in New York bewirft mich ein gewisser Schweber mit Dreck, nachdem er mich zehn Jahre vorher in den Himmel gehoben hatte... Ja, das schmerzt mich, daß meine Kameraden von gestern so schnell bereit sind, über mich zu richten und mich zu verdammen.

Weshalb haben Sie mir diese Artikel gezeigt, Genosse Richter? Wollten Sie beweisen, wie isoliert ich bin? Es ist Ihnen gelungen. Kein einziges Ihrer Argumente hat mich so tief getroffen wie dieses: »Angeklagter Kossower, denkst du jetzt immer noch, daß ich der einzige bin, der dich für einen Verräter hält? Wartest du etwa darauf, aus Paris Aussagen zu deinen Gunsten zu bekommen? Wirf einmal einen Blick in diese Zeitungsausschnitte..., dann weißt du, was *deine* Freunde von dir denken... Sie klagen dich des Verrats an... und tun es mit beißender Schärfe. Schlimmer als wir... Du siehst doch, Angeklagter Kossower, daß sie das Urteil über dich rechtfertigen, bevor noch dein Prozeß begonnen hat...«

Das tut weh, das schmerzt tief.

Die zionistischen Artikel haben Sie mir aus taktischen Gründen vor Augen gehalten, ich kenne Sie doch. Sie konnten dann sagen: »Sieh doch, Angeklagter Kossower, wer dir zur Hilfe eilt. Die Reaktionäre, die Imperialisten, die schlimmsten Feinde Sowjetrußlands – und du leugnest weiterhin, daß du ihr Komplize gewesen bist? Warum sollten sie wohl versuchen, deine Haut zu retten? Kannst du mir das sagen?«

In dem Punkt haben Sie das Spiel verloren. Hören Sie, ich freue mich, daß ich endlich eine so gute Presse bei den Zionisten habe – bei den wirklich echten und treuen Juden, bei den *jüdischen* Juden. Ihre Haltung gibt mir Kraft. Dort hat Ihre Hinterhältigkeit nicht so gewirkt wie beim erstenmal. Damals hat sie mich angeekelt. Wenn ich daran denke, wird mir jetzt noch übel. Um meine Gedanken zu ordnen, kam ich auf das Gesicht meines Vaters zu sprechen, auf seine Stimme, und auf seine Bitte, wegen der *Tefillin*. Ja, ich hatte meine Gebetsriemen vergessen, sie lagen unter meinen Hemden in einer Schublade bei Scheina Rosenblum. Wegen Ihrer Tricks hatte ich es fast vergessen und sie ebenfalls.

Lachen Sie nur, während ich mit Ihnen spreche, denke ich an sie und sehe nur ihren Mund. Ich war verrückt nach ihr. Ich brauchte nur ihre halb geöffneten Lippen zu sehen, und schon war es um mich geschehen. Manchmal kam ich erst spät heim, nach aufreibender Arbeit und ermüdenden Konferenzen. Wenn ich dann Scheina erblickte, die entweder in ihrem oder meinem Bett lag und im Schlaf ihre Lippen bewegte, dann nahm ich sie trotz aller Müdigkeit, trotz Schlaf- und Ruhebedürfnis, in meine Arme und küßte und umarmte sie bis zum Morgen.

Bei der Zeitung kam ich auch mit anderen Mädchen zusammen, die mir gefielen. Paul Hamburger war immer von geheimnisvollen Schönen umgeben ... Ich erinnere mich an Lisa, ein engelgleiches Wesen. Sie überwachte die Verbindung mit einer Untergrundgruppe in Deutschland. Ich begehrte sie, und sie wußte es. Da war Claire, eine große, lustige Person. Sie flirtete mit jedem, und jeder meinte, Liebe sei ihr Lebensinhalt ... aber sie galt als Jungfrau. Da war Madeleine, eine von Pauls Sekretärinnen. Sie übersetzte seine Artikel ins Französische und zog, wenn sie las oder schrieb, vor lauter Konzentration die Stirne kraus. Das mochte ich an ihr, auch wenn sie keine Schönheit war. Ich hätte die eine oder andere kurze Liaison eingehen können, aber es fehlte mir an Zeit – und an Mut dazu. Das bißchen Zeit, das mir blieb, widmete ich meiner Wohnungsbesitzerin. Wir hatten ein festes Ritual, das sich nie änderte. Sie ließ mich ein Gedicht vorlesen und schloß wie ich die Augen, obwohl sie vielleicht nichts verstand, aber sie zahlte mir jedenfalls mein Autorenhonorar ...

Ich weiß nicht, ob sie mich liebte oder ich sie. Manchmal bestand ich darauf, Miete zu zahlen, eine symbolische Summe wenigstens. Anfangs sagte ich Sie zu ihr. Sie nannte mich nicht beim Vornamen, sondern hatte Spitznamen für mich: Mein Poet, mein großer Dichter ... Sollte mein kleines Genie zufällig Hunger haben ... Friert mein kleiner Rimbaud auch nicht?

Von Pinsker wußte ich, daß sie zahlreiche Liebhaber hatte; aber sie machte nie eine Andeutung. Vorbei ist vorbei, sagte sie und drohte mir mit dem Finger, daran rührt man nicht.

Die Zukunft faszinierte sie. Sie war arm gewesen und hatte sich als Wahrsagerin ihren Lebensunterhalt verdient. Ihre Vorhersagen waren so genau, daß es schon beunruhigend war. Einmal hob sie die Hand und erklärte gähnend: »Ich spüre, daß ich bald zu einer Beerdigung gehen werde.« In derselben Woche starb eine Tante von ihr. Ein anderes Mal: »Wir werden bald etwas zu feiern haben.« Am nächsten Morgen entkam ein Freund von ihr aus einem deutschen Gefängnis ... Daher wohl auch meine Hemmung, sie zu betrügen. Sie hätte es erraten.

Ich nehme an, daß sie mir treu war, sonst wäre ich sicher auf einen anderen Dichter im Hause gestoßen; aber es gab keinen. Manchmal sah ich flüchtig einen unbekannten Besucher, den die Partei geschickt hatte. Er blieb eine oder zwei Nächte; ich überließ ihm dann mein Zimmer und schlief bei Scheina.

Ich ging nur sehr wenig aus, weil mir die Mittel fehlten, und um keinen Preis der Welt hätte ich sie in einem Restaurant oder Café die Rechnung für mich zahlen lassen. Vielleicht war es Stolz oder Eitelkeit, vielleicht beides. Fügen Sie noch, wenn Sie wollen, eine Portion Eigenliebe und die Reste einer bürgerlichen Erziehung hinzu; denn in Ljanow hätte ein wohlerzogener Junge sich nie von einer Frau aushalten lassen, wenn sie auch noch so reich und von jüdischer Dichtung begeistert war.

Doch eines Abends lud ich sie zum Essen ein. Ich hatte gerade einen Scheck bekommen für eine lange Erzählung, die in *La Feuille* in der französischen Übersetzung eines Mitarbeiters von *Ce soir* erschienen war. Das ließ mich etwas über die Stränge schlagen. Scheina und ich prosteten uns gerade zu, als Hauptmann das Restaurant betrat. Er kannte Scheina, und sie machte ihm ein Zeichen, zu uns zu kommen. Paul war mein bester Freund, aber aus einem unerklärlichen Grund machte seine Anwesenheit mich unsicher. Ob er mich verurteilte oder es mir übel nahm, daß ich mit einer reichen Frau zusammenlebte und sie liebte? Der Puritaner in mir war noch nicht tot. Meine Stimmung sank. Scheina war glänzender Laune; ihr verführerisches dunkles Lachen zog die Blicke an. Plötzlich stieg ein Verdacht in mir auf: Ob Paul und sie etwa ... Das war unmöglich. Sonst hätte Paul es mir freiheraus gesagt, wie es seine Art war. Die Wahrhaftigkeit rangierte bei ihm an erster Stelle, und so hielt er es auch mit der Freundschaft. Da gab es keinen Unterschied ... Er hätte mich dann in seinem Büro Platz nehmen lassen, hätte die Tür geschlossen, mir offen ins Gesicht geblickt und gesagt: »Höre, mein Freund, ich weiß, daß du mit Scheina lebst; das stört mich nicht, solange du deine Arbeit machst. Das vorweg. Aber ich lege Wert darauf, daß du weißt, daß Scheina und ich früher eng befreundet waren. Das ist schon lange her und vorbei ...« So hätte Paul sich verhalten. Nein, es war sicher nichts zwischen ihnen gewesen ... Warum genierte ich mich dann? Mich ärgerte, daß ich den Grund dafür nicht kannte. Paul benahm sich dagegen ganz natürlich. Er kommentierte mit Humor das Tagesgeschehen, ließ sich grundsätzlich und anhand von Geschichten und Gerüchten über die Situation in Deutschland aus. Er war noch brillanter und faszinierender als sonst. Nach dem Essen war er so taktvoll, uns nicht zu begleiten. Er habe noch in der Gegend zu tun, sagte er und küßte Scheina auf beide Wangen. Er drückte mir die Hand und verschwand in Richtung Opéra. Dafür war ich dankbar und glücklich.

War ich damals wirklich glücklich? In dieser kalten kahlen Zelle, in die kein Sonnenstrahl, nicht einmal auf Befehl von oben, dringt, scheint mir die Antwort klar. Ja, ich war glücklich. War frei, hatte keine Sorgen, wurde von Liebe und Freundschaft getragen. Mehr noch, ich fühlte mich nützlich, leistete gute Arbeit, kämpfte für die gute Sache. Alles kam mir so einfach vor. Wir waren die einzigen, die unsere Gesellschaft heilen konnten. Gegen Jasagertum und Resignation hielten wir die Fahne der Revolution hoch. Ich wußte, wohin ich ging, wußte, was ich erreichen und von wem und mit welchen Mitteln ich es erreichen wollte. Ich kannte meine Feinde und stellte sie bloß, und meine Verbündeten kannte ich auch. War das das wahre Glück? Heute antworte ich, ohne zu zögern, sogar ohne es zu bewerten, mit Ja. Damals hätte ich gesagt, ich weiß es nicht. Das Glück, hätte ich gefragt? Ich bin zu beschäftigt, um darüber nachzudenken; das Glück, meine Herren, ist etwas für die Bourgeoisie, wir Proletarier haben in diesem Augenblick Besseres zu tun, wir haben den Faschismus niederzuwerfen.

Und doch habe ich damals echte Glücksmomente gehabt, die ich bewußt und voll und ganz erlebt habe, daran erinnere ich mich gut. Einmal besuchte ich eine Familie im Norden, wo Streik herrschte. Ein Bergarbeiter empfing mich mit seinen Kindern. Mit stolzer Trauer baten sie mich in ihre Behausung:

»Wir können Ihnen leider nichts anbieten; denn wir haben nichts.«

»Aber ja doch«, sagte ich ihnen, »ein gutes Wort, eine Geschichte, mehr will ich nicht. Ich werde es in meine Zeitung bringen.«

Sie berieten sich leise miteinander, dann drehte der Vater mir sein verschlossenes Gesicht zu und sagte:

»Normalerweise sprechen wir nicht über uns. Aber Sie sind unser Gast, und wir wollen Ihnen auf diese Weise unsere Gastfreundschaft beweisen.«

Ich stelle Fragen, sie antworten mir, wie sie leben, wie sie sich durchbringen. Von der Krankheit der Mutter, von ihrem Tod, vom Zusammenhalten der Kinder, von ihrer Trauer ... Ich höre zu, mache Notizen und schäme mich, weil ich keinen Hunger leide und nicht ausgesperrt bin. Ich sollte auf der Stelle zum nächsten Lebensmittelhändler gehen! Später tue ich es, und der Händler macht erstaunte Augen über den Umfang meiner Bestellung. Ich sage ihm, wohin er die

Lebensmittel liefern soll. Das alles? fragt der Händler. Ja, das alles. Ich zahle und mache mich auf den Weg zum Bahnhof. Der Zug geht erst in einer halben Stunde. Plötzlich höre ich Schritte. Mein Bergmann setzt sich neben mich auf die Bank und sagt zu mir:

»Was du da gemacht hast, ist ... wie soll ich sagen ... einfach toll.«

Sein »Du« rührt mich, und ungeschickt wie ich nun einmal bin, kann ich kaum meine Rührung verbergen.

»Ich wußte gar nicht«, sagte er ...

»Was wußtest du nicht?«

»Daß der Weihnachtsmann Kommunist war.«

»Der Weihnachtsmann? Kamerad, ich bin Jude, und unser Weihnachtsmann ist der Prophet Elias. Er verkleidet sich als Bauer, als Bettler, als Kutscher, Arbeiter oder Tagelöhner. Er geht in die Häuser, wo Menschen willkommen sind.«

»Und ist er Kommunist?«

Wir brachen gleichzeitig in schallendes Gelächter aus. Und das nenne ich Glück.

Demonstration von der Place de la République zur Bastille. Ein Ehrentag für die Volksfront. Vater Blum und Maurice strahlen, sie umarmen sich. Aus vollen Lungen schreien wir unsere Hoffnung hinaus. Ich marschiere mit erhobener Faust an der Tribüne vorbei, ein Bruder der Arbeiter und Werktätigen, der wie sie vor Begeisterung außer Rand und Band ist. Mit den Kameraden von *La Feuille* und unseren Hilfsorganisationen marschieren wir voll Freude und Vertrauen an der Spitze des Zuges. Unerschütterlicher Glaube an unsere Stärke beseelt uns; wir werden über die Nazis triumphieren. Ich bin zwar kein Franzose, gehöre aber zu einer großen Familie, die die Geschichte auf ihren Schultern trägt. Hinter uns, vor uns, um uns marschieren Intellektuelle und Arbeiter, Weinbauern und Maurer im gleichen Schritt und Tritt. Sie sind entschlossen, sich durch nichts aufhalten zu lassen, und bereit, die Welt zu erobern, wenn es sein muß, auch die Sonne. Entschuldigung, Genosse Richter, da kommt mir plötzlich ein Wort von Lew Davidowitsch in den Sinn: »Und wenn man uns sagen sollte, daß die Sonne nur für die Bourgeoisie strahlt, dann, Kameraden, werden wir die Sonne eben auslöschen.« Nein, Lew Davidowitsch. Wozu die Sonne auslöschen? Wir werden sie auf unsere Seite drehen, das ist praktischer ... Auf einmal bemerke ich zionistische Gruppen in der Menge. Extremistische Zionisten stehen demnach den Sozialisten nahe! Es stimmt, daß ihre Zeitung mich seit Wochen nicht mehr attackiert hat. Einmal mehr denke ich an den Propheten Elias, dessen Wunder hören also niemals auf. Während ich marschiere und die üblichen Parolen rufe, richte ich im stillen ein Gebet an den populärsten, politischsten und kämpferischsten von all unseren Propheten und danke ihm, daß er sich in unsere Sache eingemischt hat. Ich denke auch an meinen Vater; ich bin ihm dankbar, daß er mich beten und danken gelehrt hat. Wenn er mich eines Tages auf einem Foto in einer jüdischen oder rumänischen Zeitung erkennt, wird er mir sicher einen Brief schreiben, und der wird mir dann nicht die geringsten Gewissensbisse verursachen.

Eine geheime Mission führt mich nach Hamburg. Ich habe eine Gruppe, die einen Untergrundführer außer Landes bringen soll, mit Geld zu versorgen. Später erfuhr ich, daß es sich um den Abgeordneten Brandberg, einen Freund Rosa Luxemburgs, handelte. Drei Treffen an verschiedenen öffentlichen Plätzen, am Bahnhof, im Hafen, an der Haltestelle der Straßenbahn Nummer 3. Erkennungszeichen und Losungen. Zuerst werde ich von einem Kellner, dann von einem Straßenbahnschaffner übernommen, und schließlich sitze ich in einem Restaurant neben einer harmlosen Hausfrau. Gemäß meinen Anweisungen lege ich meinen *Völkischen Beobachter* mit dem Geld darin neben mich auf die Bank. Nun rührt sich meine Nachbarin und schiebt ihre Zeitung darunter. Wir essen in aller Ruhe, ohne ein Wort miteinander zu wechseln, zwei Gäste, die sich nicht kennen. Sie verläßt als erste das Lokal. Verstohlen blicke ich ihr nach: *Ob wir uns eines Tages wiedersehen?* Diese Frage bleibt, wenn auch die Gesprächspartner wechseln. Ich muß an Inge denken. Sie übernimmt vermutlich ähnliche Aufträge. Wie lange wird es noch dauern, bis sie geschnappt wird? Ich habe eine Idee. Soll ich einen Umweg über Berlin machen? Für einen Tag, eine Nacht. Ich bekomme schon Herzklopfen. Nein, Befehl ist Befehl. Es ist verboten, frühere Kameraden zu treffen und sie dadurch unnötigen Gefahren auszusetzen. Die Hausfrau aus Hamburg habe ich nie wiedergesehen, aber einige Monate später traf ich bei Paul einen gebeugten kranken Mann. Paul stellte ihn vor: »Das ist er«, sagte er mit einer Handbewegung. Der Mann ergreift meine Hände und will sie nicht wieder loslassen: »Ihnen verdanke ich mein Leben, glauben Sie mir, Ihnen verdanke ich das Leben.« Ich habe nur einen einzigen Gedanken: Glück ist, wenn ein Mensch einem das Leben verdankt.

Ja, ich war glücklich in Paris, so glücklich, wie ein kämpferischer Jude, der noch dazu ein Dichter ist, nur sein kann.

Ich hatte auch eine Reise nach Palästina zu machen. Es war ein unvergeßlicher Blitzbesuch. Ich habe ihn sehr intensiv in beinahe religiöser Weise vom ersten bis zum letzten Tag erlebt; und vom ersten bis zum letzten Tag waren die Augen meines Vaters bei mir.

An einem grauen regnerischen Tag ruft mich Paul in sein Büro:

»Hast du Interesse, ins Heilige Land zu reisen?«

Vor Aufregung bin ich einen Moment sprachlos.

»Wir haben Nachrichten von Ereignissen, die uns Sorgen machen, von Aufständen ist die Rede«, sagt Paul. »Eine vertrackte Situation. Alles geht drunter und drüber. Engländer, Araber und Juden sind beteiligt, Intrigen und Komplotte werden geschmiedet, religiöse, politische und finanzielle Probleme sind miteinander verfilzt und scheinen unentwirrbar. Wir wissen nicht, was eigentlich los ist, und möchten uns Klarheit verschaffen.«

Paul legt mir die Hand auf die Schulter und sagt mit gedämpfter Stimme:

»Wirst du dich der Aufgabe auch gewachsen zeigen? Ich will damit sagen, wirst du bestrebt sein, neutral und objektiv zu bleiben? Nicht vergessen, daß blinde Leidenschaft das Urteil trübt, es also verfälscht und gefährlich macht?«

Ich werde blaß. Er hat recht, ich bin aufgeregt und kann es nicht leugnen.

Pauls Mitarbeiter kümmern sich um die praktische Seite der Reise, um Visa und Schiffspassage. Ich reise als Spezialberichterstatter einer exklusiven Wochenzeitschrift *Images de la vie*. Auf Geld soll ich nicht achten und in den besten Hotels absteigen. Ich muß eine bedeutende Summe Geldes mitnehmen, die ich in einem Café einem Mann übergeben soll, der sich als der »verlorene Vetter von Wolf« vorstellen wird.

Die Überfahrt ist schlimm. Kaum haben wir in Marseille die Anker gelichtet, da tobt ein fürchterlicher Sturm. Ich hätte nie geglaubt, daß ein mächtiger schwerer Überseedampfer wie eine Streichholzschachtel hin und her geworfen werden könnte. Das Schiff steigt und fällt gleichzeitig und neigt sich dabei nach rechts und links. Ich halte mich ständig auf dem Achterdeck auf, wo der Riesenschlund der schwarzen Wogen mich verschlingen will. Immer wieder muß ich mich erbrechen und möchte am liebsten wegrennen und sterben, in den Wellen verschwinden ...

Als die Sonne hervorbricht und die See sich beruhigt, finde ich wieder Geschmack am Leben. Stundenlang stehe ich auf der Brücke und erliege der Faszination des Meeres. Ich liebe das Rauschen der Wellen, ihren endlosen Gesang, ich liebe die dichten weißen Schaumkronen, die mich daran erinnern, wie flüchtig und vergänglich alles ist. Ich gebe mich diesem Frieden und dieser tiefen Stille hin, schaue und schaue und bekomme Angst. Ich muß mich von dem Anblick losreißen und verlasse den Platz, um zu lesen oder mich mit einem österreichischen Forscher, einer französischen Ägyptologin oder dem Vertreter eines Kibbuz zu unterhalten. Wie schnell der Mensch doch vergißt! Gestern wollte ich sterben, weil mir so schlecht war, heute denke ich an den Tod, weil mich ein tiefer Friede erfüllt.

Die letzte Nacht konnte ich kein Auge zumachen. Der Talmudschüler aus Ljanow war aufgeregt und völlig durcheinander, sein Herz klopfte zum Zerspringen, er blieb auf der Brücke, um nicht das erste Auftauchen des Gelobten Landes zu versäumen. Die anderen Passagiere samt der Besatzung mußten wohl derselben Neugierde und Ungeduld zum Opfer gefallen sein. Von allen Seiten drang Flüstern und Seufzen zu mir herüber. Das Schiff schien, während es der Küste entgegenglitt, den Atem anzuhalten.

Im Morgendämmer erblickte ich den Karmel, der in einen Himmel aus tiefem Blau und flammendem Rot eingelassen war. Seine Lage war von einer Schönheit, die mich wie ein Schlag traf. Mit weit aufgerissenen Augen suchte ich den Horizont ab, und mein Vater sagte zu mir: »Dort liegt das

Land unserer Väter, mein Sohn, meinst du nicht, daß du jetzt ein Gebet sprechen solltest – für dich und alle, die nichts zu sagen vermögen?« In meiner Kabine kniete ich nach dem Willen Gerschon Kossowers nieder, der Sohn legte die Gebetsriemen an, von denen er sich niemals getrennt hatte.

Haifa, Tel Aviv, Jerusalem. Im Auftrag und nach den Plänen der politischen Abteilung des jüdischen Vermittlungsbüros reiste ich durch das Land, studierte seine Probleme und sondierte das vielschichtige Drama. Gern unterhielt ich mich mit den Bewohnern sozialistischer Gemeinden wie Deganya, Ein-Harod und Givat-Brenner. Dort hätte ich den Rest meines Lebens verbringen können, und dabei waren sie doch Zionisten. Ich machte mir Sorgen wegen der militanten Burschen. Sie waren jung und hübsch, offenherzig und fest entschlossen, den bewaffneten Widerstand gegen Araber *und* Engländer vorzubereiten. Ich war völlig überrascht:

»Ihr seid nur wenige und hofft, so viele zu besiegen?«

»Hier ist Geschichte mehr als bloße Statistik.«

»Aber ihr seid wahnsinnig! Für den Kampf benötigt ihr doch Männer und Gewehre ... Man zieht nicht mit Ideen und Worten in den Krieg ... Die Bibel ist sicher nützlich, aber sie schützt euch nicht vor Gewehrkugeln!«

»Sie denken in politischen Begriffen. Wenn wir so dächten wie Sie, würden wir sofort den Kampf aufgeben.«

»Ihr seid wirklich verrückt!«

Trotzdem liebte ich ihre Verrücktheit. Die Kolonialpolitik der Engländer hingegen war mir ein Ärgernis. Als Imperialisten verachteten sie beide, Juden wie Araber, und hatten ihren Spaß daran, die einen gegen die anderen auszuspielen. Sie waren Meister der Doppelzüngigkeit und des Intrigenspiels. Wenn man ihnen Glauben schenkte, konnten Juden und Araber nicht auf sie verzichten, wenn sie überleben wollten; ohne sie wäre das Massaker längst schon da.

In Jerusalem spazierte ich durch die engen, von Menschen wimmelnden Gassen und suchte nach einem Erinnerungsstück, einem Zeichen aus einem längst vergangenen Zeitalter. Ich liebte den tiefen Himmel über den Zedern, die glühenden Wolken über den gleißenden Kuppeln, die unbeweglichen Schatten auf den Elendshütten und Geschäften. Ich liebte die

Kameltreiber mit ihren wiederkäuenden Kamelen vor den Toren der Stadt. Ich liebte auch den Gebetsruf des Muezzins, der sich in der Ferne verlor. Sein sehnsuchtsvoller Klang rührte mich an. Vor allem liebte ich die steinigen Pfade, die zur Tempelmauer führten. Die letzten Schritte legte ich immer im Laufschritt zurück. Ich traf dort Pilger und Bettler und verzückte Träumer, die nach Erleuchtung suchten. Ich gesellte mich zu ihnen, ohne zu wissen warum. Sie verlangten nichts von mir und ich nichts von ihnen.

Eines Nachts sah ich, wie ein Schatten sich aus dem Dunkel löste und auf mich zukam. Er hockte sich neben mich und grüßte mich. Im silbrigen Licht des Mondes erkannte ich meinen Freund und sephardischen Reisegefährten David Abulesia. Lächelte er mir zu, oder schaute er mich streng an? Woher mochte er kommen? War er etwa vom Himmel gefallen? Wir schüttelten uns die Hände, dabei kamen mir dummerweise die Tränen.

»Das ist ganz natürlich«, sagte David Abulesia. »An diesem Ort möchte jeder weinen. Gott selbst weint hier sogar auf den Ruinen seines Tempels und seiner Schöpfung.«

Wir standen auf und gingen in der näheren Umgebung spazieren. Es war eine schöne laue Nacht. In den Bergen spielte der Wind mit den Bäumen und stieg dann die Stadt hinunter, um sich auszuruhen. Ein Stern erlosch. Hinter den Mauern der Häuser suchten Männer und Frauen den Sinn ihrer und vielleicht auch unser beider Begegnung zu deuten.

»Nun, was ist mit dem Messias?« fragte ich meinen Gefährten. »Sind Sie immer noch hinter Ihm her?«

»Wenn Er nicht nach mir sucht, muß ich hinter Ihm herlaufen.«

Aber er war nicht nur deswegen nach Palästina gekommen. Er wollte bei den Aufständen dabei sein.

»Mein Platz ist inmitten der verfolgten Brüder«, sagte er. »Mitten unter denen, die in den Abgrund gestoßen werden. Ich werde sie daran hindern zu fallen, ich muß es. Ich weiß auch, wie ich es anstellen muß. Ich bin ein Geheimagent und mache meinen Bericht; und du weißt genau für wen: Für Gott. Ich nenne ihm meine Befürchtungen, ich weise ihn auf die Gefahr hin. Meine Rolle ist es, die Alarmglocke zu ziehen; das habe ich in Deutschland getan und tue es hier; ich tue es überall, wo das unsterbliche Volk in Lebensgefahr schwebt. Denn das ist leider erst der Anfang.«

Ich fröstelte.

»Der Anfang wovon?«

»Ich weiß nicht. Vielleicht von der Erlösung? Ein großes Leiden wird dem strahlenden Anbruch des messianischen Zeitalters vorangehen, sagen unsere Eingeweihten. Ich habe Angst davor!«

»Angst? Vor dem Leiden?«

»Ja. Das Leiden *muß* Angst machen. Aber ich habe noch mehr Angst vor dem, was es bedeutet. Es bedeutet nämlich, daß das Böse eine Rolle spielt im kosmischen Drama der endgültigen Erlösung. Was denkst du, Dichter, wäre es möglich, daß die, die das Leiden, also die Ungerechtigkeit und das Böse, verursachen, damit ein Heilswerk vollbringen würden?«

Während ich durch die stille Stadt ging und den unerhörten Vorstellungen meines seltsamen Freundes lauschte, konnte ich mich eines Lächelns nicht erwehren. Ich dachte, dieser abenteuerliche Mystiker von einem Professor drückt sich, ohne es zu wissen, marxistisch aus; er ist ein Revolutionär wider Willen. Paul sagt, daß zur Errettung der Welt eine Amputation notwendig ist; wer den Arm retten will, muß den kleinen Finger abschneiden. Das ist eine alte Vorstellung. Je schlimmer, desto besser. Je mehr Blut fließt, desto näher ist der Friede. Aber ich kann kein Blut sehen. Wenn der Messias seine Ankunft in strahlender Reinheit durch die furchtbaren Schreie der mordenden und gemordeten Völker ankündigen lassen muß, dann mag er zu Hause bleiben. Doch meine beiden Freunde rufen ihn herbei, jeder von einer anderen Seite, jeder mit Methoden, die denen des anderen widerstreben. Armer Messias, was tut man nicht alles für dich und in deinem Namen; und was läßt man dich nicht alles tun!

Beim Morgengrauen trennten wir uns. Die Altstadt erwachte mit einem sonderbaren Laut, als würde eine Zeltplane mit Gewalt zerrissen, worauf eine lange Stille folgte, die von immer neuen Geräuschen abgelöst wurde. Türen knallten, Rolläden gingen knirschend hoch. Ein Mann trieb sein störrisches Maultier an. Ein Wasserträger kam vorbei. Gerüche von Brot und Gemüse stiegen in die Nase. Ein Mann schlich sich an den Mauern entlang. War es ein heimkehrender Nachtwächter oder ein Spitzbube? Eine Mutter schrie mit gellender Stimme: Achmed, kommst du endlich? Und ein Kind antwortete: Ich komme ja schon.

Ich rechnete damit, wieder nach Jerusalem zurückzukehren, mußte aber meine Pläne ändern. Ich begab mich nach Jaffa, wo der »verlorene Vetter von Wolf« mich in einem vollbesetzten lärmenden Café sofort ausmachte; und dabei hatte ich alles getan, um nicht wie ein Tourist auszusehen; wahrscheinlich hatte ich des Guten zuviel getan.

Die andere Überraschung war, daß der Vetter eine Kusine war. Sie war sehr ruhig, hatte schwarzes Haar und war einfach gekleidet. Das rundliche Gesicht, die platte Nase und die rabenschwarzen Augen sprachen für ihre orientalische Abstammung.

»Achuwa«, stellte sie sich vor. »Nenn mich einfach Achuwa.«

Wir tranken einen starken bitteren Kaffee und machten anschließend einen Gang über den Markt. Ein idealer Ort, um mir einen Inspektor vom Halse zu schaffen, dem es eingefallen wäre, mich zu verfolgen.

»Ich habe einen Umschlag für dich«, sagte ich.

»Nicht hier.«

Wie in einem Groschenroman führte sie mich in ein schäbiges Hotel – noch schäbiger als das, in welchem ich zum erstenmal Paris entdeckt hatte. Ich mietete ein Zimmer für ein paar Stunden. Ein unterwürfiger Portier gab mir den Schlüssel mit einem schmierigen Grinsen. Im Zimmer ließen wir sogleich die Vorhänge herunter, und ich schloß zweimal ab.

»Jetzt zeige«, sagte Achuwa, »was du für mich hast.«

Sie kniff die Augen zusammen, während sie sprach, um sich ein strengeres Aussehen zu geben:

»Also, Kamerad?«

Ich überreichte ihr den Umschlag mit dem Geld, und sie ließ ihn in ihre Bluse gleiten.

»Zähl nach«, sagte ich ihr.

»Ich vertraue dir.«

»Zähle«, sagte ich.

Sie zog den Umschlag wieder heraus, öffnete ihn und zählte. Der Auftrag war ausgeführt. Wir hätten uns jetzt verabschieden können, aber Achuwa riet davon ab.

»Was wird der Typ da unten von dir denken?« sagte sie. »Und erst von mir? Die Vorsicht gebietet, daß wir wenigstens eine Stunde bleiben und tun, als ob ...«

War das eine Aufforderung?

»Wir wollen miteinander reden«, sagte sie.

Ich stellte ihr Fragen nach der gegenwärtigen Lage, nach der Partei, nach der künftigen Entwicklung, nach den Verbindungen zu Zionisten und Arabern. Sie war nicht so gebildet wie Inge, aber sie drückte sich besser und einfacher aus, viel natürlicher. Ein geheimnisvolles Feuer brannte in ihren Augen, dem kein Mann widerstehen konnte. Die kleinste Geste von ihr hätte genügt, und ich hätte Scheina mitsamt Paris vergessen können und wäre in Palästina geblieben. Ich war bereit, mit Europa zu brechen und mich in ein neues Abenteuer, in eine neue Liebe zu stürzen; wenn sie mir nur das kleinste Zeichen gegeben hätte, hätte ich es begeistert aufgegriffen. Aber sie machte diese Geste nicht. Sicher hatte sie einen Freund, den sie liebte. Oder ich war nicht ihr Fall. Sie antwortete auf meine Fragen, fragte zwischendurch auch selbst, sie war ein guter Kampfgenosse, nichts weiter.

Nach zwei, drei Stunden hatte ich alles Wichtige von ihr erfahren. Weil sie sich nach brüderlicher Gemeinschaft sehnte und eine bestimmte Vorstellung von Gerechtigkeit hatte, war sie in einen Kibbuz gegangen. Später hatte sie ihn unter dem Einfluß eines Kameraden wieder verlassen, weil der Wunsch nach einer umfassenderen Gemeinschaft größer war und sie das Ideal von einer universaleren Gerechtigkeit vor Augen hatte. Sie wachte über die ständige Verbindung zwischen bestimmten jüdischen und arabischen Gruppen der Partei. Was die Spannungen betraf, die im Lande herrschten, so war sie nicht sehr pessimistisch.

»Die Engländer säen Haß, aber auf unserem kargen Boden geht die Saat nicht auf. Wenn ein günstiger Zeitpunkt kommt, werden Juden und Araber sich unter Führung der Partei miteinander vereinigen und gemeinsam gegen sie Front machen.«

»Wird dabei jüdisches Blut vergossen, Achuwa?«

»Es wird kein Blut vergossen, weder jüdisches noch arabisches. Für mich gibt es keinen Unterschied zwischen jüdischem und arabischem Blut.«

Konnte sie ahnen, daß sie zehn Wochen später bei den blutigen Aufständen von Hebron von einer Bande arabischer Plünderer angegriffen, vergewaltigt und ermordet werden würde, von Arabern, die doch nach dem kommunistischen Ideal und der Brüderlichkeit aller Menschen handeln sollten?

Das erfuhr ich allerdings erst Jahre später. Ich traf in Sowjetrußland einen jüdischen Kameraden aus Palästina und fragte ihn, was aus Achuwa geworden sei.

»Achuwa? Kenne ich nicht. Sie hat vielleicht einen anderen Namen. Beschreibe sie mir.«

Ich tat es, und er war im Bilde:

»Ach so, du sprichst von Ziona. Wußtest du nicht, daß ...«

Ich wußte es nicht. Es gab viele Dinge, die ich nicht wußte. Aber eins wußte ich – und hatte es meinem Vater geschrieben –, daß ich einen Funken von seiner Flamme, einen Stern von seinem Himmel und ein kleines Stück von der Kraft seiner Erinnerung aus Palästina mitgebracht hatte.

Ich hatte nicht alle Gebete gesprochen, wie es sich gehört hätte, und ganz gewiß nicht jeden Tag, aber mein Vater wäre trotzdem mit seinem Sendboten zufrieden gewesen.

Ein Schatten trübt jedoch das Bild. Ich habe die Geschichte gleich vergessen, aber ich muß mich ihr stellen. Jetzt kann ich ohne Angst darüber reden. Hier, in diesen Mauern, die Ihnen als Tempel und Altar dienen, Genosse Richter, habe ich keine Angst mehr. Hier kann der Geopferte seine Wahrheit beanspruchen. Es handelt sich um vergessene und längst vergangene Ereignisse, um eine alte Geschichte, wenn ich Sie daran erinnern darf, um Ihre und meine Vorgänger.

Wo sind Sie damals gewesen? Was haben Sie damals gemacht? Die große Presse führte eine Kampagne gegen die Sensationsprozesse, die in der Sowjetunion stattfanden. Sie sprach laut von einem Justizskandal, von einer Verhöhnung der Gerechtigkeit, von einer plumpen schamlosen Lüge ... wie sie es gegenwärtig hinsichtlich meines Namens tut.

Auf Anweisung von Pinsker – das amüsiert Sie doch sicher –

habe ich sie in ihre Schranken verwiesen. Ich schrieb Artikel um Artikel, um meinen Glauben an die sowjetische Justiz zu bekunden. Ich machte die Empörung des *Pariser Haint* lächerlich, verhöhnte und denunzierte sein moralisierendes Geschwätz: »Ach, ihr verteidigt jetzt auf einmal eure Gegner? Plötzlich geht euch deren Schicksal zu Herzen, vergießt ihr bittere Tränen über die Menschen, die ihr gestern noch verflucht und der Verdammnis anheimgegeben habt! Schande über euch, meine Herren, denn eure Scheinheiligkeit ist genau so groß wie eure Blindheit!« Das war eine harte Auseinandersetzung, und ich schrie dabei ebenso laut wie unsere Feinde. Ich war als Neuling in diesen Dingen fest von der Schuld der Angeklagten überzeugt, zumal sie alles selbst zugegeben hatten. Die großen Helden der Revolution würden sich nicht als Verräter gebärden, wenn sie es nicht tatsächlich waren. Folter? Das war doch ein Witz! Sie hatten der *Ochrana* die Stirn geboten, die sibirischen Gefängnisse überlebt und den Folterknechten des Zaren getrotzt; sie würden es jetzt doch genauso machen, wenn sie unschuldig waren!

Paul teilte meine Überzeugung nicht. Heute kann ich es Ihnen verraten; denn er lebt ja nicht mehr. Da er sich lange in der Sowjetunion aufgehalten hatte, war er besser informiert über alles, was sich dort im geheimen und verborgenen abspielte. Seine Bestürzung und Verunsicherung darüber ließ er sich im täglichen Umgang mit uns, seinen Mitarbeitern, nicht anmerken. Gelegentlich spürte man etwas davon. Wenn ich sein Büro betrat, sah ich ihn nicht selten elend aussehend an seinem Schreibtisch sitzen und ins Leere starren. Dann drehte ich mich gleich wieder um und ging hinaus; ich konnte den Kummer dieses lebensfrohen Riesen nicht mit ansehen. Aber er konnte mich nicht täuschen.

Eines Abends betrat ich unangemeldet sein Zimmer. Ich hatte ihn vorher nicht angerufen, weil ich dachte, wenn er beschäftigt ist, hätte er es mir gesagt. Er ist allein, vor ihm auf dem Tisch steht eine Flasche Cognac. »Ich habe einen Moralischen«, erklärt er, ohne mich anzusehen. Ich sage nichts. Ich weiß nicht, was er von mir hören möchte.

»Ich habe einen schrecklichen Moralischen«, wiederholt er. »Du etwa nicht?«

»Noch nicht.«

180

Ich setze mich.

»Ich habe Lust, mich zu besaufen. Du etwa nicht?«

»Noch nicht.«

Er streichelt die Flasche mit seinen Fingern, dreht sie beständig, öffnet sie aber nicht.

»Komisch«, sagt er verdrießlich, »ich möchte mich besaufen und doch nicht trinken.«

»Bei mir ist es umgekehrt. Ich möchte trinken, aber mich nicht betrinken.«

Gewöhnlich hat er die Güte, über meine Scherze zu lachen, auch wenn sie es nicht verdienen, aber diesmal zuckt er bloß die Schultern.

»Ich begreife nicht«, sagt er nach einer langen Pause. »Begreifst du?«

»Was soll ich begreifen«, sage ich und weiß genau, auf was er anspielt.

Er fixiert mich scharf und wartet auf eine Antwort:

»Antworte, ja oder nein. Begreifst du?«

»Ich meine schon. Die Sowjetunion ist sicher nicht das Paradies, und es gibt dort nun einmal Menschen, die in Ordnung sind, und es gibt Dreckskerle. Die Guten verdienen unsere Achtung, die Verräter ihre Strafe.«

»Du glaubst also, daß die Angeklagten schuldig sind, ist es so? Lauter Dreckskerle, Verräter und Dummköpfe, so ist es doch?«

Ich fühle mich nicht mehr ganz wohl in meiner Haut, aber ich sage mit überzeugter Stimme meinen Spruch auf:

»Warum sollten sie es nicht sein? Sie haben es doch zugegeben!«

Paul betrachtet mich mit einem Blick, der zwischen Entsetzen und Herablassung schwankt. Das habe ich noch nie an ihm erlebt:

»Zwischen dir und mir besteht ein großer Unterschied. Du bist zu jung, um zu begreifen ... Zwischen uns besteht nun einmal dieser Altersunterschied, und der erklärt einen anderen Unterschied, der nicht weniger entscheidend ist: *Ich weiß es.*«

«Was weißt du?«

Er macht eine Handbewegung, als wolle er sich ein Glas Cognac eingießen, läßt es aber:

»Es handelt sich um ein Spiel, Paltiel, um ein schreckliches und grausames Spiel, aber trotzdem um ein Spiel.«

»Und wenn schon? Ein Grund mehr, sich nicht darüber aufzuregen! Das Spiel ist grausam? Eines Tages wird es aufhören ...«

»... nicht für die Angeklagten, Paltiel. Ich kenne die Angeklagten und die Ankläger. Ich kenne sie doch alle.«

Er steht auf, macht ein paar Schritte durchs Zimmer, setzt sich wieder, nimmt die Flasche und sagt:

»Das Schlimme daran ist, daß die einen *oder* die anderen die Revolution verraten haben. In beiden Fällen ist es scheußlich und zum Verzweifeln.«

Die Flasche, die Paul in seinen Händen dreht, ohne sie zu öffnen, zieht mich magisch an. Er betrachtet sie, ohne ihren Inhalt zu sehen, er sieht etwas anderes, das für meine Augen nicht sichtbar ist.

Offener und freier als je zuvor spricht er an diesem Abend mit mir. Scheina wird schon ungeduldig werden; ich habe ihr gesagt, daß ich für eine Stunde fort sei, aber ich kann nichts dafür. Sie wird sich ihre Gedanken machen, sie wird *wissen* und *fühlen,* daß es für mich sehr dringend war, hierher zu kommen und zu bleiben. Ich kann doch einen Freund nicht verlassen, der heute abend das Bedürfnis hat, sich auszusprechen und sich mir anzuvertrauen. Im allgemeinen wacht Paul eifersüchtig über sein Privatleben. Wir, seine Mitarbeiter, wissen darüber nicht mehr als am Tage unserer ersten Begegnung mit ihm. Woher kommt er? Aus welchem Milieu? Aus welchem Land stammt er? Ist er verheiratet? Was macht ihn traurig, was froh? Das einzige, was ich weiß, daß er einen hohen Platz im Parteiapparat innehat und dort mehr oder weniger öffentliche und andere völlig geheime Funktionen wahrnimmt. Was für ein Mensch ist er im Privatleben? Wo hat er seinen schwachen Punkt? Zum erstenmal gibt er etwas von sich preis. Ich hocke auf meinem Stuhl und mache mich ganz klein, weil ich fürchte, daß er aufhört, wenn er mich bemerkt und sieht, daß ich leibhaftig vor ihm sitze.

Wolf, Petja, Paul – hinter diesen drei verschiedenen Vornamen wird ein Schicksal sichtbar. Davon erzählt er jetzt, und ich lausche mit angehaltenem Atem. Demnach sind Paul und ich durch gleiche Herkunft miteinander verbunden. Wolf war ein jüdisches Kind aus Ostgalizien, den die Armut erzogen hat und dessen Bewußtsein durch Aufsässigkeit geweckt wurde. In Wien schließt er leidenschaftliche und gefährliche Freundschaften und gerät durch eine zufällige Begegnung in die aufregende und verlockende Welt der politischen Konspiration. Schluß mit der Vergangenheit und ihren Sabbatgesängen, Schluß mit der Wärme eines Zuhause, wo ein Witwer mit sechs hungrigen Kindern den Himmel und seine Gnadenerweise preist. Schluß mit dem chassidischen Reich, wo Meister und Schüler aus immer neuen Anlässen hoffen und glauben und singend den Glauben erflehen ... Es lebe die Revolution, es lebe die Weltrevolution!

Kaderschule, illegale Reisen, Spezialkurse, Einführung in das geschlossene System der Komintern, dann in das der Vierten Abteilung. Aus Wolf wird Petja, der in das Nervenzentrum der Partei eintritt, wo die Auslandsverbindungen zusammenlaufen. Die Revolution ist noch jung und idealistisch wie Petja. Die ehrgeizigsten Träume erscheinen möglich und sogar notwendig zu sein. Kein Haß mehr unter den Nationen, keine Unterdrückung mehr, keine besitzende Klasse, keinen Profit, keinen Hunger und keine Demütigungen mehr, das Leben ist ein Freundschaftsangebot, ein Appell zu höchster Solidarität. Petja schließt sich Tataren und Usbeken an, schwärmt für Weißrußland und fühlt sich dann mehr von Spanien angezogen, von einer Welt in Gärung, wo Juden und Nichtjuden sich zusammenfinden, wo es keine Unterschiede zwischen den Kulturen gibt, wo jede religiöse Überzeugung lächerlich wird, einer Welt, die stolz und stark macht. Mit einem Gefühl der Dankbarkeit nimmt er einen ersten Auftrag im Westen an. Als Botschafter der Revolution geht Paul nach Deutschland. Er ist mit unbeschränkten Vollmachten ausgestattet, hat das Recht, zu zerstören und wiederaufzubauen, niederzureißen und tabula rasa zu machen; er glaubt, ermächtigt zu sein, ja den Befehl zu haben, Könige und Götter vom Thron zu stürzen, um an ihre Stelle die Menschheit zu setzen, die in Angst und Hunger lebt.

Wolf, Petja, Paul – das ist die Geschichte einer Legende in drei Abschnitten, die Geschichte eines Ideals in drei Kapiteln.

Je länger Paul erzählt, um so mehr ereifert er sich und redet sich fast in Wut. Er beschreibt sein Dorf mit den Handwerkern und dem hilflosen Vater angesichts der Gendarmen in Helm und Stiefeln, die Schmiergeld von ihm verlangen; er erinnert sich, wie er zum letztenmal den Tag der Großen Versöhnung eingehalten, der Seder-Zeremonie beigewohnt hat. Er, der gewöhnlich sehr nüchtern und beherrscht ist, gerät in Begeisterung, als er seine ersten Begegnungen mit den großen Männern der Revolution schildert, er redet nun, als sei er betrunken, redet sich in einen Rausch hinein, ohne einen Tropfen getrunken zu haben.

Ich fühle mich ihm näher als je zuvor.

»In diesen Jahren«, sagt Paul, »konntest du den mächtigen, reinigenden Atem der Weltrevolution spüren. Es war die Morgenröte, die Geburt einer Bewegung, die ebenso groß wie tiefgreifend war. Wir machten uns eine Ehre daraus, alle kapitalistischen Spielchen – und für die Kapitalisten ist alles nur Spiel – auf den Müllhaufen zu werfen. Wir pfiffen auf alle Unterschiede, Dienstgrade und Titel. Du konntest zu jedem gehen, ohne dich vorher anzumelden. Lew Davidowitsch habe ich zum Beispiel im Kriegskommissariat besucht, ohne daß ich mich erst bei seinem Sekretär melden mußte. Er sah mich mit einem durchdringenden, aber freundschaftlichen Blick an: ›Erzähl doch mal, Genosse, ob du kürzlich einen guten Roman gelesen hast.‹ Ich stand ganz verdutzt da. Ich in dieser Zeit einen Roman lesen? Die Erde brannte, die Massen waren in Aufruhr, und er wollte, daß ich mit ihm über Literatur spreche! Ich wurde mächtig stolz! Das ist die wahre, die kommunistische Humanität, dachte ich. Ein einfacher Kommunist trifft einen führenden Propheten, einen Hauptakteur der Revolution, und worüber unterhalten sie sich? Über einen Roman, den ich nicht gelesen hatte, weil ich es mir aus guten Gründen nicht leisten konnte, einen Roman zu lesen. Ich sagte ihm das, und er fragte, womit meine Zeit denn ausgefüllt sei. Theoriekurse, politische Erziehung, praktische Arbeiten, Sprachen, Propaganda ... Er hielt mit seiner Unzufriedenheit nicht hinter dem Berge: ›Darüber werde ich mit den Verantwortlichen ein Wörtchen reden müssen‹, sagte er kopfschüttelnd. ›Am Beginn unserer Laufbahn stand die Literatur, stand die Lektüre. Es gibt keinen Grund, es heute anders zu machen.‹ Und hielt mir aus dem Stegreif einen glänzenden Vortrag über revolutionäre Motive in der Literatur, zitierte Romane und Theaterstücke und kam nebenbei auch noch auf Kunst und Musik zu sprechen. Das war der schönste Kurs, an dem ich je teilnehmen durfte ... Und das, als er an der Spitze der Roten Armee stand.«

Diese Begegnung hatte ihn geprägt. Ich beneidete ihn darum und wollte es ihm gerade gestehen, aber er ließ mich nicht zu Wort kommen:

»Schau«, fuhr er fort, »genauso hatte ich auch die Ehre, die Bekanntschaft unseres Genossen Stalin zu machen, der noch nicht unser Chef und geliebter Vater war, sondern ein Kommissar wie viele andere. Wenn ich mich recht erinnere, kümmerte er sich um die nationalen Minderheiten, nicht um die Dienststelle, zu der ich gehörte, aber meine ersten Beförderungen – ich kenne den Grund dafür nicht – waren, bevor sie wirksam wurden, bestimmten Führern vorgelegt worden ... Stalin beobachtete mich und zog wortlos an seiner Pfeife, bevor er sich an mich wandte: ›Genosse Petja! Wie heißt du wirklich?‹ Ich ahnte, daß er mich auf die Probe stellen wollte; denn vor ihm auf dem Schreibtisch lag meine Akte. ›Wolf Itzakowitsch Goldstein‹, antwortete ich und stand kerzengerade vor ihm. – ›Gut‹, sagte er und stieß eine Rauchwolke aus, ›gut, gut. Petja ist also Wolf Itzakowitsch ... Sag mal, kennst du die Bibel?‹ Diese Frage verblüffte mich noch mehr als die von Davidowitsch nach einem Roman. ›Nein, Genosse Kommissar, ich habe keine Lust, die Bibel zu lesen. Es interessiert mich nicht, mich mit den Geschichten zu befassen, die die Reichen nur dazu benutzen, um die Armen zu unterdrücken und zu beschwindeln.‹ – ›Sieh mal einer an‹, erklärte Stalin und reinigte seine Pfeife. ›Du bist Jude, heißt Wolf Itzakowitsch Goldstein und hast niemals die Bibel der Juden aufgeschlagen; ich dagegen habe sie studiert, im Seminar ...‹ – ›Aber ja, Genosse Kommissar, damals habe ich schon darin geblättert ...‹ – ›Du hast die Bibel aufgeschlagen, ohne sie zu lesen?‹ – ›Ja, ohne sie zu lesen ...‹ Stalin genoß es, mich in der Klemme zu sehen; ich hatte mich so in meinen Antworten verfangen, daß ich nicht wußte, wie ich wieder herauskommen sollte ›Man könnte meinen, du hättest Angst, es zuzugeben‹, sagte Stalin und ließ wieder eine Rauchwolke los. ›In einem sozialistischen Regime, Genosse Itzakowitsch, braucht man niemals Angst zu haben! Die Unschuldigen haben nichts zu fürchten, stimmt's, Genosse?‹ ... Das stimmte nur zu sehr! In der Sowjetunion mußten nur Verbrecher Angst haben, jene Mörderbande von Weißgardisten, alle, die sich nach dem weißen Terror zurücksehnten – nicht ihre Opfer und nicht ihre Besieger ... Ich glaubte daran, Paltiel, und glaube noch immer daran, aber es gibt ..., du weißt schon, was es gibt. Die Prozesse ... Abweichlertum, Opposition, Sabotage, das sind Worte, die wie ein Fallbeil niedersausen. Die Gefährten Lenins, Verräter am Vaterland der Revolution? Doppel- oder Dreifachagenten? Ist das vorstellbar? Wenn das stimmt, dann sind wir erledigt, und wenn es nicht stimmt, sind wir es noch mehr.«

Paul redete und wurde ein anderer Mensch in meinen Augen. Er wurde wieder Wolf.

Am Ende war ich es, der ein Glas nach dem anderen trank; ich leerte die Flasche, und zum erstenmal in meinem Leben sackte ich zusammen wie der letzte Saufbruder auf dem Jahrmarkt von Ljanow.

Deshalb bekenne ich mich schuldig, Genosse Richter, in einer kapitalistischen Stadt mit einem alten Freund, der ein Feind des Volkes geworden ist, gefeiert und mich vor seinen Augen betrunken zu haben.

Im Verlauf der nächsten Wochen sprachen Paul und ich aufgrund eines stillschweigenden Abkommens nie wieder über diese Nacht. Paul wurde noch wortkarger. Er wurde nach Moskau zurückgerufen. Er war nicht der einzige; die Komintern rief ihre Agenten zu Hunderten aus der ganzen Welt zusammen. Wer hätte geahnt, daß sie liquidiert werden sollten. Paul war ein intuitiver Mensch und ahnte es. Er hätte sich weigern oder zu einflußreichen Freunden in Frankreich flüchten können, aber das war nicht seine Art. Um ihn zu täuschen, rief man ihn nicht von einem Tag auf den anderen zurück, man billigte ihm sechs Wochen für die Vorbereitung zu. Das gab ihm Sicherheit. In diesen Wochen wich ich kaum von seiner Seite. Er war ruhig, und ich erst recht. Ich dachte, er würde nach Moskau gehen, seine Vorgesetzten treffen, Erklärungen erhalten und wieder zurückkehren. Und dann würde auch ich begreifen. In meinem tiefsten Inneren tauchte jedoch wieder die alte Frage auf: *Werde ich ihn wiedersehen?*

Konnte ich ahnen, daß er sofort nach seiner Ankunft in der Sowjetunion in die Hände von euresgleichen geraten sollte, Genosse Richter? Daß man ihn ins Gefängnis stecken würde, vielleicht sogar in dieses hier?

Ich erinnere mich an unseren letzten Abend, an ein Abendessen zu zweit in einem Bistro im Quartier Latin. Wir sprachen über dieses und jenes, über Arbeiten, die noch unerledigt waren, über Kontakte, die zu knüpfen, über deutsche Genossen, die zu retten oder zu verstecken waren. Wir zogen Bilanz und waren miteinander zufrieden. Ich fragte, ob er nach seiner Rückkehr nach Frankreich im selben Bereich bleiben, ob er mich dann bei sich behalten würde. Er sah sich im Saal um, warf einen Blick durchs Fenster, ob wir auch nicht beobachtet würden, und sagte mit stockender Stimme:

»Ich möchte dir einen Rat geben. Befolge ihn und frage nicht viel.«

»Welchen Rat, Paul?«

»Warte nicht meine Rückkehr ab.«

»Wie das? Aber ...«

»Du hast mich verstanden. Verlasse Paris. Mach etwas anderes. Wechsele die Gegend, das Milieu.«

Ich tat, als verstünde ich ihn nicht:

»Warum soll ich gehen und die Genossen im Stich lassen? Und wer macht die Arbeit?«

»Ich hasse es, etwas zweimal zu sagen. Ich habe dir einen Rat gegeben. Wenn du dich lieber nicht daran halten möchtest, um so schlimmer für dich.«

»Aber wohin soll ich gehen?«

»Weit, so weit wie möglich.«

»Aber warum? Warum denn, Paul?«

Meine Unreife regte ihn auf. Ich hätte doch kapieren müssen ... Er warf mir einen langen prüfenden Blick zu. Konnte er mir vertrauen? Er entschied sich, mir eine Antwort zu geben:

»Du bist zu bekannt, und man weiß, daß wir uns nahestehen, daß wir Freunde sind.«

Wie ein Idiot redete ich weiter:

»Wir sind Freunde, was hat das damit zu tun? Ich bin stolz darauf.«

»Mach kein Theater. Sei so lieb, und reiß dich zusammen ... Die Dinge, die ich weiß, weißt du besser nicht; ich hoffe für dich, daß du sie nie erfahren wirst. Du hast das Glück, nicht offiziell, nicht voll und ganz zu der Dienststelle zu gehören, für die ich hier verantwortlich bin. Du kannst dich frei bewegen, du kannst gehen, wohin du willst. Geh fort!«

Seine Worte stürzten auf mich ein und brachten mich völlig durcheinander. Wieder fortgehen? Wann? Und was dann tun? Vor wem sollte ich fliehen? In meinem Kopf hämmerte es: *Werde ich ihn wiedersehen?*

»Du täuschst dich bestimmt, Paul. Du machst dir zu viele Gedanken ... Du bist überarbeitet ... du bist am Ende, und ich bin es auch ...«

Er senkte den Kopf, damit ich seine Niedergeschlagenheit nicht sehen konnte.

»Befolge meinen Rat, Paltiel«, wiederholte er.

Er hielt inne und schluckte ein paarmal.

»Paß mal auf«, fuhr er fort, »geh einfach nach Spanien! Wenn ich kann, werde ich dich dort bei der nächsten Gelegenheit treffen. Dort findet ein Kampf statt, bei dem ich gerne dabeisein möchte!«

Er gab mir den Namen eines Verbindungsmannes, der mir die Aufnahme in die Brigaden und den Grenzübertritt erleichtern sollte. *Sehen wir uns wieder?* Ich murmelte vor mich hin: So Gott will.

»Was sagst du da?«

»Daß wir uns wiedersehen werden.«

»So Gott will«, sagte Paul nach einer Pause.

Wolf, Petja, Paul, das waren Decknamen und Losungsworte, die ich im Herzen behielt, sie waren das Abschiedsgeschenk, das mein Freund mir mitgab, und ein paar Bilder aus seiner Jugend, die mir wie ein Reisesegen erschienen.

Hier sind Worte, lauter Worte, sagte Zupanew und schneuzte sich. Nicht meine Worte, sondern deine, ich wollte sagen, daß sie dir gehören; denn sie sind für dich bestimmt. Darüber könnte ich lachen, weil ich diese Worte, die einem Toten, die dem Tod entrissen wurden, einem Stummen anvertraue, damit sie wiederholt und weitergegeben werden und lebendig bleiben. Ob das Theater je aufhören wird?

Lies die Berichte, Söhnchen, dann erfährst du, wie ein jüdischer Dichter, dein Vater, gelebt hat, und wie er umgekommen ist.

Dein Vater, das war schon wer! Aber schwer zu ertragen. Anfangs ging er uns regelrecht auf die Nerven ... Du kannst dir das kaum vorstellen: Er brachte alle auf die Palme.

Ich war bloß ein kleiner Beamter, ein Stenograph, der alles mitschrieb. Ich saß in meiner Ecke und beobachtete den Untersuchungsrichter, den Oberst, den Genossen Richter – zum Teufel mit diesen Titeln, die doch alle dasselbe bedeuten – und beobachtete auch die Angeklagten, ohne von ihnen gesehen zu werden.

Ich war ein Möbel, ein Instrument, ein Teil des Inventars. Ich verschwand darin und war der unsichtbare Mann, dem nichts entgeht. Du kannst mir also glauben, Kleiner, wenn ich dir versichere, daß dein Vater ein besonderer Mensch war.

Zieh aber nicht den Schluß daraus, daß es ihm gelungen ist, uns bis zuletzt Widerstand zu leisten. Ein Mann, der das fertigbringt, muß erst noch geboren werden. Wir haben ihn fertiggemacht wie alle anderen vor und nach ihm. Trotzdem war er – entschuldige den Ausdruck – ein seltener Vogel, ein einmaliger Fall. Er hielt länger durch als vorgesehen und konnte besser einstecken als der härteste Politiker. Weißt du warum? Weil er keine Angst vor dem Tod hatte. Das bezeich-

189

*neten wir damals unter uns als »dummes und scheinheiliges
Benehmen«; denn jeder fürchtet den Tod, das kannst du mir
glauben. Die Menschen müssen und wollen doch leben. Aber
dein Vater war anders. Sei stolz auf ihn, mein Junge.*

*Ich erinnere mich daran, als sei es gestern gewesen. In jener
Nacht hatte man ihn ganz schön fertiggemacht. Er konnte sich
nicht mehr auf den Beinen halten. Sein Körper war geschwollen und blutüberströmt, wenn du dir eine solche Szene
vorstellen kannst. Dennoch widersetzte er sich – ich weiß nicht
einmal mehr welchem Ankläger. Er weigerte sich, das Sitzungs-
protokoll zu unterschreiben. Der Untersuchungsrichter bot
ihm eine Zigarette an – das machen sie alle. Dein Vater lehnte
ab, außerdem hätte er sie gar nicht in den Mund stecken
können, denn der war eine einzige Wunde. Der andere redete
ihm gut zu und tat so, als habe er Mitleid mit ihm:*

*»Warum spielst du den Unvernünftigen, Kossower? Warum
bist du so starrköpfig? Du kannst nichts gewinnen in diesem
Spiel. Warum willst du unbedingt leiden? Erklär mir das doch
mal.«*

*Der Untersuchungsrichter schien wirklich interessiert zu
sein. Dein Vater merkte es und bemühte sich, aufrecht zu
stehen:*

»Gut, dann will ich es Ihnen erklären.«

*Das Sprechen tat ihm weh, Zunge und Gaumen schmerzten.
Er schluckte den blutigen Speichel herunter und sagte:*

*»Ich bin Dichter, Genosse Richter. Und ein jüdischer
Dichter muß seine Würde bewahren.«*

*Und weißt du, mein Söhnchen, daß mich das völlig verblüfft
hat? Und den Richter ebenfalls. Wir waren beide sprachlos.
Und weißt du auch, daß ich damals anfing, die Dichter zu
achten? Wegen deines Vaters, dieses verflixten Kerls. Ich habe
angefangen, seine Gedichte zu lesen und für dich abzuschreiben. Ja, mein Söhnchen, durch deinen Vater habe ich die
Poesie entdeckt.*

*Weißt du, vorher brachte ich keine Geduld für solche
Federfuchser auf. Wie kann man bloß einzig und allein von
Wörtern leben, fragte ich mich. Jetzt weiß ich, daß man es
kann.*

*Deinem Vater verdankte ich auch eine andere Entdeckung.
Ich begann, mir Fragen zu stellen, wobei sich eine aus der*

190

anderen ergab. Wie kann ein Mensch sein Leben lang einen anderen Menschen schlagen und dauernd sein Stöhnen und Schreien anhören? Wie kann er sich am Abend schlafen legen und am Morgen wieder aufstehen mit dem Bewußtsein, daß sein Leben zwischen lauter Todesschreien abläuft? Du wirst lachen, Junge, ich arbeitete für einen Untersuchungsrichter, dessen Beruf es ist, Fragen zu stellen; aber am Ende war ich derjenige, der dank deines Vaters gelernt hatte, Fragen zu stellen.

Warum läßt man andere leiden, weißt du das? Ich habe Folterer gesehen, die dabei vor Vergnügen grinsten, und Kerle, die das Wimmern und Stöhnen ihrer Gefangenen genossen, und ich habe, was noch schlimmer ist, Beamte gesehen, für die alles nur eine Frage des Dienstes und der Pflicht war. Sagte man ihnen, sie sollten schlagen, dann schlugen sie, sie sollten auspeitschen, dann griffen sie zu Peitsche und Gummiknüppel und trieben ihre Opfer in den Wahnsinn. Sie taten nur ihre Arbeit, und diese Arbeit wurde vom Gesetz sanktioniert und bezahlt, mein Junge. Du kannst mich ruhig umbringen, aber ich begreife einfach nicht, wie man einen anderen Menschen, einen wehrlosen Menschen quälen und ihm weh tun kann, und zwar ganz ohne Grund, ich meine, ohne einen persönlichen Grund? Ich begreife es nicht. Ich weiß nicht, weshalb manche Menschen das Leiden zu ihrem Werkzeug machen und warum andere es ertragen. Warum die einen töten und andere sich töten lassen? Tatsächlich habe ich weder die Opfer noch die Henker verstanden und stand weder auf der Seite der einen noch der anderen. Nur bei deinem Vater war es anders. Das werde ich dir ein anderes Mal erklären. Ihm kam ich immer näher, und er brachte mich sogar zum Lachen, mich, der nie in seinem Leben gelacht hat.

Du hörst zu, siehst mich an und bist mir böse, stimmt's? Du tust mir unrecht. Ich habe nie auch nur einen einzigen Gefangenen geschlagen, ich habe nur notiert. Daß ich mich schuldig fühle, ist normal. Meine Schuld besteht darin, daß ich das Böse gesehen habe, daß ich dabei gewesen bin. Natürlich hätte ich protestieren, mich krank melden oder kündigen können, dann wäre ich am nächsten Morgen liquidiert worden, weil ich zuviel wußte. Ich hing am Leben, ich klammerte mich an das Leben, so bin ich nun einmal, mein

Junge, bin wie alle anderen. Ich habe noch nicht den Trick gefunden, mit dem man das Leben ersetzen kann, ich habe Angst vor dem Tod wie jedermann.

Du wirst es mir nicht glauben, aber ganz im Anfang schien dein Vater froh, ja sogar glücklich zu sein, daß er sich vor dem Untersuchungsrichter und an der Schwelle zu Schmerz und Tod befand. Die Dichter sind schon ein komisches Völkchen. Vielleicht möchten sie einfach alles erdulden und ertragen?

Zuerst machte er mir also Spaß. Er war noch bei guter Gesundheit, wenn er auch infolge der schlaflosen Nächte rote Augen hatte und etwas blaß aussah. Aber das war auch alles. Er stand aufrecht da und antwortete mit fester Stimme auf die Routinefragen: Name, Vorname, Vatername, Beruf. Ich amüsierte mich, weil er ... Paß mal auf. Der Untersuchungsrichter fragt ihn, ob er weiß, warum er verhaftet worden ist. Und dein Vater antwortet mit Ja. »Und warum?« fragt der Untersuchungsrichter weiter – »Weil ich ein Gedicht geschrieben habe.« Der Richter wäre beinahe vor Lachen geplatzt. Dein Vater sollte wegen Sabotage, Konspiration und Verrat angeklagt werden, man wollte mit seiner Hilfe versuchen, die größten Namen der jüdischen Literatur in Frage zu stellen. Und da kam er mit seinem Gedicht daher ... »Und wo ist nun dieses Gedicht?« sagte der Richter. »Kann ich es mal lesen?« – »Nein«, sagte dein Vater, »Sie können es nicht lesen.« – »Warum nicht?« – »Weil ich es in meinem Kopf habe, nur in meinem Kopf ...«

Er kam noch oft auf dieses Gedicht zurück, das er in seinem Kopf hatte.

Ja, dein Vater war wirklich ein toller Kerl.

Ich erinnere mich an seine erste Frage, die er dem Untersuchungsrichter stellte: »Wo bin ich?« Hast du das beachtet, Junge? Er fragte nicht: »Warum bin ich hier?« Das fragen alle Gefangenen, wenn sie ankommen – aber: Wo bin ich? Darüber hat er sich später ausgelassen: »Manche Menschen werden durch ihr Tun bestimmt«, erklärte er, »ich dagegen durch den Ort, an dem ich mich befinde.«

Dein Vater vegetierte in einer alten Festung unserer hübschen Stadt Krasnograd dahin, aber man hielt es geheim vor ihm. Manchmal ließ man ihn in dem Glauben, daß er in

Leningrad, Charkow oder Taschkent sei. Einmal wurde er in einen dieser Wagen gesteckt, die im Volksmund »Schwarze Raben« heißen. Man fuhr ihn stundenlang, mit häufigen Pausen unterwegs, kreuz und quer durch die Stadt. Als dein Vater in die Zelle zurückgebracht wurde, erkannte er sie nicht wieder. Ab und zu wurde der Untersuchungsrichter auch durch einen Kollegen ersetzt, der sich für ihn ausgab. Solche Tage sollten das Denken des Gefangenen verwirren, ihn verunsichern und schließlich dazu bringen, an sich selbst zu zweifeln. Jeden dieser Tage habe ich notiert, anfangs für die Herren, dann für deinen Vater. Ich habe alles festgehalten, den entsetzlichen Hunger, den wahnsinnigen Durst, sein zerstörtes Erinnerungsvermögen. Aber noch schlimmer war die Stille. Darüber hat dein Vater Notizen gemacht. Warte, hier sind sie.

Ich frage mich, wer wohl die Marter der Stille erfunden hat, die endlose Stille, die eine gnadenlose Prüfung ist. War es ein Verrückter oder ein Dichter des Wahnsinns oder der Strafe?

Als Kind in Barassy und als Heranwachsender in Ljanow empfand ich die Stille als etwas Erstrebenswertes. Ich träumte von ihr und bat Gott, mir einen stummen Meister zu nennen, der mich mit seiner Wahrheit – und seinem Wort –, aber ganz ohne Worte vertraut machte. Ich hockte stundenlang mit einem Schüler der chassidischen Schule von Worke zusammen, deren Rabbi die Stille zum System gemacht hatte. Die Gläubigen eilten nach Worke, um ihr Schweigen mit dem des Meisters zu vereinigen. Später bei Rabbi Mendel dem Schweiger versuchten wir, die Sprache zu überwinden. Um Mitternacht lauschten wir mit geschlossenen Augen, das Gesicht nach Jerusalem und seinem flammenden Heiligtum gerichtet, auf den Gesang seiner Stille. Es war eine himmlische, aber ganz gegenwärtige Stille, in der kein Laut und kein Augenblick erstirbt.

Kein Meister hatte mich darauf aufmerksam gemacht, daß die Stille etwas Unheilvolles und Böses sein konnte, daß sie Menschen zu Lüge und Verrat führen, zerbrechen und vernichten konnte. Kein Meister hatte mir gesagt, daß die Stille zum Gefängnis werden kann.

Sie, Genosse Richter, haben mir mehr beigebracht als meine Meister. In dieser Isolationszelle – das Wort ist trefflich gewählt; denn hier ist man nicht nur von der übrigen Menschheit, sondern auch von sich selbst getrennt – habe ich eine Stufe der Erkenntnis erreicht, von der ich schon lange nichts mehr hatte wissen wollen.

Anfangs fühlte ich mich hier wohl, es gefiel mir hier. Nachdem ich immer wieder geschlagen worden war und geschrien hatte und ständig aufrecht stehen mußte, empfand ich die Stille wie einen Zufluchtsort. Sie empfing mich, umgaukelte mich und hüllte mich ein.

Im zweiten Stockwerk wurde ich ohnmächtig, damit ich nichts mehr von den Fragen, dem Gelächter, den Beleidigungen, den Flüchen hören und die Gummiknüppel nicht mehr spüren mußte. Jeder Satz wuchs ins Riesenhafte, lastete schwer auf Kopf und Hirn, der Druck wurde unerträglich. Das geringste Geräusch, ja der kleinste Lidschlag dröhnte in mir wie in einer Metalltrommel. Die Sinne schwanden mir, ich versank ins Nichts. Es war, als ob jeder Gegenstand in diesem Raum sich bewegte und wie auf einem Jahrmarkt tanzte. Die Lampen schwankten, die Federn knirschten, die Vorhänge rauschten, die Stühle rutschten vor und zurück wie auf einem Schiff in Seenot. Ein menschliches Wrack, so wurde ich von einem Flur in den anderen gezerrt, über Treppen geschleift und schließlich in diese Zelle geworfen. »Von jetzt an kein Wort mehr, verstanden?« Das war die letzte menschliche Stimme, die ich wie ein fernes Echo vernahm. Von da an hörte ich keinen Laut mehr. Die Zeit schien stillzustehen, die Erde drehte sich nicht mehr, kein Hund bellte mehr. In der Ferne erloschen die Sterne. Die Welt der Menschen war auf ewig erstarrt. Und Gott auf seinem himmlischen Thron saß schweigend über seine stumme Schöpfung zu Gericht.

Als ich wieder zu mir kam, glaubte ich für einen Augenblick, daß ein furchtbarer Fluch alle Menschen getroffen hatte, keiner konnte mehr sprechen. Die Wächter glitten in Spezialpantoffeln von Tür zu Tür. Durch das Guckloch oder die halbgeöffnete Tür gaben sie mit Zeichen ihre Befehle, wann man aufstehen, sich schlafen legen oder etwas schlucken mußte. Die Welt ringsum hatte aufgehört zu atmen. Meine alten oder neuen, kraftlosen oder mutigen Nachbarn hörte ich nicht mehr an den Wänden kratzen oder tiefe

Seufzer ausstoßen. Kein Laut war zu hören, nichts. Da kroch die Angst auf mich zu. Ich begriff, daß die Stille eine Folter war, noch raffinierter und brutaler als die Verhöre.

Die Stille greift Nerven und Sinne an und zerrüttet sie. Sie wirkt auf die Phantasie und entzündet sie. Sie legt sich auf die Seele und füllt sie mit Nacht und Tod. Es stimmt nicht, was die Philosophen sagen, nicht das Wort tötet, sondern das Schweigen, die Stille. Sie tötet jedes Wollen, jede Leidenschaft, sie tötet jede Begierde und jede Erinnerung daran, sie dringt in den Menschen ein, beherrscht ihn und macht ihn zum Sklaven. Als Sklave des Schweigens ist man kein Mensch mehr.

Einmal – ich weiß nicht, ob es morgens oder abends war – hielt ich es nicht mehr aus und fing an, Selbstgespräche zu führen. Sofort ging die Tür auf, und der Wärter bedeutete mir durch ein Zeichen, daß ich aufhören sollte. Ich flüsterte: »Ich wußte nicht, daß das verboten war!« In Wirklichkeit war es mir bekannt, aber ich wollte mich diese Worte sagen hören; ich wurde von einem unbändigen Verlangen gepackt, eine menschliche Stimme zu hören – meine eigene oder die des Gefängniswärters, das war mir einerlei. Aber er ging mir nicht auf den Leim. Statt dessen bestrafte er mich und band mich mit einem dicken Strick an meinem Bett fest, wobei er mir mit dem Finger drohte: Daß mir das nicht wieder vorkommt, sonst ... Zwei Tage und eine Nacht blieb ich so angebunden. Die Schreie, die ich in meiner Brust unterdrückte, erstickten mich schier. Trotzdem tat ich es wieder, nicht weil ich ein Held, sondern weil ich am Ende war. Die Stille erdrückte mich. Ich fing an, ganz leise vor mich hin zu singen, aber nicht leise genug. Denn die Tür ging wie in einem Traum ganz lautlos auf, der Wärter schüttelte mißbilligend den Kopf und verklebte mir die Lippen mit Heftpflaster. Wenn das so weitergeht, dachte ich, wird Paltiel Kossower schließlich zur Mumie werden. Meinetwegen. Dann stelle ich mir eben vor, ich sei tot.

Nur daß die Toten in meiner Vorstellung nicht tot sind, sondern reden und rufen. Die gemordeten Juden von Barassy und Ljanow, die gefallenen Mitkämpfer in Spanien, die Männer und Frauen auf den vergessenen und verbrannten Friedhöfen beten, singen und klagen. Wie kann man sie zum

Schweigen bringen, wie ihnen klarmachen, daß ich um ihretwillen noch andere Strafen auf mich nehme?

Einmal überraschte mich der Wärter, als ich auf die Wand starrend mit dem Kopf nickte. Und wieder wurde ich bestraft. Er gab mir zu verstehen, daß es verboten war, mit der Mauer zu sprechen, nicht einmal in Gedanken. Ich mußte mein Schweigen nach innen verlegen; Denken und Körper bildeten einen einzigen starren Block, es gab keine Gespräche, keine Reden, keine Erinnerungen mehr, keine Herausforderungen. Ich *sah*, wie ich stöhnte, ich *sah* mich in Todesnöten, *sah*, wie ich schrie oder wimmerte, diese Bilder setzten sich aber nicht mehr um in Worte.

Der Rabbi von Worke ist im Irrtum. Er sagt, der lauteste Schrei ist der, den man zurückhält. Nein, es ist der, den man nicht hört, es ist der Schrei, den man *sieht*.

In dem Maße, wie die Zeit verging, nahm das Leiden an Stärke zu. Aber verging die Zeit denn wirklich? Verursacht die dahinströmende Zeit denn nicht ein lautes Geräusch?

Ich wußte nicht, daß man an Schweigen und Stille sterben konnte, wie man vor Schmerz, Kummer, Hunger, Ermüdung, an einer Krankheit oder aus Liebe sterben kann. Und ich begriff, warum Gott Himmel und Erde erschaffen, den Menschen nach seinem Bilde geformt und ihm das Recht und die Fähigkeit verliehen hatte, seine Freude und seine Angst mit Worten auszudrücken.

Gott selber fürchtete sich vor der Stille.

Trotzdem, mein Junge, überstand dein Vater diese Prüfung.

Und dank einer genialen Idee des Untersuchungsrichters, der die Ehre hatte, mein Chef zu sein, lernte Paltiel Kossower ein gewisses Glück kennen. Ich weiß, das klingt idiotisch. Kann man im Gefängnis überhaupt glücklich sein? Aber stelle diese Frage einmal denen, die dort schmachten, und einige werden dir sogar antworten: »Kann man denn anderswo glücklich sein als im Gefängnis?«

Das Glück ist eine äußerste Probe, auf die der Gefangene gestellt werden kann. Der Untersuchungsrichter verstand sich darauf, und dein Vater, mein Kleiner, tappte in die Falle. Solltest du ihn deswegen weniger schätzen, tust du ihm unrecht. So stark ist kein Mensch. Unser von den Gefährten

196

und Schülern des großen Wladimir Iljitsch errichtetes System, das mehr als drei Jahrzehnte lang von Spezialisten der Folter erprobt wurde, wird mit jedem Oppositionellen fertig.

Unsere Experten beherrschen die Kunst, dem ehemaligen Minister so gut wie einem abgesetzten hohen Funktionär oder einem in Ungnade gefallenen Kommissar das Rückgrat zu brechen. Sie wissen, wie man mißtrauische Politiker und überzeugte Anhänger besiegt und sie gefügig macht. Ich habe genug solcher Leute gesehen! Gestern noch waren sie berühmt und mächtig, heute werfen sie sich auf die Knie, winseln und plappern die Reden nach, die man für sie vorbereitet hat, ohne sich zu erinnern, daß es gar nicht ihre eigenen Reden sind.

Nicht so dein Vater, wie ich bereits gesagt habe. Nach drei schlaflosen Tagen und Nächten, nach drei Nächten und drei Monaten der Angst warf der Untersuchungsrichter ihm irgendeinen Namen als Köder an den Kopf, um ein Gespräch einzuleiten. Und dein Vater antwortete:

»Von wem sprechen Sie, Genosse Richter? Von einem Lebenden oder einem Toten? Ich kenne nur die Toten.«

Und der Richter, mein sadistischer Chef, mußte an sich halten, um ihn nicht auf der Stelle zusammenzuschlagen. Stur wie ein Maulesel war dein Vater, zu nichts zu bewegen. Um nicht durch die Beteuerung seiner Unschuld auf die abschüssige Bahn der Geständnisse zu geraten, blieb er von Anfang an hart. Das Verhör zog sich endlos hin. Glaubte er, auf diese Weise seine Haut zu retten? Er war zu intelligent und klarsichtig, um nicht zu wissen, daß sein Schicksal mit oder ohne Geständnis besiegelt war; denn er hatte bereits eine Begegnung mit dem »Gentleman vom vierten Keller« gehabt. Trotzdem leistete er Widerstand. Das war ein einmaliger Fall in unseren Annalen. Er brachte als einziger unseren Apparat zum Scheitern und war sich dessen bewußt. Um den Richter, der bereits außer sich vor Wut war, zu beruhigen – mein armer Chef befand sich am Rande eines Nervenzusammenbruchs –, erklärte dein Vater ihm einmal:

»Warum regen Sie sich denn so auf, Genosse Richter? Weil ich es wage, meinen Willen dem eurigen entgegenzusetzen? Sollte ich der einzige sein, der das tut? Sie haben so viele Siege davongetragen, billigen Sie mir doch eine Ausnahme von der Regel zu, und beenden Sie das Kapitel.«

»Ich kann nicht.«

»Denken Sie an alle, die Sie bezwungen haben, dann kommt Ihnen mein Fall bedeutungslos vor.«

»Ich kann nicht, eben deinetwegen nicht. Die anderen Fälle sind nicht so wichtig.«

Da verzog dein Vater unter seinem schmutzigen verfilzten Bart den Mund zu einem Lächeln:

»Das erinnert mich an das Buch von Esther.«

»Esther? Wer ist das?« rief der Untersuchungsrichter. »Sie hat ein Buch geschrieben? Wo wohnt sie?«

»Sie irren sich, Genosse Richter. Das Buch von Esther stammt aus der frühesten Geschichte ...«

Und fing an, uns von dem alten König, seinem Ratgeber Hamman und der schönen Jüdin zu erzählen ... weshalb Hamman den Mardochai so haßte, das erklärte dein Vater so:

»Weil dieser einsame Jude der einzige war, der sich weigerte, ihn zu grüßen. Hamman sagte es ganz offen: ›Wenn ich ihn so aufrecht und würdig und anders als die übrigen erblicke, wird alles andere unwichtig. Angesichts seiner Weigerung sind die Ehren, die die anderen mir erweisen, völlig wertlos!‹«

Dein Vater unterbrach seine Bibelstunde, um seine trockenen Lippen anzufeuchten:

»Aber Sie, Genosse Richter«, fuhr er fort, »Sie leben in der Gegenwart und nicht in einer längst vergangenen Geschichte; ziehen Sie also eine Lehre aus dem Mißgeschick Hammans; denken Sie an sein Ende ... ja vor allem an seine Siege, und gönnen Sie mir die meinen ...«

Ich kann dir sagen, Junge, er reizte uns bis zur Weißglut. Wir bereiteten seinen Prozeß vor, und er kam uns mit diesem Hamman!

Aber mein Chef hat ihn trotzdem mürbe gemacht. Wenn ich dir sagte, wie er es angestellt hat, wirst du behaupten, das sei erfunden, sei Jägerlatein, aber ich erfinde nichts, mein Lieber. Mein Beruf hat mich geprägt, ich stelle alles wie in einem Polizeibericht dar. Reine Tatsachen. Also höre zu. Der Richter hat ihn dadurch so weit gebracht, daß er an den Schriftsteller appellierte ... Verstehst du das, Junge? Die Stärke deines Vaters beruhte auf seinem Talent als Schriftsteller, und dem Richter gelang es, hier seinen schwachen Punkt zu treffen. Als einfacher Arbeiter oder als städtischer Bediensteter wäre dein

Vater nicht schwach geworden, aber dann hätte man ihn natürlich auch nie eingesperrt ... Jedenfalls hat der Richter ihn schließlich doch noch erwischt und ganz schön erwischt. Mein Chef war eben noch gewitzter als dein Vater. Eines Nachts, nach einem besonders langen und anstrengenden Verhör, tat der Richter so, als sei er völlig erschöpft, und sagte:

»Ich gebe auf. Du bist stark, viel stärker, als ich dachte. Keine unserer Methoden hat sich als wirksam erwiesen. Das steht fest. Ich mache dir deshalb einen Vorschlag. Du bist doch Schriftsteller, schreibe also. Schreibe irgend etwas, irgendwie und irgendwann. Ich verspreche dir, dich nicht mehr zu belästigen. Du sprichst nicht von den Lebenden, das ist sehr gut. Schreibst du Gedichte, um so besser. Was ich brauche, ist etwas, womit ich eine Akte füllen kann, ich muß zu meinen Vorgesetzten sagen können, sehen Sie, jetzt hat er seine Beichte abgelegt.«

Er schenkte deinem Vater ein freundliches Lächeln, ohne daß dieser in seiner Erschöpfung merkte, was dahintersteckte:

»Ich an deiner Stelle würde die Geschichte meines Lebens schreiben. Warum denn nicht? Welche Aufgabe für einen Schriftsteller! Stimmt's? Ich gebe dir die Zeit und die nötigen Mittel dazu ... Welcher Autor, der diesen Namen verdient, würde ein solches Angebot ablehnen?«

Gut gemacht, Untersuchungsrichter. Bravo, Chef. Paltiel Kossower hatte einen schwachen Punkt, und den hatte der Richter getroffen. Er hatte deinen Vater regelrecht eingewickelt, und der ließ sich manipulieren. Mein Idol wurde zu einer Marionette. Der Schriftsteller in ihm erlag der Versuchung des Schreibens, dem geheimnisvollen Ruf des Wortes. Der Dichter wurde weich, während der Mensch hart und unerbittlich bleiben wollte.

Der Richter ließ ihm Bleistift und Hefte bringen. Die Lieferung erfolgte sozusagen frei Haus. Dein Vater, der trotz allem vorsichtig war, weil er eine neue List befürchtete, ließ alles eine Woche lang unberührt. Aber die Worte bedrängten ihn und wollten heraus. Er begann zu schreiben. Zuerst ein unschuldiges Gedicht, dann ein zweites. Dann Gedanken über die Einsamkeit, über die Freundschaft. Dann einen Brief an seine Frau, einen anderen an seinen Sohn. Und schließlich ein ganz persönliches Tagebuch, dem er den Titel gab: Mein

Testament... eben das, mein Sohn, was wir in diesem Augenblick lesen. Sei nicht so neugierig: Ich habe es verschwinden lassen, und eines Tages werde ich dir sagen, wie und warum, aber das ist eine andere Geschichte.

Dein Vater schrieb nun also, und sein Werk erlebte einen tollen Erfolg. Der Untersuchungsrichter las nichts anderes mehr. Jeden Abend brachte man ihm die eng beschriebenen Seiten. Er studierte sie, als ob es sich um ein Jahrhundertbekenntnis handelte. Er machte sich Notizen, verglich Namen und Daten, machte sich Auszüge und übergab sie mir, damit ich sie zu der Akte legte, die in einem unserer noch nie aufgebrochenen und nicht aufzubrechenden Tresore deponiert war.

Nur ein Beispiel, wie das lief. Die Stellen, die Wolf-Petja-Paul betrafen, machten die Runde durch mehrere Dienststellen. Wenn Stalin erwähnt war, wurde die Akte mit Dringlichkeitsvermerk an Abakumow weitergeleitet, der Berija persönlich darüber Bericht erstattete. Der verlangte eine Erweiterung der Untersuchung und als erstes die Verhaftung von Ehrmanski, dem Verantwortlichen des NKWD in Paris in den dreißiger Jahren, wegen mangelnder Wachsamkeit... Du kannst dir nicht vorstellen, Junge, was für einen Wirbel diese schmutzige Affäre bei uns hervorrief. Unseren »Organen« ist es nicht gelungen, diesen Saukerl zu schnappen. Es wurde in allen sozialistischen Republiken pausenlos nach ihm gefahndet, er wurde aufgefordert, sich zu stellen, wurde in jedem nur möglichen Milieu verfolgt, und es mußte tagtäglich einem wütenden Abakumow gemeldet werden, daß Ehrmanski nicht zu fassen war... Erst viele Wochen später wußte man den Grund. Er war in Paris von seinem Helfer, einem Spitzel von uns, liquidiert worden, bevor er jemanden verraten konnte. Ja, wir bespitzelten unsere Spitzel, das war die Regel, und unsere Henker endeten wie ihre Opfer durch Genickschuß. Auch die Henker sind nicht unsterblich.

Manchmal fühlte sich dein Vater besonders inspiriert, dann entstand ein Lied, das ich mit Vergnügen las, es brachte mich auf andere Gedanken. Nicht immer verstand ich die Gedichte deines Vaters, aber ich mochte sie trotzdem. Dem Untersuchungsrichter gefielen sie dagegen überhaupt nicht, sie verdarben ihm die Stimmung.

200

Einmal war ich sogar, wenn es dich interessiert, richtig erschüttert. Dein Vater hatte gerade ein philosophisches Gedicht vollendet, von dem ich kein Sterbenswörtchen verstand. Der Richter auch nicht, aber er beglückwünschte ihn wie üblich. Plötzlich drehte dein Vater den Kopf zur Seite, als wollte er sich verstecken.

»Was ist los mit dir!«

»Nichts, Genosse Richter.«

»Fühlst du dich nicht gut?«

»Doch. Nur etwas schmerzt mich. Es wird mir auf einmal etwas klar, und das schmerzt mich. Mein Sohn ... mein Sohn wird nie etwas von mir lesen.«

Und ich, der keinen Sohn hat, spürte, wie eine eiserne Faust mein Herz umklammerte. Ich hatte Tränen in den Augen und habe doch noch nie in meinem Leben geweint. Ob das der Grund für mich war, hier und da eine Seite zu stehlen und in meiner Schublade zu verstecken, wo selbst der Teufel sie nicht finden würde, und dabei zu denken: Man kann ja nie wissen?

Der Richter, raffiniert wie immer, bemühte sich, deinen Vater zu beruhigen: »Ein Schriftsteller«, sagte er ihm, »darf beim Schreiben nie an seinen Leser denken, für ihn hat nur seine Wahrheit zu zählen. Schreib also die Wahrheit, Paltiel Gerschonowitsch, und dein Sohn wird dir eines Tages dankbar dafür sein.«

So hatte dein Vater zwei aufmerksame Leser: Ich liebte die Geschichte, und der Richter konzentrierte sich auf die Namen. Bevor ich die Hefte ordnete, trug ich die Namen in die alphabetische Kartei ein, die immer auf dem laufenden sein mußte: Inge, Paul, Traub, Pinsker ... Dann die in der Sowjetunion bekannten oder unbekannten Dichter und Schriftsteller, die wie er im Gefängnis saßen.

In dieser Kartei gab es auch einen Namen, der uns buchstäblich verrückt machte und in Rage brachte. Wir hätten jedesmal laut aufschreien können, wenn dein Vater und Dichter genußvoll diese unglaubliche Person erwähnte, die immer zufällig an den unmöglichsten und ungewöhnlichsten Orten auftauchte, auf dem Markt von Odessa oder in einem Pariser Bordell. Du weißt, von wem ich spreche, von diesem David Abulesia, wenn das überhaupt sein richtiger Name war.

Wenn du wüßtest, mein Junge, wie viele Agenten wir ihm

wochen- und monatelang auf den Hals geschickt haben, ohne die geringste Spur von ihm zu entdecken. Abakumow hatte eigenhändig den Befehl unterzeichnet, daß er festzunehmen, zu entführen und ihm auszuliefern sei, koste es, was es wolle ... Abakumow war überzeugt, daß der Freund deines Vaters ein internationales und sehr weitverzweigtes Agenten-netz leitete und seine Leute bis in den Kreml, bis in die Umgebung von ... geschleust hatte. Unsere Dienststellen schickten die feinsten Spürnasen los, aber das Ergebnis war gleich Null. David Abulesia machte sich über die Welt lustig und am meisten über uns.

Weißt du, daß er es sogar fertigbrachte, deinem Vater nach Spanien zu folgen – mitten im Bürgerkrieg!

Das Testament
des Paltiel Kossower

(Fortsetzung)

Ich kenne diesen Ort, ich kenne diesen Himmel, kenne diese Stadtmauern, Wände, Innenhöfe und Bäume. Dieser Gedanke beherrschte mich wie ein Traumbild, das ich im Fieberwahn ganz deutlich gesehen hatte.

Nach einem Ausbildungslehrgang in Albacete bummelte ich nun allein oder mit Kameraden durch Barcelona, und die Landschaft kam mir überraschend vertraut vor. Wann hatte ich je eine solche Sehnsucht empfunden, wenn ich irgendwo angekommen oder abgereist war? Ich schlenderte durch die Straßen der oberen Stadt und wäre am liebsten vor einem der Fenster stehen geblieben, um mit einer Frau zu plaudern, die mir aus ferner Vergangenheit zugelächelt hatte. Ich ging über die Friedhöfe, die immer meine bevorzugten Ziele waren, und entzifferte die halb verwitterten hebräischen Inschriften. Auf diese Namen, Geburts- und Todesdaten schaute ich, als seien sie mit meiner Vergangenheit, mit meiner Existenz als Mensch verknüpft.

Es tat mir leid, daß ich meinen Eltern nicht die Wahrheit schreiben durfte; es war mir verboten, sie über meinen Einsatz bei den Brigaden zu informieren. Meine Briefe übergab ich einem Mittelsmann, der sie nach Frankreich brachte und in Paris aufgab. Meine Adresse lautete immer noch: Bei Scheina Rosenblum. Schade, daß ich meinem Vater nicht von Spanien erzählen konnte!

Als Kind hatte ich mich mit der Geschichte der spanischen Juden beschäftigt, mit ihren Philosophen, Dichtern, Gelehrten und Ministern in der Zeit des Glanzes und in den Zeiten der Bedrängnis, und ich hatte sie in mein Herz geschlossen. Ich fand Abulefia von Saragossa mit seinem messianischen Wahn, Jehuda Hallevi mit seinen poetischen Visionen wieder, Schmul Hanagid und seinen Umkreis, Don Itzhak Abravanel und seine Glaubenszeugnisse. Ich sah mich mitten unter meinen Brüdern, als sie gezwungen waren, zwischen Auswandern und Abschwören zu wählen. Ich trat auf die Seite derer, die fortgingen, und derer, die blieben. Ich verstand sie beide, die einen machten mich traurig, die anderen stolz, und beide Empfindungen bereicherten mich. Ich fühlte mich hier zu Hause, als wäre ich in Ljanow gewesen.

Und dieser grausame, schreckliche, aber unbedingt notwendige Krieg, an dem ich teilnahm, war, mehr als ich dachte, auch mein Krieg.

Wenn jeder Krieg ein Wahnsinn ist, dann ist ein Bürgerkrieg, ein Bruderkrieg, der schlimmste von allen; er übertrifft alles an Häßlichkeit, Grausamkeit und Sinnlosigkeit. Er gleicht einem Menschen, der sich aus Selbsthaß selbst zerfleischt, der sich selbst umbringt, um den Feind in sich zu töten.

Ja, ich hätte zu gerne über all das mit meinem Vater gesprochen und ihm gesagt, daß der Jude in mir eine ältere Erinnerung besaß als der Kommunist. Der Kommunist wich dem Talmudisten. Während des nächtlichen Wartens an der Front oder im Hinterland, während der langen Nachtwachen von Toledo bis Córdoba, von Madrid bis Teruel dachte ich mehr an jüdische Kantoren des Goldenen Zeitalters als an marxistische Ideologie. Mein erstes Gedicht, das ich unter dem stürmischen Himmel Spaniens verfaßte, wandte sich an Abraham Abulefia, den unglücklichen falschen Messias, der unfähig war, sich seinen Brüdern zu erkennen zu geben, und sich nach Rom begab, mit der Absicht, beim Papst sein Glück zu versuchen und ihn zum jüdischen Glauben zu bekehren.

> Den Papst bekehren?
> Warum den Papst,
> armer Abraham,
> du unschuldiger Träumer?
> Doch sage mir, Bruder,
> angenommen, du hättest Erfolg,
> angenommen, der Papst
> hätte mit kühnem Mut
> die Partei Joschuas
> ergriffen
> gegen Christus,

hättest du dann
die Schlacht gewonnen?
Es hätte in der Welt
einen Juden mehr gegeben,
und sonst nichts,
einen Juden,
den ein anderer Papst
auf den Scheiterhaufen
geschickt hätte.

(Aus dem Jiddischen)

Zwischen den schmutziggelben und grauen Ruinen eines
Friedhofs sah ich eines Morgens einen Grabstein, dessen
Inschrift mich erschauern ließ: Paltiel Gerschons Sohn, gebo-
ren am 15. Tag des Monats Kislew 5218 und zu seinen Vätern
zurückgekehrt am 7. Tage des Monats Nisan 5278 ...
Uns Juden kommen alle Friedhöfe vertraut vor.

Entgegen meinen Befürchtungen machte Scheina kein Theater, als ich ihr meinen Entschluß mitteilte, mich zu verpflich-
ten. Sie brach nicht in Tränen aus, drohte nicht mit Selbstmord und preßte mich nicht an ihre Brust, um mich von
meinem Entschluß abzubringen. Sie erklärte im Gegenteil,
daß sie begeistert und stolz sei.
»Du wirst Gedichte schreiben«, sagte sie ganz aufgeregt. »Du
liest sie mir später vor, und wir werden miteinander schlafen.«
»Und wenn ich nicht zurückkomme?«
»Es wird immer jemanden geben, der mir seine Gedichte
vorliest und mit mir schläft«, sagte sie lachend und lud mich
ein, näherzukommen und ihre Lippen zu bewundern.
Sie kaufte mir einen Rucksack, Unterwäsche und Hemden,
Taschentücher und – einem plötzlichen Einfall folgend – eine
Pfeife.
»Aber ich rauche doch nicht Pfeife, Scheina!«
»Bist du nun ein Dichter oder nicht? Dichter, die in den
Krieg ziehen, rauchen Pfeife. Verstanden?«
Wir arbeiteten einen genauen Plan aus, wie sie mir die
Briefe und Überweisungen meiner Eltern nachschicken könn-

te. *Werde ich Scheina wiedersehen?* Eines Tages. Nach dem Krieg. Nach dem Sieg. Wir tauschten Wünsche und Versprechen aus, und an einem regnerischen Abend begab ich mich zur Gare d'Austerlitz.

Bevor ich in den »Zug der Freiwilligen« stieg, mußte ich an meine Abreise von Berlin denken; auch dort war niemand auf dem Bahnsteig gewesen, um mir gute Reise zu wünschen.

Das Abteil war vollbesetzt, aber ich schlief trotzdem die ganze Nacht. In Perpignan wartete ein schäbiges Hotel auf uns. Immer dasselbe! Es war wohl mein Schicksal, nie ein Palast-Hotel von innen zu sehen.

Wir durften nicht ausgehen, uns nicht unter die übrigen Hotelgäste mischen, uns nicht zu erkennen geben und keine Aufmerksamkeit erregen.

Es war schon eine merkwürdige Sache, daß ich nach Spanien zurückkehrte, das meine Vorfahren verlassen hatten.

Ich schrieb einen Brief an meinen Vater. Es ginge mir ausgezeichnet: »Wie Gott in Frankreich« oder wie man in Odessa sagte: »Wie Gott in Odessa.«

Der Mann, der uns über die Grenze bringen sollte, fand sich kurz vor Mitternacht im Hotel ein. Wir waren etwa zwanzig, die er führen sollte, darunter zwei Krankenschwestern, ein Amerikaner, der mein Foto in einer jüdisch-kommunistischen Zeitung in New York gesehen hatte, Deutsche, Österreicher, ein englischer Journalist ... Es waren ehemalige Soldaten, Ingenieure, Bombenexperten darunter und ein einziger Dichter.

Der Mann kannte die Pyrenäen wie ich den Garten meines Vaters in Ljanow. Jeder Weg und Steg, jeder Bach, jeder Fels war ihm vertraut. Er wußte genau, wann und an welcher Stelle die Grenzposten auftauchten, er schien sogar imstande zu sein, vorauszusagen, worüber sie sich unterhalten und in welche Richtung sie gehen würden, wenn sie austreten mußten. Innerhalb von fünf Minuten hatten wir die Grenze überschritten. Ein neuer Führer nahm uns in Empfang und begleitete uns zum Lager in Albacete, wo eine erste Sichtung nach Beruf, Wünschen und Fähigkeiten der Rekruten vorgenommen wurde. Ich mußte ganz von vorn anfangen. Ich hatte keinen Beruf, und als Kämpfer taugte ich nicht viel. Ich wurde deshalb zum Lager »Leningrad« bei Barcelona geschickt, wo ich den Umgang mit leichten Waffen lernen sollte, wie man eine Handgranate warf, ohne sich selbst zu verletzen, und wie man nach kommunistischer Methode bei Beschuß vorrückte, ohne je zurückzuweichen. Ich gab mir die größte Mühe, um Sanchez – das war mein Deckname – keine Schande zu machen, aber meine Ausbilder waren sehr bald entmutigt und erkannten schnell, daß ich zwei linke Hände hatte, keine Kämpfernatur war und nicht für das edle Waffenhandwerk geschaffen. So kam ich zur Abteilung »Propaganda und Kultur«.

Von diesem und von allen anderen Lagern, in denen ich mich während meines Aufenthalts im republikanischen Spanien aufgehalten habe, sind mir eine Unmenge Erinnerungen geblieben, gute und schlechte, bedrückende und begeisternde. Die Kameradschaft, der Mut und die brüderliche Gesinnung von Männern und Frauen, die Haus und Familie verlassen hatten, um dieses Land der Freiheit zu verteidigen; ich bin stolz darauf, daß ich sie gekannt habe, deren Seelengröße man nicht genug preisen kann. Ärzte und Taxichauffeure, Universitätsprofessoren und Weinbauern, enttäuschte Intellektuelle und idealistische Arbeiter, junge romantische Mädchen und entschlossene Kämpfer eilten von nah und fern, aus friedlichen und friedlosen Ländern herbei, um Franco daran zu hindern, die Schönheit mit Füßen zu treten und ein edles opferbereites Volk in den Schmutz zu ziehen. Kommunisten und Anarchisten waren Duzfreunde, halfen sich gegenseitig und teilten alles miteinander. Sie sangen gemeinsam oder für sich allein, sangen am Abend an den Lagerfeuern oder in ihren Baracken, sangen Flamencos und russische Weisen, sangen auf französisch, jiddisch und englisch. Sie berauschten sich an Parolen, an Geschichten und an ihrer Hoffnung. Sie fühlten sich von der Weltgeschichte aufgerufen zum Kampf gegen die Barbaren, sie fühlten sich stark und rein wie Heilige, die eine Sache heiligen wollten, die von ihnen verlangte, zu töten und zu sterben. Sie sind noch zu jung, Genosse Richter, Sie können es deshalb nicht wissen ... Damals gab es noch Platz für Hoffnung und Freundschaft.

Doch es gab auch tiefe Niedergeschlagenheit und Entsetzen, mehr als in den vorangegangenen Konflikten. Dieser Krieg wurde zu einem Teufelskreis, zu einem selbstmörderischen

Kampf, zum Kampf eines Volkes gegen seine eigene Existenz. Sicher gab es einen prinzipiellen Unterschied, was Überzeugung und Ideale betrifft. Die Unseren kämpften für die Würde des Menschen, die andere Seite für die Unfreiheit des Geistes. Doch die Grausamkeit war auf beiden Seiten gleich groß.

Unweit Córdobas, in einem von den Unsern zurückeroberten Dorf, habe ich gesehen, was die Faschisten mit ihren Gefangenen gemacht hatten, ich sah Leichen, die in obszöner Weise verstümmelt waren. Ich habe sie aufeinandergeschichtet in der *Casa del pueblo* gesehen, und sie haben mich im Traum verfolgt. Wenn ich mit einer Frau zusammen war und an diese Szenen dachte, erstarb jede Begierde in mir. Ich habe kastrierte Männer, Frauen mit aufgeschlitzten Leibern gesehen, einmal sah ich drei Rote, die im gleichen Brunnen ertränkt worden waren, den Kopf nach unten, die Beine auf dem Brunnenrand. Niemals habe ich einen solchen Abscheu empfunden, nie habe ich so sehr gehaßt.

Ich habe eine Gruppe von Männern gesehen, die bis zu den Augen eingegraben waren; drei an den Ästen der gleichen Platane aufgehängte Gefangene; andere, die vor Hunger oder Schmerzen wahnsinnig geworden waren. Die Faschisten spielten mit ihren Opfern, bevor sie sie töteten. Es waren sadistische Spiele, die auch nach dem Tod ihrer Opfer nicht zu Ende waren.

Als guter Propagandist besuchte ich die einzelnen Hundertschaften und Brigaden. Mein Haß feuerte sie an. Unsere Sache ist gerecht, rief ich aus, denn die Grausamkeiten unserer Feinde sind so furchtbar, daß der Mensch sich schämen muß, ein Mensch zu sein.

Damit wird nicht behauptet, daß die Unsrigen – die Regierungstreuen – sich durch maßlose Nächstenliebe von ihnen unterschieden hätten. Zerstörte Kirchen, gekreuzigte Priester und gevierteilte Nonnen habe ich ebenfalls gesehen und werde den Anblick nie vergessen.

Ich erinnere mich an eine Kirche irgendwo in der Gegend von Teruel. Die Marienstatue lag am Boden, daneben eine junge Frau, tot, mit hochgeschobenem Rock und auseinandergerissenen Beinen. Neben ihr eine andere Statue und daneben wieder eine vergewaltigte junge Frau. So ging es weiter von der Vorhalle bis zum Altar.

Die internationalen Freiwilligen hingegen führten sich anständig auf. Lag es daran, daß in ihren Reihen sehr viele Juden waren und daß die Juden nicht imstande zu sein scheinen, solche Schandtaten zu begehen, selbst dann nicht, wenn sie Rache üben wollen? Die Sterns, die Groß, die Frenkels, die Steins, die aus den entferntesten Gemeinden Ungarns, Rumäniens oder Polens kamen, zeigten Großmut gegenüber den Besiegten. Daß sie Grausamkeiten verabscheuten, hätten sie niemals ihrer jüdischen Herkunft zugeschrieben, sondern vielmehr ihrer marxistischen Ideologie. Aber ich bin sicher, daß es so ist. Ich *weiß* es. Sehen Sie, auf die roten Spanier, auf die roten Milizen, wie sie hießen, hatte diese Ideologie keinerlei Wirkung. Bei allem Respekt, Genosse Richter, obwohl sie doch gute Kommunisten waren, verübten sie dieselben Schlächtereien wie die, denen sie gegenüberstanden. Der Verlauf des Krieges mit seinen Massenerschießungen, Folterungen und Schändungen der Heiligtümer ließ mir das Blut in den Adern gefrieren.

Jawohl, Genosse Richter, beide Seiten gaben sich einem abscheulichen schändlichen Kult hin, dem Menschenopfer dargebracht wurden. Das Kriegsgeschrei lautete jeweils anders, aber das Resultat war das gleiche. *Arriba España, No pasaran* waren Parolen des Hasses, an denen Blut und Tod klebten.

Im Kampf aber waren meine Kameraden bewundernswert, wurden zu Helden im Feuer des Feindes. Einer gegen zehn, Gewehre gegen Maschinengewehre, Maschinengewehre gegen Kanonen, so führten sie ihre weiträumigen Operationen durch und bewiesen eine unglaubliche Tapferkeit. In keiner Situation gaben sie die Hoffnung auf, keine Stellung wurde kampflos geräumt. Manche Anhöhe wechselte in einer einzigen Nacht sechsmal den Besitzer, und die Unsern wichen erst, wenn sie keine Munition mehr hatten oder fast aufgerieben waren. Das habe ich mit eigenen Augen gesehen, vor allem das, nicht das andere.

Ich verstand ihre Tapferkeit und ihre Todesverachtung, aber nicht ihre Grausamkeit. Konnte der Mensch gleichzeitig Größe zeigen und bestialisch sein? Konnte das Böse ebenso wie das Gute eine Triebkraft für ihn sein? Konnten Rachedurst und Solidarität ihn gleichermaßen verführen? Das verstand und verstehe ich immer noch nicht. Wenn ich den verhaßten faschistischen Terror anprangerte, mußte ich auch die rote Grausamkeit ablehnen. Die russischen Kameraden, die ich in Barcelona traf, versicherten mir: »Bei uns hat sich das ganz anders abgespielt. Den Weißen, den Söldnern von Koltschak und Wrangel, ist es nicht gelungen, uns ihre Methoden aufzuzwingen; die Ehre der Roten Armee ist fleckenlos geblieben ...« Aber weshalb war es denn in Spanien anders? War unsere Aufgabe weniger wert?

Damals konnte ich es nicht verstehen, aber jetzt, in dieser Zelle, in der Sie mich eingesperrt haben, habe ich über viele Dinge nachgedacht. Es mag verrückt klingen, Genosse Richter, aber die Grausamkeit in Spanien verstehe ich erst heute. Sie haben mit der jüdischen Geschichte zu tun. Lachen Sie ruhig, aber ich bin überzeugt, daß es eine Verknüpfung zwischen dem Bürgerkrieg und der jüdischen Geschichte gibt. Wenn die Spanier sich gegenseitig umgebracht und ihr Land mit Blut und Feuer überzogen haben, dann deshalb, weil sie 1492 ihre Juden verbrannt und verjagt haben. Es mag verrückt klingen, aber ich glaube daran, daß ihre Grausamkeit gegen uns sich gegen sie selbst gewandt hat. Es beginnt damit, daß man den anderen haßt und verfolgt, und endet damit, daß man sich selbst haßt und schließlich auslöscht. Die Scheiterhaufen der Inquisition reichen bis zum Auseinanderbrechen, bis zur Zerstörung Spaniens zur Zeit der Frankisten.

Natürlich gibt es eine rationalere Erklärung. Jeder Krieg setzt Kräfte des Wahnsinns frei. Einmal entfesselt, sind sie nicht mehr zu zügeln. Der Talmud sagt es: Man lasse den Würgeengel gewähren, und er wird ohne jede Unterscheidung wüten; er wird die Gottlosen und die Gerechten dahinraffen. In Kriegszeiten wird die Menschheit wahnsinnig.

Daran mußte ich während der Angriffe und Gegenangriffe in Spanien und später in Sowjetrußland denken. Menschen sanken stöhnend zu Boden und beschimpften und verfluchten den Feind oder den Himmel oder beide zusammen; aber sie beteten auch, schrien mit zusammenhanglosen Worten nach ihrer Mutter oder ihrer Frau, und ich sagte mir: Das ist doch Wahnsinn, völliger Wahnsinn.

Bin ich ein Romantiker oder ganz einfach ein Dummkopf? Der Tod in Kriegszeiten bringt mich immer wieder auf den Wahnsinn, einen metaphysischen Wahnsinn. Männer und

Frauen wachsen heran, lernen laufen, sprechen, lachen, freuen sich des Lebens und erkennen das Böse; unter Tränen und Mühen versuchen Männer und Frauen das Glück festzuhalten, ein bißchen Glück für sich selbst und ihre Kinder, sie bauen sich ein Haus und malen sich eine helle Zukunft aus, die natürlich auch dunkle Wolken, Gefahren und Überraschungen kennt, und dann plötzlich kommt ein Erwählter – ob ihr Erwählter, das ist die Frage –, erteilt einen Befehl, und alles nimmt einen anderen Verlauf. Die Handbewegung eines einzigen Menschen macht jahre- und jahrhundertelanges Streben und Hoffen zunichte... Die Unsterblichkeit stürzt sich in den Tod, und ich möchte schreien: Das ist doch Wahnsinn, völliger Wahnsinn.

Ich begleite Carlos, meinen deutsch-französisch-ungarischen Freund, der sich hier Carlos nennt, wie Stern sich Juan und Feldmann sich Artillerist Gonzales nennt. Alle diese Operetten-Namen kommen mir verrückt vor, wie lächerliche Masken, die man uns aufgesetzt hat, damit wir in die Schlacht eilen und vielleicht in den Tod gehen... Wen täuschen wir damit? Der Engel des Todes schert sich nicht um unsere Spiele; auch er wird murmeln, daß das Wahnsinn ist.

Ich begleite also Carlos nach Madrid. Die Hauptstadt wird belagert, wenn sie auch stark gelitten hat, so ist ihr Enthusiasmus doch ungebrochen. Die von allen Seiten bedrängte stolze Stadt scheint zu jubeln: *No pasaran.* Den Faschisten wird es nicht gelingen, schreit Madrid und weiß doch, daß diese Worte früher oder später vor den Gewehren keinen Bestand mehr haben, daß diese weiße, rote und purpurne Stadt früher oder später niedergeworfen, eingenommen, bestraft, besiegt und in die Knie gezwungen wird. Warum schreit sie: *No pasaran?* Um sich Mut zu machen? Weswegen aber antworten hundert andere Städte in allen Kontinenten ihr mit einem *No pasaran?* Um ein gutes Gewissen zu haben? Ich frage meinen Freund Carlos danach, und der antwortet:

»Aber... deswegen! Ja, eben deswegen! Man muß irgend etwas schreien! Wenn du willst, daß die Leute kämpfen, sag ihnen, daß sie schreien sollen!«

»Das ist doch Wahnsinn, Carlos, blanker Wahnsinn.«

»Mir sind die Verrückten, die schreien, lieber als jene, die schweigen.«

»Nicht mir, Carlos.«

»Du hast eben noch nicht gelernt, zu schreien und Krieg zu spielen.«

Meine häufigen Besuche an der Front konnten meine militärischen Kenntnisse auch nicht verbessern. Ich litt an Herzklopfen, an heftiger Migräne und war ein schlechter Soldat. Ein Gewehr in meinen Händen hätte mein eigenes Leben mehr in Gefahr gebracht als das des Feindes. Ich trug zwar in einer Ledertasche an meinem Koppel einen Revolver, aber mehr, um bei den Milizen Eindruck zu machen und sie zu überzeugen, daß Kamerad Sanchez ein Kerl war.

Es toben heftige Straßenkämpfe. Die wilden Hunde fordern den Tod heraus, und die wilden Roten zeigen sich todesmutig. Das ist Stalingrad vor Stalingrad. Jedes Haus ist eine Festung, jeder Bürger ein Held. *Salud,* grüßt uns ein zwanzigjähriger Hauptmann und wischt sich die Lippen. *Salud,* ruft ein junges Mädchen und zieht den Kopf ein, um nicht von den Kugeln getroffen zu werden. Das nahe gelegene Universitätsgelände gleicht einem Friedhof, wo die Toten ihre Tänze aufführen.

»Ich suche den Kommandanten Longo«, sagt Carlos, »er muß in diesem Abschnitt sein.«

Das junge Mädchen weiß es nicht, und der junge Leutnant hat uns nicht verstanden. Wir stoßen auf Kämpfer, die verwundet sind oder Verwundete schleppen, und fragen sie, ob sie den Kommandanten Longo kennen, der in Wirklichkeit vermutlich einen weniger exotischen Namen hat. Vielleicht Langer oder Leibisch? Einige kennen ihn, wissen aber nicht, wo er sich aufhält. Andere kennen ihn zwar nicht, sagen aber, daß er, wenn er Kommandant und Kommandant dieses Abschnitts ist, vielleicht in dem Unterstand am Eingang des Parks zu finden ist. *Salud* und viel Glück. Also los zum Park, Carlos. Das Gewehrfeuer ist sehr stark. Geduckt oder über das Pflaster robbend, arbeiten wir uns vor. Unsere Jungs grüßen uns. *Salud, Salud.* Wir antworten mit *Salud* und *No pasaran.* Schließlich erreichen wir einen Unterstand in einem zerstörten dreistöckigen Gebäude, das auf den Park hinausgeht, und ein Soldat führt uns zum Kommandanten Longo. Er hockt kniend vor seinen Karten. Der Schweiß rinnt ihm den Nacken herunter. Er ist völlig erschöpft und sieht mit seinem zotteligen Bart und den geröteten Augen wie ein Wilder aus.

212

»Was wollt ihr?« fragt er mit kehliger Stimme, ohne den Kopf zu heben.

»Ich habe dir Befehle zu überbringen«, sagt Carlos.

»Worauf wartest du noch? Los, her damit.«

»Nicht hier«, entgegnet Carlos und sieht ihn scharf an.

»Hast du 'ne Macke? Wohin sollen wir gehen? In den Salon?«

»Es sind Geheimbefehle«, drängt Carlos.

»Was meinst du, was ich tun soll? Alle nach draußen jagen, damit sie abgemurkst werden?«

Er fährt sich mit der Hand über die Stirn, auf der eine schwarze Ölspur zurückbleibt.

»Gut«, sagt er etwas irritiert. »Ich verstehe; setzen wir uns da hinten in die Ecke.«

Sie haben sich in ihre Ecke zurückgezogen, Carlos übergibt die Befehle, Longo nimmt sie in Empfang, und im nächsten Moment explodiert eine Granate, und beide Männer samt ihrem Decknamen sind nicht mehr. *Salud*, Carlos. *No pasaran*, Longo, Leibisch, Langer. Was für ein Wahnsinn, sage ich mir.

Salud auch für die Befehle, die nie angekommen sind und die ich niemals kennen werde. Vielleicht hätten sie für die Unsern eine wichtige Operation einleiten sollen, die entscheidend für den Sieg gewesen wäre? Ich werde es nie erfahren. Ich bin zum Stützpunkt zurückgekehrt, und ein einziger Gedanke hämmerte in meinem Kopf: Es ist Wahnsinn, der Krieg ist ein Wahnsinn, der Krieg macht alle wahnsinnig.

Nicht zuletzt in Barcelona.

In Barcelona spielte sich innerhalb der großen Auseinandersetzung ein anderer Krieg ab. Es war ein hinterhältiger, dummer und häßlicher Krieg, wie mir jetzt klar ist, damals wußte ich es nicht. Mir war zwar bekannt, daß die bewaffneten Gruppen und Grüppchen der verschiedenen Bewegungen und Fraktionen, die mit den Sozialisten, Anarchisten oder Kommunisten sympathisierten, aufeinander eifersüchtig waren, sich bekämpften und sich gelegentlich sogar umbrachten, aber daß es systematisch geschah, wußte ich nicht. Über Nacht waren plötzlich Kameraden, in erster Linie Führer, verschwunden. Man wußte nicht, waren sie mit einem Auftrag unterwegs, oder hatten Leute vom NKWD sie verhaftet? Ein paar Tage lang hegte man Zweifel, aber mit der Zeit vergaß man den Vorfall, ging zur Tagesordnung über, hatte mit neuen Krisen fertig zu werden, bis man entdeckte, daß schon wieder einige verschwunden waren. Schließlich erfuhr man von »gut unterrichteten Kreisen«, daß die ersten der Verschwundenen sich in Wirklichkeit noch – oder auch schon nicht mehr – in den finsteren Kellern dieses oder jenes Gefängnisses befanden, daß sie verdächtigt wurden, oppositionelle oder Spaltungstendenzen zu verfolgen und folglich kriminell zu sein ... Sollte man sich darüber entrüsten? Es gab Dringenderes, das Vorrang hatte; man befand sich doch im Krieg gegen die Faschisten. So konnten die Leute vom NKWD ihre Arbeit ungeniert und ganz nach Belieben verrichten, ohne daß jemand Anstoß daran nahm. Ihre Opfer starben oft, ohne zu wissen warum. Und wenn sie es gewußt hätten, wo wäre da ein Unterschied gewesen?

Das war einfach dumm, Genosse Richter, dumm und absurd, geben Sie es zu, Sie, der sonst die anderen dazu bringt, etwas zuzugeben.

Auf der einen Seite standen die Faschisten, sie waren geschlossen wie ein Mann. Auf der anderen Seite die Regierungstreuen und ihre Verbündeten, die uneins und zersplittert waren, sich gegenseitig bekämpften und alle sofort das Messer bei der Hand hatten.

Die Trotzkisten, die im Hotel »Faucon« an den Ramblas logierten, führten die Liste an. Ihnen folgten ihre alten Freunde, und dann kamen die, die niemandes Freund waren, die Anarchisten. Zuerst kommt die Politik, werden Sie mir jetzt sagen. Nein, Genosse Richter, zuerst kommt der Sieg, zuerst die Gerechtigkeit.

Ich komme Ihnen naiv vor, nicht wahr? Ich war es und gebe es zu, ohne mich zu schämen, wiederhole es sogar voller Stolz. Ich bin glücklich, daß ich diesen Krieg in Spanien mitgemacht habe. Ich glaubte an diesen Krieg. Ich befand mich auf der richtigen Seite, ich kämpfte für alles, was die Ehre und Würde des Menschen ausmacht, und war davon überzeugt. Deshalb sah ich über die nächtlichen Verhaftungen und über die Erschießungen im Morgengrauen, die auf das Konto meiner Trotzkisten- und Anarchisten-Freunde gingen, hinweg, weil sie eben alle Freunde von mir waren. Verurteile ich mich jetzt selbst? Und wenn schon ... Ich spreche zu mir selbst, indem ich zu Ihnen spreche, und lehne es ab, mich selbst zu belügen.

Die Anarchisten von Barcelona mochte ich sehr. Ihr Mut und die herausfordernde Haltung, die sie zeigten, ihre absurden, aber poetischen Parolen waren ganz nach meinem Geschmack. Ich beneidete sie sogar ein wenig. Warum konnte ich mich nicht mit der gleichen Unbekümmertheit wie sie für etwas begeistern? Bei dieser Gelegenheit fällt mir ein, daß sehr wenige Juden in ihren Reihen zu finden waren.

Sie waren wie große, fröhliche Kinder, die sich mit kindlicher Begeisterung gegen eine Gesellschaft stellten, die mit ihrer Vernunft, ihren Gesetzen, ihrem heuchlerischen Kalkül und ihrem Leistungsdenken nur Spott und Hohn für sie übrig hatte.

Ihre Ideologie konnte sich nicht durchsetzen, das stimmt; denn die Anarchie kann als System nicht existieren. Sie verneint die Zukunft, ja, sie will Zukunft überhaupt verhindern. Man kann nur gegen eine feste Ordnung kämpfen, wenn man ihr eine andere feste Ordnung dagegenstellt. Das Nichts ist kein taugliches Mittel dafür und das Chaos ebenfalls nicht. Ein echter Anarchist müßte in einem zweiten Schritt die Anarchie verneinen und Anti-Anarchist werden, demnach ... Das ist aber kein Grund für mich, mich nicht bei einem Spaziergang auf den Ramblas oder in den pittoresken Bars von Montjuich mit Garcia aus Teruel, Juan aus Córdoba oder Luis aus Málaga – wer weiß, wie sie in Wirklichkeit hießen – zu unterhalten oder zu streiten. Akzeptiert denn ein Anarchist die Bindung und die Verantwortung, die ein Name mit sich bringt? Sie wiederholten sich immer oder ließen irgendeine grandiose, aber völlig bedeutungslose Sache vom Stapel, lachten aus vollem Halse und schlugen sich auf die Schenkel. Und ich, der genauso betrunken war wie sie, trug ihnen – Sie haben ganz richtig gelesen – mystische Gedichte vor, die in ihrer Gesellschaft plötzlich in meinem Kopf entstanden und ebenso plötzlich wieder in sich zusammenfielen. Sie waren nämlich Mystiker, ohne es sich einzugestehen, Mystiker wider Willen, die vom Mysterium des Endes besessen waren, von der Zertrümmerung der Zeit. Darauf stürzten sie sich mit aller Gewalt, um das Nichts zu erreichen und mit schallendem Gelächter darin zu versinken ... Wußten Sie, daß die Anarchisten und die Mystiker über dasselbe Vokabular verfügen und sich derselben Bilder bedienen? Im Talmud verbietet Gott Rabbi Ismael zu weinen, andernfalls würde er die Welt wieder in das ursprüngliche Chaos zurückwerfen. Steckt darin nicht ein anarchistisches Bild und ein anarchistischer Drang, bevor es diesen Begriff überhaupt gab?

Ich erinnere mich an Zablotowski – nein, José –, einen talentierten Maler mit einem wilden und ungestümen Charakter, der mir seine Beziehung zu dieser Bewegung so erklärte:

»Ich kann kein Weiß ausstehen; deshalb sehe ich gern, wenn es in Dreck und Blut auseinanderspritzt.«

Und Simpson, der Student aus Liverpool, sagte:

»Ich empfinde Abscheu vor dem Leben, das uns auferlegt, vor der Erde, die uns als Almosen gegeben wird, vor der Welt, die uns einschläfert; ich will sehen, wie sie vom Feuer erfaßt wird und sich in den Flammen windet, um den Göttern, die sie geschaffen haben, Schrecken einzujagen. Deshalb habe ich mit meiner alten Umgebung und mit meiner Vergangenheit gebrochen ... Hier fühle ich mich befreit!«

Sie sollten aus diesen Erklärungen nicht den Schluß ziehen, daß der Tod für die Anarchisten eine magische Anziehungskraft besitzt. Das idiotische Schlagwort »Es lebe der Tod« wurde nicht von ihnen, sondern von einem senilen Falangisten, dem General Milan d'Astray, in die Welt gesetzt. Der dumme Kerl hatte nicht begriffen, daß einer besonders intelligent und mit einem echten Sinn für Humor begabt sein muß, wenn er sich als verzweifelter Anarchist ausdrücken will.

Der alte, mit Tressen geschmückte Esel wurde übrigens von Miguel de Unamuno in die Schranken gewiesen. Dessen Werk kannte ich noch nicht und begann es zu lesen, nachdem ich erfahren hatte, was an der Universität von Salamanca, deren Rektor er war, geschehen war. In einem überfüllten, vor Spannung knisternden Hörsaal, wo Falangisten ihre Bewunderung für den General mit lautem Geschrei bekundeten und sein »Es lebe der Tod« ständig wiederholten, ergriff der alte Philosoph langsam und ruhig das Wort: »Ich kann nicht länger schweigen; denn Schweigen würde lügen bedeuten ... Ich habe soeben einen krankhaften Schrei gehört, der ohne jeden

Sinn ist: Es lebe der Tod ... Für mich ist dieses Paradox widerlich ...«

Diese Rede, die von Mut und Seelengröße zeugte, fand überall im geschundenen und blutenden Spanien Widerhall. Bei uns wurde sie in den »Häusern des Volkes«, auf Wache in den Zelten und sogar auf den Lastwagen, die uns an die Front brachten, diskutiert. Damals konnte ich die ganze Rede aus dem Gedächtnis zitieren: »Diese Universität ist der Tempel des Geistes, und ich bin sein Hoher Priester ... Sie, General d'Astray, können siegen, denn Sie besitzen die Macht dazu, aber Sie können nicht überzeugen.«

Das war seine letzte öffentliche Rede; er beendete seine Lehrtätigkeit und starb bald darauf. Aber seine Schriften fanden wieder lebhaftes Interesse. Sein *Leben des Don Quichotte und des Sancho Pansa* habe ich während der Schlacht um Teruel gelesen, sein *Tragisches Lebensgefühl* 1937 während der Kämpfe um Guadalajara förmlich verschlungen. Ich erinnere mich, daß ich mir beim Lesen sagte, der Autor müsse ein Nachkomme der Marranen sein. Sein Exilbegriff erinnerte mich an Rabbi Itzhak Luria. Das tragische Gefühl, das sein Werk prägt, fand bereits Jahrhunderte vorher bei den Schülern Schammais und Hillels seinen Ausdruck. Für sie wäre es besser gewesen, wenn der Mensch niemals auf dieser Welt erschienen sei. Doch »da er nun einmal geboren ist, soll er die Tora studieren« ... Ich kann nichts dafür, aber alles führt mich nun einmal zur jüdischen Überlieferung zurück. Alle meine Begegnungen sind alte Bekanntschaften.

Möchten Sie dafür noch ein Beispiel? Es war im Jahre 1938, kurz vor dem großen Zusammenbruch und kurz vor meiner Rückkehr. Die deutsche Armee war in Österreich einmarschiert und von einer jubelnden Bevölkerung begrüßt worden. Der Ring zog sich immer enger zusammen, die dunklen Wolken wurden immer dichter. Die Nacht sank nieder auf den Kontinent, wie sie auf Spanien niedergesunken war. Die Geschichte Spaniens nahm die Europas vorweg. Die Macht setzte sich über das Recht, sogar über das göttliche Recht hinweg. Das Gewehr, das auf einen Menschen gerichtet ist, pfeift auf menschliche Werte. Jetzt war das Gewehr auf die Menschheit gerichtet, und diese fing an, sich dessen bewußt zu werden. Das republikanische Spanien war verloren und

Europa ebenfalls. Die Geschichte pendelte zwischen Furcht und Scham.

Ich war wie alle anderen völlig niedergeschlagen und fassungslos. Das Ende nahte, wir gingen einer Katastrophe und einem noch unbekannten Verhängnis entgegen. Nichts war mehr von der Begeisterung der ersten Tage geblieben, als sich die Brigaden solidarisch zusammenfanden. Die Regierungen Frankreichs, Englands und der Vereinigten Staaten hatten Spanien seinem Schicksal überlassen und seinen Henkern ausgeliefert. Wie war eine solche Feigheit, ohne sie irgendwie zu rechtfertigen, zu erklären bei achtbaren, ehrenwerten und politisch klar denkenden Männern? Wir bemühten uns nicht einmal mehr, es zu verstehen.

Sowjetrußland blieb als einziges Land treu. Das machte uns stolz und entschlossen. Aber das Spiel war aus, wir konnten es nicht mehr gewinnen. Wenn wir trotzdem kämpften, dann nur noch für die Ehre, nicht für den Sieg.

Meine Niedergeschlagenheit hatte auch einen persönlichen Grund. Mein Kamerad Bercu, ein ungarischer Jude, der mich wie einen Bruder liebte, war verschwunden.

Ich begab mich zu Jascha, um ihn um seine Vermittlung zu bitten, denn Jascha, das war jedem bekannt, arbeitete für die Sicherheitsorgane. In manchen Kreisen ging man sogar soweit, ihn für ihren allmächtigen Chef zu halten.

Er wohnte im Hotel »Monopol«, das in »Libertad« umbenannt worden war, und empfing mich mit einem freundlichen Lächeln. Mit seinem klugen braungebrannten Gesicht und dem krausen Haar entsprach er genau dem Typ des kommunistischen jüdischen Intellektuellen der dreißiger Jahre. Um es mir leichter zu machen, unterhielt er sich jiddisch mit mir über die allgemeine Lage und schien mir weniger pessimistisch zu sein als ich und meine Kameraden. Der Krieg in Spanien ist bloß eine Episode, sagte er. Andere werden ihm folgen. Wichtig ist, daß Sowjetrußland seine Verpflichtung eingehalten hat. Die Arbeiter, die Enterbten, die freien Menschen, die verraten worden sind, wissen, daß sie Vertrauen zu ihm haben können. Alles andere zählt nicht sehr, alles andere wird sich ändern und vergessen werden. Denk einmal zehn Jahre weiter, und du wirst sehen, daß du diese schmerzlichen Vorgänge vergessen hast ...

Ich fingerte an meiner erloschenen Pfeife herum – ich rauchte zwar nicht, spielte aber gerne damit – und beobachtete dabei meinen mächtigen Freund von der Seite. Die rechte Hand in der Hosentasche ging er im Zimmer auf und ab und redete. Wenn er mir zuhörte, blieb er stehen, nahm hin und wieder eine Zigarette, zündete sie an, sog den Rauch mit geschlossenen Augen ein und öffnete sie erst, wenn er den Rauch wieder ausstieß.

Ich wußte, daß er sehr beschäftigt war, und wollte seine Freundlichkeit nicht zu sehr in Anspruch nehmen, deshalb entschloß ich mich, auf den Zweck meines Besuches zu kommen. Er unterbrach mich:

»Ich weiß schon. Ich weiß, warum du mich sprechen wolltest.«

»Ja und?«

»Und nichts.«

»Wieso nichts? Hör zu, Jascha: Bercu ist verschwunden und ...«

»Und nichts. Ich sage dir doch.«

»Was heißt das, Jascha? Daß du nichts tun kannst?«

»Das heißt, daß du besser die Finger davon lassen würdest.«

»Aber Bercu ist ein guter Freund, er ist in Ordnung, das weißt du doch ...«

Er hörte im Flur ein Geräusch und nahm sofort eine dienstliche Haltung und einen geschäftsmäßigen Ton an:

»Bitte, sprechen wir französisch! Klar, wir haben uns nichts mehr zu sagen, vor allem nicht in dieser Angelegenheit. Wenn Bercu von unseren Beamten verhaftet wurde, was möglich, aber nicht sicher ist, dann ist das deren Angelegenheit; sie wissen, was sie tun, und sie tun nur ihre Pflicht ...«

Er ging zur Tür, öffnete sie, und da niemand draußen war, drückte er mir die Hand und sagte auf jiddisch:

»Tut mir leid, dein Freund ist verloren ... Vergiß ihn.«

Und fuhr dann lauter auf französisch fort:

»Denk an später, denk an das Ganze. Wir werden siegen, Sanchez, wir werden siegen.«

In dieser einen Stunde war ich um zehn Jahre gealtert. Ich dachte an Bercu. Ob er noch lebte? Ob er leiden mußte? Welche Verbrechen hatte er begehen können, um das Schicksal eines Verräters zu erleiden? Ein Gedanke ließ mich erstarren: Wo hatte man ihn eingesperrt? Etwa hier in den Kellern des Hotels »Libertad?«

Leergebrannt und wie betäubt ging ich über die Ramblas und verlor mich dann in dem Gewirr der vielen Gassen, wo ich ein paar Monate zuvor mit Bercu herumspaziert war.

Er stammte aus einem Dorf nahe der rumänischen Grenze und lebte mit seinem Vater ständig auf Kriegsfuß. Dieser war ein reicher Kaufmann und hatte, wenn er seinen Sohn bestrafen wollte, sich der Dienste eines Fleischergehilfen versichert. Kam der kleine Bercu aus der Schule und erklärte, daß er sie nie mehr besuchen wolle, was recht häufig vorkam, dann ließ der Vater, ohne ein Wort zu verlieren, den Fleischerburschen mit seinem Knüppel holen ... »Es tat weh«, erzählte mein Freund, »ich mußte leiden wie tausend Teufel in der Hölle, aber ich biß mich auf die Lippen, um es nicht zu zeigen, und habe es auch nie gezeigt ... Das dauerte Wochen und Monate ... Ich weiß nicht, wen ich am meisten haßte, meinen Vater, der ungerührt dabeistand, wenn ich verprügelt wurde, oder den Fleischerburschen, der ebenso gleichgültig mir für ein paar Groschen schier die Knochen brach ... Eines Tages begegnete ich einem Mann, der der Partei im Untergrund angehörte, folgte ihm und erlebte die größte Überraschung: Mein Fleischerbursche fungierte dort als Chef ...«

Es ist also möglich, dachte ich, reichen Kaufleuten, die kein Mitleid kennen, zu dienen, auf Befehl ihre wehrlosen Kinder zu züchtigen und gleichzeitig für die Befreiung des Menschen zu arbeiten! Es ist also möglich, zuerst durch die Religion und dann durch den Kommunismus bestraft zu werden, also möglich, gleichzeitig Bercus und Jaschas Freund zu sein ... Was hätte ich an Jaschas Stelle getan? Er kannte Bercu; wir hatten manchen Abend zusammen verbracht, hatten gesungen und uns unsere Abenteuer erzählt. Jetzt war Bercu sein Gefangener. Vielleicht sogar sein Opfer?

Auf dem Marktplatz sah ich eine Wagenkolonne mit Anarchisten, die mit flatternden roten und schwarzen Fähnchen auf dem Weg zur Front waren. Im ersten Fahrzeug entdeckte ich Antonio, der mir zuwinkte:

»He, Sanchez, was machst du bloß für ein Gesicht!«

»Ich habe einen Freund verloren ... vielleicht sogar zwei.«

»Komm mit uns, dann denkst du nicht mehr daran«, rief

Antonio. »Du nimmst an unseren Kämpfen teil ... Komm schon!«

»Nein, danke. Ich bin dafür nicht geeignet, das weißt du doch.«

Im Grunde reizte seine Aufforderung mich. Ohne es im Grunde zu wollen, lehnte ich sie ab, weil ich plötzlich an Jascha denken mußte, der mich strafend ansah: Du hättest nicht mit den Anarchisten gehen, du hättest dich nicht mit ihnen verbünden dürfen ... und mich fragte: Warum bist du ihnen gefolgt? Seit wann kennst du Antonio? Warum hast du Beziehungen zu unseren Feinden?

»Nein«, wiederholte ich, »ich kann nicht, Antonio ...«

War es Feigheit oder Vorsicht? Machen wir uns nichts vor; es war Feigheit.

Das Ergebnis war, daß ich in ein fürchterliches Stimmungstief geriet und Ekel vor mir selbst empfand. Der Mond verfinsterte sich, die Sterne blickten traurig herab, die Stadt kam mir wie ein verfluchter Ort vor. Ich fühlte mich hier fehl am Platz, sah mich im Widerspruch zu meinem Leben und zu meinem Körper, der mich an das Leben band. Zum erstenmal bedauerte ich, nach Spanien gegangen zu sein. Ich hätte besser daran getan, in Frankreich zu bleiben. Oder in Palästina. Oder in Ljanow ... Wie im Traum stand wieder das Gesicht meines Vaters vor mir: Sei ein guter Jude, Paltiel, sei ein guter Jude, mein Sohn ... War ich es noch? Ich befolgte nicht mehr die Gebote der Tora, ich übertrat ihre Gesetze, ich legte meine Gebetsriemen nicht mehr an, aber ... ich habe sie noch in meinem Gepäck, schleppe sie mit mir von einem Lager zum anderen ... Ich lege sie nicht an, weil ich im Krieg bin ... Für wen ich kämpfe? Für Spanien? Auch für die Juden, auch für dich, Vater, für alle Unterdrückten dieser Erde. Aber du bist nach Spanien gekommen, um für Spanien zu kämpfen, sagt mein Vater, aber das war nicht die Stimme meines Vaters. Wer war es, der da plötzlich aus dem Nichts aufgetaucht war, zu meiner Linken stand und den Ellbogen auf die Mauer stützte, die die Stadt, die zu unseren Füßen lag, überragte.

»Aber du bist doch *nach* Spanien gekommen, um *für* Spanien zu kämpfen«, sagt David Abulesia mit seiner rauhen Stimme auf jiddisch zu mir. »Habe wenigstens den Mut, zu deinen Überzeugungen zu stehen. Der wahre Jude steckt nicht mehr in dir; der ist in Ljanow geblieben. Der Kommunist ist hierher gekommen, um sich seines Namens und seiner Vergangenheit zu entledigen und ein internationaler Soldat zu werden.«

»Aber der Jude in mir«, protestierte ich, »ist hierher gekommen, um andere Juden zu treffen, es gibt viele von ihnen in unseren Reihen. Sind sie Ihnen nicht aufgefallen? Ich habe die Juden nicht verlassen, als ich nach Spanien kam, ich habe sie hier wiedergefunden.«

»Was beweist das schon? Daß es eine ganze Anzahl gibt, die dasselbe tun wie du? Hundert Kerzen können ebenso schnell erlöschen wie eine einzige.«

Ich betrachtete ihn von der Seite. War es wirklich David Abulesia oder einer, der ihm ähnlich war? Wozu war er nach Spanien gekommen? Um den Messias bis hierher zu verfolgen, obwohl es ihm seit dem Bannfluch, dem 1492 Vertreibung und Exodus folgten, doch untersagt ist, diesen Boden zu betreten? Aber wenn es darum ging, Menschenleben zu retten ... Sollte er deswegen gekommen sein? Oder um mich zu retten? War ich demnach in Gefahr?

»Kennst du die Geschichte meines berühmten Vorfahren Don Itzhak Abravanel?« fragte er mich mit bedächtiger Stimme, als befänden wir uns in einem friedlichen Studierhaus. »Er bekleidete gegen Ende des 15. Jahrhunderts einen Ministerposten beim König von Portugal. Wenn dieser jüdische Philosoph, der zudem noch tief religiös war, vom katholischen Hof in Lissabon akzeptiert wurde, dann mußte er schon eine bedeutende Persönlichkeit sein, und das Land mußte seiner Dienste dringend bedürfen. Als die Zeit der Prüfungen kam, wurde er aufgefordert, zwischen dem Abschwören seines Glaubens und dem Exil zu wählen. Er weigerte sich abzuschwören und wanderte nach Spanien aus. Obwohl er Jude und jüdischer Flüchtling war, gelang es ihm ein zweites Mal, eine hohe Stellung zu erlangen und Minister König Ferdinands des Katholischen zu werden. Aber 1492 geriet Don Itzhak Abravanel in dasselbe Dilemma: entweder seinem Glauben abschwören und in allen Ehren leben oder in ein fremdes Land gehen und seinem Glauben treu bleiben. Er blieb standhaft, wählte das Exil und begab sich nach Venedig, wo er damit begann, messianische Schriften zu verfassen. Und von diesem Mann, der soviel zum Wohle Portugals und Spaniens beigetragen hat, findest du so gut wie keine Spur in ihren Geschichtsbüchern. Sein Name glänzt nur in der Geschichte eines einzigen Volkes, seines und unseres Volkes. Das zeigt uns ganz klar, daß der Platz, den ein Jude in der Weltgeschichte einnimmt, durch den Rang bestimmt wird, den er in der jüdischen Geschichte bekommen hat. Mit anderen Worten: Wenn du glaubst, du müßtest dich von deinen Brüdern abwenden, um die Menschheit zu retten, dann rettest du keinen, nicht einmal dich selbst.«

Es lag etwas Bewegendes und Unwirkliches in dieser rauhen Stimme, die mir zu nächtlicher Stunde von einer berühmten Persönlichkeit erzählte, die vielleicht auch einmal an diesem Platz gestanden und fröstelnd die Kühle der Nacht empfunden hatte. Tiefes Schweigen herrschte ringsum. Ich spürte seine Hand auf meinem Arm, und dann spürte ich nichts mehr, als sei niemand hier gewesen.

Plötzlich kracht eine Gewehrsalve in der Ferne. Dann eine zweite. Zwei Exekutionen im Morgengrauen? Bercu? Wo würde die Erinnerung an ihn aufbewahrt werden? Als ob das wichtig wäre? In Wirklichkeit war nichts mehr wichtig.

Salud, David Abulesia. *Salud,* Don Itzhak Abravanel! *Salud,* Bercu, *Salud,* Sanchez. Paltiel trennt sich von euch. Er läßt euch ein Gedicht über Kain und Abel (Anmerkung des Autors: Dieses Gedicht blieb unauffindbar) und ihr messianisches Verlangen zurück.

Ich weinte vor Wut, als ich Barcelona verließ.

Wie könnte ich je die beschämende Rückkehr der Freiwilligen nach Frankreich vergessen! Niemand war zu unserem Empfang gekommen. Es gab keine Fanfaren und keine Umarmungen für die Soldaten der internationalen Solidarität. Nach den Grenzwächtern, Gendarmen und Zöllnern erwarteten uns Vertreter verschiedener Dienststellen der Präfektur; sie waren in der Tat die einzigen, die auf uns *warteten,* um uns wieder in die bürokratische Realität der Dritten Republik zurückzurufen: Papiere, Aufenthaltsvisum, Stempel. Sie standen nicht auf unserer Seite und behandelten uns dementsprechend.

»Wenn Sie Spanien so sehr lieben, dann brauchen Sie doch bloß dort zu bleiben«, schimpfte ein unangenehmer hagerer Typ.

»Die fallen uns bloß zur Last«, fügte sein Kollege hinzu. »So sind sie eben! Kommen in ein Land, machen sich breit und werden lästig, dann gehen sie in ein anderes Land und tun dasselbe.«

Die lästigen Kerle, das waren wir, etwa fünfzig Freiwillige, die mit der zweiten oder dritten Wagenkolonne kamen. Die Kämpfe gingen in den letzten Schlupfwinkeln des freien und unglücklichen Spanien weiter, aber unsere Brigaden waren bereits aufgelöst. Geschah es auf Befehl Moskaus? So hieß es bei uns, und ich glaubte daran. Nichts geschah und nichts endete ohne einen Befehl von oben, und »von oben«, das hieß von Moskau, wo eine pragmatische Politik zum Wohle Spaniens – *Salud, España* – in die Wege geleitet wurde.

Die Franzosen kehrten nach Hause zurück, während die Spanier in elenden, halbverfallenen Internierungslagern zusammengepfercht wurden. Daß ich nach Paris weiterfahren konnte, verdankte ich meinem rumänischen Paß.

Im Zug wurde ich im Gang von einem Unbekannten angesprochen, der sich als Monsieur Louis vorstellte; er war von »gewissen Freunden« beauftragt, sich um uns, also auch um mich, zu kümmern. Er flößte mir kein Vertrauen ein, er sah mir zu sehr nach Untergrund aus, aber ich ließ es ihn nicht merken. Nach einer Stunde wurde er gesprächig:

»Wir sehen alles und wissen alles, wir haben sogar bei der Polizei Leute eingeschleust; glaubst du, daß der Typ, der deine Papiere geprüft hat, dich einfach so ohne jede Schwierigkeit hätte passieren lassen, wenn es nicht einer von uns gewesen wäre?«

Der Idiot. Und wenn ich selbst ein Spitzel wäre? Ich gab ihm zu verstehen, daß ich erschöpft sei und schlafen möchte. Ich schloß die Augen, um nichts mehr zu sehen und zu hören. Ich wollte um nichts mehr bitten und nichts mehr ablehnen. Der Zug pfiff, schnaufte, hielt, fuhr wieder an; ich duselte vor mich hin, sah mich im Halbschlaf als Gefangenen, der aus dem romantischen Spanien floh und als Freund des verzweifelten Spanien wieder dorthin zurückkehrte, der eine Handvoll Sand umklammerte und etwas Asche auf der Stirn trug.

Paris hatte sich nicht verändert in den zwei Jahren. Manche Städte werden sich in einer Nacht selber fremd. Nicht so Paris:

Es ist zu stolz, denn wenn man so alt ist, setzt man alles daran, sich nicht mehr zu verändern.

Die Leute bereiteten sich auf die Abreise in die Ferien vor, wollten ans Meer, in die Sonne. Sicher sprach man vom Krieg, aber sehr wenig; die Klugheit der Regierenden und die Stärke der Armee würden den Winkelzügen der Diktatoren die richtige Antwort erteilen.

Die Optimisten erklärten: Warum sollte Hitler gegen Frankreich Krieg führen? Es ließ ihn doch gewähren. Wer keinen Krieg führt, der gewinnt ihn. Die Pessimisten hatten ähnliche Vorstellungen, nur mit einem kleinen Unterschied: Warum sollte sich Hitler in einen Krieg stürzen, den er schon gewonnen hatte? Auf die Realisten hörte niemand.

Hin und wieder tauchten plötzlich Angst und Unbehagen auf, aber das ging vorüber. Die Theater waren ausverkauft, vor den Kinos standen Schlangen, die Straßenhändler verkauften ihren Ramsch. Elegante Avenuen, Straßen mit lachenden Menschen, verlockende Schaufenster mit Erfolgsromanen und neuesten Schönheitscremes. Die Meckerer meckerten, die Politiker schwatzten, das Militär hielt Paraden ab, die Rechte drohte, und die Linke wetterte dagegen, die Frauen lachten. Die Staatenlosen zitterten und träumten von einem Visum für unerreichbare Paradiese, wo jeder Morgen ohne Wolken anbrechen würde. Der Spanische Bürgerkrieg hatte weder den Lebensstil noch die politischen Vorstellungen verändert. Die Volksfront gehörte bereits der Geschichte an, und die reaktionäre Rechte konnte nur schlecht ihren Triumph verbergen; denn künftig würde die Macht ihnen gehören.

Scheina hatte sich auch nicht verändert, nur daß sie mich nicht mehr liebte. Sie hatte einen neuen Mieter, einen Maler, der sich poetisch ausdrückte, und das machte ihn in ihren Augen attraktiv genug, um ihn zu beherbergen, zu erziehen, zu protegieren und, wie sie aus voller Überzeugung sagte, zu inspirieren.

Ich war ihr nicht böse, ich war niemandem böse. Krieg und Heimkehr hatten mir jede Wut genommen. Leidenschaftslos beobachtete ich die Leute und betrachtete mich selbst wie einen Fremden. Ich gehörte zu niemandem.

»Bist du wirklich nicht böse?« eiferte sich Scheina.

»Warum sollte ich es sein? Wir sind erwachsene und freie Menschen. Du bist mir nichts schuldig, du hast mir nichts versprochen, und dasselbe gilt auch für mich.«

Auf der Terrasse eines Cafés ganz in ihrer Nähe plauderten wir über alles und nichts. Ich hatte sie angerufen, um sie von meiner Ankunft zu benachrichtigen, und sie hatte einen recht verlegenen Eindruck gemacht. Ich mußte lächeln: sicher lag sie wieder mit jemandem im Bett, ich kannte sie nur zu gut.

»Wer? Was? Ach, du bist es? Bist du wieder da? Ist das wahr?«

»Ich rufe später wieder an«, sagte ich und legte auf.

Ich hielt Wort und telefonierte eine Stunde später mit ihr: »Es tut mir schrecklich leid wegen vorhin«, sagte ich.

»Du bist verrückt, aber du hast eben diese Ahnungen ...«

Mir war nicht nach Scherzen zumute; ich fragte ohne Umschweife:

»Ist Post für mich da?«

»Ja, von deinem Vater. Willst du vorbeikommen?«

Ich wollte sie lieber im Café treffen, und so verabredeten wir uns für den nächsten Tag. Sie kam mir etwas magerer, aber noch genauso lebhaft wie früher vor. Sie küßte mich auf beide Wangen, klagte über Hitze und Regen, über die Weltlage und über die Partei, die absolut nicht begreifen wollte, daß sie immer nur einen einzigen Mieter aufnehmen konnte ... Ich beruhigte sie:

»Zerbrich dir meinetwegen nicht den Kopf, Scheina. Ich habe schon was gefunden, wo ich unterkommen kann.«

»Ist das wahr?« rief sie erleichtert.

Es war nicht wahr, aber sie nahm dankbar meine Hand und drückte sie lange. In der anderen Hand hielt ich die Briefe meines Vaters.

»Erzähl«, sagte sie, »du mußt mir alles erzählen.«

»Es gibt nichts zu erzählen, Scheina.«

»Was? Du kommst aus Spanien, kommst aus dem Krieg zurück und hast nichts zu erzählen?«

»So ist es, Scheina. Ich komme aus dem Krieg, ich komme aus Spanien zurück und habe nichts zu erzählen.«

Sie hielt es für angebracht, mir die Hand zu streicheln:

»Hör mal, mein kleiner Dichter, das ist doch nicht dein Ernst! Du hast gekämpft, du hast Kameraden fallen sehen, du hast tausend Sachen gemacht. Du *mußt* mir sagen, wie das war! Hast du wenigstens Gedichte geschrieben ... Möchtest du sie mir nicht vorlesen?«

Ich ertrug ihr Drängen mit Ruhe:

»Eines Tages sprechen wir wieder darüber.«

»Warum nicht sofort? Weil ... ich mit jemandem zusammenlebe? Ist das der Grund? Willst du wissen, wer es ist?«

»Ja«, log ich wieder, »das interessiert mich.«

Sie beschrieb mir nun den jungen Maler, der so begabt, so einfühlsam und so wild war ... Wir schieden in aller Freundschaft: Wir bleiben in Verbindung. Versprochen? Ja. Ich schwöre es.

Ich sah sie mehrere Male zufällig wieder, und zwar bei den Versammlungen der Kulturabteilung der Partei. Einmal glaubte ich, ihren festen Liebhaber zu erkennen; ein Freund hatte mir nämlich einen aus Rumänien stammenden Maler vorgestellt, der kürzlich aus einer berüchtigten Festung in der Gegend von Cluj entkommen war. Aber er war es nicht.

Dagegen hatte ich jede Spur von meinen alten Freunden und Kollegen aus der Umgebung Paul Hamburgers verloren. Er selbst war verschwunden. Ich versuchte, Erkundigungen einzuziehen, verfolgte mehrere Spuren, fragte gemeinsame Bekannte. Überall ließ man durchblicken, daß ich mich auf einem verminten Gelände bewege. Paul Hamburger sei mit neuen Aufgaben betraut worden, und es sei besser, nicht danach zu fragen. Hatte er vielleicht eine geheime Mission im Nazi-Deutschland oder im Orient? Bei einer solchen Frage legte man den Finger auf den Mund oder sah mich vieldeutig an. Vielleicht war es so, aber ich glaubte nicht im Ernst daran. Ich erinnerte mich an meinen letzten Abend mit Paul, an seine dunklen Ahnungen, an seine Ratschläge. Desgleichen erinnerte ich mich an mein letztes Gespräch mit Jascha in Barcelona. Ich hoffte weiter. Was hätte ich auch sonst tun können. Ich hoffte wider alle Hoffnung, daß mein Freund Paul Hamburger irgendwo mit einem Auftrag unterwegs, daß er in Freiheit und am Leben war.

Die Wahrheit entdeckte ich erst sehr viel später. Er war beim Verlassen des Flugzeugs verhaftet, in die Keller der Lubjanka geworfen, gefoltert und liquidiert worden. Dasselbe

Schicksal hatten alle seine Gefährten erlitten, nach denen ich in Paris vergeblich gesucht hatte.

Ich stellte mir vor, ich wäre statt nach Spanien zu gehen, meinen Freunden gefolgt, dann hätte ich schon früher Ihre Verhöre über mich ergehen lassen müssen, Genosse Richter. Ihnen hätte ich schlaflose Nächte, meiner Frau viele Sorgen und meinem Sohn ein auswegloses Leben erspart. Oder ich wäre von einem Ihrer »Organe« sofort liquidiert worden.

Es ist seltsam, daß Scheina mir eines Tages, als ich sie nach Paul fragte, ungefähr das voraussagte, was ich heute erlebe.

»Du kanntest ihn, Scheina. Ihr wart Freunde. Du warst häufig mit wichtigen Persönlichkeiten zusammen. Weißt du etwas?«

Wir tranken unseren schwarzen Kaffee auf der gleichen Bank wie immer, und Scheina schaute mich besorgt an:

»Du machst mir Kummer«, sagte sie.

»Warum? Weil ich mich weigere, von Paul abzulassen? Er ist doch mein Freund. Er war wichtig für mein Leben. Wenn es ihm schlecht geht, will ich es wissen und ihm helfen. Das ist doch normal. Ich habe Angst um ihn. Ich habe eine schreckliche Ahnung ...«

Scheina beugte sich mit geöffneten Lippen zu mir herüber. Sie zitterte und hatte etwas Düsteres in ihrem Blick:

»Ich auch«, flüsterte sie mir zu.

Ich sprang auf:

»Du auch? Du machst dir auch Sorge um ihn?«

»Nein«, sagte sie ganz leise, »um dich.«

Sie unterbrach sich, richtete sich auf und sagte:

»Soll ich fortfahren?«

»Ja.«

»Ich spüre, nein, ich sehe einen Menschen, dich, ganz allein im Finstern, und am Ende.«

»Das ist ein Gefängnis, das du mir beschreibst. Oder ein Grab. Oder ist es beides?«

Die Angst in ihren Augen veränderte ihr Gesicht, sie schnaufte:

»Es ist Blödsinn, du kennst das ja. Ich rede nur so daher ... Aber sei vorsichtig. Paul ist nach Rußland zurückgegangen; denk nicht mehr daran.«

Trotzdem ging ich, als ich mich endgültig entscheiden

mußte, nach Rußland, wohin mich die Gefahr oder ein blindes Verhängnis zog. Geschah es trotz oder wegen meiner Erlebnisse in Spanien? Wegen der immer schlimmeren politischen Situation in Europa? Wurde der Kommunist in mir ungeduldig? Gesetzt den Fall, daß nichts und niemand mich in Paris hielt, dann hätte ich nach Ljanow zurückkehren können, wo mein Vater mit ein paar Schmiergeldern meine Militärakte »bereinigt« hätte, wie er es seinerzeit beim Paßamt getan hatte, und hätte im Schoß meiner Familie leben können. Mein Vater riet mir dazu, und meine Mutter bat mich darum. Der Jude in mir hatte den Wunsch, ihrem Ruf zu folgen, ihre Hände zu küssen und die eigene Jugend wiederzufinden. Aber der Kommunist trug in dieser Frage den Sieg davon. Moskau stand für die Zukunft, Ljanow für die Vergangenheit. Paul und Jascha, Inge und Traub drängten mich vorwärts zu unbekannten Abenteuern. Meine Eltern banden mich an eine Struktur, die für meinen Geschmack auf zu soliden Fundamenten stand. Wenn allerdings Achuwa-Ziona, meine Begleiterin an jenem Nachmittag im Heiligen Land, sich an meiner Seite befunden hätte, wenn sie mir von drüben ein Zeichen gegeben hätte, ich glaube, ich hätte mit einem solchen Menschen wie ihr ein neues Leben in Palästina beginnen können.

Aber was für ein Organisationsgenie ist doch der Zufall, mag man ihn auch gerne als blind bezeichnen. Von der Geschichte läßt sich so etwas nicht behaupten, würde mein Freund Bernard Hauptmann sagen; denn sie weiß, wohin sie geht oder wohin sie uns führt. Ich wußte es nicht oder wußte es nicht mehr. Und dennoch ...

Anfang 1939 riet mir ein Kamerad, der klarer sah als die anderen, einen Ortswechsel vorzunehmen. München war nur eine Farce. Hitler hat uns alle getäuscht. Daran gibt es keinen Zweifel mehr. Prag verachtet seine französischen Beschützer, Polen vertraut ihnen noch. Hitler schwört, daß sein Eroberungshunger, wenn nicht gestillt, so doch abgeschwächt ist. Die Leute sind längst nicht mehr so leichtgläubig und befürchten, daß er irgendwann und irgendwo wieder zuschlagen wird. Ich sehe ihre sorgenvollen Gesichter, wenn sie im Bus oder in der Metro die Zeitungen studieren. Die Kellner machen lustlos ihre kleinen Scherze, über die ihre Gäste nur gequält lachen können. Am Platz der Republik, auf den großen Boulevards, im Viertel St-Paul, im Hof der Präfektur, überall, wo Emigranten und staatenlose Flüchtlinge sich treffen, stoße ich auf die bange Frage, was morgen sein wird. Ihre Angst bedrückt mich, und ihre Sorge macht mich unsicher. Sie betrachten mich voller Neid, weil ich einen Paß habe und deshalb einige Vorrechte genieße; ich bin kein lästiger Eindringling, wenn ich Lust habe abzureisen, steige ich in den nächsten Zug und bin fort. Ich kann gehen, wohin ich will. Ich habe ein richtiges Schuldgefühl und kann mich selber nicht ausstehen.

Es ist eine deprimierende, unfruchtbare Periode. Ich schreibe nichts und tue auch sonst nichts. Paul fehlt mir, Spanien fehlt mir, irgend etwas fehlt mir. Mein Leben hat Leerlauf. In meinem winzigen Hotelzimmer in der Rue de Rivoli stehe ich manchmal stundenlang und starre die schmutzigen grauen Wände und die verstaubten Fensterscheiben an, ohne mich zu rühren, ohne etwas zu denken. Ich spreche mit niemand, und niemand spricht mit mir. Ich öffne die Tür nicht mehr für das Zimmermädchen, das glaubt, ich sei krank. Vielleicht bin ich es auch.

Seit meiner Rückkehr aus Spanien liegen mir dunkle Ahnungen schwer auf der Seele, ich kenne mich selbst nicht mehr. Es liegt nicht daran, daß ich mich als Besiegter fühle, auch nicht an der militärischen Niederlage an der Front, die muß ich mir eingestehen, sondern ich komme mir vor wie ein *anderer*. Mein wahres Ich verläßt mich, unter einem düsteren Himmel entfernt es sich von mir, während ich an den Boden gekettet bin und ihm nicht einmal nachlaufen kann, nicht mal hinterherschreien, es solle zurückkommen, solle auf mich warten. Ich kann nichts tun und nichts sagen. Ich lasse mich gehen, vegetiere dahin.

Ich habe Kollegen von der Zeitung getroffen, die vermutlich von Scheina informiert wurden. Ich habe ihnen zerstreut zugehört, und es ist ihnen nicht einmal gelungen, mich mit ihren guten Ratschlägen in Wut zu versetzen. Ich soll die Dinge sehen, wie sie nun einmal sind, soll meine Schwierigkeiten überwinden und endlich aus dieser Nervenkrise herauskommen, die die Gefahr mit sich bringt, daß ... Pinsker hat mich gebeten, ihn zu besuchen. Ich bin nicht hingegangen. Er hat mir einen sehr freundlichen Brief geschrieben, sprach eindringlich von meiner schriftstellerischen und dichterischen Begabung und von der Verpflichtung meinen Lesern gegenüber. Ich habe ihm nicht geantwortet.

Seit Wochen habe ich seine Zeitung nicht mehr aufgeschlagen, auch nicht die der zionistischen Konkurrenz. Was könnten sie berichten, was ich nicht längst weiß? Daß der Sturm immer näher kommt? Daß die Christen in Europa noch immer nicht gelernt haben, die Juden als gleichberechtigt, wenn schon nicht als Brüder zu behandeln? Die beiden Redaktionen streiten sich und beleidigen sich wie vorher. Die Kommentatoren schreiben Kommentare, die Dichter Verse, die Polemiker verwickeln sich in Widersprüche. Wie unwichtig das alles ist!

Pinsker hat sich höchstpersönlich zu mir bemüht, um mich ins Gebet zu nehmen:

»Was soll dieses Einsiedlerleben? Ist das deine Vorstellung von Marxismus? Was ist mit der Rolle des Dichters in der Gesellschaft? Einsamkeit, das ist etwas für Kleinbürger.«

Ich habe ihm gesagt, daß ich mich nicht gut fühle. Nichts Ernstes. Bloß Übermüdung.

»Bist du sicher?«

»Ganz sicher.«

»Komm zu mir. Arbeite in der Redaktion. Das tut dir bestimmt gut.«

»Nicht jetzt. Ich habe nicht die Kraft dazu.«

Dann ist Scheina an der Reihe. Sie taucht plötzlich auf und setzt sich auf mein Bett. Ihre Brüste und ihr Mund sind verlockender denn je. Sie fragt mich ganz sanft und zärtlich nach meinen Texten, nach meinen »Arbeiten«, wie sie sagt, bittet mich, ihr ein Sonett vorzulesen, ein paar Verse, irgendwas, im Namen unserer alten Freundschaft, im Namen von ... Ich weigere mich. Mir steht nicht der Kopf danach. Sie gibt nicht auf, ich schiebe sie höflich zurück. Schließlich gesteht sie, daß die Partei mich braucht oder genauer gesagt, meine Unterschrift. Daher also das Interesse der Kameraden an meinem Wohlbefinden.

Anscheinend hat der *Pariser Haint* einen offenen Brief an den jüdischen Dichter Paltiel Kossower veröffentlicht: »Warum schweigt er? Ist er noch am Leben? Wenn ja, befindet er sich noch in Freiheit? Beunruhigende Gerüchte sind über ihn im Umlauf: Muß man ihn zu den Opfern der gegenwärtigen Säuberungen zählen oder – was wir von ganzem Herzen hoffen – zu denen, die bereut haben?«

»Die Partei legt Wert darauf, daß du antwortest«, sagt Scheina.

»Sag diesen bürgerlichen Dreckfinken, was du von ihren gemeinen Intrigen denkst; sag ihnen, daß du nicht mit der Arbeiterklasse gebrochen hast, daß du an die Revolution und an das Vaterland der Revolution glaubst ...«

Scheina drückt sich sehr gut aus, nur in politischen Dingen ist sie nicht redegewandt. Unlängst noch hätte mich eine solche Mahnung von ihr zum Lachen gebracht, heute läßt sie mich gleichgültig. Sollen die Bürgerlichen, die Zionisten, die Kapitalisten doch denken, was sie wollen, machen, was sie wünschen, schreiben, was sie für richtig halten, nur mich sollen sie in Frieden lassen. »Scheina, ich fühle mich nicht gut, mach ihnen das klar. Ich bin zu erschöpft, um ihr Spiel mitzumachen. Revolution und Konterrevolution, Trotzki und Stalin, Bucharin und Radek, Pinsker und Schweber, spielt sich das alles auf einer Kinoleinwand ab? Ob das schlechter oder besser für sie ist, ist mir einerlei: Ich schaue nicht hin, ich mache das Licht aus. Ich rühre mich nicht und denke auch nicht. Mein Denken will Ruhe haben, will schlafen. Verstehst du das, Scheina? Die Wörter gehorchen mir nicht mehr, sie liegen am Boden, sind namenlose Leichen. Nur der Messias kann die Toten auferwecken; und ich bin nicht der Messias.«

Scheina ist hingerissen, ihr sündiger Mund keucht wie zu den besten Zeiten, sie murmelt etwas und ruft: »Oh, das hat Tiefe, das ist so männlich.«

Lebt sie noch mit ihrem Maler oder möchte sie zu ihrer alten Liebe zurückkehren? Ich frage sie nicht danach. Es ist unwichtig. Sie soll fortgehen, soll endlich verschwinden. Alle sollen verschwinden und aufhören, mir auf die Nerven zu gehen. Ich wünsche, außerhalb des Lebens zu leben.

Aber das ist nicht so einfach, wie es den Anschein hat, Genosse Richter. Das Leben erwischt euch wieder und läßt euch nicht mehr los. Ihr flieht vor den Menschen, und sie verfolgen euch, ihr rennt hinter ihnen her, und sie entkommen euch. Wenn Sie in Ihren vier Wänden eingeschlossen sind, glauben Sie, daß die Ereignisse draußen Sie nichts mehr

ein Sowjetbürger. Du gehst zu deinem Konsulat, und das wird deine Repatriierung veranlassen. Was sagst du nun?«

Der Kamerad ist hellauf begeistert. Er hat eine Lösung gefunden für ein Problem, das keins ist. Er ist stolz auf sich und seine Entdeckung. Und ich betrachte ihn, als sei er ein Zauberer. Es ging alles viel zu schnell für mich, in wenigen Sekunden hat er mir allzu viele Türen aufgestoßen. Ich ein Sowjetbürger? Und was ist mit meinem rumänischen Paß, mit meiner Loyalität gegenüber Seiner Majestät dem König, mit meiner Nationalität? Und meine Eltern? Ich soll in die Sowjetunion reisen, wo meine Familie doch in Rumänien lebt? Wie lange wird diese Trennung dauern? Ich muß erst einmal klarkommen mit diesem Durcheinander von Städten, die ihren Namen gewechselt haben, ich muß ganz ruhig überlegen, aber der Kamerad läßt mir keine Zeit. Zweiundsiebzig Stunden ist nicht viel. Er ist ganz aufgeregt, es hält ihn nicht auf seinem Stuhl:

»Mensch, hast du Schwein, Kamerad«, sagt er. »Ach, mein Lieber, wenn doch alle Fälle so leicht wären wie bei dir...«

Er kennt meine Vergangenheit, er ist über alles im Bilde: Berlin, Spanien, meine kulturelle Tätigkeit in Paris.

»Alles wird laufen wie geschmiert«, verspricht er mir. »Neuer Paß, Fahrkarten für Schiff oder Bahn. Du brauchst dich um solche Formalitäten nicht zu kümmern, das macht dein Konsulat...«

Die folgenden Tage waren hektisch, denn jeder Augenblick zählte.

Von der »kompetenten Dienststelle« informiert, begrüßte das sowjetische Konsulat in mir einen Genossen, der darauf brannte, in sein Vaterland zurückzukehren. Ich erhielt ein Dokument in russischer Sprache, bekam Ratschläge, Instruktionen und eine Schiffskarte. Ich sollte das erste holländische Schiff nach Odessa nehmen, das in zwei Tagen in See stach. Ich fand kaum Zeit, Scheina einen Abschiedskuß zu geben – *Werde ich sie eines Tages wiedersehen?* –, einen langen und etwas wirren Brief an meine Eltern zu schreiben, zu Pinsker zu rennen, der auf der ersten Seite den treuen Lesern von *La Feuille* die große Neuigkeit verkünden würde: »Der Dichter Paltiel Kossower kehrt ungeachtet der Verleumdungen der bourgeoisen Presse heim nach Sowjetrußland, wo er an der

Seite unserer Freunde für den Frieden kämpfen wird ...« Ich mußte noch Rechnungen begleichen, im Hotel, im Restaurant, in der Wäscherei, etwas an Bekleidung und Unterwäsche kaufen, und dann war die Frist abgelaufen. Jetzt bin ich schon in Belgien, in Holland, in Rotterdam. Im Hafen wartet das Schiff. An Bord geht ein Offizier die Liste der Passagiere durch, prüft meinen rumänischen Paß und das russische Dokument und nennt mir die Nummer der Kabine, die ich mit einem höflichen zurückhaltenden Japaner teile. Ich atme auf. Auf Wiedersehen, Exil.

Es klopft an die Tür. Ein Matrose erscheint. Ob ich etwas brauche? Zu essen, zu trinken? Nichts, nein danke. Bestimmt nicht? Er zieht sich zurück und hinterläßt bei mir den merkwürdigen Eindruck, als ob er mir nicht alles gesagt hätte.

Während der Überfahrt sehe ich ihn etliche Male. Er überwacht mich, er bespitzelt mich. Er gehört sicher zum holländischen Nachrichtendienst, sage ich mir. Nein: zu den sowjetischen Sicherheitsorganen. Am Abend vor unserer Ankunft in Odessa läßt er die Katze aus dem Sack. Er wartet, bis ich allein in der Kabine bin, und tritt dann ein. Er stellt mir seine übliche Frage: Brauchen Sie etwas? Ich gebe ihm meine übliche Antwort und warte darauf, daß er sich zurückzieht. Zu meiner großen Überraschung bleibt er, bleibt vor mir stehen und fixiert mich mit seinen dunklen Augen. Ich bitte ihn, Platz zu nehmen, aber er möchte lieber auf Distanz bleiben. Gut, wie Sie wünschen. Er fragt mich nach meinen Plänen; ich habe keine.

Wo ich wohnen werde? Ich habe keine Ahnung. Ob ich irgendwelche Bekannte habe? Ja, ich kenne eine Reihe von Leuten, weiß aber nicht, wo sie sich aufhalten, ja, ich kenne nicht einmal ihre wirklichen Namen. Paul, Jascha ... Der Matrose interessiert sich für sie und für mein Verhältnis zu ihnen. Ich lasse meine Vorsicht fallen und komme ins Erzählen, spreche von meiner Arbeit an der Seite von Paul, von meinen Jahren in Spanien, von Jascha. Das ist jemand wichtiger, Jascha arbeitet für ... Ich höre auf. Ich habe schon zuviel gesagt. Kann ich sicher sein, daß dieser Steward für *uns* arbeitet? Und wenn er für die andere Seite tätig wäre? Sein Französisch scheint mir nicht das beste zu sein, aber das will nichts heißen, ich spreche kein reineres Französisch als er, aber ... Sollte er Deutscher sein? Ich beiße mich auf die Lippen. Offensichtlich hat das Meer mich meine Untergrunderfahrung schnell vergessen lassen. Ich schweige. Ist der Matrose ein Freund oder ein Feind? Er verabschiedet sich.

»Einen Rat«, sagt er auf der Türschwelle zu mir.

»Ja, bitte?«

»Je weniger Sie reden, um so besser wird es sein.«

Nein, er ist nicht von der Gestapo. Nein, er will mir nicht übel. Er wird deutlicher: Nicht von den ehemaligen Freunden sprechen, nicht auf meine Vergangenheit zurückkommen; eine Vergangenheit zu haben ist unter den gegenwärtigen Umständen nur störend. Instinktiv befolge ich seinen Rat. Auf die Fragen, die mir bei meiner Ankunft gestellt werden, antworte ich nur, daß ich niemand in Sowjetrußland kenne, daß ich weder Brüder noch Freunde dort habe. Warum ich mich entschlossen habe, hier zu leben? Ganz einfach: Ich wurde aus Frankreich ausgewiesen und wußte nicht, wohin ich gehen sollte. Nach Rumänien etwa? Dort betrachtet man mich als Deserteur. Meine Offenheit hat mehr als jede leidenschaftliche Loyalitätserklärung eine positive Wirkung. Ich werde willkommen geheißen. Meine Franken und holländischen Gulden, die ich besitze, werden in Rubel umgetauscht. Ich bin besitzlos, bin jetzt zu Hause, bin im Vaterland der Vaterlandslosen.

Ich verlasse den Hafen und gehe in Richtung Stadtzentrum. Während ich dahinschlendere, kommen mir die Gestalten Isaak Babels in den Sinn und der eigentümliche Reiz, der von ihnen ausging, Odessa mit seinen schreienden Farben und gefühlvollen Gaunern, der endlose Strom von Menschen, der nicht ins Meer, sondern in den Tod fließt.

Ich nehme eine Straßenbahn, die mich in ein Geschäftsviertel bringt. Ich frage den Schaffner nach einem Hotel. Er antwortet mir auf russisch. Da ich aber kein Russisch verstehe, spricht er deutsch, und deutsch kann ich. Dort hinter dem Geschäft an dem kleinen Platz gibt es ein billiges Hotel.

War es richtig, hierher zu kommen? Während ich durch die kalte Straße gehe und die Fassaden der Häuser betrachte, sage ich mir immer wieder, daß ich mich für eine Einbahnstraße entschieden habe. Der Bruch mit meinem früheren Leben ist brutal. Was soll aus mir werden? Ich habe Hunger und Durst und weiß nicht, was die Zukunft mir bringt, ob ich überhaupt eine Zukunft habe. Ich frage mich, ob meine Vergangenheit, die ich auf der »anderen Seite« gelassen habe, hier wieder aufleben kann. Ich denke an Barassy und an meine Kindheit, an das Pogrom, den Keller, die Angst. Ich denke an Ljanow und an meine Freunde, an Ephraim, den ich mir in diesem Umfeld, in diesem Land seiner Träume vorstelle. Ich sehe Inge und Traub, wie sie mir auf dieser Straße folgen. Mein ganzes Leben läuft im Geiste vor mir ab. Als ob ich dem Tod entgegenginge. Ich klammere mich an die Vergangenheit, ich habe Angst, daß sie mir entflieht. Ich klammere mich mit aller Kraft an sie, um nicht in das schwarze Loch zu fallen, das vor meinen Augen immer größer wird und wo ich die Anwesenheit der Freunde von einst spüre. Sie sind stumm, und ich weiß, daß ich ihnen eines Tages folgen, daß ich hineinschlittern, hineinstürzen werde; ich kann nichts dafür, es ist nicht meine Schuld, daß ich mich mit diesem Koffer herumschleppe, nicht meine Schuld, daß ich diesen Weg und nicht einen anderen einschlage. Zufall oder Schicksal? Alle Wege meiner Vergangenheit führen nach Odessa. Ist Gott glücklich in Odessa?

Ich setze einen Moment meinen Koffer ab. Das Hotel ist nicht mehr weit. Auf denn! Nur Mut! Was ist denn bloß in diesem verdammten Koffer, daß er so schwer ist? Einige persönliche Gegenstände. Ein paar Manuskripte. Gebetsriemen in einer kleinen blauen Tasche. Ein paar Gedichte. Worte.

Mein Leben ist in diesem Koffer.

Zusammengekauert und eingemummt versteckte Moskau sein Gesicht, um Atem zu schöpfen und Wärme zu speichern. Der Frost hatte die Verkehrswege lahmgelegt; nur Fußgänger, die zur Arbeit gingen, waren zu sehen. Dann und wann tauchte auch ein von kleinen sibirischen Pferden gezogener Schlitten auf. Von meinem Fenster im ersten Stock betrachtete ich die Schneeflocken, die aus einem niedrigen grauen Himmel fielen.

Ich lebte seit einigen Wochen in Sowjetrußland und fühlte mich im Abseits, wie am Rande meiner eigenen Existenz.

Keine Post von meinen Eltern und auch von meinen Freunden nicht. Ljanow und Paris gehörten zu einer anderen Welt.

Ich ging wenig aus. Wenn ich in meinem Zimmer hockte, dachte ich an meine Freunde. Sie fehlten mir. Das wagte ich natürlich niemand einzugestehen; Heimweh sei eine unproletarische Tugend, hätte man mir erwidert. Außerdem hatte ich niemand, dem ich mich anvertrauen konnte.

Im jüdischen Schriftstellerclub, bei dem ich mich gleich nach meiner Ankunft gemeldet hatte, war mir ein freundlicher Empfang zuteil geworden. Man kannte manche von meinen Gedichten, die in *La Feuille* erschienen waren, einige waren sogar übersetzt und in der Monatsschrift in Piroschow veröffentlicht worden. Man sagte mir Liebenswürdigkeiten und stellte mir unzählige Fragen nach diesem und jenem. Ich beantwortete sie nach bestem Wissen: Ja, Pinsker geht es gut; ja, Schweber leistet gute Arbeit; ja, sein Loblied auf das russische System erregt Aufmerksamkeit ... Ich selbst hatte nur eine einzige Frage: Was muß ich tun, um eine Beschäftigung zu bekommen?

»Abwarten«, sagte man mir. »Das erste, was Sie hier lernen müssen, ist abwarten und Geduld haben.«

»Und ich glaubte, im Land der Revolution hätten die Menschen verlernt, Geduld zu haben«, entgegnete ich lachend.

Man bedeutete mir, es sei nicht richtig von mir, mich über die Revolution lustig zu machen. Ich merkte es mir.

Mein Besuch im Club hinterließ bei mir ein ungutes Gefühl. Die Großen, die Michoels, Markisch und Der Nister, hatte ich von weitem gesehen und hatte Kwitko, Kulbak und Hochstein die Hand geschüttelt. Ich kannte ihre Werke und bewunderte sie, empfand sogar eine liebevolle Zuneigung zu ihnen; sie waren so etwas wie meine älteren, meine großen Brüder. Aber ich war ihretwegen auch traurig; denn sie machten den Eindruck von Menschen, denen ein Maulkorb umgehängt wurde und die darauf bedacht sind, nicht aufzufallen. Sie schüttelten Hände, lächelten und wechselten ein paar Worte über einen Roman oder Essay, waren aber nicht wirklich bei der Sache.

Sie schauten bedrückt, schwiegen oft lange und bewegten den Kopf auf eine Art und Weise, die ich nicht deuten konnte. Diese jüdischen Schriftsteller und Dichter, sogar die größten, hatten Angst, auf sich aufmerksam zu machen und ins Licht der Öffentlichkeit zu treten. Warum, begriff ich erst später; es war die Folge des Pakts mit Hitler. Eine seltsame Atmosphäre herrschte in Moskau; sogar unter sich sprachen die Juden mit gesenkter Stimme, um nicht aufzufallen. Sie blieben diskret in den Kulissen, um Molotow keine Unannehmlichkeiten zu bereiten. Der Wechsel Litwinows von der Verwaltung in die Außenpolitik wurde im Club als Warnung für die Juden gedeutet. Sie sollten den Haß gegen den Nazismus in sich unterdrücken. Aus Gründen der Staatsräson; denn der Teufel war nicht mehr ein Feind, sondern ein Verbündeter. Die Juden hätten auf allen Ebenen den Kopf einzuziehen und sich nicht mehr öffentlich zu zeigen, damit die vornehmen Besucher aus Berlin keinen Anstoß nahmen. Sie hatten in den Schatten zu treten; sie zählten nicht mehr. Ihre Ansichten, ihre Ängste, ihre Empfindungen, ihr Leben hatten kein Gewicht mehr. Hätte Hitler die Deportation von einer Million Juden nach Sibirien verlangt, dann wäre sein Wunsch mit der größten Sorgfalt geprüft und wohl kaum zurückgewiesen worden. Das wußten meine großen Brüder in Moskau besser als ich.

Im Club sprach niemand von diesen Dingen, nicht einmal flüsternd. Auch im jüdischen Theater und Restaurant nicht, wenigstens nicht in meiner Gegenwart.

Untereinander, wenn kein Unbekannter da war, fühlten sie sich vielleicht freier. Ich weiß es nicht. Ich weiß nur, daß Politik in ihren Gesprächen und Werken nicht vorkam. Sie flüchteten in eine Literatur, in der immer nur von Kolchosen, Landarbeit und kühlen Wäldern die Rede war. Ich fragte einen von ihnen (seinen Namen werde ich nicht preisgeben, Genosse Richter, weil er noch lebt) nach dieser mir unverständlichen Haltung unserer berühmten Intellektuellen:

»In Paris«, sagte ich, »da kämpfen wir; bekämpfen den Nazismus von früh bis spät in unseren Zeitschriften und auf Versammlungen, und zwar im Namen der kommunistischen Revolution. Hier schweigt ihr! Das verstehe ich nicht!«

Mein Gesprächspartner war sichtlich entsetzt und flüsterte:
»Wechseln Sie bloß das Thema, ich bitte Sie!«
»Aber warum denn?«

»Sie sind gerade erst angekommen, deshalb können Sie das nicht verstehen.«

Ein anderer Kollege wurde deutlicher:

»Wir sind hier nicht in der *Jeschiwa,* junger Mann. Wir studieren hier nicht den Talmud. Hier kann nicht jeder mitreden. Zwingen Sie uns nicht, Dinge mit anzuhören, die man besser nicht hören sollte!«

Ein dritter drohte mir sogar:

»Meckern heißt, daß man die Partei und ihren ruhmreichen Chef kritisiert. Das kann teuer zu stehen kommen.«

Und alle sagten immer wieder, daß ich das nicht verstehen könne. Sie hatten recht, ich verstand es nicht. Ich dachte an Inge und ihren Kampf im Untergrund, an Paul und seine Mannschaft; sie versuchten mit allen Kräften, die freie Welt gegen den Nazismus zu mobilisieren. Nein, ich verstand es nicht; außerhalb der Naziländer war die russische Presse die einzige, die nicht gegen die Nazigefahr kämpfte. Es machte mich krank. Diesen Widerstreit der Gefühle hielt ich nicht mehr aus und schnitt das Thema eines Tages ganz kurz bei Granek, dem hervorragenden Vergil-Übersetzer, an. Er war sehr zurückhaltend, ein sanfter und schrecklich schüchterner Mensch – schlimmer noch als ich – und hob entsetzt die Hände, als ob er mich abwehren wollte:

»Das darf man nicht, junger Mann, das darf man nicht.«

»Granek, hören Sie mir bitte zu. Ich muß mit jemandem darüber sprechen, sonst platze ich oder werde verrückt.«

Wir gingen hinaus. Auf der Straße ließ ich ihn meine Enttäuschung wissen. Ich erzählte von meinen Jahren des Kampfes gegen Hitler und seine Mörderbande. Ich sprach von Paul, von seinem Einfluß auf mich und von seiner Wirkung auf das intellektuelle Milieu in Frankreich:

»Es tut mir weh, Freund Granek, Ihnen das zu sagen, aber ich fühlte mich in Paris wohler. Dort konnte ich wenigstens schreien und die Öffentlichkeit alarmieren, konnte kämpfen!«

»Das darf man nicht, das darf man nicht«, murmelte Granek und zog ängstlich die Schultern ein.

Granek lebt nicht mehr. Deshalb kann ich diese Unterhaltung erwähnen. »Man darf nicht ...« Was durfte man nicht? Nach Moskau kommen? Sich einem Kollegen anvertrauen? ... Er wurde zur Marine eingezogen und starb 1943 auf See. Er hat das Glück gehabt, als Held zu sterben; denn wenn er überlebt hätte ...

»Man darf nicht an die Vergangenheit rühren«, sagte Granek, während wir langsam in der Straße beim Club auf und ab gingen.

Als er mein erstauntes Gesicht sah, fuhr er fort:

»Sie wissen nicht? Sie wissen wirklich nicht, was sich hier seit ein paar Jahren tut? Ihre Freunde ... sind nicht mehr.«

»Wollen Sie damit sagen, daß sie das Land verlassen haben?«

»Aber nein, armer Freund. *Sie sind nicht mehr.* Hamburger und ...«

Endlich kapierte ich: Sie lebten nicht mehr, als Opfer der Säuberungen waren sie verschwunden, ohne eine Spur zu hinterlassen. Es ist verboten, sich an sie zu erinnern. Wer sich an sie erinnert, liebt sie, und wer sie liebt, ist ihr Komplize.

Ich taumelte unter diesem Schock. Der Boden schwankte, der Himmel stürzte ein. Ich erinnerte mich an mein letztes Gespräch mit Paul. Ahnte er, was ihn hier erwartete? Möglich. Aber warum war er dann zurückgegangen? Und ich, weshalb war ich hierher gekommen? Jetzt war es zu spät, um noch zu bedauern. Ich mußte mich in das Unabänderliche fügen. Wie die anderen. Mußte auch die Stahlwerke besingen, die Pracht der Fabriken und den neuen Menschen, der sie unter der weisen und unfehlbaren Führung der Partei errichtet hatte. Erkennen Sie nun, was ich damit sagen will?

Ich erhielt eine bescheidene Anstellung als Korrektor bei einem Staatsverlag in der französischen Abteilung. Die Werke von Lenin, Marx, Engels und natürlich von Stalin las ich in französischer Übersetzung und korrigierte die Fahnenabzüge. Ich machte meine Arbeit gewissenhaft wie immer, aber ohne Begeisterung. Ich bin nun mal kein Philosoph, sondern ein Dichter und hatte nicht das Bedürfnis zu verstehen, was ich las.

Eines Tages überkam mich der Wunsch, *echte* Juden zu treffen. Ich ging in die Synagoge. Ein völliges Fiasko. Eine Handvoll Greise sahen sich verängstigt und mißtrauisch nach mir um. Ein kleiner Buckliger rief:

»Was wollen Sie?«

»Nichts.«

»Wollen Sie beten? Wo sind denn Ihre Gebetsriemen?«

Gedemütigt ging ich fort. Ja, gedemütigt, denn kein anderes Wort könnte meinen damaligen Seelenzustand beschreiben. Manchmal war ich lieber mit russischen oder tatarischen, baschkirischen oder usbekischen Schriftstellern zusammen. Ihre Loblieder auf eine hitlerfreundliche Politik empörten mich weniger als die Plädoyers der jüdischen Schriftsteller, die sich genauso verhielten. Ich sah sie in der Tat immer seltener. Ich zog mich zurück, um nicht ausfällig zu werden und dadurch ein Unglück heraufzubeschwören, unter dem die »Großen«, die ich trotz allem schätzte, hätten leiden müssen. In ihrem und in meinem eigenen Interesse war es besser, wenn ich mich völlig zurückzog.

Ich hatte ein kleines Zimmer bei einer tauben Dame gemietet, die diesen Umstand sogar als Vorteil anpries:

»Bei mir«, sagte sie, »bei mir können Sie schnarchen, mit den Füßen stampfen oder sich den Hals brechen, ich werde nichts tun, um Sie daran zu hindern.«

Es war ein dreistöckiges Haus in der General-Komarski-Straße. Der Mangel an Komfort wurde durch Ruhe wettgemacht. Kein Wasser, keine Heizung im Zimmer, aber wenn ich die Tür hinter mir geschlossen hatte, konnte ich durchs Fenster blicken und mich an den Bäumen erfreuen; dabei vergaß ich den Staub und Schmutz meiner Umgebung.

Am anderen Ende der Wohnung hatte sich ein junges Mädchen namens Anna einquartiert, die aus Tiflis kam und am Institut für moderne Sprachen studierte. Wir begegneten uns auf der Treppe oder im »Salon«, wie unsere Vermieterin ihr Schlafzimmer nannte, und sagten uns knapp und höflich guten Tag. Unter anderen Umständen hätte ich versucht, mit Anna anzubändeln. Groß, schlank und sehr gebildet, erinnerte sie mich an die romantischen Prinzessinnen des alten Rußlands. Ein Zeichen von ihr hätte genügt, und ich hätte Feuer gefangen. Aber ich war zu deprimiert, um Augen für einen begehrenswerten Frauenkörper zu haben. Ich hatte keine Lust, mich in irgendeiner Weise zu binden.

Nicht selten schüttelte die Wirtin mißbilligend ihren knochigen Kopf, weil ich das Mädchen nicht beachtete, und stichelte:

»Ach, was ist das bloß für eine Generation! Nicht fähig, eine Frau zu packen und … Du bist doch jung und nicht krank, sie ist ebenfalls gesund ... Und nichts, überhaupt nichts tut sich? Das ist wirklich eine Schande. Daß meine Augen das erleben müssen! Warum straft der liebe Gott mich so?«

Mir stand nun einmal nicht der Kopf danach. Wir machten eine schwere gefahrvolle Zeit durch, in erster Linie wir Juden, aber auch die echten Kommunisten, das heißt, die Männer und Frauen, die ihr kommunistisches Ideal über politische Überlegungen und diplomatische Bindungen stellten. Wir hatten nirgendwo Freunde, hatten keine Verbündeten und fanden nirgendwo Unterstützung. Wir schlichen uns an den Häusern entlang, wenn wir durch die Straßen gingen.

Eines Tages hatte ich das Bedürfnis, *etwas anderes* zu lesen als das ganze offizielle Geschreibsel. Ich ging in den Club, um die kommunistischen Zeitungen aus dem Ausland zu lesen, in der festen Überzeugung, ich würde dort meine Angst und meine Verwirrung widergespiegelt finden. Ich sagte mir: Die drüben können doch ungehindert die Wahrheit sagen und werden es auch tun. Meine Enttäuschung war groß. Die jüdischen Zeitungen in New York und Paris, die von den jüdischen Sektionen der Partei herausgegeben und verbreitet wurden, beteten die Leitartikel unserer offiziellen Presse nach. Das tat weh, o ja, sehr weh. Ich las die Kommentare von Pinsker, und das Blut stieg mir zu Kopf, las die süffisanten Analysen von Schweber und wurde rot vor Scham. Eines Tages überraschte Granek, mein einziger Freund, mich bei der Lektüre und sah, wie mir Tränen in den Augen standen. Da legte er tröstend seine Hand auf meinen Arm:

»Man muß sich mit Geduld wappnen, kleiner Bruder, wie sagten doch die Alten: So wie es Nacht wird, wird es auch wieder Tag. Die Finsternis trägt die Verheißung des Lichts in sich.«

»Sie lügen, Freund Granek, sie lügen. Wir lügen alle. Hier wie drüben.«

Mich traf diese Erkenntnis mitten ins Herz. Ihm erging es ähnlich. Auch er kannte die jüdisch-kommunistischen Redakteure in der nichtkommunistischen Welt; denn er war ihnen ebenso wie Markisch, Bergelson und Der Nister früher natürlich begegnet. Die kommunistisch-jüdische Literatur war doch ein in sich geschlossener Kreis. Jeder verkehrte mit jedem, aus Freundschaft oder aus Vorsicht.

Der Nister und sein Roman *Die Familie Maschbar* ... Ich
hätte mir gewünscht, diesen ruhigen und strengen, geradezu
asketischen Menschen näher kennenzulernen, der ein weises
und heißes Herz besaß. Wo ist er heute, Genosse Richter?
Vielleicht in der Nachbarzelle? Sicher haben Sie ihn in
Moskau behalten. Dort wäre ich auch gerne. Ich erinnere
mich genau an seinen bedächtigen Gang, an sein blasses
Gesicht ...

Unter den jüdischen Schriftstellern gab es einen, der mich
rasend machte, ein junger Dichter, ein rothaariger arroganter
Streber, der seine Verse unter dem Namen Arke Gelis
veröffentlichte. Im Winter trug er Stiefel und teure warme
Kleider. Er mischte sich in jedes Gespräch, ohne daß er dazu
aufgefordert worden wäre. Man mißtraute ihm und wurde
still, wenn er auftauchte. Granek hatte ihn in Verdacht, für
eure »Organe« zu arbeiten. Ich bin überzeugt davon. Im Krieg
trug er eure Uniform und hatte den Dienstgrad eines Majors.
Man wird doch nicht für nichts und wieder nichts Major bei
euch, Genosse Richter.

Dieser Gelis machte sogar an den schlimmsten Tagen einen
glücklichen, ja strahlenden Eindruck. Je niedergeschlagener
wir waren, desto höher trug er seine Nase und überfiel uns mit
seinem Redeschwall, er beschuldigte uns, ängstlich, passiv und
skeptisch zu sein, also ...

»Unsere Politik ist gerecht und bringt das Heil«, tönte er mit
geschwellter Brust. »Mehr noch, sie ist moralisch; denn sie
verteidigt die Interessen der Arbeiterklasse der ganzen Welt.
Außerdem bannt sie das Gespenst des Krieges. Man muß ein
Idiot oder ein Reaktionär sein, um das nicht anzuerkennen!«

»Und Hitler?« fragte ich ihn eines Abends und konnte nur
mit Mühe meine Wut und Verachtung zurückhalten. »Was ist
mit seinem Haß gegen unser Volk? Und was mit den
Mißhandlungen, die die Kommunisten in seinen Konzentra-
tionslagern erleiden?«

»Wie können Sie es wagen?« rief er aus. »Sie kommen aus dem
verdorbenen Westen, um uns Lehren zu erteilen? Ausgerechnet
Sie? Verfolgt und verjagt, klopfen Sie an unsere Tür, wir nehmen Sie auf wie einen Bruder, und zum Dank sabotieren Sie
unsere Friedenspolitik! Sie wollen Krieg? Den Tod unserer Jugend? Kann nur das Ihnen Genugtuung verschaffen?«

Alle Blicke blickten zu Boden; ein beklemmendes Schweigen lastete auf unserer Gruppe. Ich war verloren, mußten alle denken; ich hatte soeben meinen todbringenden Verhaftungsbefehl unterschrieben. Granek schien einer Ohnmacht nahe. Seine Augen blickten vorwurfsvoll: Ich hatte dich gewarnt, kleiner Bruder. Da bekam ich Gewissensbisse und auch Angst; denn dadurch, daß ich mich exponierte, brachte ich ihn in Gefahr. Ich wollte das Gesagte schon zurücknehmen und alles richtigstellen, aber da ersparte Mendelewitsch, der große Darsteller klassischer Rollen, mir diese Demütigung und trat zu meiner Verteidigung an:

»Kamerad Gelis«, sagte er mit seiner voll tönenden Baßstimme, »mal langsam. Paltiel Kossower hat die Hitlerleute am Werk gesehen, wußten Sie das? Er hat den von ihnen Verfolgten geholfen, wußten Sie das? Er hat die Faschisten in Deutschland, in Frankreich, in Spanien bekämpft, wußten Sie das? Er hat seine Feder und sein ganzes Herz, er hat sein Leben darangesetzt, ich sage ausdrücklich: sein Leben und zwar im Dienste unseres Volkes darangesetzt, ich spreche vom jüdischen Volk, wußten Sie das?«

»Das hat nichts zu sagen«, stotterte Gelis.

Er wurde ganz klein. Der Einfluß, den Mendelewitsch auf alle jüdischen Schriftsteller und Intellektuellen ausübte, machte den Spitzel unsicher, und er versuchte, den Rückzug anzutreten. Mendelewitsch hatte sehr gute Verbindungen; sogar aus dem Kreml kam man zu seinen Vorstellungen.

»Das hat nichts zu sagen?« fuhr Mendelewitsch in einem noch schärferen Ton fort. »Und Sie behaupten, Kommunist zu sein? Und obendrein jüdischer Schriftsteller? Wir kommunistischen Juden haben gelernt, uns für das Schicksal aller zu interessieren, die leiden, und alle zu achten, die sich unserem Kampf anschließen. Ein Jude, der kein Herz für das jüdische Leiden hat, ist wie ein Kommunist, dem das Leiden des Proletariats gleichgültig ist. Lassen Sie sich das gesagt sein, junger Mann!«

Dann trat er auf mich zu und legte seine mächtigen Hände auf meine Schultern, als wolle er mich auch körperlich in Schutz nehmen:

»Kommen Sie, Kossower, wir wollen etwas trinken, und dann erzählen Sie mir, was andere zu hören nicht wert sind.«

Wir verließen das Haus der jüdischen Schriftsteller und traten ins Freie. Es war schönes Wetter; die klare, silbrige Junisonne ließ Kälte und Nebel des Winters vergessen. Ich fühlte mich leicht und beschwingt und tänzelte mehr, als daß ich ging. Ich feierte die Abfuhr, die Gelis bekommen hatte. Ich wußte nicht, wie ich meinem Beschützer danken sollte; ich hätte alles getan, um ihm eine Freude zu machen. Er führte mich in seine Wohnung in der Straße des Oktober und lud mich ein, in seinem Arbeitszimmer Platz zu nehmen, dessen Wände mit Büchern, Kostüm- und Bühnenbildentwürfen bedeckt waren. Er fragte mich nach meinem Leben, meiner Arbeit, nach meinem Schreiben. Ich antwortete, ohne zu zögern oder Angst zu haben. Selten hatte ich einem Menschen gegenüber eine ähnliche Dankbarkeit empfunden.

Granek sollte mir später gestehen, wie groß seine Angst gewesen war. Er war überzeugt, daß ich trotz des Eingreifens von Mendelewitsch für meine Kühnheit zahlen müßte. Gelis hatte seinen Vorgesetzten bestimmt von dem Vorfall berichtet. Weil er dem Schauspieler gegenüber machtlos gewesen war, hätte er versuchen müssen, mich aller möglichen politischen Vergehen zu beschuldigen, die meine Verhaftung und Verurteilung nach sich ziehen mußten, nur um damit ein Exempel zu statuieren. Ich hatte das, offen gestanden, auch erwartet; denn inzwischen hatte ich die Sitten des Landes kennengelernt. In den folgenden Nächten war ich darauf gefaßt, ein Klopfen an meiner Tür zu hören. Ich tröstete mich schon im voraus mit dem Gedanken, daß Juni war, dann würde ich im Gefängnis wenigstens nicht erfrieren.

Aber es geschah ein Wunder. Pardon, das muß ich wieder zurücknehmen, denn der Krieg brach aus, der mich vor dem Gefängnis bewahrte, aber das Leben von zwanzig Millionen Männern, Frauen und Kindern und das von sechs Millionen meines Volkes kostete. Nein, ein Wunder war das nicht.

Der Ausbruch der Feindseligkeiten erfüllte mich jedoch mit einer wahren Erleichterung. Als ich die Rede Molotows hörte, spürte ich das unbändige Verlangen, vor Freude laut zu schreien: Hurra, endlich kämpfen wir jetzt gegen Hitler und seine Anhänger! Hurra, endlich können wir nun unsere Wut austoben.

Ich verließ die Druckerei und rannte zum Club. Völlig

atemlos kam ich dort an und reihte mich in den Kreis meiner Kollegen ein, die sich um Mendelewitsch scharten. In dieser Stunde wollte ich bei den Meinen sein, mitten unter ihnen, wollte sie beglückwünschen, sie umarmen, wollte vor Freude und Stolz weinen wie sie, lachen wie sie, wollte mit ihnen singen, ein Glas leeren, obwohl ich wußte, daß dieses improvisierte Fest das erste und zugleich das letzte war, das uns so zusammenführte, das letzte für eine lange Zeit. Würde es überhaupt noch einmal ein Fest geben? *Werde ich sie eines Tages wiedersehen?* Wer würde überleben, wer fallen?

Mitten im Trubel des Festes hielt ich plötzlich inne. Meine Kehle war wie zugeschnürt, ich dachte an meine Eltern, an meine Schwestern und ihre Kinder. Von jetzt an erstreckte sich zwischen ihnen und mir eine blutige, mörderische Front; zwischen uns stand von nun an der Tod mit unzähligen Armen und Augen, der Tod, der niemals verliert, niemals aufgibt, niemals genug hat.

Mir wurde schlecht, ich stellte das Glas ab und schloß die Augen.

Sie haben mich der Feigheit angeklagt, Genosse Richter. Die Juden sind feige, haben Sie mir gesagt; denn sie ziehen sich geschickt aus der Affäre und lassen die anderen für sich kämpfen. Nun, das ist richtig und falsch zugleich. Falsch ist es in bezug auf die Juden insgesamt; richtig ist es in meinem Falle, und da ganz besonders.

Während des Krieges, Genosse Richter, während unseres Großen Vaterländischen Krieges, habe ich mutige, tapfere und furchtlose Juden erlebt wie nie zuvor in unserer Geschichte. Ich habe einen Mann gekannt, Dr. Lebedew, der bei Feindbeschuß zwischen den Verwundeten kniete und sie versorgte. Manchmal konnte er nicht einmal mehr knien, so viele Soldaten lagen da und schrien um Hilfe, schrien: Komm doch, ich sterbe. Ich habe einen Leutnant Großmann gekannt, der ganz allein elf Panzer geknackt hat. Ich habe einen Mann – nein, was sage ich, einen Jüngling gekannt, fast noch ein Kind, der durch den Drahtverhau kroch, seine Handgranaten unter die Ketten der Panzer schleuderte und wartete, bis sie in die Luft flogen. Sie haben tapfer wie Helden für die russische und für die jüdische Ehre gekämpft, das können Sie mir ruhig

glauben. Ich sage das nicht, um meine Verdienste herauszu-
streichen, sondern um mich im Gegenteil kleiner zu machen.
Denn ich war kein Held. Den Krieg habe ich nicht so wie sie
an der Front mitgemacht, sondern im Lazarett.

Und auf dem Friedhof.

Der Krieg. Der Krieg ist eine einzige Schweinerei. Ein Ab-
schlachten und vor allem ein wahnsinniges Chaos.

Im Verlauf einer einzigen Nacht, ja eines einzigen Augen-
blicks weiß das ganze Land nicht mehr, wo ihm der Kopf
steht. Es herrscht ein totales Durcheinander. Nichts ist mehr
wie früher, der ganze Apparat ist gestört, es wird nicht mehr
normal gesprochen, sondern geschrien, Befehle werden ge-
brüllt. Die Verbündeten von gestern sind zu Feinden geworden; sie kennen keine Gnade, lechzen nach Blut, sind wie die
Wilden. Unsere Feinde von gestern, die Kapitalisten, Imperialisten, Kolonialherren, haben sich in treue Kameraden, in
echte Freunde verwandelt. Statt unsere Grenzen vorzuschie-
ben, machen wir sie enger, statt vorzugehen, zieht sich die
unbesiegbare Rote Armee zurück. Und wo bleibt dabei der
Mensch? Er ist gut zum Töten und Getötet-Werden.

Auch wenn ich Sie enttäuschen muß, aber erwarten Sie von
mir nicht die üblichen Kriegsberichte, die von edlen Gefüh-
len, von Opfern und Tapferkeit triefen. Ich nehme keine
Heldentat für mich in Anspruch, habe keine Schlacht gewonnen, keinen Sieg davongetragen und keine einzige Einheit
gerettet. Wie jeder bin ich dem Aufruf zur Generalmobilma-
chung gefolgt und habe mich bei der Rekrutierungsstelle
gemeldet; genau wie jeder andere, nicht mehr und nicht
weniger, ich wollte unbedingt kämpfen.

Das ganze betrogene, manipulierte und an der Nase herum-
geführte Land eilte, sobald der erste Schock vorbei war, dem
überfallenen Vaterland zu Hilfe. Die feierlich ernste, ja
geradezu brüderliche Rede Stalins – er gebrauchte das Wort
Brüder – riß die ganze Nation mit, und erst recht gilt das für
die jüdische Minderheit.

Kein Krieg ist jemals in der Geschichte mit solcher Leidenschaft und Begeisterung aufgenommen worden. Wir waren
bereit, alles zu opfern und alles zu tun, um die schlimmsten
Feinde unseres Volkes und der Menschheit zu besiegen, wir

hatten endlich das Gefühl, wirklich zu diesem Land zu gehören. Wir waren eine Schicksalsgemeinschaft; was den anderen geschah, traf uns selbst zutiefst. Wir waren nicht mehr Subjekt oder Objekt dieses oder jenes Kameraden, dieses oder jenes Generalsekretärs, sondern waren ihre Landsleute und Brüder. Laut Gesetz, in politischer und moralischer Hinsicht standen wir wirklich auf derselben Seite. Wir nährten denselben Haß gegen die Soldaten des Hasses. Wie jeder andere waren wir bereit, alles auf uns zu nehmen und alles zu opfern für den Sieg. Nur ich, ich hatte nichts zu opfern, weil ich nichts besaß.

Ich sehe die folgende Szene wieder lebhaft vor mir. Kasdan, mit seiner ewigen Zigarette zwischen den Fingern, sieht sich schon an der Front und ein Regiment zum Angriff führen. Er zittert vor lauter Aufregung, als ihm einer sagt:

»Aber du bist doch niemals Soldat gewesen! Du hast noch nie eine Waffe in der Hand gehabt.«

»Na und?« ruft er ganz erbost, weil man sich bei Details aufhält, die ihn um sein Kommando bringen könnten. »Mut und Vaterlandsliebe, zählt das etwa nicht?«

Erstaunlich ist, daß wir in diesem Augenblick genauso denken wie er. Zum Teufel mit der ganzen Dialektik, es lebe der Glaube!

Der Strubbelkopf Feldring trägt Verse aus der Bibel vor. Wie Pharao wird auch Hitler im Blut ertrinken. Feldring sieht sich schon einen Vortrag halten über den Militarismus in der jüdischen Dichtung und umgekehrt.

Der vierschrötige Morawski bleibt nüchtern:

»Ja, wir werden gewinnen, aber ...«

Einer wirft ihm vor:

»Was aber?«

»Ich stelle mir vor, was das kosten wird«, sagt Morawski schroff.

Als Fünfziger fürchtet er, dienstuntauglich zu sein. Dann muß er eben schwindeln; ein jüdischer Dichter darf ein falsches Alter angeben, denn er ist immer jünger oder älter, als er wirklich ist.

Am nächsten Tag höre ich, daß Kasdan und Feldring zur Luftwaffe eingezogen wurden, Morawski zur Infanterie. Ich dagegen wurde nach einer recht oberflächlichen medizinischen Untersuchung ganz einfach für untauglich erklärt. Ich war entrüstet:

»Aber ich bin nicht krank, nie in meinem Leben bin ich krank gewesen!«

»Nein?« wunderte sich der Offizier. »Wann bist du denn das letzte Mal untersucht worden?«

»Ach, das weiß ich nicht.«

»Also, Kamerad, ich habe dich soeben untersucht, und es sieht nicht gerade glänzend aus. Aber ich bin rücksichtsvoll und möchte nicht deutlicher werden.«

»Aber was ist denn nicht in Ordnung?«

»Das Herz!«

Ich wußte mir trotzdem zu helfen und habe mein ärztliches Attest einfach »verloren«. Bei dem Riesendurcheinander, das in allen Abteilungen und Ämtern und in sämtlichen Ministerien herrschte, habe ich sehr schnell meinen schäbigen Zivilanzug gegen die ebenso schäbige Uniform der Roten Armee eingetauscht.

Endlich fühlte ich mich glücklich in der Sowjetunion. Im Leben eines Dichters kann eben alles passieren. Ich mußte voller Mitleid an meine französischen Freunde unter deutscher Besatzung denken; sie hatten meine Chance nicht gehabt.

Nach all dem Gesagten, Genosse Richter, dürfen Sie sich aber nicht vorstellen, daß der Sohn von Gerschon Kossower, der ehemalige Schüler von Reb Mendel dem Schweiger, sich mit einem Schlag in einen wilden und tapferen russischen Krieger verwandelt hätte, in einen Kosaken hoch zu Roß. Trotz Soldatenmütze und Militärausweis fiel ich gegen die Legionen motorisierter Feinde überhaupt nicht ins Gewicht, und trotz meiner Erfahrung in den internationalen Brigaden stieß ich auf unüberwindliche Schwierigkeiten. Auch mit dem besten Willen und trotz ernsthafter Anstrengung war es mir nicht möglich, mich an das harte Soldatenleben zu gewöhnen. Das Exerzieren ging noch an, daran stirbt man nicht. Plötzlicher Alarm und Gewaltmärsche im Dauerlauf, auch das ging noch an. Ich hustete, spuckte Blut, litt an Kopfschmerzen und starkem Herzklopfen, beklagte mich aber nicht. Der Soldat Paltiel Gerschonowitsch Kossower bereitete sich zur Zufriedenheit seiner Chefs auf den Kampf vor.

Sie werden lachen, aber was ich nicht ertragen konnte, war

die in der Armee übliche Ausdrucksweise. Ich sage nicht Sprache – die beherrschte ich gut genug, um wie jeder andere meiner Kameraden zu reden –, sondern die *Ausdrucksweise*. Ich konnte mich einfach nicht daran gewöhnen. Sie war zu roh, zu gemein und zu primitiv. Ich konnte blaß vor Müdigkeit sein, wurde aber dennoch rot vor Scham wie ein unschuldiger Talmudschüler, der auf einem Jahrmarkt zufällig in eine Sauforgie geraten ist.

In Spanien war es anders. Natürlich waren die Soldaten auch dort keine Heiligen. Sie waren scharf auf Unterröcke und erfanden immer neue Flüche, als ob sie Angst hätten, die alten reichten nicht aus. Aber in Spanien verstand ich sie glücklicherweise nicht. Man hätte, um sie sich zu Gemüte führen zu können, sich die Grundbegriffe von dreißig alten und modernen Sprachen aneignen müssen. Hier jedoch verstand ich alles; und ohne es zu merken oder zu wollen, begann ich, mich wie meine Zimmernachbarn, wie ein echter Soldat der Roten Armee, auszudrücken.

Wir gehörten zur 96. Infanteriedivision, in der in bunter Mischung alle Völker der Sowjetunion zu finden waren; Kalmücken, Usbeken, Tataren, Georgier, Ukrainer, die den Schnee Sibiriens, die Sonne der Ukraine und die dunklen Wellen der Wolga und des Dnjepr gesehen hatten. Das Oberkommando hielt uns in Reserve für die für den Winter angekündigte Offensive bei Moskau. Wir konnten nicht daran glauben, mußten es aber trotzdem, denn die Eindringlinge rückten immer weiter vor, waren anscheinend unbesiegbar und nicht aufzuhalten und kannten wie der Gott der Apokalypse kein Erbarmen. Unsere Städte sanken in Schutt und Asche, unsere Dörfer standen in Flammen. Warum stieß der Feind nicht gleich bis zu den Pforten des Kremls vor? Das hatte Napoleon auch gemacht. Aber dann hatten wir dem Korsen das Fell versohlt, und das werden wir auch jetzt, und zwar noch schlimmer, mit dem Wahnsinnigen aus Berlin machen! Er soll nur noch näher herankommen, dann köpfen wir ihn und ziehen ihn durch den Schnee und Schlamm vor Moskau. Also üben und nochmals üben, damit wir auf diesen Tag vorbereitet waren. Wir waren trotzdem nicht wirklich vorbereitet. Es fehlte an allem, sogar an Gewehren. Nur die Reserven an Soldaten waren unerschöpflich.

Anfang September kam es meinetwegen beim Inspektions-
besuch des Generals Kolbakow zu einem peinlichen Zwischenfall. In Erwartung dieses Ereignisses hatte es verstärkt
Proben und Szenen kollektiven Wahns gegeben, ohne die
wohl keine Armee, die etwas auf sich hält, funktionieren
kann. Die Leutnants schrien, die Unteroffiziere brüllten, die
armen Soldaten rannten, krochen, sprangen wieder hoch,
grüßten, starrten auf einen unsichtbaren Punkt rechts, links,
geradeaus, präsentierten das Gewehr, daß es nur so knallte,
warfen es über die Schulter, wobei es wieder knallte, und das
Spiel begann von neuem. Die Angst vor dem General war so
groß, daß wir darüber schließlich die Front und den Feind
vergaßen.

Dann kam der große Tag. Fahnen flatterten, die 96.
Infanteriedivision im Karree aufgestellt, hörte wie ein Mann
auf die Befehle des kommandierenden Oberst. Starr und
unbeweglich wie ein Betonklotz schaute ich stur geradeaus.
Der General schritt die Front ab und blieb ausgerechnet vor
mir stehen. Er musterte mich von Kopf bis Fuß, als wäre ich
ein seltsames, vom Himmel gefallenes Wesen, das man als
Soldat verkleidet hatte. Starr blickte ich durch den General
hindurch, um meine Angst nicht zu zeigen, und wandte, um
sie noch besser zu verbergen, ein erprobtes altes Mittel an: Ich
dachte an etwas ganz anderes, an Inge in Berlin, an Scheina in
Paris, an Vater und Mutter in Barassy. Und mein Vater fragte
mich mit traurigen Augen: ›Bist du es wirklich, mein Sohn?‹ –
›Sieh mich doch an, Vater. Ich bin es, bin dein Sohn.‹ – ›Bist du
wirklich mein Sohn geblieben? Du siehst nicht so aus. Du
sprichst, du ißt und bist angezogen wie ein Iwan oder ein
Alexej. Nicht wie ein Jude.‹ – ›Ich habe meine Gebetsriemen
in der Tasche, soll ich sie anlegen?‹ Er machte ein bejahendes
Zeichen. Da ziehe ich mein Bündel hervor, mache es zitternd
auf, wühle zwischen seltsamen Gegenständen, suche die
Gebetstasche und finde sie nicht. Kalter Angstschweiß bricht
mir aus. Wo sind die Gebetsriemen, wo habe ich meine
Gebetsriemen hingetan? Ich empfinde eine solche Angst, eine
solche Scham, daß ich nur mit Mühe das Gleichgewicht
halten kann, ich klammere mich an meinen Vater, falle um,
liege ihm zu Füßen mit ausgestreckten Armen ganz nach
Vorschrift ...

Ich erwache erst wieder im Lazarett. Ein schnurrbärtiger Offizier schnauzt mich wütend an:

»Und so was will die Deutschen verjagen? So ein blöder Hammel!«

Er spuckt verächtlich aus:

»Wo sind deine Papiere? Wer hat deine Papiere gesehen? Du hast sie versteckt, du Hurensohn! Du willst den Helden spielen? Du bringst unseren ganzen Haufen durcheinander, und das ist dir völlig Wurst? Du stiehlst uns unsere Zeit und machst dich noch lustig darüber? Weißt du, wie man das hier nennt? Sabotage! Und weißt du, was darauf steht? Eine Kugel in den Bauch!«

Er wollte mich in ein Krankenhaus weiter rückwärts verlegen lassen, bevor er mich »zu Muttern« zurückschickte, wie er sagte. Ich redete auf ihn ein, drohte mit Selbstmord.

»Ich habe kein Zuhause«, sagte ich. »Ich weiß nicht, wohin ich gehen soll, ich habe niemanden: Ich bin Dichter.«

Es klingt vielleicht absurd, blöd und lächerlich, aber letzteres Argument bestimmte schließlich diesen Dr. Lebedew, einen Juden aus Witebsk, mich nicht fortzuschicken. Er behielt mich bei sich und nannte mir auch den Grund:

»Kennst du die Geschichte von dem Typen, der in ein hübsches junges Mädchen verliebt war und ihr täglich schrieb? Aber am Ende heiratete sie den … Briefträger?«

»Ich sehe da keinen Zusammenhang.«

Er wurde ärgerlich:

»Du siehst den Zusammenhang nicht? Paß auf, ich sage dir, daß … daß … Ich sollte dich … Verflixt noch mal, ich habe die falsche Geschichte erwischt.«

Er begann zu lachen:

»Ich kenne solche Leute wie dich. Du findest immer eine Möglichkeit, zurückzukommen und uns auf den Wecker zu gehen. Also lassen wir dich gleich da und versuchen, das Beste daraus zu machen.«

So wurde ich Krankenträger.

»Du trägst jetzt so lange die einen, bis dich dann die anderen tragen«, sagte Lebedew. »Das ist mit einem Wort das Leben des Soldaten im Felde.«

Lebedew war ein gebildeter und ruhiger Mann. Wenn er von Witebsk sprach, fiel ihm immer eine schwarze Haarsträhne ins

Gesicht, und seine Lippen zuckten nervös. Wir verstanden uns ausgezeichnet, obwohl wir nur wenig Gemeinsames hatten. Er trank wie ein Loch, während ich nur so tat. Ich konnte böse werden, während er nur so tat. Er verbot mir das Rauchen, aber ich liebte seinen Machorka nicht weniger als er.

»Der Teufel soll dich holen«, schimpfte er manchmal, ohne es ernst zu meinen. »Wenn du nicht schon krank wärst, würde ich dich krank machen. Und wenn ich nicht wüßte, daß du bald krepieren würdest, würde ich dich mit meinen eigenen Händen erwürgen.«

»Was sagst du da, Genosse Arzt? Hast du etwa nicht schon genug Kranke? Brauchst du noch mehr?«

Auf solche Weise brachte ich ihn zum Lachen, und er war mir dankbar dafür. Das war mein Beitrag zu unseren Kriegsanstrengungen: Ich brachte andere zum Lachen. Damals, im Winter 1941, war das Lachen Mangelware.

Die Zeitungen sagten es natürlich nicht, und wenn, dann nur verspätet und verklausuliert, aber unsere glorreiche, von der deutschen Offensive überrumpelte Armee war alles andere als glorreich. Ich muß es wissen, weil ich dabei war. Unsere in aller Eile improvisierten Verteidigungslinien waren kaum, daß sie geplant waren, schon durchbrochen. Städte und Festungen ergaben sich, sanken vor den feindlichen Panzern in Trümmer; die Verteidiger wurden getötet oder ergaben sich in Massen. Von den eintreffenden Verwundeten und durch die Evakuierungspläne, die der Stab erarbeitete, wußten wir in den Sanitätsabteilungen, was uns blühte. Nach Kiew, Odessa und Charkow war jetzt Moskau an der Reihe.

Lebedews Stimmung wurde von Tag zu Tag schlechter; denn er wußte Dinge, die ich nicht wußte. Wenn ich ihm Fragen stellte, wies er mich brüsk zurück oder drehte mir einfach den Rücken, wenn ich immer noch keine Ruhe gab. Eines Abends kam ich in seine geheizte Bude und sah ihn vor einer Flasche Wodka sitzen. Er hatte etwas auf dem Herzen, aber bevor er zu reden begann, ließ er mich erst einmal schwören, daß ich nichts weitersagen würde. Dann erzählte er mir in groben Zügen vom Schicksal der Juden in den vom Feind besetzten Gebieten. Die jüngsten Berichte von Partisanen und Agenten, die hinter den feindlichen Linien operierten, sprachen von Massakern.

»Ich begreife es nicht, ich begreife es einfach nicht«, sagte Lebedew und starrte vor sich hin.

»Was begreifst du nicht, Genosse Oberst? Die Deutschen hassen die Juden, die Russen und die Kommunisten. Das haben sie oft genug verkündet! Und jetzt legen sie gleichzeitig Hand an Juden, Russen und Kommunisten und töten sie, das ist ganz klar ...«

»Trotzdem, aber trotzdem«, sagte Lebedew und trank.

»Du kennst sie nicht; aber ich kenne sie. Sie sind Barbaren, Unmenschen. Zu allem fähig.«

»Aber trotzdem«, wiederholte Lebedew, der mir gar nicht zuhörte.

Er hörte andere Stimmen, Stimmen in seinem Innern.

»Die Menschen in Witebsk kenne ich doch. Ich bin in Witebsk aufgewachsen. Ich habe in Witebsk Kranke behandelt, jeden Kranken ohne Unterschied der Nationalität oder Religion. Warum haben die braven Leute von Witebsk zugelassen, daß diese Mörder ihre jüdischen Nachbarn getötet haben? Hätten sie sie nicht vor ihnen schützen oder sie verstecken können? Sie haben es nicht getan. Vierzig Jahre kommunistischer Erziehung ... Ich verstehe es nicht, ich verstehe nichts mehr.«

Zwischen uns bestand ein großer Unterschied; ich kannte Berlin, während er Witebsk zu kennen glaubte. Von Berlin waren die Juden von Witebsk zum Tode verurteilt und geopfert worden.

»Trotzdem, trotzdem«, sagte Lebedew. »Ich habe Freunde dort, die mir ein, nein zehn Jahre ihres Lebens verdanken.«

Ob seine Familie noch in Witebsk war? Ich hätte ihn gerne danach gefragt, aber am Ende war es besser, wenn ich es gar nicht wußte.

Die Tage und Nächte vergingen, ohne eine Erinnerung zurückzulassen. In dem Maße, wie unsere Armeen zurückwichen, wuchsen die Aktivitäten in unserer Stellung. In Moskau hoben die Einwohner Gräben aus, während bei uns die Sanitäter Feldlazarette einrichteten. Im Oktober hatte Angst geherrscht, jetzt war Fassungslosigkeit an ihre Stelle getreten. Der Feind rückte unheimlich schnell und auf breitester Front vor. Die Götter des Krieges waren ihm hold. Nur ein Wunder konnte ihn aufhalten, aber wer außer uns Juden glaubte denn schon an Wunder?

Und dennoch kam das Wunder. Es ist zu bekannt, als daß ich mich dabei aufhalte. Der General Winter griff plötzlich ein, das war alles. Statt der im Kampf verwundeten Soldaten hatte unser Stützpunkt nun die Opfer der Kälte zu versorgen. Wir waren überlastet und die Baracken überfüllt, aber wir beklagten uns nicht; im Gegenteil, wir beglückwünschten uns sogar dazu, als ob der plötzliche, unerklärliche Temperatursturz eine von unserem Oberkommando geplante und durchgeführte Heldentat sei.

Es war seltsam, daß sich bei mir, der nach Meinung der Ärzte sogar schwer krank war (das stand in meiner Akte), keinerlei besondere Symptome zeigten. Mein Zustand hatte sich nicht nur nicht verschlechtert, ich fühlte mich sogar in bester Verfassung. Lebedew machte aus seinem Erstaunen darüber kein Hehl:

»Ich sah dich schon deinen letzten Seufzer tun, und jetzt bist du munter wie ein Anstreicher.«

»Wieso Anstreicher, Genosse Oberst?«

»Ich weiß nicht. Ich glaube, früher einmal habe ich einen bei mir gesehen, der sah wie ein Lastträger aus.«

»Wieso Lastträger, Genosse Oberst?«

»Ach, was weiß ich. Weil ... Laß mich in Ruhe.«

An den langen düsteren Winterabenden plauderten oder diskutierten wir über Juden, Literatur und Philosophie. Er wußte, daß ich Dichter war, vermied dieses Thema aber. Die Front brauchte Kämpfer, und die Kämpfer hatten Sanitäter, keine Dichter nötig. Aber eines Nachts, als eine so tiefe Stille wie zu Beginn der Zeiten herrschte, drängte es mich, ihm einige Verse vorzulesen, die von Sterbenden und vom Tod handelten. Sie stammten nicht von mir, sondern von einem kaum bekannten mittelalterlichen Autor, Don Pedro Barsalom, der aus Córdoba stammte und ein Freund der Juden in Kastilien war:

> Ach, diese Sterbenden,
> die stumm und unersättlich
> das Gedächtnis des Engels bevölkern,
> und ihn dazu noch verdammen.

»Du liest gut«, bemerkte Lebedew und streckte sich auf seinem Feldbett aus. »Lies weiter.«

Ich schloß die zweite Strophe an:

> Ach, Tod, du löschst
> das Feuer, das uns leuchtet,
> lösch nicht die Sonne aus,
> sie leuchtet doch auch dir ...

In dieser Nacht vergaß Lebedew, seine Flasche zu leeren. Er lauschte mit geschlossenen Augen und wartete auf die Fortsetzung, aber ich hatte die anderen Strophen vergessen.

»Weiter«, sagte Lebedew.

Ich kramte in meinem Gedächtnis, rief meinen sephardischen Freund David Abulesia zu Hilfe, durch den ich den kastilischen Dichter kennengelernt hatte. Alles vergebens. Die Müdigkeit, die Spannung und der Gedanke an die Gegenwart, der mir schwer auf der Seele lag. Ich lebte von einem Tagesbefehl unserer politischen Kommissare zum anderen, von einem Durchhalteappell zum anderen.

»Was ist nur?« sagte Lebedew ungeduldig. »Schläfst du?«

In meiner Ratlosigkeit improvisierte ich, natürlich ohne es ihm zu sagen. Als ich ihm später die Wahrheit gestand, schüttelte er sich vor Lachen:

»Was ist nun schlimmer? Wenn du dir die Gedichte eines anderen zuschreibst oder wenn du ihm deine eigenen anhängst?«

Ich erwiderte, daß Dichter stets mit vollen Händen geben und nehmen. Je mehr sie nehmen, desto mehr geben sie auch; denn die Dichtung ...

»Du willst mich jetzt wohl über Dichten und Dichtung belehren!« spottete er und richtete sich auf seinem Feldbett auf.

»Ich bitte um Entschuldigung, ich habe mich hinreißen lassen. Es wird nicht wieder vorkommen.«

»Sieh mal, was für ein Gesicht er macht! Habe ich dich beleidigt?«

Ich gab keine Antwort.

»Doch, ich habe dich gekränkt. Ich bitte um Verzeihung. Ich wußte nicht, daß du so empfindlich bist.«

»Das kommt daher, weil ...«

Ich verheddderte mich und konnte den Satz nicht zu Ende bringen.

»Schon gut«, sagte Lebedew. »Ist in Ordnung. Du bist schon ein komischer Sanitäter.«

»Zweifellos bin ich auch ein komischer Dichter, Genosse Oberst.«

Ich habe die kindischen Verse vergessen, die ich auf seinen Wunsch hin erfand, um die von Don Pedro Barsalom zu vervollständigen, alle anderen ebenfalls. Der Winter hatte das Wort in mir erstickt. Ich sah Lebedew zu, wie er Arme und Beine amputierte, beugte mich über die Sterbenden, roch den Gestank ihrer Wunden, den Menschen, die mich überleben würden, hatte ich nichts zu sagen. Ich wohnte dem Ende so vieler Menschen bei, daß der Tod das Wort in mir tötete. Ich lauschte dem Wind, der aus fernen Steppen zu mir drang, heulend und winselnd wie tausend Tiere auf der Schwelle des Schlachthofes; er deckte meine Stimme zu.

»Sauf«, sagte Lebedew zu mir, »falls du es nicht schon tust ...«

Es ging mir gesundheitlich immer schlechter. Eines Tages wurde mir schwindelig; ich ließ mich in den Schnee fallen, um mich auszuruhen. Ein Stechen wie von tausend Nadeln spürte ich in meiner Brust.

»Das hat nichts zu sagen«, sagte ich zu Lebedew. »Mir ist ein bißchen übel, das ist doch normal. Ist dir nicht auch übel, Genosse Oberst?«

»Sauf«, antwortete er, »falls du es nicht schon tust ...«

Zwei Sanitäter trugen mich in die Krankenbaracke. In meinem Fieberwahn sah ich mich doppelt: Ich war mein eigener Krankenträger und hörte eine, nein, zehn Stimmen, die mich fragten, wo ich denn Schmerzen hätte. Und ich antwortete hier und hier und da. Es waren starke Schmerzen, aber das war unwichtig, weil ich phantasierte. Ich phantasierte und dachte, daß ich jetzt endlich das Recht hatte zu phantasieren.

Wie in einem Märchen wurde ich von Krankenschwestern gepflegt, die mir alle schön, zart und liebenswert vorkamen. Ich war von ihnen abhängig, beim Essen, beim Trinken, in jeder Beziehung. Wie ein Kind ließ ich alles mit mir machen.

Ich hielt ihre sicheren und wirksamen Handgriffe für Liebkosungen. Ich brauchte sie nur anzuschauen und wäre am liebsten aufgestanden, um ihnen zu folgen und mit ihnen zu leben. Ich verliebte mich in alle und in jede. Ich liebte Natascha, weil sie kräftig, und Paula, weil sie es nicht war. Tina, weil sie rothaarig war, und Galina, weil sie mich an ein Zigeunermädchen aus Ljanow erinnerte. Ich liebte sie, weil ich schwach und hilflos war und Liebe brauchte. Aber ich hatte zahlreiche Nebenbuhler. Alle Männer in der Krankenstube, sogar die Sterbenden, atmeten schneller, wenn sie sie mit einer Spritze oder einer Schale Bouillon kommen hörten. Diese bezaubernden Krankenschwestern vergaß ich schnell und dachte nicht mehr an sie, sobald ich das Lazarett verlassen hatte. Eine andere Frau hatte, wie man sagt, mein Herz erobert. Ihr Name war Raissa. Sie war Leutnant in der politischen Abteilung der Division, und jedesmal, wenn sie zu Lebedew kam, klopfte mir das Herz bis zum Hals. Sie stürmte ins Zimmer, schoß auf den Oberst zu und ließ sich die Krankenlisten zeigen. Sie setzte sich auf eine Tischkante und thronte über den ranghöheren Offizieren. Mich einfachen Soldaten würdigte sie nicht einmal eines militärischen Grußes. Warum ich mich überhaupt in sie verliebte? Sie werden lachen, aber ich liebte ihre Uniform, ihre Rangabzeichen und ihre Durchsetzungskraft.

Sie trug einen schweren Pelzmantel und eine Pelzkappe, die ihr blondes Haar und einen Teil des Gesichts verdeckte. Sie legte diese lästigen Kleidungsstücke mit einer ungeduldigen Bewegung ab und fluchte dabei über den eisigen Winter, der alle in seinen Klauen hielt, über die Hunde von Deutschen, die nicht zu Hause bleiben konnten, und über die Drückeberger, die Krankheiten und Frostbeulen erfanden. »Denen werde ich Dampf machen«, drohte sie. Sie sprach wie ein Bauer, fluchte für zehn und trank für zwanzig. Und ich, der sonst bei jedem Kraftausdruck rot wurde, schätzte das an ihr. Lebedew ebenfalls, wie er mir versicherte. Ich hielt mich vorsichtig im Hintergrund und paßte höllisch auf, daß ich mich nicht lächerlich machte.

»Dieses Weibsbild«, brummte Lebedew, »macht alle Männer verrückt. Sie würde sogar dem Teufel den Kopf verdrehen, wenn sie ihm begegnete.«

Ich war überzeugt, daß er mit ihr schlief, daß alle Offiziere mit ihr schliefen, die höheren wie die niedrigen. Wir hingegen waren zu bedauern, weil wir keine Befehle erteilen konnten, nicht einmal einem jungen Rekruten; denn es gab keine.

Sie hatte keinerlei Hemmungen; jeder mußte nach ihrer Pfeife tanzen. Ich stellte sie mir im Bett in ihrer »Nachtuniform« vor, wie sie ihren Liebhabern Befehle erteilte: »Los, lieb mich jetzt, wenn du nicht im Gefängnis oder in Sibirien aufwachen willst.« Ich wäre mit ihr oder für sie auch nach Sibirien gegangen. Aber Sibirien war zu uns gekommen. Wir zitterten vor Kälte, versanken im Schnee, und Auswurf und Tränen wurden zu Eistropfen wie in Wladiwostok.

Im Frühjahr erhielt die Division den Befehl, in Richtung Front zu verlegen. Vor lauter Arbeit hatte ich keine Zeit, mich nach Raissa zu verzehren. Unsere Einheit befand sich dicht hinter der kämpfenden Truppe. Der Feind würde eine Offensive starten, aber man wußte nicht an welcher Front. Überall wurden Verteidigungsstellungen und Gegenangriffe vorbereitet. Karten wurden studiert, der Himmel beobachtet, Gewehre gereinigt, Maschinengewehre geölt, Stunden und Minuten gezählt. Dann brachen eines Nachts Himmel und Erde auseinander. Kanonen spuckten von allen Seiten Feuer und Verderben. Es gab weder Morgen noch Abend, es gab nur noch Krieg. Durchbrüche wechselten mit Rückzügen, Stellungen wurden aufgegeben und wiedererobert, Dörfer wurden durchquert, durch die man schon einmal gezogen war, man wußte nicht mehr, ob man angriff oder zurückwich. Ich versank in einem gespenstischen Meer aus Verwundeten, die nicht mehr die Kraft hatten zu stöhnen, aus zerfetzten Leibern, verstreuten Gliedmaßen, starren Augen. Ob die Sonne schien, ob es regnete, die Granaten heulten oder gerade eine Gefechtspause eingetreten war, ich arbeitete mich durch Bäche und Wälder mit den anderen Krankenträgern bis zur vordersten Linie vor und brachte Unbekannte zurück, die um Hilfe und dazwischen immer wieder *za rodinu, za Stalina* geschrien hatten. Ihre Schreie verfolgten mich bis in meinen Schlaf. Manchmal wurde ich plötzlich wach und fuhr hoch, weil ich den Schrei eines Verwundeten gehört hatte, der seine Arme nach mir ausstreckte, immer nur nach mir.

Mitten unter den Toten und in den Händen des Todes

erfüllte ich meine Pflicht und empfand dabei ein Gefühl der Befriedigung und des Stolzes, über das ich nicht nachdachte. Ich war sicher kein Held, aber ich setzte mich diesen Gefahren aus, als sei ich dazu geboren, ihnen zu trotzen.

Über explodierende Granaten und knatternde Maschinengewehre hinweg hörte ich das Wimmern meiner verwundeten Kameraden; ich hatte allmählich Übung darin, sie in Granattrichtern oder unter rauchenden Trümmern zu bergen. Nach und nach hatte ich auch gelernt, zwischen Schwerverletzten und solchen, die nicht sofort ärztlicher Hilfe bedurften, zu unterscheiden; ich mußte sie erst gar nicht sehen, um das festzustellen. Geduckt lief ich zwischen blutigen Leibern durch die Gräben und kümmerte mich um einen ranghohen Offizier oder um einen schwerverletzten Soldaten. Ich lief und lief, und sobald ich an den Krieg denke, sehe ich mich nur noch atemlos rennen, beuge mich über einen bereits leblosen Kämpfer, wende mich dem nächsten zu, der noch lebt, gräßliche Verwundungen an Augen, Brust oder Schultern hat, und sage ihm keuchend mit leiser Stimme die üblichen Lügen: Er solle sich keine Sorgen machen, sich an mich klammern, sich ziehen, tragen oder schieben lassen. »Bald ist es vorbei, Kamerad, zwei Schritte von hier warten unsere Ärzte auf dich, ganz tolle Burschen, du wirst sehen; los, Freund, wir sind gleich da, du hast ein verdammtes Glück, du hättest genauso gut da hinten dein Leben lassen können, du bist bloß verwundet, und ich kenne mich aus mit Verwundungen, was du hast, ist nur ein Kratzer, du schaffst es schon ...« Und wenn der Verwundete bei Bewußtsein war, biß er die Lippen zusammen und krallte sich wie ein Ertrinkender mit allen Kräften an mich. Andere, die bereits halb tot waren, gaben unzusammenhängende Wortfetzen von sich, verlangten wimmernd nach ihrer Mutter oder Großmutter und riefen die heilige Muttergottes an. Ich ermunterte sie, stachelte sie an zu sprechen, zu schreien, irgend etwas zu sagen, denn solange sie schrien, lebten sie, und an ihrem Leben lag mir ebensoviel wie an meinem eigenen, vielleicht noch mehr. Ich lief ins Feuer und wieder zurück, redete mit den Verwundeten, versuchte, sie zum Sprechen zu bringen. Einige fluchten, andere bemitleideten sich. Die einen flennten und jammerten wie alte Männer, die anderen klapperten mit den Zähnen. Über uns pfiffen die Kugeln, die Brandbomben lieferten dem Himmel ein rot und gelb flammendes Inferno, und die Männer stürzten sich in den Nahkampf, schrien: Hurra, Hurra für das Vaterland, Hurra für Stalin, Hurra; und brachen zusammen, dahingemäht, zerrissen mitten im Lauf, mitten in einem Wort, mitten in einem Blick ... »Zu mir, komm zu mir, zur Hilfe!« Von allen Wörtern, die von Göttern und Menschen erfunden wurden, hatten nur noch diese einen Sinn. Mit den anderen Krankenträgern wagte ich mich immer wieder in den Feuerhagel, um unsere Kameraden dem Feind und dem Tod zu entreißen. Wenn ich sie nach hinten gebracht hatte, fühlte ich mich als Sieger. Wenn ich einen unbekannten Kameraden rettete, zwang ich den Tod, sich zurückzuziehen, auch wenn er bereits eine Stunde später wieder erschien.

Ich dankte Gott für mein krankes Herz. Wäre ich gesund gewesen, wäre ich zu einer kämpfenden Einheit gekommen und hätte töten oder mich töten lassen müssen. Ich hätte mitgeholfen, das Reich des Todes zu vergrößern, während ich es als Krankenträger verkleinerte.

Zwischen zwei Kampfhandlungen schimpfte Oberst Lebedew manchmal mit mir, mißgelaunt und erschöpft und mit übernächtigten Augen:

»Gehst du schon wieder los? Hältst du dich eigentlich für unsterblich?«

»Als Dichter, nur als Dichter, Genosse Oberst«, schrie ich und wandte ihm wieder den Rücken.

»Du bist völlig verrückt. Du bist sogar gefährlich. Glaubst du, der Tod hat Respekt vor den Dichtern?«

Ich stellte meine Verwundeten ab und kehrte ins Feuer zurück, während Lebedew schon wieder an seinem Operationstisch stand. Wir waren beide verrückt. Nichts konnte uns aufhalten. Eines Tages jedoch ...

Es war bei Smolensk, bei einem besonders mörderischen Einsatz, der uns ein Viertel unserer Iststärke kostete. Ein am Hals verwundeter deutscher Soldat hielt mich an den Stiefeln fest und flehte mich auf deutsch an, ihm doch den Gnadenschuß zu geben. Ich versuchte, mich zu befreien, aber er ließ mich nicht los. Ich beugte mich über sein bärtiges schmerzverzerrtes Gesicht. Als ich mich tiefer beugte, sah ich, daß er auch am Bauch verwundet war. Seine Augen waren unglaublich weiß und seine Lippen fürchterlich geschwollen. Von einem ständigen Schluckauf unterbrochen, stieß er hervor: »Töte mich, Kamerad, habe Mitleid mit mir, gib mir den Rest ...« Nach einem Moment des Zögerns und des Ekels antwortete ich ihm in schlechtem Deutsch: »Nein, nicht möglich, nicht erlaubt, kein Recht.« Schluchzend wiederholte er seine Worte: »Mitleid, Kamerad ... Mach Schluß, Kamerad ...« Mitten zwischen berstenden Granaten, russischen Hilferufen und wütenden Befehlen von Offizieren versuchte ich, ihn in gutem Deutsch zu beruhigen: »Nur Geduld, du wirst leben, ich komme zurück und hole dich, zuerst muß ich mich um meine Leute kümmern ...« Und ich Schwachkopf hielt Wort. Ich ließ den sterbenden Deutschen in seinem Blut liegen und brachte einen schnurrbärtigen Unteroffizier weg, der sich dauernd die Augen rieb und schrie, daß sie verbrannt seien. Dieser Unteroffizier war ein Hüne von Mann und wog sicher seine zwei Zentner. Ich weiß nicht, wie ich es geschafft habe, aber ich zog ihn aus dem Feuer, schob, zog, schleppte und trug ihn zur Rettungsstelle und sagte ihm alles, was er hören wollte: Er habe seine Augen noch, er würde Frau und Kinder und sein kirgisisches Dorf wiedersehen ... Dann kehrte ich zu dem Deutschen zurück, schleppte ihn bis zur Rettungsstelle und legte ihn zwischen die Verwundeten, die von den Sanitätern in die Baracke gebracht wurden, wo Lebedew und seine Assistenten sie untersuchten, abtasteten und schlecht und recht operierten. Plötzlich hörte ich eine vertraute Stimme, die mich an etwas längst Vergangenes erinnerte:

»Sag mal, Soldat, was willst du mit dem da machen?«

Ich sah auf und erkannte die kalten und harten Augen von Raissa. Sie dagegen hatte mich nicht wiedererkannt.

»Was ist, Soldat! Antworte«, zischte sie. »Zum Teufel noch mal, was hat der denn hier zu suchen?«

»Er ist an Hals und Bauch verwundet.«

»Soll er verrecken.«

»Er leidet doch«, sagte ich, ohne sie anzusehen.

»Unsere Ärzte sind total überlastet, und du willst, daß sie sich um einen von diesen tollen Hunden kümmern?«

Inzwischen hatte der Verwundete die Augen aufgeschlagen und beobachtete uns; er verstand nicht, was wir sagten, begriff aber den Sinn; denn er begann wieder zu stöhnen, daß man ihn doch töten, ihm den Gnadenschuß geben solle.

»Schmeiß ihn nach draußen«, befahl mir der Leutnant.

In meinem Schwachsinn versuchte ich zu diskutieren. Zehn Schritte weiter fielen die Männer zu Hunderten, zu Tausenden, und da wollte ich um jeden Preis das Leben eines Feindes retten! Zum Glück tat mir der Deutsche den Gefallen und starb wenige Augenblicke später. Raissa warf mir einen verächtlichen Blick zu und entfernte sich. Ich dachte an jene Zeit, da ich sie menschlich gefunden und begehrt hatte.

Lebedew, von einem Leutnant über den Vorfall unterrichtet, gab ihr recht: »Das ist nun mal so im Krieg, mein kleiner jüdischer Dichter. Gefühle sind gut für die Liebe, und die Liebe ist gut für deine Lieder. Und was du hier mit deinen Liedern anfangen kannst, weißt du; wenn du es nicht weißt, werde ich es dir sagen, und du wirst darüber nicht erfreut sein. Das Mitleid, Kleiner, bleibt unseren Büchern vorbehalten, die Fürsorge unseren kämpfenden Soldaten. Die Deutschen sollen krepieren! Sie hätten ja nur in ihren Kneipen bleiben müssen!«

Alle, die zu unserer Einheit gehörten, dachten wie er; aus seinem Mund sprach die ganze Rote Armee. Haß auf den Eindringling war an der Tagesordnung; Rache wurde zur stärksten Triebfeder. Kein Quartier für die SS-Mörder, die Kinder und Greise umbringen, kein Mitleid für ihre Kollaborateure. Ein Verhalten, das bei der kämpfenden Truppe nur natürlich war, die nach dem Zurückschlagen des Angreifers in jedem kleinen Dorf Galgen und Massengräber entdeckte. Ich selbst habe diesen Hunger nach Vergeltung auch empfunden, als ich nach Charkow kam. Hätte ich nur gekonnt, dann hätte ich die Ruinen der Stadt nach Deutschland und in die ganze Welt getragen. Die verkohlten Linden, die zerquetschten dürren Pappeln mit den an ihren Ästen aufgeknüpften Menschen hätte ich weggebracht und neu eingepflanzt in allen Parks, in allen Alleen, in allen von Menschen bewohnten und festlich geschmückten Städten.

Die Industrievorstädte waren zerstört, die einzelnen Viertel mit ihren Wohnhäusern, Kirchen, Läden, Lagerhallen, Schulen, Funktionärshäusern und Armenquartieren waren verwüstet; die Nazipolitik der verbrannten Erde hatte nur Asche zurückgelassen. Es war wie in der Hölle. Ein aus Charkow gebürtiger Unteroffizier zeigte uns schluchzend seine Stadt: »Hier die Sumskaja-Straße, deren Pracht uns wie ein Traum erschien; hier die Petrow-Straße, wo mein Onkel, ein Universitätsprofessor, wohnte, dort der Platz, wo wir unsere Feste feierten.« Es war gespenstisch, wo wir nur Tod und Trostlosigkeit sahen, erblickte er belebte lärmerfüllte Straßen.

Lebedew wohnte in Charkow selbst, ich war bei einer Bäuerin in einem Dorf einquartiert und konnte mich nicht beklagen, denn ich aß besser als meine Vorgesetzten. Meine Wirtin, eine liebe Großmutter mit schwarzem Rock und Kopftuch, behandelte mich wie ihren Sohn, der seit dem Fall der Stadt im Oktober 1941 verschwunden war. Ein geistig etwas zurückgebliebener Enkel wohnte bei ihr. Abends ließ ich mir von der Großmutter alles über die deutsche Besetzung erzählen. Sie schlief beim Erzählen ein, während ich bis zum Morgen kein Auge schließen konnte. Von den hunderttausend Juden, die hier in Charkow gewohnt, studiert, unterrichtet und gearbeitet hatten, waren nur einige wenige übriggeblieben. Ich fürchtete, sie könnten mir verstümmelt und gefoltert im Schlaf begegnen.

Ich ging durch die Stadt und suchte nach ihnen. Ich fragte ehemalige Beamte, Partisanen, Drückeberger und militärische Sicherheitsagenten. Umsonst.

Dann begab ich mich allein nach Drobitzky Jar. Fünfzehn bis zwanzigtausend Juden waren hier umgebracht worden. Ich wollte weinen, tat es aber nicht. Ich wollte etwas sagen, tat es aber nicht. Eines Tages, dachte ich, werde ich zurückkehren und den *Kaddisch* sprechen; jetzt noch nicht. Eines Tages.

Ich ging jeden Tag für ein oder zwei Stunden dorthin. Der Ort übte auf mich eine unerklärliche Anziehungskraft aus. Ich fühlte mich hier daheim, wie zu Hause. Es waren meine Toten. Was konnte ich ihnen sagen? Trotzdem ... Um den *Kaddisch* zu sprechen, sind mindestens zehn Personen erforderlich. Ob ich Lebedew bitten sollte, mir behilflich zu sein, zehn Männer aufzutreiben ...

»Wann du möchtest«, sagte er.

Eines Tages, aber wann?

Ich besuchte auch die verschiedenen Schwarzmärkte. Zerlumpte Männer und Frauen trafen sich dort, um alles und nichts zu kaufen und zu verkaufen ... Leere Dosen, Kleidungsstücke, die so zusammengeflickt waren, daß man sie nicht mehr tragen konnte. Es war wie in einer Tragikomödie, wo jemand lachte und ich mich fragte, wer es gewesen war.

Wir mußten weiter. Kolbakow hatte den Befehl gegeben, uns um zwei Uhr nachmittags in Marsch zu setzen, aber der Feind startete um elf Uhr morgens einen Blitzangriff. Die Division wehrte sich tapfer, verlor mehrere Panzer und mußte sich schließlich, um der Umzingelung zu entgehen, zurückziehen. Lebedew rettete seine Einheit, aber mich vergaß er. Mit einer Kopfverletzung lag ich bewußtlos in einem Granattrichter. Als ich erwachte, befand ich mich in einem feuchten finsteren Keller. Das Blut rann mir über Augen, Nase und Mund. Ein stechender Schmerz pochte in meinen Schläfen. Panik ergriff mich, ich versuchte, aufzustehen und mich zu orientieren: Wo war ich? Seit wann war ich hier? Wo waren die Kameraden? Ich hörte jemand atmen und flüsterte: »Ist da wer?« Ein dumpfes und unbestimmtes Geräusch antwortete mir. Ich begriff: Es war der etwas zurückgebliebene Enkel meiner Quartiersfrau. Ich bat ihn näherzukommen, aber er hörte mich nicht. Dann ging eine Tür auf, und die Großmutter erschien. Sie kniete sich neben mich und flüsterte mit kaum vernehmlicher Stimme: »Gott, habe Erbarmen mit uns; sie sind zurückgekommen; sie haben das Dorf wieder genommen; die Unsern sind weg; ich habe dich in den Keller getragen; mein Enkel hat mir dabei geholfen; wenn sie dich gefunden hätten, hätten sie dich erledigt; wenn sie dich hier entdecken, töten sie uns alle.« Ich hörte sie wie aus weiter Ferne, wie durch andere Stimmen und Geräusche hindurch, und ich machte mich mit dem Gedanken vertraut, daß ich nicht beim großen Tag des Sieges dabeisein würde; ich würde sterben wie die Juden von Drobitzky Jar. Nein, nicht wie sie, nicht als Jude, nur als russischer Kriegsgefangener, und niemand würde wissen, wer ich war, niemand würde den *Kaddisch* für mich sprechen. »Du versprichst mir achtzugeben?« fuhr die Großmutter fort. »Ich kenne sie, die blutgierigen Mörder, die nie genug bekommen, sie werden die Häuser durchwühlen, ihre Hunde in den Ruinen loslassen, Verdächtige verhaften, die Spitzel entlohnen, ich kenne sie genau. Du paßt gut auf, versprichst du mir das?« Ich gab keine Antwort. Mich beschäftigte die brennende Frage: »Wann ist es pas-

siert?« – »Kurz vor Mittag. Sie sind über uns gekommen wie
ein Donnerschlag. Und alles fängt wieder von neuem an.« –
»Und Charkow? Wer hält Charkow, Großmutter?« – »Ich habe
keine Ahnung, mein Junge, davon weiß ich nichts. Die
Unsern hoffentlich. Charkow ist eine große Stadt, die darf
man ihnen nicht überlassen wie unser Rowidok. Wozu unsere
jungen Helden für ein so kleines Dorf opfern? Wenn man es
heute nicht nimmt, dann eben morgen. Meinst du nicht?« –
»Ja, Großmutter«, sagte ich, »ich denke schon ...« In Wirklichkeit meinte ich es nicht, ich dachte an nichts, nur an den Tod.

Die Großmutter reichte mir eine Schale mit süßlichem
heißem Wasser, von dem ich einen Schluck trank. Das Blut
lief noch immer, mein Leben erlosch, und mein Herz wurde
immer schwerer.

»Rowidok«, sagte die Großmutter. »Ich frage mich, ob unser
kleines Dorf nicht größer ist als eine Menge anderer Dörfer,
die viel bekannter sind. Soviel Blut, wie hier floß, soviel
Leben, das hier unterging ... Fünfmal überfallen und wieder
befreit, und jedesmal kostete es die größten Opfer. Würde
man so um ein ganz bedeutungsloses Kaff kämpfen?« –
»Stimmt, Großmutter, an höchster Stelle mißt man Rowidok
eine unschätzbare strategische Bedeutung bei«, sagte ich, um
ihr eine Freude zu machen. Den Namen Rowidok hatte ich
nie gehört. »Du bleibst hier«, sagte die Großmutter, »Mitja
und ich kümmern uns um dich. Du mußt gut aufpassen, mein
Lieber. Auch wir müssen auf der Hut sein. Wir lassen dich
jetzt allein. Ein Nachbar kann kommen und bei uns anklopfen, dann muß er uns zu Hause finden.«

Drei Tage und zwei Nächte blieb ich in diesem Keller mit
Fieber und starken Schmerzen und biß mich auf die Finger
oder in den Arm, um nicht laut zu stöhnen. Ab und zu kam
Mitja und brachte mir heißes Wasser und eine gekochte
Kartoffel. Er hockte auf dem Boden und betrachtete mich im
Halbdunkel. Dabei stieß er knurrende Laute aus wie ein
geschlagenes Tier. Ob er wirklich geistig zurückgeblieben war?
Ich glaubte es nicht. Das war sicher eine List seiner Großmutter, die ihn bei sich behalten wollte. Er verstand mich; er
verstand überhaupt sehr viel, davon war ich überzeugt. Wenn
ich ihn bat, mir ein nasses Handtuch zu bringen, tat er zwar
so, als ob er mich nicht verstand. Aber eine Stunde später kam

seine Großmutter mit einem feuchten Tuch und wusch mir das Gesicht: »Ich dachte, das könnte dir guttun«, sagte sie. – »Danke, Großmutter, ganz herzlichen Dank. Wenn wir den Krieg gewinnen, und das werden wir, dann verdanken wir das solchen Menschen wie dir.« – »Du redest dummes Zeug. Den Krieg, unseren Krieg, den machen unsere Soldaten, unsere tapferen Kämpfer, aber nicht alte Frauen wie ich.«

Ich bekam auch noch anderen Besuch in meiner Abgeschiedenheit. Eine Katze stolzierte durch den Keller. Anfangs war sie mißtrauisch, aber nach und nach merkte sie, daß ich mich nicht bewegte. Da ich sie nicht verjagte und auch meinen Stiefel nicht nach ihr warf, mußte sie wohl denken: Dieser Typ versteckt sich, ist sicher ein Flüchtling, also kann ich mir alles mit ihm erlauben ... Und tatsächlich erlaubte sie sich alles, diese antisemitische Katze von Rowidok! Sie biß in meinen Stiefel, sprang mir auf den Bauch, sprang wieder herunter und kam von einer anderen Seite wieder. Das Biest machte sich lustig über mich. Ich konnte sie nicht ausstehen, haßte sie ganz fürchterlich. Sie schien es zu ahnen und machte mir das Leben noch unerträglicher. Sie knabberte an meinem Ohr, machte sich an meinem Nacken, dann an meinem Gesicht zu schaffen, während ich nur mit Mühe meine ohnmächtige Wut zurückhalten konnte.

Ich beklagte mich bei der Großmutter: «Ich kann vor Angst kein Auge zumachen. Sie ist imstande und frißt mich, dieses Luder von einer Katze.« – »Soll ich sie umbringen?« fragte sie mich. »Sie ist mir sehr nützlich. Du bist hier nicht der einzige Bewohner, mein Guter. Es gibt viele Mäuse und Ratten, die sich bei mir wohl fühlen.« – »Ich werde noch verrückt, Großmutter.« Schließlich sperrte Mitja sie in der Scheune ein. Es wurde höchste Zeit, denn ich war völlig fertig.

Als es den Unsern gelang, das Dorf zurückzuerobern und Lebedew mich in seinem neuen Hilfslazarett wiedersah, diesmal auf dem Operationstisch, mußte er denken, ich sei nun wirklich verrückt geworden. Ich sprach nur noch von Katzen, verfluchte und verdammte sie, nannte sie Mörder, Kannibalen und Barbaren. Lebedew, mein alter Freund, du weißt doch so viele Dinge über die menschliche Natur, erkläre mir bitte auch, warum bloß Katzen die Juden und die Dichter hassen?

Ich wurde nach Charkow verlegt, kehrte aber später nach Rowidok zurück, und zwar viel später, erst nach dem Sieg. Mit bangem Herzen ging ich zu Großmutter Kalinowa. Ob sie noch lebte? Ich klopfte an und hörte Schritte. Alt und mit unbewegtem Gesicht stand sie vor mir. Ich nahm sie in die Arme, schenkte ihr einen Rock, den ich auf dem Schwarzmarkt gekauft hatte, und küßte ihr weißes schütteres Haar und ihre knochigen, blaugeäderten Hände. »Weine«, sagte ich zu ihr, »weine, das wird dir guttun.« Sie schüttelte den Kopf, sie wollte nicht weinen. »Und Mitja?« Meine Blicke suchten ihn. Er war nicht im Zimmer, und in der Küche war er auch nicht. Die Großmutter schüttelte immer noch den Kopf, sie wollte nicht weinen. »Und Mitja?« fragte ich von neuem. Da konnte sie nicht mehr an sich halten und brach in Tränen aus. Mitja war fort, fortgerissen vom Feuersturm, der kleine stumme Enkel. »Was ist passiert, Großmutter?« – »Sie sind zurückgekommen«, sagte sie und trocknete ihr Gesicht mit einem Zipfel ihres Schultertuchs. »Jawohl, mein Lieber, sie sind zurückgekommen, nachdem du verlegt worden warst.« – »Und?« – »Und ihre letzte Besetzung war die schlimmste von allen.« – »Erzähl, Großmutter. Was haben sie mit Mitja gemacht?« – »Das wird dir bestimmt weh tun, und ich möchte dir nicht weh tun.« – »Ich will's wissen«, sagte ich und ergriff ihre Hände. – »Ich möchte dir aber nicht weh tun.« – »Gut, sprechen wir nicht mehr von Mitja. Sprechen wir ... von der Katze, ja?« Sie fing an zu lachen, während ihr die Tränen übers Gesicht liefen, und ich war traurig, sie zugleich lachen und weinen zu sehen. »Wenn du möchtest, Großmutter, bleibe ich eine Woche bei dir, oder auch ein ganzes Jahr, leiste dir Gesellschaft und helfe dir. Willst du?« – »Dein Platz ist nicht hier«, antwortete sie, und ihre Züge verhärteten sich; sie wollte ihre Rührung nicht zeigen. Sie dachte an Mitja. Ich auch. An Mitja, der das Opfer gebildeter und zivilisierter Menschen geworden war.

Bis zum Herbst, bis zu meiner völligen Genesung behielt man mich im Lazarett. Ich nutzte die Gelegenheit und verliebte mich in Tatjana, in Galina und in eine andere Schwester, die – ich weiß nicht mehr warum – von allen als »Heilige« bezeichnet wurde. Dann kam ich wieder zur 96. Division, die für den Einsatz in den Karpaten neu zusammengestellt wurde. Ich meldete mich bei meiner Kompanie und fragte nach Oberstarzt Lebedew. Ein vierschrötiger unfreundlicher Unteroffizier antwortete mir: »Kenn' ich nicht.« – »Aber er ist der Chef des ...« – »Ich habe dir doch gesagt: Kenne ich nicht.«

Draußen, vor dem Biwak des Divisionskommandos, stieß ich auf einen Sanitäter, der zur alten Mannschaft gehört hatte. Er drückte mich an seine Brust: »Mensch, Paltiel Gerschonowitsch, bin ich froh, dich zu sehen.« Er berichtete mir, was alles über unsere Einheit hereingebrochen war. Es war, als ob mich eine Riesenfaust mitten ins Gesicht traf. Es wurde mir schwarz vor Augen, mein Kamerad brauchte nicht weiterzureden, den Rest konnte ich mir denken. Auch Lebedew würde ich nicht wiedersehen. Ich fühlte mich verloren und verlassen. Zu wem sollte ich gehen? Ich stand vor einem Berg aus Asche, als ich ihn erklettern wollte, erwartete mich auf der anderen Seite ein Greis und sagte: »Komm, mein Sohn. Komm.«

Von da an lebte ich bis zum Sieg wie ein Mensch, der in sich zusammengebrochen war. Ich suchte nicht mehr nach Lebenden; nur Tote zogen mich noch an; nur sie brauchten mich noch. Ich war ihr Gefährte und Retter.

Der neue Chefarzt der Division, Oberst Zaronewski, lehnte es ab, mich zu übernehmen, so landete ich bei den Totengräbern.

Ihr Chef namens Antonow, ein ständig betrunkener Kaukasier, stellte jeden ein, wenn er nur zwei kräftige Arme hatte.

Ich konnte mir Zaronewskis ablehnendes Verhalten nicht erklären. Warf er mir meine Freundschaft mit seinem Vorgänger vor? War ich ihm zu schwach für die Arbeit eines Krankenträgers? Die einleuchtendste Erklärung war die, daß er die Juden haßte. In seinen Augen waren wir alle Feiglinge, aber da unsere Waffentaten seine Vorstellungen Lügen straften, behielt er uns mit Vorliebe in der Etappe, um uns nur noch mehr verachten zu können.

Ich kämpfte weiter. Nicht für das Vaterland – das hatte die Rote Armee bereits befreit –, sondern für die Leichen. Ich sah nur noch sie, roch ihre Verwesung, kroch durch Schlamm und Pfützen, durch Felder und Wälder, um sie zu ihrem letzten Sammelplatz zu bringen.

Ich lebte mit ihnen und für sie. Weil ich ständig auf der Erde herumkroch, sah ich den Himmel nicht mehr.

Mit lautem Siegesgeschrei durchbrach die Rote Armee jetzt die feindlichen Verteidigungslinien, befreite Städte und Dörfer, die die Eindringlinge vor ihrem Rückzug in Brand gesteckt hatten. Die Deutschen flohen, und wir verfolgten sie wie die Engel des Jüngsten Gerichts. Unsere tapferen Burschen feierten jeden Sieg, betranken sich, schmetterten ihre Lieder und tanzten wie stolze glückliche Kinder. Ich machte das nicht mit. Ich gestehe, daß ich mich den sowjetischen Helden nicht anschloß, die mit lautem Jubel den Triumph unserer Macht feierten. Es gelang mir einfach nicht, ich zog hinter ihnen her, bewunderte sie und betete für sie, die dem Feind die Niederlagen beibrachten, die er verdiente, blieb aber immer hinten bei den Toten, war für die Toten da.

Die Zeitungen berichteten seitenweise über die historischen Schlachten von Woronesch, Odessa, Kiew, Charkow, Oman, Berditschew ... Aber ich erinnere mich nur an die verkohlten Leichen in Woronesch, an die Galgen in Oman, an die entstellten Körper in Berditschew. Unzählige Leichen habe ich gesehen, Leichen jeder Art, jeden Alters, von Menschen jeder sozialen Herkunft und jeder Religion. Ich konnte Leben und Schicksale für sie erfinden und ihren letzten Gedanken in ihren blicklosen Augen lesen. Sage mir keiner, die Toten sähen alle gleich aus. Wer das behauptet, hat keine gesehen oder muß die Augen abgewandt haben; ich habe meine Augen nicht abgewandt. Ich habe Tausende von unkenntlichen Körpern gesehen und habe sie doch wiedererkannt und wußte, was zu ihren Lebzeiten noch wichtiger gewesen war als Name und Beruf. Ich fühlte es, aber dummerweise weiß ich nicht mehr, was es war.

Welches Geheimnis umschlossen ihre im Tode verkrampften Hände? Nach welcher Gerechtigkeit verlangten ihre ausgestreckten Arme? Ein junger Offizier, den ich trug, weinte vor Wut, ein anderer aus Mitleid. Ihre Tränen rannen auf mich herab, ich saugte sie auf. Dieser Greis schien mich anzuflehen, jener schimpfte mit mir. Weil ich hörte, was sie verschwiegen, vernahm ich nicht mehr die Geräusche des Lebens.

Ich wurde verrückt.

Das Schlimmste für mich während dieses Sommers 1944 war jedoch die Zeit, als wir vor der gesegneten und verfluchten Stadt meiner Kindheit lagen. Die Deutschen wollten sie um keinen Preis aufgeben; Ljanow gehörte ihnen; sie krallten sich dort fest. Unmöglich, sie hinauszuwerfen. Trotz des ständigen Artilleriebeschusses und der Luftangriffe stießen unsere Sturmdivisionen auf immer neue Hindernisse, wenn sie versuchten, die feindlichen Stellungen zu umzingeln. In immer kürzeren Abständen trafen Verstärkung und Ersatz ein, um unsere Verluste an Menschen und Material zu ersetzen. Ich erhob mich nach jedem Angriff, um die zerschlagenen und zertretenen menschlichen Reste einzusammeln. Mein Herz konnte sich nicht beruhigen. Mein Vater, meine Mutter! Meine Schwestern, ihre Männer und Kinder! Lebten sie noch? Würde ich sie wiedererkennen? Vierzehn Jahre waren vergangen, seit ich sie verlassen, fünf, seit ich den letzten Brief bekommen hatte.

Was würde ich ihnen über mein Leben erzählen? Ich schlief nicht mehr und aß nicht mehr. So nahe bei ihnen und doch so fern. Ilja, einer meiner Kameraden, redete mir ins Gewissen, ich würde mich vernachlässigen, mich gehen lassen; ob ich denn den Tod suchte? »Du kannst das nicht verstehen, Ilja.« Ich täuschte mich, er verstand, denn Ilja war auch Jude. Mit seinen achtzehn Jahren hatte er viel gesehen und erlebt. An dem Tag, als wir unseren Durchbruch machten und unsere Elitetruppen sich mit verbissener Wut auf Ljanow stürzten, war er mit blutverschmiertem Gesicht an meiner Seite und versuchte, mich zu beruhigen. Noch nie hatte eine Offensive mich mit solcher Spannung erfüllt. Unserem Kommandanten ging ich auf die Nerven: »Wann sind wir denn endlich an der Reihe? Können wir losgehen?« – »Noch nicht. Der Kampf tobt noch. Wir müssen warten, bis es ruhiger wird.« – »Aber worauf warten wir denn? Da sind Kameraden, die sterben oder schon krepiert sind, und wir drehen hier Däumchen!« – »Geduld«, sagte Ilja zu mir. »Ich begreife, was du empfindest, aber hab Geduld.«

Mir blieb auch keine andere Wahl. Unsere Einheit sollte der dritten Angriffswelle folgen. Ilja wich keinen Schritt von meiner Seite. Wer weiß, was ich ohne ihn an diesem Tage vor den Toren Ljanows gemacht hätte.

Während in den Außenbezirken noch gekämpft wurde,

rannte ich zu unserem Haus, Ilja folgte mir auf dem Fuße. Die Sonne ging unter, und unter dem flammend roten Abendhimmel suchte ich die Schule, den kleinen Marktplatz, das Studierhaus. Gewehrkugeln pfiffen um die Häuser, Granaten wurden in die Keller geworfen, aber ich stürzte nach Hause, wo meine Eltern und ihre Kinder, ihre und meine Gebete auf mich warteten. Dämmerung drang in die Häuser. Vor unserem Haus blieb ich wie gelähmt stehen und konnte die Tür nicht öffnen. Ilja besorgte es. Eine dumpfe Angst überkam mich: Das ist gar nicht mein Haus. Ich rufe: »Ist dort jemand?« Niemand antwortet. Ich trete in den Hof und sehe den Schuppen: Ja, es ist mein Haus. Ich schaue auf die Apfel- und Pflaumenbäume: Ja, es ist es, es gehört mir. Aber diese Stille ringsum gehört nicht mir. Und der Soldat, dem sie entgegenkommt, ist nicht von hier. Ich drehe mich um, bin in der Küche: »Ist dort wer?« Ilja öffnet die Tür zum Eßzimmer. Leer. Das Schlafzimmer meiner Eltern. Leer. Die Angst in mir wächst und wächst, gleich wird mein Herz zerspringen. Wenn das Haus mein Haus ist, warum ist es dann leer? Wo sind die Meinen? Weshalb nehmen sie mich nicht in Empfang? Eine ferne dunkle Erinnerung steigt in mir auf: das Pogrom, die Scheune, der Keller. Vielleicht haben sie sich dort versteckt? Wie damals? Ich laufe hin. Nichts. Ein verrückter Gedanke verwirrt mein Hirn: Das Haus ist zwar mein Haus, aber ich bin nicht ich. Ich beginne, es schon zu glauben, da entdeckt Ilja im Kinderzimmer unterm Bett einen Mann und eine Frau. Verstört und mit schreckensbleichen Gesichtern stehen sie auf. Ein Stuhl fällt um. Ob das meine Eltern sind? Ich habe vergessen, wie sie aussahen. Ist das möglich? Alles ist möglich, denn ich bin ja nicht ich. Ilja fragt auf russisch, wer sie sind. Sie antworten nicht. Auf jiddisch. Auch keine Antwort. Sie geraten in Panik, jammern auf rumänisch, daß sie unschuldig sind, daß sie nichts getan haben, daß sie nie Mitglieder der Eisernen Garde waren ... Ich habe Lust, sie zu verprügeln, aber wie kann man ein altes, vor Angst zitterndes Paar schlagen? Ich frage sie, seit wann sie dieses Haus bewohnen. Schon immer, sagt der Mann. Er sieht meinen Blick und verbessert sich: »O Verzeihung, verzeihen Sie ... Sie sprechen rumänisch, Herr Offizier ... Dieses Haus hat man uns zugewiesen ...« Ich schreie: »Wer? Und wann?« Der Mann stottert: »Die Stadtverwaltung.« Ich schreie noch lauter: »Wann?« Der Mann ringt nach Worten: »Als ... Faschisten haben ... als die Faschisten ... die Juden ... weggebracht haben ...«

Was ich in diesem Augenblick empfunden habe, werden Sie nicht verstehen können. Ich empfand weder Haß noch Zorn. Dürstete weder nach Blut noch nach Rache. Ich empfand nur Trauer, wurde von einer dumpfen Trauer erfaßt, einer uralten Trauer. Sie kam aus den Tiefen der Zeit und stieß mich aus der Gegenwart. Ich war hier und anderswo, war allein und nicht allein, war so nüchtern wie noch nie und so betrunken wie noch nie. Es war eine individuelle und kollektive Trauer, die meine Erinnerungen, meine Gesten, mein pochendes Blut und die Schläge meines Herzens in sich aufnahm. Zwischen der Welt und mir, zwischen meinem Leben und mir lag dieses Gebirge aus endloser, unsagbarer, wilder und düsterer Trauer; der erste Mensch tötete den letzten. Ich sah dabei ohnmächtig zu, wie ich meinem Freund Ilja zusah, der dem Mann wortlos eine Ohrfeige gab. Die Frau lag auf den Knien, jammerte, umschlang unsere Beine und schlug den Kopf auf den Fußboden. Ilja ließ sich nicht stören, er schlug mechanisch weiter. Ich sah, wie er zuschlug, und war seinetwegen traurig, wegen meiner verschwundenen Eltern und wegen ihres Sohnes, der hilflos dabeistand. Ich war traurig wegen dieser rasend gewordenen Welt, traurig wegen ihres Schöpfers. Ich empfand Trauer um der Toten und um der Lebenden willen, die sich der Toten erinnern würden. »Laß doch, Ilja«, sagte ich zu meinem Freund. »Hör auf, das ist zu nichts nütze.« Er hörte mich nicht, vielleicht hatte ich auch nichts gesagt. »Laß uns gehen«, sagte ich ganz leise zu ihm und nahm seinen Arm. Wir traten auf die Straße hinaus. Dort reckte sich Ilja, holte tief Luft und begann fürchterlich und immer lauter zu fluchen: »Das ist die größte Schweinerei aller Schweinereien, die allergrößte, die ...«

Unsere Kompanie blieb drei Tage in der Umgebung der Stadt. Die Bevölkerung zeigte sich ihren Befreiern gegenüber sehr gastfreundlich und liebenswürdig und verwöhnte uns mit ihren Weinen und Mädchen. »Wenn das so weitergeht«, meinte Ilja, »dann nehme ich Abschied vom Krieg und bleibe hier.«

Alle Exzesse waren auf Befehl des Generalstabs strengstens

untersagt. Rumänien war nicht mehr unser Feind, sondern unser Verbündeter, und daran hatte die Rote Armee sich zu halten. Wir mußten verständnisvoll, hilfsbereit und freundlich zueinander sein. Von beiden Seiten wurde Verständnis und Hilfe erwartet.

Ich ging durch die Straßen und Alleen, wie ich sie noch in Erinnerung hatte, und fragte mich, ob das alles nicht ein Traum sei. Und wenn ich jetzt wirklich phantasierte? Ich bin jung, gehe zur Schule, studiere mit Ephraim, bin Schüler von Rabbi Mendel dem Schweiger, wir erkunden zusammen die geheimen Wege der Herrlichkeit; gemeinsam lauschen wir den Altvorderen, die uns mit der Beschreibung ihrer Abenteuer uns unsere eigenen erzählen. Ich bin nicht nach Deutschland gegangen, ich habe nicht in Frankreich gelebt, ich habe nie einen Fuß auf spanischen Boden gesetzt, und die Juden sind nicht umgebracht worden. Und du, Vater, reist nicht in einem plombierten Waggon, rollst nicht Tag und Nacht ohne frische Luft und ohne Hoffnung dahin, du erstickst nicht, du wirst nicht zusammen mit deiner Familie und deiner Gemeinde aufrechtstehend vergast. Nein, Vater, so bist du nicht gestorben. Du bist nicht tot. Ich habe nicht diesen fürchterlichen Alptraum; die Menschheit ist nicht in einen Abgrund gestürzt, sie hat ihre Seele nicht zu Asche verbrannt.

Ich besuche die wenigen Synagogen, die noch geöffnet sind, und lasse mir zehnmal, nein, hundertmal von den mörderischen Tagen des Jahres 1941 erzählen, von Razzien, Erschießungen, Todeszügen, von der Komplizenschaft der Einwohner. Die Faschisten hatten ein Programm ausgearbeitet, bei dem die ganze Stadt die Zuschauer stellte. Hier auf diesen von dichtbelaubten Bäumen gesäumten breiten Straßen trafen sich die Menschen, grüßten sich, wünschten sich guten Tag, guten Abend, guten Appetit, gingen Hausfrauen zum Markt und sprachen über Preise und Küchenrezepte, fanden sich verliebte Paare und gingen wieder auseinander, rannten die Kinder, spielten Ball und lachten, und ihre Eltern schimpften mit ihnen, während ganz in ihrer Nähe, ganz nahe bei ihnen die plombierten Waggons mit der Fracht von Sterbenden und Toten rollten, wie im Kreise rollten, von nirgendwo nach irgendwo, und auf das Haltezeichen warteten, damit der letzte Mensch seinen letzten Atemzug tue ... Im Anfang frage ich, wie das möglich war, aber dann höre ich auf zu fragen.

Ilja murmelt unentwegt vor sich hin: »So eine Schweinerei, die größte aller Schweinereien.« Manchmal begleitet er mich auf meinen Rundgängen, und man könnte uns für zwei Soldaten halten, die nach Vergnügen und Abwechslung suchen, nach Wärme und dem Duft von Frauen.

Ich begebe mich zum Friedhof, spaziere zwischen den weißen und grauen, leicht nach hinten geneigten Grabsteinen umher und bleibe ab und zu stehen, um den Namen eines Rabbiners, eines Weisen oder Wohltäters zu lesen. Da ist zum Beispiel das Grab von Rabbi Jaakow, einem Wundertäter, der seine Gemeinde während der Wirren des 17. Jahrhunderts gerettet hat. »Warum hast du dich nicht für meine Gemeinde verwendet, Rabbi?« Ich unterhalte mich leise mit ihm und mache ihm Vorwürfe: »Du hättest doch am himmlischen Thron rütteln können. Wenn dir die Kraft dazu fehlte, hättest du die alarmieren müssen, denen es daran nicht gebricht. Warum hast du nicht den Bescht und seine Schüler um Hilfe gebeten, Jeremias und seine Vorfahren, die auch unsere Ahnen sind? Du warst hier, Rabbi Jaakow, und konntest deine Nachkommen nicht schützen?« Ilja gesellt sich zu mir: »Was redest du da ganz allein mit dir?« – »Das kannst du nicht verstehen«, sage ich, weil ich meine, daß ein Junge wie er, Komsomolze usw., Kommunist von Kopf bis Fuß, unmöglich an die Wunderrabbis glauben kann. Ilja überrascht mich auch diesmal wieder: »Doch, Paltiel, ich kann es verstehen.« Es stimmt; denn Ilja ist Jude.

Wir kommen zu einem Massengrab und sagen lange kein Wort, bis Ilja wieder sein ganzes Arsenal von Flüchen loswerden will. Ich halte ihn zurück, er versteht und berührt meinen Arm, um mir auf Wiedersehen zu sagen, und entfernt sich. Ich bleibe allein. Allein mit wem? Allein mit wieviel Opfern? Das Grab kommt mir klein und eng vor, zu eng für so viele Männer und Frauen. Die Erde ist ein Schwindler. Im Leben braucht der Mensch Zimmer, Büros, Paläste, Werkstätten, Läden, wenn er tot ist, genügt ihm sein kleines Menschenmaß, das nicht größer ist als ein winziger Riß auf der Oberfläche der Erde.

Plötzlich überkommt mich ein wahnwitziger Gedanke. Ich möchte das Grab öffnen, die Meinen suchen und begraben, wie es sich gehört, in einem eigenen Grab. Natürlich tue ich es nicht; und auch mein Vater verbietet es mir sogar noch über den Tod hinaus. Er weigert sich, seine Gemeinde zu verlassen. Ich glaube ihn zu hören: Ob lebend oder tot, ein Jude hat seinen Platz inmitten der Seinen.

Die Sonne geht unter, die Schatten werden länger. Eine beklemmende Dämmerung kündet die nahende Nacht an. Ich muß fort. Ich erinnere mich an eine Legende, die mir einst als Kind Angst eingejagt hat. Ein Mann schlief auf dem Friedhof ein und verbrachte dort die Nacht; am anderen Morgen fand man seine Leiche; die Toten hatten ihn behalten. Ja, ich sollte gehen und bringe es doch nicht fertig. Ich kann mich einfach nicht von dieser Stätte losreißen, meine Füße kleben am Boden. Ich will schon die Toten bitten, mich zu begreifen, als eine irgendwoher vertraute Stimme mich anspricht: »Und das Gebet für die Toten? Hast du es schon gesprochen?« – »Nein«, sage ich. »Und warum nicht?« – »Ich kann nicht.« – »Kannst du nicht, oder willst du nicht?« – »Ich kann weder seinen Namen heiligen noch seine Wege preisen, ich kann es nicht.« Er ist überrascht: »Du bist doch nicht hierher gekommen, um Gott zu lästern?« – »Ich weiß nicht«, sage ich, »ich weiß nicht, weshalb ich gekommen bin ...«

Der Mann, der mich angesprochen hat, steht jetzt in seiner ganzen Größe vor mir. Es ist eine massige gebieterische Gestalt. Ich bekomme Herzklopfen: David Abulesia etwa? Nein, es wäre ein absurder Gedanke, ihn hier zu suchen. Ich lasse ihn auch sofort wieder fallen. Ich frage den Mann, wer er ist. »Ich bin ein Totengräber«, sagt er. – »Ich auch«, sage ich. – »Du gehörst auch zu einer heiligen Bruderschaft? Zu welcher denn?« – »Ich bin Soldat!« sage ich. – »Was machst du dann auf *meinem* Friedhof?« – »Meine Eltern sind hier begraben.« Der Totengräber zuckt die Schultern und spricht die rituelle Formel: »Der Herr hat es gegeben, der Herr hat es genommen, der Name des Herrn sei gebenedeit in alle Ewigkeit.« Im sinkenden Abend sind wir zwei Schatten, die miteinander verschmelzen, um gemeinsam dem Geheimnis der Nacht zu trotzen. »Die Männer und Frauen, von denen ich hier immer Abschied nehme«, sagt der Totengräber, »mache ich zu meinen Boten. Ich sage ihnen: Los, meldet euch beim himmlischen Gericht und sagt ihm, daß Schewach der Totengräber, Mitglied der heiligen Bruderschaft ›Wächter des Messias‹, mit seiner Geduld am Ende ist; sagt ihm, daß seine Erschöpfung ebenso groß ist wie sein Kummer; sagt ihm, daß es schwer und unmenschlich ist, immer in der Erwartung zu leben und zu sterben, schwer und unmenschlich auch, eine ganze Generation von Juden in die Erde legen zu müssen ...«

Er berichtet mir von den blutigen Ereignissen, wie nur ein Totengräber sie erleben kann. Er hat den Toten-Konvoi in Empfang genommen. Er hat die entstellten Leichen gereinigt. Er war der letzte, der auf meinen Vater und meine Mutter, auf meine Schwestern und ihre Kinder, einen lebendigen, von Mitleid erfüllten Blick geworfen hat.

Messianischer Wächter. Ich denke an meinen Freund Ephraim und seine Träume von der Erlösung. Ich erinnere mich an meinen Vater und seine Gebete für Jerusalem, an Rabbi Mendel den Schweiger und seine Schlüssel. Und unerklärlicherweise, weil er doch zu einer anderen Landschaft, zu einer anderen Geschichte gehört, sehe ich im Geiste meinen Gefährten David Abulesia vor mir; ich höre seine phantastischen Erzählungen von dem Abenteurer, der sich auf die Suche nach dem Messias begibt wie ein Polizist, der hinter einem flüchtigen Täter herrennt. Als mich Schewach der Totengräber verläßt, verspricht er mir, sich gut um die Meinen zu kümmern. Ich danke ihm und weiß, daß er alles tun wird, und weiß zugleich, daß er es nicht tun kann; denn ich nehme die Meinen mit mir, mein Leben wird zu ihrem Grab.

Im Feldlager treffe ich Ilja, er liegt mit verschränkten Armen auf seinem Bett und starrt ins Leere. Er hat getrunken. Ich erzähle ihm von meinem Abend. »Du kannst es dir nicht vorstellen«, sage ich zu ihm und tue ihm damit unrecht. Er kann es. Er weiß es. Ilja ist Jude und weiß, daß wir alle Totengräber sind.

Unveröffentlichte Gedichte
aus dem Gefängnis
von Paltiel Kossower

Er ist nicht in seinem Leben,
er ist nicht in seinem Wort,
weder ist in seinem Zorn er
noch in seinem Schuldbekenntnis,
noch ist er in seinem Körper,
noch ist er in seiner Zeit:
Aber dann,
wo ist er dann?

Nacht,
vor dem Überfall.
Dumpfer Lärm,
er wächst und dröhnt.
Lärm vor dem Schrei,
kommt immer näher,
tötet und verhallt.
Gott,
vor dem Gebet.
Unerträgliche Stille,
die lebt und niederschmettert.

Erinnerungen:
Tempel und Stacheldrähte,
Leichen und Mauern
von Jericho und Warschau
Ghettos für Schwärmer,
Gefängnisse und Finsternis,
Felsen und Peitschen,
Salven und zuckende Leiber,
tote Kinder,
Kinder der Toten:
Und du, Bewahrer der Zeit,
wie gelingt es dir nur,

nicht zu ertrinken
im Wahnsinn derer,
die dir das Leben opfern?

Totengräber,
gib der Erde
doch des Himmels
Dreck und Lehm
zurück
und bedecke,
Totengräber,
dein Gesicht,
beschäme Gott,
der uns das seine
hat verhüllt.
Verlaß die Toten,
Totengräber,
wie sie dich
verlassen haben.
Andere bedürfen deiner,
Lebende, die vor dir
schaudern.

Das Leben ist ein Gedicht,
zu lang
oder nicht lang genug,
zu einfach
oder nicht einfach genug,
das Leben ist zuviel
oder nicht genug.
Das Leben ist ein Gedicht,
zu traurig
oder nicht genug,
zu glänzend
oder nicht genug.
Das Leben ist zuviel
und nicht genug.
Das Leben, ist es ein Gedicht?
Ein unvollendetes.
(Aus dem Jiddischen)

Deine Mutter«, sagt Yoaw, »deine Mutter kommt heute nicht.« Grischa blinzelt ein paarmal und reibt sich die Augen, um den Schlaf zu verscheuchen, so daß er gar nicht erfaßt, was sein Freund sagt.

»Entschuldige bitte, daß ich dich geweckt habe.«

Yoaw ist unbehaglich zumute; er fährt sich nervös mit dem Handrücken über die Lippen.

»Ich habe einen Anruf bekommen«, versucht er zu erklären, »einen dringenden Anruf aus Wien. Deine Mutter kommt nicht mit dem Flugzeug.«

Eine ganze Weile rührt Grischa sich nicht, er ist wie gelähmt, empfindet nichts und fühlt sich so leicht, als schwimme er in einem Nebelmeer, wo es keinen Unterschied zwischen Toten und Lebenden gibt. Er ist weit weg von Jerusalem.

»Deine Mutter ist krank«, sagt Yoaw, um ihn zu beruhigen.

Er macht eine hilflose Geste und denkt, ich bin blöd, aber ich schaffe es einfach nicht, mich ihm verständlich zu machen. Er öffnet die Vorhänge. Die Dämmerung weicht vor der Helligkeit zurück, die aus den Kuppeln und Türmchen der tiefer unten liegenden Stadt hervorzuquellen scheint.

»Soll ich dir einen Kaffee machen?«

Grischa schüttelt sich und macht ein bekümmertes Gesicht. Der letzte Abend mit seiner Mutter, bevor er nach Israel reiste, hatte ihm weniger ausgemacht, obwohl er damals nicht damit rechnete, sie noch einmal wiederzusehen. Warum hatte sie Krasnograd, ihre alten Gewohnheiten, ihren Komfort und ihren Freund Mosliak verlassen? Warum hatte sie jetzt alles verlassen? Diese Frage wollte er ihr als erste stellen, um dann zu den anderen überzugehen. Er weiß nun, daß er sie ihr nicht stellen wird.

Welch ein Glück, denkt Grischa, daß ich die Nacht bei mir zu Hause verbracht habe! Beinahe wäre er bei Katja geblieben, aber gegen zwei Uhr nachts hatte er das Gefühl gehabt, heimgehen zu müssen. Als ob ein Ereignis, eine Botschaft oder ein Unglück auf ihn wartete.

Er zieht sich an und macht immer noch ein unglückliches Gesicht. Also, sie kommt nicht, sagt er sich. Ich werde sie nie wiedersehen und nie die Rolle kennen, die sie wirklich im Leben meines Vaters und er in ihrem gespielt hat. Mein Vater ist sehr zurückhaltend und seine Frau noch mehr. Sind gewisse Abenteuer, Andeutungen von Liebschaften, auf die das Testament anspielt, wahr oder nur Traumgebilde? Ich werde es nie erfahren. Das Wort *nie* quält ihn. Warum lag ihm so viel daran, sie wiederzusehen? Weil er sie nicht mehr oder noch immer oder mehr als früher liebte? Szenen aus seiner Kindheit, Bilder aus einer schwierigen Jugend tauchen vor ihm auf und überlagern sich. »Hast du meinen Vater geliebt? Sag mir, ob du ihn geliebt hast?« – »Natürlich habe ich ihn geliebt, Grischa.« – »Aber warum hatte er dann ein gebrochenes Herz?« – »Woraus schließt du, daß er ein gebrochenes Herz hatte?« – »Ich weiß es. Ich lese seine Gedichte. Sein Herz war gebrochen.« – »Aber mein Kind, alle Dichter haben ein gebrochenes Herz ...« Ein anderes Mal: »Erzähl mir, wie ihr euch begegnet seid?« – »Ach, das war während des Krieges. Ich spreche nicht gern vom Krieg.« – »Was machte er?« – »Er kämpfte wie jedermann.« – »Und du? Was machtest du?« – »Ich kämpfte auch wie jedermann.« – »Und eure erste Begegnung? Erzähl mir von eurer ersten Begegnung ...« Sie weigerte sich. Er bedrängte sie. Vergebens. Sie konnte nicht ahnen, daß er eines Tages über ihre erste Begegnung mehr wissen würde als sie selber. Sie wußte nichts von der Existenz des Testaments. Auf Zupanews Rat hatte er es ihr verheimlicht. »Zu deiner Mutter habe ich Vertrauen, aber dieser Dr. Mosliak, wenn der Wind bekommt von unserem Plan, dann sind wir geliefert. Hör zu, Junge, du bist der Bote eines Dichters; und da heißt es vorsichtig sein.«

Es war einige Tage vor seiner Abreise. Grischa hatte sich die letzten Seiten und die letzten Verse genau gemerkt. Der Nachtwächter saß wie immer mit den Heften auf den Knien und las mit leiser monotoner Stimme vor. Grischa hörte zu, prägte sich jeden Satz und jedes Komma ein und versuchte seine Gedanken, die immer wieder abschweifen wollten, im

Zaume zu halten. Ohne sich zu rühren, den Mund halb geöffnet, hockte er da und lauschte gespannt. Sein Gesicht war ernst und gesammelt. Er wagte kaum zu atmen. Nur seine Augen bewegten sich lebhaft, als könne er auch mit ihnen hören. Er achtete auf jedes Wort, jede Nuance und jede Pause. Er mußte alles behalten, alles speichern und durfte nichts vergessen. Niemand konnte so gut zuhören wie er, und niemand besaß ein solches Gedächtnis. »Was für ein Glück, daß du stumm bist«, sagte Zupanew und kratzte sich den Kopf. »Dich lassen sie gehen; denn sie haben keine Ahnung, wie mächtig die Stummen sind. Auch von meiner Macht hatten sie nichts begriffen, für sie ist ein einfacher Stenograph doch kaum so etwas wie ein lebendiges Wesen. Siehst du, Junge, die Henker haben eben keine Phantasie, sonst wären sie nämlich keine Henker.«

Zupanew bat ihn um einen letzten Gefallen:

»Erzähl mir, wie es kam, daß du stumm geworden bist.«

Grischa machte ein Zeichen, daß er dazu nicht fähig sei: Wenn ich erzählen könnte, wäre ich nicht stumm ...

»Ich Idiot«, sagte Zupanew, öffnete eine Schublade und holte Bleistift und Papier für seinen jungen Freund heraus:

»Schreib«, sagte er, «und ...«

Er machte eine Pause und fuhr lächelnd fort:

»Und ich werde diese Blätter mit denen deines Vaters aufheben.«

Und Grischa schrieb ...

Vielleicht arbeitet Dr. Mosliak für die »Organe«; ich habe dafür keine Beweise, es kommt mir manchmal so vor.

Als ich eines Tages von der Schule heimkomme, sitzt er bei uns auf dem Sofa, während meine Mutter ganz verschüchtert dasteht. Er scheint gefährlich und mächtig zu sein. Ich mag ihn nicht. Ich verachte ihn richtig.

Meine Mutter hält bestimmt sehr viel von ihm. Sie sagt, daß er ein ausgezeichneter Arzt ist. Mag sein, aber ich bin ja nicht krank. Meine Mutter ist es. Sie besucht ihn oft in seiner Wohnung über uns. Sogar wenn ich im Sterben läge, würde ich ihn nicht rufen. Er macht mir Angst.

Eines Tages war ich gezwungen, bei ihm zu klopfen. Meiner Mutter ging es nicht gut; sie schickte mich zu ihm, um ein

Rezept zu holen. Ich erinnere mich, daß bei ihm alles weiß war. Mosliak trug einen weißen Kittel, ließ mich auf einem weißen Stuhl Platz nehmen und setzte sich an seinen weißen Schreibtisch. Mir wurde ganz schwindelig.

Er schrieb das Rezept aus und sagte:

»Die Apotheke ist um diese Zeit geschlossen. Bis sie öffnet, können wir uns ein bißchen unterhalten, wenn du willst?«

Ich will aber nicht. Er läßt nicht locker und spricht über die Krankheit meiner Mutter. Seine süßliche Stimme widert mich an.

»Erzähl mir von deinem Vater«, sagt er.

»Nein, niemals!«

Mein Vater interessiert ihn also, nicht ich. Er unterzieht mich einem regelrechten Verhör, und ich hülle mich in Schweigen. Er ärgert sich, läßt sich aber nichts anmerken, während ich nervös werde, was sich nicht verbergen läßt. Das Leben meines Vaters, sein Tod und seine Gedichte gehen ihn nichts an. Ich weiß zwar nur wenig davon, aber ich weigere mich, etwas preiszugeben. Wenn meine Vorstellung von ihm auch bescheiden und ungenau ist – ein Foto, ein paar Gedichte –, so handelt es sich doch um meine ganz persönliche Angelegenheit. Aber er will seinen Kopf durchsetzen. Ich stehe einfach auf und renne in die Apotheke. Sie ist geöffnet, Gott sei Dank.

Am Abend kommt er schon wieder zu uns und untersucht meine Mutter. Er nimmt Platz und stellt schon wieder seine Fragen. Wieder geht es um meinen Vater. Da ergreife ich die Flucht.

Er kommt auch am nächsten und übernächsten Tag wieder. Meiner Mutter geht es besser, aber er kommt jeden Abend zu uns, um sie zu untersuchen und mir Fragen zu stellen.

Endlich begreife ich, daß er meinetwegen und nicht wegen meiner Mutter kommt. Welches Ziel verfolgt er? Er will mir meinen Vater stehlen. Er will ihn mir ein zweites Mal wegnehmen; je häufiger er kommt, desto mehr bin ich mir dessen sicher.

Zweifellos gehört er zu einer Spezialabteilung, die den Auftrag hat, bei bestimmten Leuten eine Gehirnwäsche vorzunehmen, ihre Köpfe leer zu machen, ihr Gedächtnis auszulöschen, wie man eine schwarze Schultafel auswischt.

Dieser Kerl versteht etwas davon. Er stellt mir eine Frage, dann wiederholt er sie zehnmal in verschiedener Form, und ich fühle mich immer etwas leerer, fühle mich um etwas gebracht.

Da ist zum Beispiel die Geschichte mit dem Korken. Diesen Korken hatte ich aus einer Schublade geholt, als ich drei oder vier Jahre alt war. Er hatte nichts Besonderes an sich, aber ich hatte mir eine Geschichte ausgedacht und erzählte mir, mein Vater hätte ihn in die Schublade gelegt, damit ich ihn eines Tages finden sollte. Dieser Korken enthielt für mich ein Geheimnis, und es oblag mir, es zu lüften. Es klingt verrückt, aber dieser Korken bedeutete eine ausschließlich für mich bestimmte Verbindung mit meinem Vater. Ich hatte mit keinem Menschen darüber gesprochen, nicht einmal mit meiner Mutter. Dummerweise sah Mosliak, wie er mir aus der Tasche fiel, und erriet alles. Er nahm ihn und brach ihn entzwei. »Siehst du«, sagte er, »es ist ein ganz gewöhnlicher Korken.« Dieser Hund! Er wollte mir weh tun und hat mir auch weh getan. Der Korken, den er zerbrach, war ich; fortan war ich kein lebendiges Wesen, war kein Schüler mehr, sondern ein zerbrochener Korken. Das tat so weh, als wenn man mir einen Zahn gezogen hätte; denn es tut immer weh, wenn man ein Geheimnis verliert.

Oder die Geschichte mit der Sonne. Das ist auch ein Geheimnis – ein richtiges Geheimnis. Erinnerst du dich an das Gedicht meines Vaters über die Aschensonne? Seit ich es gelesen habe, sehe ich eine Sonne, die niemand sonst sehen kann. Meine Sonne ist nicht rot oder silbern, ist keine goldene oder kupferrote Scheibe, sondern ein Ball aus Asche. Jedesmal wenn ich hinten im Ofen Asche entdecke, dann erblicke ich darin eine Sonne, die nur für mich und sogar in der Nacht leuchtet. Mosliak hat es erraten, und ich weiß nicht wie. Doch, ich weiß es ja: Bei den Antworten auf seine Fragen vermied ich die Wörter, die eine Beziehung zur Sonne oder zur Asche hatten; ich hatte sie aus meinem Vokabular gestrichen. Ich sagte irgend etwas ganz anderes, um nicht über die Aschensonne zu stolpern. Ich ging nicht auf seine Fragen ein, sondern antwortete ausweichend. Er beobachtete mich mit seinen kalten Augen und bombardierte mich mit Worten, die offenbar nichts miteinander zu tun hatten, um meine

Reaktion festzustellen. Schließlich verriet ich mich, und seitdem habe ich in einer Welt ohne Sonne gelebt.

Ich war jetzt gewarnt und wachte sorgfältig über meine übrigen Schätze. Aber ich war ihm nicht gewachsen und entkam ihm nicht. Er ist eben ein Spezialist. Er riß Wörter und Sätze und auch das, was ich verschwieg, Stück für Stück aus mir heraus, so daß ich von Tag zu Tag ärmer wurde. Je mehr ich sagte, desto weniger existierte ich noch. Er legte mein ganzes Inneres bloß. Ich kannte mich selbst nicht mehr; meine Neugierde verschwand, ich wurde völlig teilnahmslos. Einen Monat länger und ich hätte alles vergessen. Aber dann geschah ein Wunder. Vielleicht war es kein Wunder, sondern eher ein Unfall. Ich weiß nicht, ob ich es rein zufällig oder ganz bewußt tat, sondern weiß nur, daß ich mich einmal so in die Enge getrieben fühlte, daß ich meine Zähne, so fest ich konnte, zusammenbiß und mit den Kinnbacken mahlte. Ich öffnete den Mund nur, um zu atmen oder mit der Zunge über die trockenen Lippen zu fahren. Plötzlich wurde ich so wütend, daß ein unkontrollierbarer Krampf meinen Kiefer erfaßte und ich mir die Zunge abbiß. Als ich aus meiner Bewußtlosigkeit erwachte, war ich nicht mehr imstande, auch nur ein Wort herauszubringen.

Meine arme Mutter vertraute sich in ihrer Not nur Dr. Mosliak an; etwas anderes ließ ihr Stolz nicht zu; denn sie wollte es nicht wahrhaben, daß ihr Sohn sein Leben lang stumm sein würde. »Grischas Problem wiegt viel schwerer«, meinte der, »es hat mit seinem Geisteszustand zu tun.« In seinen Augen war ich verrückt. Aber das stimmte nicht. Der beste Beweis dafür ist doch, daß ich Rachepläne schmiedete und mein Recht haben wollte. Vielleicht beweist das aber auch das Gegenteil. Doch was soll's?

Dennoch ein letztes Wort für dich, Freund Nachtwächter: Wenn ich nicht stumm wäre, dann hätten sich unsere Wege nicht gekreuzt. Und wie hätte ich mir ohne dich mein heimliches Reich erbaut? Ohne dich hätte ich nur Schweigen und Asche gekannt.

»Deine Mutter ist krank«, sagt Yoaw.

Grischa hätte gerne gefragt, ob es etwas Ernsthaftes sei. Er weiß nicht, wie er sich durch Zeichen verständlich machen soll. Deshalb nimmt er ein Blatt Papier und schreibt die Frage auf. Yoaw antwortet, daß er es nicht genau weiß, die Ärzte haben nichts Näheres gesagt. Sie hat einen Herzanfall gehabt und soll operiert werden.

»Schade, daß du nicht an ihr Krankenbett eilen kannst. Morgen ist Jom Kippur, der Tag der Großen Versöhnung, und der nächste Flug nach Wien geht erst am Samstag.«

Grischa nickt mit dem Kopf: Das muß ihm nicht übersetzt werden. Zupanew und seinem Vater hat er es zu verdanken, daß ihm die Bedeutung bestimmter Wörter und bestimmter Feste bekannt ist.

Da kann man nur warten. Und beten, warum nicht. Yoaw und er begeben sich an diesem Abend zur Klagemauer und nehmen am feierlichen *Kol-Nidre-Gebet* teil. Droben im Himmel werden heute abend die Schuldsprüche unterzeichnet, es geht um Rettung oder Tod; um Vergebung für die einen, um strenge Bestrafung für die anderen. Und ich, was soll ich tun, denkt Grischa. Verzeihen heißt ein Urteil sprechen; und ich kann nicht urteilen, auch wenn ich es gerne möchte.

Langsam taucht die Stadt aus dem Dunkel auf. Immer neue Geräusche dringen ans Ohr. Der Klang des Schofar vermischt sich mit dem Lärm des Arabermarktes innerhalb der Stadtmauern. Plärrende Kinder und kreischende Mütter sind zu hören. Zwei Männer grüßen sich und wünschen, daß das zu Ende gehende Jahr alles Schlechte mit sich nehmen und das kommende reichen Segen spenden möge.

Niemals werde ich sie wiedersehen, denkt Grischa. Weshalb überkommt ihn eine solche Traurigkeit. Seit er weiß, daß sie kommen will, hat er Pläne geschmiedet und sich viele Gedanken gemacht. Endlich würde er alle Rätsel seiner Vergangenheit lösen, die Melancholie seines Vaters und das Schweigen seiner Mutter verstehen. Auch sie hatte Geheimnisse, die sie ihm verraten wollte, warum sie mit Krasnograd und Dr. Mosliak gebrochen, welche Rolle dieser Mann überhaupt gespielt hatte. Ob Zupanew sie vor ihrer Abreise gesehen, ob er ihr eine Botschaft mitgegeben hatte? Ob er überhaupt noch lebte? Das alles werde ich nun nie erfahren.

Sonderbar, denkt Grischa, ich kenne meinen Vater besser als meine Mutter.

Ein Winterabend kommt ihm ins Gedächtnis. Er kommt von der Schule heim und sieht Raissa gedankenverloren auf einem Stuhl sitzen. Sie hat die Hände auf den Tisch gelegt und schaut ins Leere. Er läßt seine Schultasche fallen, läuft auf sie zu und will sie trösten. Er nimmt ihren Kopf in seine kleinen Hände und möchte ihr tausend liebe Dinge sagen, aber er ist zu aufgeregt und bringt kein Wort heraus.

Sie hat es nie und wird es auch nie erfahren, was ihn damals zu ihr drängte. Es war ein Gefühl, dessen Namen er verloren und noch nicht wiedergefunden hat, ein Gefühl, das verwirrend und beruhigend zugleich war und sein Herz schneller schlagen ließ.

Jetzt hat er genau das gleiche Gefühl.

Sie lächelte mich an, und das brachte mich völlig außer Fassung. Sie hatte mir noch nie ein Lächeln geschenkt, nicht einmal ein böses. War der Grund dafür unser Sieg? Die ganze Rote Armee jubelte. Jeder freute sich. Die Offiziere und ihre Adjutanten feierten Feste und betranken sich; und bei uns im Feldlazarett schienen sogar die Kranken glücklich zu sein. Ich teilte ihre Freude nicht.

Nach einer neuerlichen Verwundung war ich nach Lublin ins Lazarett gekommen, wo die 96. Division endlich Ruhestellung bezogen hatte. Sie hatte ihren Ruhm teuer bezahlt und mußte wieder aufgefrischt werden. Das brauchte seine Zeit. Die Offiziere fluchten darüber; denn sie wünschten sich nichts sehnlicher als bei den ersten zu sein, die deutschen Boden betreten und Fahnen auf den Trümmern Berlins hissen würden. Die Soldaten wurden ebenfalls ungeduldig, aber sie mußten den Befehlen gehorchen und hatten zu kämpfen, einerlei wo; und unsere Burschen hatten sich tapfer geschlagen.

Für mich war der Krieg also in Lublin zu Ende. Ich hatte einen jungen Soldaten nach hinten geschleppt. Er war hübsch und leicht wie ein Kind. Gewohnheitsmäßig redete ich mit ihm und wiederholte, was ich zu meinen Todgeweihten sagte: »Sei ganz ruhig, Kleiner, wir sind gleich da.« Er glaubte mir nicht: »Nein, wir schaffen es nicht.« Er mahnte mich zur Vorsicht, ich solle mich vor Heckenschützen und verirrten Kugeln in acht nehmen, auf Minen aufpassen. Aufpassen, das ist leicht gesagt, die Front hat doch keine Fußgängerwege. Mit meinem Schutzengel auf den Schultern stolperte ich vorwärts und wurde plötzlich in die Luft geschleudert. Es wurde grellrot und tat schrecklich weh. Als ich die Augen wieder aufschlug, sah ich, daß der Luftdruck mich in einen Graben geschleudert hatte und der junge Soldat nicht mehr jung und auch kein Soldat mehr war, er war nur noch ein zerfetzter Körper ohne Kopf und Beine. Er hatte mir das Leben gerettet; ich war nur verwundet. Ein chirurgischer Eingriff erfolgte, ich erwachte mit bleischweren Lidern aus der Narkose wie aus einem dichten Nebel.

Die Front wurde weiter nach vorn verlegt, mein Körper klammerte sich an Lublin, und ich klammerte mich an meinen Körper. Aus irgendwelchen unerfindlichen Gründen wurde ich von einem Lazarett ins andere verlegt. Junge und alte Chirurgen beugten sich über mich und schüttelten bedenklich den Kopf. Sie dachten nur an meine zerschmetterten Knochen und hatten dabei mein krankes Herz vergessen. Jetzt mußten sie mir gut zureden: »Mach dir keine Sorgen, Soldat, wir schaffen es schon.«

Wie durch einen Schleier sah ich Ärzte und Krankenpfleger hin und her eilen, hörte, wie sie miteinander flüsterten. Lebte ich noch? Wenn ja, warum? Wenn nein, warum war dann mein Vater nicht an meiner Seite? Ich wußte jetzt, daß auch die Totengräber sterben. Dieser Gedanke beherrschte mich. Um von ihm loszukommen, fragte ich mich manchmal, wo ich wohl sterben würde. Hier in Lublin? In meinem Kopf tauchten die magischen und verehrungswürdigen Namen des Sehers von Lublin und des Rabbi Zadok auf. Ich dachte an die *Jeschiwa* der Weisen von Lublin; mein Vater hatte nichts sehnlicher gewünscht, als daß ich mich dort anmeldete. Ich rief nach Borka, dem jüdischen Krankenpfleger aus Odessa, und bat ihn um einen Gefallen. »In Ordnung«, rief er und rieb sich die Hände. »Um was handelt es sich denn? Soll ich dich nach Moskau verlegen lassen? Oder was willst du? Ein gutes Essen? Vielleicht ein hübsches Mädchen?« Er lachte und schlug sich dabei auf die Schenkel. »Hör mal«, sagte ich ganz leise, »wenn ich sterbe ...« – »Du bist wohl nicht ganz dicht, oder was ist los? Du stirbst doch nicht, du bist fast wieder gesund.« – »Wenn ich sterbe, Borka, versprich mir, daß du mich dann auf einem jüdischen Friedhof begräbst.« – »Du bist verrückt, komplett meschugge«, erwiderte er, den Ausdruck wechselnd. – »Versprich es mir, Borka.« – »Ich verspreche, dir eine Tracht Prügel zu verabreichen, wenn du nicht aufhörst ...« – »Borka, ich flehe dich an! Es gibt nichts Wichtigeres für mich, als ...« – »Schluß jetzt, du kleiner Schwachkopf. Du stirbst nicht, wenigstens nicht in Lublin. In Lublin sind schon zu viele Juden gestorben.«

Das Lazarett wurde in eine Volksschule verlegt. Ich mußte mich einer weiteren Operation unterziehen. Sie war erfolgreich; denn nach drei Wochen wurde ich in ein Erholungsheim gebracht. Dort konnte ich trotz meines immer noch geschwächten Zustandes an Gesprächen und Veranstaltungen teilnehmen. Man diskutierte über den schnellen Vormarsch unserer Armeen und verfolgte die Taktik Konjews und die Strategie Jukows mit großer Befriedigung. Es wurden Wetten abgeschlossen, wer von beiden als erster in Berlin einmarschieren würde. Jedenfalls war der Krieg nach allgemeiner Ansicht bald zu Ende. Manche Verwundete träumten bereits von Entlassung in die Heimat. Wozu am Vorabend des Sieges noch die Gefahr des Heldentodes auf sich nehmen?

Raissa erschien regelmäßig im Lazarett. Sie war Hauptmann geworden und machte Jagd auf Drückeberger, die sie mit sicherem Blick herausfischte und sie als Schlappschwänze, Feiglinge und Verräter bezeichnete. Sie kam daher wie ein Ungewitter, vor dem jeder Angst hatte.

Bei ihren Inspektionen blieb sie mal hier, mal dort stehen, wechselte ein paar belanglose Worte, aber in Wirklichkeit verschaffte sie sich dadurch ihr eigenes Bild von der Moral ihrer Truppe.

Ich weiß nicht, ob sie mich wiedererkannt hatte. Sie klopfte auf den Gips, der meinen Oberkörper fest einschnürte, und fragte: »He, wann wirst du endlich dieses Ding zum Teufel schicken?« Dabei schaute sie meinen Gips an, nicht mich. Ich gab zur Antwort: »So schnell wie möglich, aber das ist immer noch nicht schnell genug, Genossin Hauptmann.« – Gut gesagt, Soldat, aber beeil dich, verstanden?«

Mit den anderen schimpfte sie: »Schämt ihr euch nicht, hier herumzulungern und euch bedienen zu lassen wie alte Schachteln in einem Pflegeheim, während eure tapferen Kameraden den Feind über die Grenzen jagen?« Manchmal brachte sie auch neueste Nachrichten von der Front: »Krakau ist genommen, Kattowitz ist restlos gesäubert, Sonowitz ist geräumt, wir marschieren auf Berlin los, und ihr döst hier herum?« Als ob das an uns lag! War das ihre Art uns aufzumuntern, oder wollte sie damit ihren Mißmut loswerden? Sie war wütend, daß sie nicht an diesen historischen, wenn auch sehr entfernten Schlachten teilnehmen konnte.

Lublin gehörte bereits der Vergangenheit an. Die Zeitungen sprachen von anderen Waffentaten und anderen, immer weiter entfernten Städten, und sie, als Hauptmann und politischer Kommissar, mußte sich damit abfinden, sich hier um einen Haufen von Invaliden und Faulpelzen zu kümmern. Am liebsten hätte sie uns dafür verantwortlich gemacht; denn ohne uns und unsere blöden Verwundungen, ohne diese verdammten Lazarette würde sie jetzt bei Marschall Jukow oder Konjew sein, und die Partei würde ihr voller Stolz die Auszeichnungen verleihen, die sie verdiente. Sie war böse auf uns, ihre schlechte Laune wuchs von Tag zu Tag. Jede Schlacht, jeder Sieg verbitterte sie nur noch mehr.

Im April wurde mir der Gips abgenommen. Ich war sehr schwach, hütete das Bett und wartete darauf, nach Hause geschickt zu werden. Das dauerte und dauerte. Der Monat Mai kam und mit ihm der Tag der deutschen Kapitulation. Unsere Division veranstaltete im Ort eine Parade, eine äußerst prächtige Parade, mit der wir sogar in Moskau Triumphe gefeiert hätten. Ich übertreibe ein bißchen, aber ich will Ihnen damit nur sagen, was wir empfanden, als die Division, auf Hochglanz poliert und im Sonntagsstaat, an der Ehrentribüne vorbeimarschierte, auf der Kolbakow und sein Stab wie Statuen standen und die Fahnen grüßten.

Die schlimmsten Meckerer ließen sich von der allgemeinen Freude anstecken. Es wurde getrunken, gesungen, geklatscht, »Es lebe Stalin« und »Es lebe die Sowjetunion« gerufen und darauf im Chor ein dreifaches Hurra geschrien. In den Parks, auf Straßen und Plätzen wurde getanzt und geküßt, Geschenke und Souvenirs wurden ausgetauscht von Menschen, die sich gar nicht kannten. Es war der schönste Tag in unserem Leben, wir genossen jede Sekunde, jede Erinnerung und sogar jede Wunde, die wir empfangen hatten. Wir lebten, wir waren Sieger, Hurra, Hurra, dreimal Hurra! Die Zukunft gehörte uns, das Glück lächelte uns zu, vor Stolz schwoll uns die Brust, wir hatten das Tier zu Boden geschlagen; die künftigen Generationen würden es uns danken.

In dieser Nacht schlief kein Mensch.

Zwei oder drei Tage später wurde bekanntgegeben, daß wir für den nächsten, für Anfang Juni geplanten Rücktransport vorgesehen waren. Vorher hatten wir noch vor verschiedenen

Kommissionen zum Zwecke strengster Untersuchung zu erscheinen.

Eines Morgens erschien Raissa mit einem Stoß Akten unterm Arm in unserer Stube. Ihr kaltes Lächeln wirkte jetzt störend. Wie üblich ging sie durch die Reihen der Betten und blieb bei einem Unteroffizier oder Soldaten stehen, um zu meckern. Plötzlich richteten sich ihre blauen Augen auf mich, und auf ihrem Gesicht erschien ein echtes Frauenlächeln: »Also, Soldat«, sagte sie, »bist du froh, nach Hause zu kommen?« – »Und wie, Genossin Hauptmann.« – »Dir fehlt die Heimat, stimmt's?« – »Ganz und gar, Genossin Hauptmann.« – »Wo kommst du her?« – »Ich weiß nicht, Genossin Hauptmann.« – »Du weißt es nicht? Du hast doch bestimmt eine Familie, ein Haus?« – »So etwas kenne ich nicht, Genossin Hauptmann.«

Auf einmal tut sie etwas, das sie noch nie getan hat. Raissa setzt sich auf den Bettrand. Ist sie nun interessiert, neugierig oder mißtrauisch? Sie fragt mich nach meiner Militärzeit und meinem Privatleben. Unseren Zusammenstoß von damals scheint sie vergessen zu haben; das ist schon so lange her ... Aber sonst hat sie nichts vergessen, sie erkennt mich ganz einfach nicht wieder. Ob ich ihrem Gedächtnis nachhelfen soll? Ich schweige, und sie lächelt. Wenn ich etwas sage, wird sie aufhören zu lächeln. Und was die Geschichte mit dem deutschen Gefangenen angeht ... Selbst wenn ich ihn auf den Operationstisch meines Freundes Lebedew gelegt hätte, wäre er gestorben. Dort oder irgendwo weiter im Norden. Es ist jedenfalls besser, ihn zu vergessen. Der Krieg ist vorbei, Deutschland besiegt, und Raissa lächelt mir zu. Sie denkt nicht mehr an die getöteten Kriegsgefangenen, warum soll ich mich daran erinnern? Sie ist Hauptmann, ich einfacher Soldat. Zu Befehl, Genossin Hauptmann!

Sie will wissen, was ich im Zivilleben mache. Korrektor, sage ich. Sie nimmt ihre Feldmütze ab; das blonde Haar fällt ihr über den Nacken bis auf die Jacke. Ich möchte das Haar berühren, nur berühren, nicht einmal streicheln; das ist dumm, ich weiß, aber das liegt an ihr. Früher habe ich sie gehaßt, sie war mir zuwider; jetzt habe ich mich geändert, sie sich auch, und jetzt möchte ich ihr Haar in meiner Hand halten. Meine Kameraden beobachten uns, sie begreifen das nicht; denn noch nie war Raissa einem Untergebenen gegenüber so freundlich. Sie spitzen die Ohren, aber wir sprechen sehr leise, als hätten wir uns vertrauliche Dinge zu sagen. »Korrektor, was ist das?« Ich erkläre ihr meine Tätigkeit, unterbreche mich aber und sage errötend: »Ich mache auch noch was anderes.« Sie sieht mich überrascht an: »Etwas anderes?« – »Ich bin Dichter«, sage ich kaum hörbar. Sie horcht auf: »Ist das wahr? Du bist Dichter? Wie Karowenski?« – «Nein, Karowenski ist berühmt, seine Gedichte las man noch im letzten Schützengraben; meine ...« – »Du wirst sie mir vorlesen, ja?« Sie beugt sich über mich und sieht mir tief in die Augen: »Einverstanden?« – Ich nicke mit dem Kopf: »Ja, gut, einverstanden.« – »Morgen«, sagt sie. »Ich komme dich holen, wir gehen dann im Garten spazieren.«

Schon unterhält sie sich ohne jede Überleitung mit Dimitri, Lew, Alexej, während ich noch ganz aufgeregt, ja aufgewühlt bin und hin und her gerissen werde von dem Wunsch, ihr zu gefallen, und der Furcht, mich lächerlich zu machen. Ich hätte meine Gedichte nicht erwähnen sollen. Was versteht sie denn von Poesie? Wie würde sie die hingehauchten Gesänge, feinen Schwingungen, die Seelenqualen und Gebete eines Ungläubigen aufnehmen, zumal alles auch noch jiddisch geschrieben ist. Ich versuche, vernünftig zu bleiben; meine Sorgen sind umsonst, sie wird nicht kommen, wir werden nicht spazierengehen, und ich mache mich nicht zum Narren, indem ich ihr meine Verse vortrage. Schon gut, Raissa, ich habe dich geliebt und verachtet, dann aufs neue geliebt und ... Zum Teufel noch einmal! Ich liebe sie nicht mehr und verachte sie auch nicht mehr. Es gibt andere Probleme für mich. Was werde ich jetzt anfangen in der Sowjetunion? Wo soll ich wohnen, wo finde ich Arbeit? Soll ich nach Witebsk zur Familie Lebedew gehen? Ich bin blöd. Es gibt doch keine Juden mehr in Witebsk. Dann gehe ich eben woanders hin, zu Mitja und seiner Großmutter, gehe einfach irgendwohin. Schließlich werde ich schon einen Platz finden, wo ein jüdischer Dichter die Leute nicht zu sehr stört.

Ich täuschte mich natürlich. Raissa ist wie versprochen gekommen und behauptet, sich auf meine Gedichte zu freuen.

Ich bin also ein Opfer meiner Poesie geworden.

Lublin hat weniger gelitten als viele andere Städte. Es ist nicht sehr zerstört, das Leben fast wieder normal. Die Kirchen sind voll, die Restaurants ebenfalls. Russische und polnische Soldaten verbrüdern sich. Burschen und Mädchen entdecken im Schutz der Bäume wieder die Liebe.

Ich fühle mich noch schwach, und das Gehen fällt mir schwer. Deshalb stütze ich mich mit dem rechten Arm auf Raissas Schultern. Wenn ich dabei aus Versehen eine ungeschickte Bewegung mache und ihre Brust berühre, steigt mir das Blut in den Kopf. Ich bleibe häufig stehen, um mich einen Moment auszuruhen. »Wollen wir uns hier nicht ein bißchen setzen?« Mit ihrer Hilfe gelingt es mir. »Nun«, sagt sie, »was ist mit deinen Gedichten?« – »Du legst wirklich Wert darauf?« – »Das werde ich dir später sagen. Lies erst einmal.« – »Aber du kannst sie nicht verstehen.« – »Werde nicht frech, Soldat!« – »Ich wollte sagen, daß du sie nicht verstehen kannst, weil sie nicht in Russisch geschrieben sind; ich schreibe nämlich Jiddisch.« – »Ja, und?« sagt sie unbeeindruckt. »Ich verstehe jiddisch.« Tatsächlich hat sie als Kind diese Sprache gelernt. Ihr Großvater und ihre Großmutter sprachen beide jiddisch. Ich frage: »Wo sind sie?« Sie gibt keine Antwort, ihre Augen verdunkeln sich: »Tot.« – »Wann?« – »Keine Ahnung«, sagt sie. – »Und wo?« – »In Berditschew.« Plötzlich sehe ich keinen weißen Himmel und keine grünen Bäume mehr und auch nicht den Menschenstrom, der sich zum Stadtzentrum ergießt. Ich ziehe ein paar Blätter aus der Tasche und beginne zu lesen. Sie unterbricht mich sehr bald: »Das ist ja deprimierend, das reicht. Hast du nichts Fröhlicheres?« Ich schüttele den Kopf und mache mir Vorwürfe, weil ich ihr nachgegeben habe. Sie hat kein Herz, sie ist ganz anders als ich, sie kann meine Poesie nicht verstehen. Ich falte meine Blätter wieder zusammen und stecke sie ein. »Von Dichtern erwartet man, daß sie die Liebe besingen oder das Vaterland oder beides zusammen«, sagt Raissa bissig. »Warum kannst du das nicht auch?« Sie ist richtig wütend, weil sie sich gekränkt und getäuscht fühlt. Ihre kalten Augen funkeln, als hasse sie mich. Sie steht brüsk auf: »Wir wollen zurückgehen.« – »Ich wollte es auch schon vorschlagen«, sage ich, »das Laufen hat mich sehr angestrengt.« Damit ich nicht die Wärme und Kraft ihres Körpers spüren muß, gebe ich mir alle Mühe, allein zu gehen.

Vor der Tür läßt sie mich wortlos stehen und verschwindet. Ich schleppe mich zu meinem Bett, lasse mich fallen und habe, bevor ich einschlafe, nur einen einzigen Gedanken: Weder als Dichter noch als Verführer habe ich Glück.

Noch am selben Nachmittag ist Raissa wieder da und rüttelt mich wach: »Steh auf.« Ich reibe mir die Augen; sie scheint noch wütender zu sein als am Morgen und zischt wie eine blonde Schlange, denke ich und sage: »Ich bin müde, bin zuviel gelaufen.« – »Komm schon!« Ich stehe auf, folge ihr und steige in ihr Auto, das sofort anfährt. Wir fahren kaum mehr als zehn Minuten, dann sind wir in Majdanek, das mit Stacheldraht und Wachttürmen in schrecklich starrer Gelassenheit vor uns steht. »Du bist doch so versessen auf alles Morbide«, sagt Raissa, »geh hinein, sieh dich um und friß es in dich hinein.« Ich steige aus und denke, daß sie mir folgen wird, aber wieder einmal täusche ich mich in ihr. Raissa erteilt einen kurzen Befehl, und der Chauffeur fährt mit ihr davon. Ein paar Sekunden später ist das Auto bereits in einer weißgrauen Staubwolke verschwunden, die mich an menschliche Asche erinnert.

Ich betrete Majdanek – und ich werde Ihnen nicht sagen, Genosse Richter, was ich dabei empfunden habe. Das wäre geradezu unanständig. Ich sage Ihnen nur das eine: Ich habe alles, meine Erschöpfung, meine Schmerzen, meine Enttäuschungen, meine Illusionen vergessen und bin stundenlang umhergewandert, bis es Nacht wurde. Ich habe alle Baracken und alle Zellen besucht, alle Steine habe ich berührt und gestreichelt, ich habe alle Türen geküßt, hinter denen ein ganzes Volk, mein Volk, in einer Feuerwolke davongeflogen ist. Nein, ich werde nicht von Majdanek erzählen; andere haben es vor mir getan, damit die Worte der Überlebenden lebendig bleiben und weitertönen; mir liegt nichts daran, sie mit meinen Worten zu überdecken. Aber etwas will ich Ihnen doch noch sagen: Ich hatte Lust, dort für immer sitzenzubleiben. Ich hatte Lust, bei den unsichtbaren Toten zu bleiben, mit dem Kopf gegen Wände und Decke zu stoßen, wie sie nach der entweichenden Luft zu schnappen, mich flüsternd und schreiend und mit Gotteslästerungen und Gebeten in den Wahnsinn zu stürzen und immer wieder zu rufen: Das ist alles nicht wahr, sie sind gar nicht tot, nur ich bin es ... Nie habe ich so sehr den Wunsch verspürt, wahnsinnig zu werden und tot zu sein wie an diesem Abend in Majdanek.

Zusammengekrümmt bin ich in einer abseits gelegenen Baracke gehockt und habe mich von der Finsternis aufsaugen lassen. Ich hörte das Röcheln und die Schreckensschreie, die auf den Flügeln der Nacht zu mir drangen, hörte die Kinder, die sich an ihre Mütter klammerten, ich begriff ihr Schweigen, das von einer toten und geschundenen Ewigkeit durchtränkt war, und schwor mir, sie nie wieder zu verlassen.

Ich war so allein wie noch nie in meinem Leben. Und vernahm doch eine tröstliche Stimme: »Bleibe nicht hier, kehre zu den Lebenden zurück.« Nach einer Weile sagte sie: »Raissa hat recht, das Schauerliche zieht dich an.« Sie schweigt und fährt dann fort: »Raissa ist jung und schön, was willst du mehr? Geh und verbinde dich mit ihr, liebe sie.« – »Verlange nichts Unmögliches« erwiderte ich. »Dies ist weder der Augenblick noch der Ort dafür.« – »Du irrst dich, hier und jetzt kannst und mußt du den Ruf des Abgrunds besiegen; denn hier ist der Abgrund tiefer und schwärzer als irgendwo sonst.«

Ich erkannte die Stimme und hätte ihr gerne Folge geleistet, aber ich war nicht imstande dazu. Ich hatte soeben einen Einblick in die Wahrheit der Wahrheiten bekommen, meine Augen hatten soeben Menschen in ihren letzten Zuckungen umkreist, ich konnte mich nicht von ihnen losreißen, folgte ihnen über das Lager und über die Gegenwart hinaus, folgte ihnen bis zum himmlischen Thron. Dort wandte ich, der schweigsame stumme Totengräber, mich an Gott und flüsterte: »Als Kind glaubte ich, weil es mir versichert worden war, daß es unmöglich sei, dich zu benennen, unmöglich, dich zu leugnen, unmöglich, mit Worten zu sagen, wer du bist, aber jetzt weiß ich es. Du bist Totengräber, Gott meiner Väter, du trägst dein auserwähltes Volk und legst es in die Erde, wie ich es mit den gefallenen Soldaten auf den Schlachtfeldern tat. Dein Volk existiert nicht mehr, du hast es begraben, andere haben es getötet, aber du hast es in sein unsichtbares, unauffindbares Grab gelegt. Hast du wenigstens den *Kaddisch* gesprochen? Sprich! Hast du seinen Tod beweint?«

Meine Worte stießen gegen ein dichtes, undurchdringliches Schweigen, das fast mit Händen zu greifen war. Gott zog es vor, nicht zu antworten. Aber ich vernahm in mir die rauhe Stimme meines Gefährten von einst: »Du übertreibst, Freund, du gehst zu weit, Gott ist die Auferstehung und kein Totengräber; Gott hält das Band lebendig, das ihn und dich an sein Volk bindet; ist das nicht genug? Ich lebe, du lebst, genügt dir das nicht?« – »Nein, es genügt mir nicht!« – »Was willst du dann? Sag doch, was du willst?« – »Die Erlösung«, sage ich. Und füge schnell hinzu: »Die Erlösung und nichts anderes, keinen Ersatz und auch keinen falschen Trost, verstehst du mich? An diesem Ort habe ich das Recht, alles zu fordern und alles zu bekommen, ich fordere die Erlösung.« – »Ich auch«, sagt mein Gefährte traurig, »ich auch. Und ... Er auch.«

Auf dem Rückweg ins Lazarett fühlte ich mich in meinen Fieberphantasien von Engeln getragen, die im Dienst des Todes standen. Ich fiel in mein Bett und träumte, daß ich mein Heft herausholte und alles, was ich gesehen hatte, für meinen Vater niederschrieb.

Entlassen und nach Hause geschickt, nahm ich meine Arbeit als Korrektor im Staatsverlag für Fremdsprachen wieder auf. Die Tage waren grau und freudlos, die Nächte lang und einsam. Mein Lebensmut war gebrochen, ich empfand einen Ekel vor meinem Leben, um das mich nicht wenige beneidet hätten. Als Kriegsversehrter und mit dem »Orden der Roten Fahne« ausgezeichnet, genoß ich eine Reihe sehr nützlicher Vorteile; ich brauchte nicht anzustehen bei der Straßenbahn, hatte freien Eintritt für Kino und Zoo, wurde bevorzugt mit bestimmten Lebensmitteln versorgt. Ich hatte mein kleines Zimmer bei meiner alten Wirtin wiederbekommen. Meine Gedichtsammlung sollte in Moskau erscheinen; Markisch und Der Nister hatten sie gelesen und wärmstens empfohlen. Die Besuche im jüdischen Schriftstellerclub hoben meine Stimmung, deshalb richtete ich es so ein, daß ich häufig hingehen konnte. Ich ging zu Versammlungen und Vorträgen, die vom antifaschistischen Komitee zu Ehren der jüdischen Intellektuellen aus Europa oder den Vereinigten Staaten veranstaltet wurden, die Parteigänger oder Sympathisanten waren. Ich hörte Romanschriftstellern und Dichtern zu, die eingeladen wurden, um über die Voraussetzungen ihres Schaffens zu sprechen. Ich ging gern zu Michoels und seiner Theatertruppe, die gerade die *Revolte von Bar Kochba* aufführte. Kurzum, ich gab mir alle Mühe, wieder nach oben zu kommen, und überzeugte mich davon, daß der Mörder die Partie nicht gewonnen hatte, daß der Totengräber in mir den Friedhof verlassen konnte, daß das jüdische Volk noch lebte, wenn auch meine eigene Familie nicht mehr auf dieser Welt war. Aber um mein Gleichgewicht – wenn schon nicht meine Begeisterung – wiederzufinden, fehlte mir noch irgend etwas oder irgend jemand. Ich hatte das Bedürfnis, Raissa wiederzusehen. Das war es.

An einem Septembermorgen blieb ich auf dem Weg ins Büro vor einem Schaufenster neben dem »Hotel National« stehen. Ich hatte vor, mir einen Wintermantel zu kaufen, zögerte aber noch. Ich bin der ideale Kunde, ich lasse mir alles andrehen, protestiere nie, feilsche nie, sage niemals nein oder vielleicht, selbst wenn das Kleidungsstück zu mir paßt wie eine Galauniform zu einem verirrten Esel, nehme ich es und zahle, obwohl ich weiß, daß ich es nie tragen werde.

Ich wollte meinen Weg schon fortsetzen, als ich im Ladeninnern eine Frau bemerkte, die den Verkäuferinnen Anweisungen gab. Ich war zunächst völlig überrascht, aber dann öffnete ich die Tür. »Ja, bitte, Genosse?« fragte mich ein dickliches Mädchen. Ich nahm meine Mütze ab, knöpfte meine *Fumaika* auf und ging auf Raissa zu. »Nein, du hier?« rief sie und drückte mir herzlich die Hand. »Was machst du denn, mein kleiner Todesdichter?« Angestellte und Kunden betrachteten uns amüsiert, aber wir achteten nicht darauf und zogen uns in ein Büro zurück, um ungestört reden zu können. Raissa hatte sich verändert. In ihrer Uniform hatte sie weniger weiblich, aber sinnlicher ausgesehen. Sie trug ihre Haare im Knoten, ihre harten Augen funkelten, sie war reifer geworden, und das stand ihr gut. Sie hatte das gewisse Etwas, wie man sagt, sie zog alle Blicke auf sich. Wir verabredeten uns nach Geschäftsschluß, um im Schriftstellerclub zu Abend zu essen und dann ins Theater zu gehen, um Michoels in der Rolle des König Lear zu sehen. »Wenn es dir zu traurig ist, gehen wir wieder«, versprach ich ihr.

Mit der Liebe geht es wie mit der Suppe, man sollte sie nicht wieder aufwärmen. Das mag wohl stimmen, aber ich fange nun einmal schnell Feuer, und dafür kann ich nichts. Es genügt, daß eine Frau sich über mich beugt, und schon schlägt mein Puls schneller. Wenn mich ein junges Mädchen anlächelt, werde ich rot wie ein Gymnasiast und dichte ihr alle erdenklichen Tugenden an. Weil ich genau weiß, was für ein unbeholfener Durchschnittstyp ich bin, bin ich jeder Frau, die mir nur ein bißchen Mut macht, dankbar und möchte ihr zum Dank die Sterne vom Himmel holen. Natürlich ist das ein Fehler, mit dem ich mich neben vielen anderen seit Ljanow und Krasnograd herumschlage. Der Talmudschüler in mir hindert mich daran, mich davon frei zu machen. Das ist mir klar, aber es ist eben stärker als ich. Bei Raissa war ich bereits nach unserer dritten Begegnung bereit, ihr die Heirat anzubieten; und tat es auch, wobei sie nicht einmal überrascht zu sein schien: »Bist du auch sicher, daß du mich liebst?« – »Ganz sicher, Raissa. Ein Dichter ist sich wenigstens einer Sache sicher, seiner Liebe. Und du? Liebst du mich auch ein bißchen?« Sie gab mir eine verblüffende Antwort: »Wenn meine Eltern mich sähen ...« – »Deine Eltern?« Ihr Blick verschleierte sich, sie schaute mich an, ohne mich wirklich zu sehen. »Paltiel Kossower, du jüdischer Dichter«, sagte sie, »wenn du mich nicht schwermütig machst, dann amüsierst du mich.« Um mir zu beweisen, daß ich ihr nicht gleichgültig war, begleitete sie mich dreimal hintereinander ins jüdische Theater, wo in dieser Woche eine geschwätzige, patriotische Scheußlichkeit gespielt wurde. Sie bat mich immer wieder, ihr meine Gedichte vorzulesen, und kommentierte sie sehr gescheit, wobei sie sich über meine Seelenqualen mokierte und mir eine größere Zukunft als Dichter denn als Ehemann voraussagte. Das schmeichelte mir, ich wurde euphorisch und lebte nur noch für Raissa. Sie hingegen hatte mir noch nie gesagt, daß sie mich liebte, aber sie nahm meinen Antrag trotzdem an. Wir füllten eine Menge Formulare aus und gingen mit Mendelewitsch und seiner Frau als Zeugen zum Standesamt. Ein Beamter warf sich in die Brust und erklärte uns für verheiratet. Die Zeremonie hatte keine fünf Minuten gedauert. »Wenn das meine armen Eltern sähen«, murmelte Raissa. Ich dachte an meine eigenen, sagte aber nichts.

Mendelewitsch lud uns ins Restaurant ein. Raissa zeigte ein amüsiertes Lächeln, während ich nur mit Mühe eine wehmütige Stimmung unterdrücken konnte. Ich dachte an die, die nicht da waren, an meinen hochherzigen, verständnisvollen Vater, an meine fromme, warmherzige Mutter, an meine Schwestern, meine Onkel, meine Meister und Freunde. Ich dachte an Ljanow. Wenn dort die Hochzeit stattgefunden hätte ... Ich stellte mir dort die Zeremonie vor mit dem blauen und purpurnen Baldachin, den Kerzen, dem Rabbiner, den Dorffiedlern und der Rede, die ich gehalten hätte. Hier bestand das ganze Fest nur aus einem Essen im Künstlerlokal. Das Mahl war üppig, es gab viel Wodka und ausnahmsweise Krimsekt. Mendelewitsch unterhielt uns mit Theateranekdoten, und während Raissa Beifall klatschte, erinnerte ich mich an unsere alten Bräuche. Der Verlobte mußte, wenn er Waise war, zum Friedhof gehen und seine verstorbenen Eltern zur Hochzeit einladen. Wie hätte ich das tun können? Ljanow war weit, und Raissa hätte es überhaupt nicht verstanden; sie hätte höchstens gesagt: »Wozu brauchst du einen Friedhof? Dein Herz ist doch ein Friedhof. Sprich ein kleines Gebet und dann Schluß ...« – »Warum bist du traurig?« fragte mich Mendelewitschs Frau. – »So will es die Tradition«, erwiderte ihr Mann an meiner Stelle. »Das junge Paar muß am Tag seiner Hochzeit traurig sein. Er zertritt ein Glas, und beide streuen sich Asche auf die Stirn zur Erinnerung an die Zerstörung des Tempels. Natürlich ist das etwas theatralisch, aber auch wieder ergreifend.« – »Was«, wunderte sich seine Frau. »Paltiel ist wegen einer endlos fernen Vergangenheit so traurig?« – »Nein«, mischte Raissa sich ein. »Er ist traurig wegen der Zukunft ... ohne sie überhaupt zu kennen.« Da ahnte ich ganz plötzlich, daß wir nicht glücklich sein würden.

Während ich hier und heute diese Zeilen schreibe, wo alle Dinge mir bewußt werden, wird mir klar, daß auch Raissa es wußte, daß sie es sogar vor mir gewußt hatte. Warum heiratete sie mich dann? Attraktiv und gebildet wie sie war, und mit ihrer kommunistischen Vergangenheit hätte es ihr nicht an Bewerbern gefehlt, und sie hätte bestimmt einen besseren Mann finden können. Erst später habe ich erkannt, daß sie sich meiner bedient hatte, um mit ihren eigenen inneren Problemen fertig zu werden.

Sie war vor dem Krieg verlobt gewesen, aber ihr Vater war gegen die Heirat; denn Anatolj war kein Jude. Die Mutter weinte, und Raissa wurde wütend: »Er ist kein Jude, ist kein

Jude, was heißt das schon? Ich bin es und pfeife darauf.« – »Raissa, erinnere dich doch«, flehte ihr Vater. – »An wen? An was? Laß mich in Ruhe mit deinen Erinnerungen, ich will mein Leben leben, nicht deins.« Schließlich hatte sie mit ihren Eltern gebrochen und war zu Anatolj gezogen. Durch den Krieg wurden sie getrennt. Anatolj fiel bei Minsk, und Raissa haderte mit dem Schicksal. Sie begann, erst ihre Eltern und dann alle Juden zu hassen; ohne sie hätte sie ihren Anatolj geheiratet, sie hätten Kinder miteinander gehabt und ein glückliches Leben geführt ... Als sie einberufen wurde, konnte sie keine Juden um sich haben und schikanierte sie gerne, als wollte sie dadurch ihre Eltern bestrafen. Sie wurde erst anderen Sinnes, als sie von den Massakern in Witebsk erfuhr. Alle Mitglieder ihrer Familie waren lebend begraben worden. Von da an trieb ein neues Gefühl, ein Gefühl der Schuld, sie zu den Juden und damit zu mir. Dachte sie, sie könne dadurch ihre toten Eltern versöhnlich stimmen? Wußte sie, daß sie mich durch diese Sühne leiden ließ? Aber ich bitte um Verzeihung, Genosse Richter. Wir wollen das Thema wechseln. Meine innersten Gefühle gehen nur mich etwas an.

Der Hochzeitstag verging schnell, abends gingen wir ins Theater, um Mendelewitsch in einem Stück von Scholem Alejchem zu sehen. Unserem Freund und Beschützer gelang es, ohne daß das Publikum es merkte, in seinen Text etwas einzubauen, das dort gar nicht hingehörte: *Mazel tow* – Viel Glück und die besten Wünsche für das junge Paar. Es hatte mit dem Stück nichts zu tun, aber wir freuten uns darüber.

Nach der Vorstellung bedankten wir uns bei Mendelewitsch in seiner Garderobe. Er lachte: »Habt ihr's gesehen? Die Leute haben nichts gemerkt. Ich könnte irgendwas bringen, und es würde durchgehen ... Gut, daß Scholem Alejchem schon tot ist.«

Wir gingen heim zu Raissa, um in ihrer Wohnung und in ihrem Bett unsere Hochzeitsnacht zu verbringen. Aber ich versagte ... Raissa störte sich kaum daran und schlief ein, während ich mit offenen Augen dalag, Pläne schmiedete und von der Zukunft träumte. Ich mußte eine Entscheidung treffen. Galperin, der bukolische Dichter mit der Fistelstimme, hatte mir vorgeschlagen, seine Kriegskantate ins Französische zu übersetzen unter der Voraussetzung, daß ich offiziell der Partei beitrat. Ich hatte mit Raissa darüber diskutiert, die mir natürlich dringend dazu riet. Warum auch nicht? Die UdSSR hatte Hitler besiegt und dafür einen hohen Preis gezahlt; die Rote Armee hatte Majdanek und Auschwitz befreit. Warum sollte ich mich nicht dankbar erweisen? Außerdem kamen mir meine alten Freunde in den Sinn: Inge, Traub, Ephraim ... Natürlich gab es auch Jascha, gab es Paul Hamburger, gab es die Säuberungen, das Verschwinden von Menschen. Aber die Geschichte enthält eben viele Kapitel. So entschloß ich mich, Parteimitglied zu werden.

Meine Gedichtsammlung erschien Ende 1946. Sie fand keinen übermäßigen Beifall. Einige Kritiker drückten ihre Bewunderung aus, andere verrissen sie, weil sie offenbar nichts verstanden hatten. Ich muß zugeben, daß ich alles getan hatte, um sie auf eine falsche Fährte zu bringen. Der Band hatte den Titel *Ich habe meinen Vater im Traum gesehn* – und kein einziges Gedicht handelte von meinem Vater. In letzter Minute hatte ich mich noch entschlossen, eine Vision lyrisch-mystischer Art wieder herauszunehmen. Darin beschrieb ich einen von meinem Vater angeführten Zug. Ich frage ihn, wohin er geht, aber er antwortet nicht; ich frage ihn, woher er kommt, und wieder gibt er keine Antwort; ich warte, bis der Zug vorbei ist, und folge ihm in einiger Entfernung – wir marschieren, marschieren und schweigen. Da höre ich, wie jemand mit mir spricht, und weiß nicht wer, er spricht mit mir, und ich weiß, daß ich nicht wissen darf, wer er ist; ich schaue geradeaus und sehe niemanden, ich senke die Augen, und da sehe ich einen kleinen Jungen, der immer größer wird; er macht mir ein Zeichen, ich erkenne ihn; er fragt mich, ohne ein Wort zu sagen – und ich begreife, daß mein Schweigen soeben mit mir gesprochen hat –, und er fragt mich, ohne mich anzusehen: »Was hast du aus mir gemacht?« Und hinter ihm erscheint mein Vater, der mir ein Zeichen gibt und ebenfalls fragt: »Was hast du aus mir gemacht?« Ich sage es ihm, und diese Antwort ist meine Gedichtsammlung.

Warum ich dieses erste Gedicht zurückgezogen habe? Weil ich fürchtete, die kommunistischen Leser irre zu machen und zu schockieren.

Alles in allem konnte ich mich nicht beklagen. Markisch

veranstaltete großzügigerweise mir zu Ehren einen Empfang. Ein von Mendelewitsch eingeladener Kritiker der *Iswestija* widmete mir einen kurzen, aber sehr lobenden Artikel. Es hieß sogar, daß ein Beitrag über das Buch und die Veranstaltung in den Spalten der *Literaturnaja Gazeta* erscheinen würde. Ich hatte also allen Grund, glücklich zu sein, und war es im Rahmen des Möglichen. Unsere wirtschaftliche Situation verbesserte sich. Der Staatsverlag für fremdsprachige Literatur beauftragte mich mit einer französischen Übersetzung von Feffer und einer jiddischen Übersetzung von Zola. Eine zweite Auflage meines Buches wurde vorbereitet und eine weitere Sammlung von mir erwartet. Mein Aufsatz in der *Prawda* über die dichterische Anwendung des Leninschen Denkens stieß auf beträchtliches Interesse; ich war, kurz gesagt, auf dem besten Wege, berühmt zu werden.

Dieses Bekanntwerden gefiel mir. Nicht nur wegen der materiellen Vorteile, die ich daraus zog – größere Wohnung, Lesungen in den Häusern des Volkes, Vorträge in den Kolchosen, Einladungen zu offiziellen oder privaten Essen für wichtige Besucher –, sondern auch wegen der Macht, die ich plötzlich besaß: Mein Urteil und meine Äußerungen wurden geschätzt.

Ich wurde Cheflektor im Staatsverlag für fremdsprachige Literatur und schrieb Berichte für die allmächtige ideologische Kommission. Manuskripte, Pläne, Probeabzüge, Notizen, Gutachten – die Papierflut schwoll immer mehr an. Meine Vorgesetzten beglückwünschten mich zu meinem literarischen Geschmack und politischen Instinkt; mit einem Wort: Ich war ihr Mann.

Außerhalb ihres Kreises wurde ich weniger geschätzt. Man schmeichelte mir, belog mich, wand mir Kränze, aber man liebte mich nicht. Man war eifersüchtig auf mich und verleumdete mich. Arke Gelis führte eine heimtückische Kampagne gegen mich, wobei er mir meine religiöse Kindheit zum Vorwurf machte. Dafür widersetzte ich mich der Veröffentlichung seines Romans über den Bürgerkrieg, der, offen gestanden, nichts taugte. Er bot einflußreiche Persönlichkeiten auf, und die Kommission entschied über meinen Kopf hinweg. Der Roman wurde mit großem Rummel veröffentlicht.

Dafür konnte ich mich für den alten Awrohom Salmen verwenden. Er war eingesperrt worden, weil er in betrunkenem Zustand eine Art Litanei rezitiert hatte, die dem Andenken König Sauls, des größten und barmherzigsten aller Herrscher, gewidmet war, der den Mut gehabt hatte, seine Feinde nicht dem Tode zu überantworten. Weil Arke Gelis darin eine Beleidigung unseres unsterblichen Josip Wissarionowitsch gesehen hatte, hatte er ihn denunziert; und der Dichter schwebte in großer Gefahr. Ich eilte zu Major Koriazin höchstpersönlich und erklärte ihm: »Awrohom Salmen ist vielleicht ein schlechter Kommunist, aber er ist ein großer Dichter.« Es scheint, daß die Affäre unserem heißgeliebten Chef zur Kenntnis gebracht wurde, der seit seinen Jahren im Seminar angeblich eine besondere Sympathie für diesen unglücklichen König Saul empfindet; und wenn man dem Gerücht Glauben schenken darf, dann war er es, der den Befehl gab, meinen alten, verrückten Bibeldichter freizulassen. Die Niederlage von Gelis machte meine Freude noch größer. »Siehst du«, sagte Raissa, »der Parteiausweis bringt nicht nur materielle Vorteile.«

Er brachte in erster Linie eine Menge Arbeit und Verpflichtungen mit sich, Versammlungen, Treffen, Vorträge, Eingaben; man hatte zuzuhören, Beifall zu klatschen, sein Votum abzugeben. Das war kein Problem; denn es gab die Parteilinie, mit der ich ohne Schwierigkeiten konform ging, und die Partei hatte immer recht. Wie für viele war sie auch in meinen Augen so etwas wie ein religiöser Orden geworden. Ich brauchte mich nur an meine Jugend zu erinnern und die Partei an die Stelle des Gesetzes oder des Herrn zu setzen. Auf diese Weise konnte ich alles ohne Vorbehalte und ohne Zaudern akzeptieren. Die Partei war geheimnisumwittert, allwissend und allmächtig. Sie war deshalb im Besitz der Wahrheit und besaß den Schlüssel für die Zukunft. Sie wußte, wohin die verschlungensten Wege führten, und wußte, was der Mensch zu seinem Glück brauchte. Ich studierte ihre Texte mit derselben Inbrunst wie einst eine Stelle aus dem Gesetzbuch des Sanhedrin, das heißt, mit der absoluten Überzeugung, daß dort alle Fragen und alle Antworten zu finden seien. Ich sage sogar, daß meine religiöse Erziehung mir half, mit meinem neuen Glauben besser zurechtzukommen als die reinen Marxisten; denn ich zeichnete mich durch Interpretationsfähigkeit und Gehorsam aus.

Obwohl Mendelewitsch Kommunist war – er starb kurze Zeit später –, fand er meinen Eifer eines Neubekehrten übertrieben: »Vergiß nicht«, sagte er mir einmal, »du bist in erster Linie Dichter, und zwar jüdischer Dichter.« Er fügte nicht hinzu, daß die Bindung an den Kommunismus zweitrangig war, aber er dachte es. Ich war viel zu sehr beschäftigt, um darüber nachzudenken.

Der Nister formulierte, wie ich glaube, seine Vorbehalte sogar; er warf mir Opportunismus vor. Das verletzte mich, deshalb suchte ich nach einem Mittel, um ihm meine Haltung zu erklären, aber dazu ergab sich keine Gelegenheit. Ich bedauere das; denn ich schätze den Mann und verehre sein Werk; seine Meinung über mich war für mich wichtig.

Wenn ich mir vorstelle, wir hätten tatsächlich ein vertrauliches Gespräch miteinander geführt, was hätte ich ihm dann gesagt? Vielleicht folgendes:

Als ich meine Familie in einem Todeszug verloren hatte, wo sie langsam erstickt war, als ich mit der Religion meiner Väter gebrochen und begriffen hatte, wessen der Nazismus fähig war, nachdem ich tausend Feinden entkommen war und gesehen hatte, was in den glasigen Augen der Leichen geschrieben stand, habe ich in der kommunistischen Revolution ein Ideal entdeckt, das mir entsprach: Ich leiste nützliche Arbeit und leiste sie als Jude. Wenn die Partei mir wie zu Beginn der dreißiger Jahre in Deutschland gesagt hätte, ein Jude müsse sich selbst aufgeben, wenn er es mit seinem Kommunismus ernst meine, dann hätte ich mich in einem schweren Konflikt befunden. Aber im Sowjetrußland des Jahres 1947 ist das nicht der Fall. Die Partei hat ein antifaschistisches Komitee geschaffen, hat jüdische Schriftsteller- und Künstlerclubs eingerichtet, hat jüdische Dichter nach Amerika geschickt. Michoels zählt zu den geachtetsten Künstlern der UdSSR, Feffer hat die höchsten Auszeichnungen erhalten, Markisch wird von der Intelligentsia angehimmelt, und meine eigenen Arbeiten erscheinen in den hervorragendsten Zeitschriften der Schriftsteller-Union. Es ist gut, gleichzeitig Jude und Kommunist sein zu können. In der Außenpolitik gibt es ebenfalls erfreuliche Anzeichen. Moskau verteidigt die Sache der Juden in Palästina und ergreift zu ihren Gunsten in den Vereinten Nationen das Wort. Die Reden von Gromyko sind zionistischer als die der Zionisten. Es heißt sogar, daß wir der jüdischen Untergrundarmee Waffen liefern ... Warum sollte ich dann nur zusehen und mit gekreuzten Armen abseits stehen?

Das hätte ich dem von mir verehrten Schriftsteller zu sagen versucht. Aber wir sind uns niemals ohne Zeugen begegnet. Ich hatte den Eindruck, daß er mich mied. Ich litt darunter, konnte aber nichts dagegen tun. Ich war zu beschäftigt. Als verantwortlicher Abteilungsleiter und Opfer meiner Berühmtheit arbeitete ich wie ein Wilder. Ich schrieb und ließ schreiben. Ich bereitete eine zweite Sammlung vor, ein Heldengedicht, das die Geschichte eines jüdischen Revolutionärs erzählte, der während der Okkupation Partisan geworden war. Ich schlief wenig und schlecht. Bereits am frühen Morgen saß ich an meinem Arbeitstisch. Raissa stichelte: »Was willst du denn beweisen? Daß du ein besserer Kommunist bist als ich?« Sie verstand mich nicht, sie merkte nicht, wie ich aufblühte. Mein Buch ging in Herstellung. Das vorgesehene Erscheinungsdatum war das Frühjahr 1949. Galperin, der begeistert wie eh und je war, sprach bereits von einem offiziellen Empfang unter Teilnahme führender Köpfe der jüdischen Literatur. Michoels würde uns sein Theater zur Verfügung stellen. Ziskind wäre sicher damit einverstanden. Ich protestierte: »Ist das nicht ein bißchen verfrüht? Das Buch ist noch nicht einmal gedruckt, wir sind mitten im Winter, wir wollen warten, bis ...«

Wieder einmal hatte ich eine bange Ahnung. Ich fürchtete, es könne etwas dazwischenkommen. Und so geschah es auch. Michoels kam bei einem mysteriösen Autounfall in Minsk ums Leben. Als ich in meinem Büro die Nachricht erhielt, kam mir seltsamerweise eine Stelle aus dem Talmud ins Gedächtnis: *Der Tod eines Gerechten bedeutet, daß die Menschheit reif ist für große Züchtigungen.* Ich eilte zum jüdischen Theater, wo sich bereits viele von seinen Freunden, Bekannten und Unbekannten drängten. Manche schluchzten, andere preßten entsetzt die Lippen zusammen, als stünden sie in einem Sterbezimmer.

Es war klar, daß noch mehr geschehen würde. Nach dem

feierlichen und unvergeßlich eindrucksvollen Begräbnis lief
der bereits in Gang gesetzte Mechanismus immer schneller.
Die Ereignisse überstürzten sich, das jüdische Theater wurde
geschlossen, das antifaschistische Komitee aufgelöst, mancher
Name verschwand aus der Presse. Dann begann die Kampagne
gegen Zionisten und Kosmopoliten. Meine Freunde mieden
die Öffentlichkeit. Die Einladungen hörten auf. Meine freie
Zeit verbrachte ich mit Raissa zu Hause. Ich versuchte, mit ihr
die Situation zu analysieren, aber sie wich aus. »Was denkst du
über das alles?« fragte ich sie. – »Schweig lieber. Du hast deine,
ich habe meine Arbeit. Um was anderes kümmere dich nicht.«
Sie hatte ihren alten Kommißton wiedergefunden.

Als ich eines Tages in die Druckerei ging, sah ich Galperin
langsam und gebeugt über die Straße gehen und wurde traurig.
Kaum war ich vor der Druckerei angekommen, bedeuteten
mir die Arbeiter in größter Aufregung, ich solle schnell
weggehen. »Was ist denn los?« Der alte Meileich Geller, der in
Wirklichkeit noch gar nicht so alt war, wies auf die Tür zur
Setzerei. Ich öffnete sie und sah an die zehn finster blickende
Agenten und Milizsoldaten, die wortlos alle Schubläden
aufrissen, Manuskripte und Bücher herausholten und mit
Hammerschlägen den Bleisatz der bereits umbrochenen Seiten
zertrümmerten, darunter auch von meinem Werk, und sich
nicht einmal die Mühe machten zu erklären, warum oder auf
wessen Befehl sie so handelten. Als das Pogrom neuer Art
beendet war, zogen sie ab und nahmen die Matrizen mit, ohne
auch jetzt ein Wort zu sagen.

Ich stand erstarrt und wie angewurzelt da und spürte einen
stechenden Schmerz; diese Stiche in der Brust erinnerten mich
daran, daß ich herzkrank war. Ich schluckte meine Tabletten
ohne Wasser. Die Schmerzen ließen nach, aber ich fühlte
mich sehr schwach und einer Ohnmacht nahe. Ich setzte
mich. Die Arbeiter, die vor mir standen, erwarteten eine
Erklärung von mir. Alle Aufträge hatten die ideologische
Zensur der zuständigen Stellen passiert, wie konnten die
Milizsoldaten es wagen, diese Arbeiten zu sabotieren? Mein
Anfall war vorbei, ich eilte in mein Büro und rief den
Verantwortlichen für kulturelle Angelegenheiten der Partei
an, er war nicht da, sein Assistent ebenfalls nicht, und seine
Sekretärin war gerade beschäftigt; ein befreundeter Redakteur

der *Iswestija* war abwesend; Major Koriazin war nicht zu sprechen und sein Adjutant nicht im Bilde.

Es war zum Verrücktwerden. Ich konnte einfach nicht fassen, daß die Partei eine ganze Kultur verdammen, eine ganze Literatur auslöschen konnte. Was war mit den Büchern, die nur aus dem Russischen übersetzt waren? Mit dem dritten Band der Gesamtausgabe der Werke Lenins? Mit dem Preisgedicht des jungen Grabodkin auf Josip Wissarionowitsch? Warum mußten auch sie verschwinden? Das war mir ein Rätsel. Daß gefährliche Männer, subversive Ideen, abweichlerische Publikationen bekämpft wurden, gut und schön, das lag in der Natur des politischen Kampfes. Aber eine *Sprache?* Warum eine Sprache bekämpfen? Aus welchem Grund wollte man sie auslöschen? Rätsel über Rätsel.

Ich versuchte natürlich, Gründe dafür zu finden. Vielleicht weiß die Partei nichts davon. Falls sie es weiß, ist mir zwar ihre Logik nicht klar, aber es bedeutet nicht, daß sie nicht richtig und notwendig ist. Die Partei muß man akzeptieren. Wer sie in Frage stellt, löst sich von ihr, urteilt über sie und lehnt sie demnach ab. Der Glaube ist wichtig, nur der Glaube; jeder Zweifel ist verboten. Während ich diese Argumente ständig hin und her wende, denke ich: Soeben habe ich meinem zweiten Pogrom beigewohnt.

Ich kam früher als gewöhnlich nach Hause. Raissa ebenfalls. Mir war schwer ums Herz, und ihr ging es nicht besser. Endlich herrschte Einvernehmen zwischen uns. Ich erzählte ihr, wie mein Tag gewesen war.

»Es ist ernster, als du denkst«, sagte sie nach einer Pause. »Erklär mir das.«

»Das kann ich nicht. Es muß dir genügen zu wissen, daß es sehr ernst ist. Ich bin vor dir in die Partei eingetreten und habe wichtigere Ämter bekleidet als du, daran erinnerst du dich doch. Meine Quellen sind glaubwürdig ...«

Sie kam mir mißgestimmt und niedergedrückt vor; in einer solchen Verfassung hatte ich sie noch nie gesehen.

»Was schlägst du vor?« fragte ich sie.

»Laß uns fortgehen«, sagte sie entschlossen.

»Ist das dein Ernst? Du willst, daß ich meine Arbeit aufgebe und du auch, einfach so Knall auf Fall?«

»Hör mal zu«, sagte sie. »Mache keine Einwände, und laß

mich machen. Es werden Dinge passieren ... Da ist es besser, weit vom Schuß zu sein. In den dreißiger Jahren haben die, die fern von Moskau und fern von den großen Städten lebten, sich am besten aus der Affäre gezogen.«

Trotz allen Elends, trotz Angst und Schmerz existierte immer noch meine Liebe zu Raissa. Ich liebte sie; ihre ruhige Stärke, ihr Mut und ihre Entschlußkraft brachten mich ihr wieder so nahe wie damals zu Beginn unserer Beziehung. Ob es die drohende Gefahr war, die aus uns ein Paar gemacht hatte?

»Hör mal«, sagte sie. »Du bist krank. Geh zu deinem Arzt; er soll dich krank schreiben und dir einen Genesungsurlaub verordnen. Deine Frau wird mit dir gehen.«

»Aber wohin wollen wir gehen?«

Sie dachte einen Augenblick nach, mit weit geöffneten Augen, wie sie es oft tat:

»Wir gehen nach Krasnograd. Ins Gebirge. Die Stadt ist weit genug entfernt und nicht groß, also genau das, was wir brauchen.«

Ich weiß nicht, warum ich sie plötzlich in die Arme nahm, und weiß auch nicht, warum sie meine Küsse erwiderte.

Die Ereignisse des Tages hatten mich kopflos gemacht, ich konnte nicht mehr klar denken. Das Auftauchen der Miliz, die vergeblichen Telefonanrufe, Raissas Andeutungen ... Was sollte das bedeuten? Hatten wir den Krieg mitgemacht – und was für einen Krieg –, um jetzt in dieser Angst zu leben, um die Flucht zu ergreifen?

Wir gingen ohne Abendessen ins Bett, als wollten wir Schutz suchen. Dort hatte Raissa noch eine Überraschung für mich bereit. Anstatt zu warten, bis ich den ersten Schritt tat, schmiegte sie sich an mich und gab sich mir liebevoll, zärtlich und stürmisch hin. Ahnte sie etwas von unserer Trennung? Sie umschlang mich, und ich erlebte eine dem Schmerz und dem Rausch verwandte Lust.

Meine Heimkehr nach Krasnograd verlief ohne Schwierigkeiten. Mit dem ärztlichen Attest in der Tasche bekam ich alle erforderlichen Genehmigungen; unsere Bürokratie ist zum Glück doch nicht so effektiv, wie immer behauptet wird. Auch die Wohnungsfrage ließ sich leicht lösen. Nach den

Massenverhaftungen mangelte es nicht an freien Wohnungen. Wenn ich von der Wiederbegegnung mit meiner Geburtsstadt erzählen würde, müßte ich meine Kindheit beschwören, und das habe ich bereits getan. Trotzdem fühlte ich mich dort fremd. Hatten Straßen, Häuser und Parks sich verändert? Ich erkannte sie nicht mehr. Es gab noch das Haus meines Vaters, aber es war nicht mehr mein Haus, war es nie gewesen. Ich wollte es lieber gar nicht wiedersehen. Das Haus meines Vaters war fortgeweht, fortgeweht wie die Stadt meiner Kindheit. Barassy ist weit weg, und Krasnograd hat nichts mit meiner Kindheit im Exil zu tun.

Da ich offiziell krank war, konnte ich mich nicht um Arbeit bemühen, wohl aber Raissa. Ihr Lohn erlaubte uns, einige Monate ein kümmerliches Dasein zu fristen. Ein paar Monate nur; denn dann würde Raissa Mutter werden.

Ich versuchte, ehrlich gestanden, sie zum Abbruch der Schwangerschaft zu überreden: »Jetzt ein Kind in die Welt setzen? Weißt du, wo ich morgen sein werde? Und wenn wir beide verhaftet werden? Selbst wenn uns das erspart bleibt, glaubst du wirklich, daß die Welt es wert ist, noch einen Juden mehr zu haben?«

Sie widersetzte sich mir. Sie wollte ihr Kind haben, und meine Argumente hatten nicht den geringsten Einfluß auf sie. Mir wurde jetzt klar, daß ich sie kaum kannte, ich wußte von ihr nur Dinge, bei denen ich eine Rolle spielte. Nichts wußte ich von ihrer Jugend in Witebsk, von ihren Eltern, ihren Liebschaften. Meine wiederholten Fragen waren ihr lästig gewesen, und mich hatte ihr Schweigen geschmerzt.

Das Warten und die Angst hörten nicht auf: Wann wird das berühmte Klopfen an die Tür erfolgen? Wie im Spanienkrieg und hier bei uns an der Front wartete ich auf die Kugel, die für mich ganz persönlich bestimmt war. Aber es gab einen Unterschied. Damals wußte ich, daß ich in Gefahr, aber unschuldig war. Hier wußte ich, daß ich ebenfalls in Gefahr und auch unschuldig war; nur damals erhob niemand Anklage gegen mich, niemand stellte mir eine Falle, während hier ... Hier fühlte ich mich bereits als Angeklagter, verhielt mich schon so, als ob ich schuldig sei. Wie ein bereits Verurteilter ging ich mit den Händen auf dem Rücken im Zimmer auf und ab.

Nachts lauschte ich auf jedes Geräusch, das von der Straße oder vom Treppenhaus zu uns drang, und hielt den Atem an. Sollte ich Raissa wecken? Wenn sich die Schritte wieder entfernten, atmete ich auf und wartete auf das nächste Alarmzeichen.

Einen Monat vor der Entbindung hörte Raissa zu arbeiten auf. Wenn die Vermieterin sah, wie sie die Treppen hinaufstieg, murmelte sie nur: »Ach, die Ärmste.« Später, als sie uns beide mit dem Säugling sah, hieß es: »Ach, diese Ärmsten.«

Wenn ich im Schlafzimmer meinen Sohn betrachtete, einen Jungen, der den Namen meines Vaters, Gerschon, trug, dann wurde mir schwer ums Herz. Ich war für seine Zukunft verantwortlich, eine Zukunft, die ich mir finster und traurig vorstellte. Werde ich noch da sein, um ihm das Laufen beizubringen, wie es mein Vater bei mir getan hatte? Wer wird ihm die ersten Worte, die ersten Lieder, die Namen der Vögel und Blumen vorsagen? Wer wird ihn vor dem bösen Blick schützen? Ich streichelte sein kahles Köpfchen, küßte seine feuchte Stirn und flüsterte: »Gott sei mit dir, mein Sohn; Gott bleibe bei dir, Vater.«

Ich werde es nicht verraten, wie und wo ich einen *Mohel* auftrieb, der meinen Sohn beschnitt, aber ich schaffte es. Als ich das Gebet des Bundes mit Gott sprach, kamen mir die Tränen. Mein Sohn, den ich in meinen Armen hielt, schaute mich stumm an, und ich drückte stumm den Wunsch aus, er möge Glück und Freude im Leben haben. Als der *Mohel* den Namen meines Vaters nannte, konnte ich ein Schluchzen nicht unterdrücken.

Ich hatte Raissa nichts gesagt, weil ich einen Wutausbruch fürchtete, aber auch diesmal erlebte ich bei ihr eine Überraschung. Der Blick ihrer blauen Augen war nicht mehr kalt, als sie kaum merklich den Kopf bewegte und sagte: »Er wird Schmerzen empfinden, das ist unvermeidlich, er wird leiden, aber wissen warum.«

Indessen zog sich die Schlinge immer enger zusammen. Aus Moskau kamen beunruhigende Nachrichten. Markisch und Bergelson, Der Nister und Kwitko waren verhaftet worden. Eine Embolie hatte Mendelewitsch dahingerafft. Ich fuhr mit der Eisenbahn hin, um ihm die letzte Ehre zu erweisen; keiner von unseren gemeinsamen Freunden war anwesend. Der alte

Awrohom Salmen war in eine psychiatrische Klinik gesteckt worden; er hatte ganz plötzlich in einem Restaurant angefangen zu schreien, daß er der Vetter von König David sei: Saul, töte mich, töte mich doch ...

Ich fühlte, daß die Reihe bald an mir sein würde: Gefängnis, Wahnsinn, Tod. Ich dachte an die Trennung und schaute auf meinen Sohn, der zu lächeln schien, ich schaute ihn an und lächelte auch.

Ich verstand nicht, warum ich noch in Freiheit war. Ich wußte, daß ich überwacht und beobachtet wurde, aber weshalb ließ man mich weiter mein Leben als Vater und Ehemann und als freiwillig Verbannter führen, anstatt mich das Schicksal mit meinen Kollegen teilen zu lassen?

Das ständige Warten auf das Unheil brachte mich so weit, daß ich es am liebsten herausgefordert hätte. Wenn ich mich einfach bei der Polizei melden, meine Gedichte vorzeigen und erklären würde: »Hier sind die Beweise meiner Schuld, verhaften Sie mich.«

Ich wußte nicht, was ich tun sollte. Die Angst vor dem Gefängnis schien mir schlimmer zu sein als das Gefängnis selbst. Wenn ich allein war mit Grischa – diesen Kosenamen hatten wir ihm am Tag nach seiner Geburt gegeben –, erzählte ich ihm jiddische Geschichten und sang die Wiegenlieder, die meine Mutter gesungen hatte. Raissa hatte ihre Arbeit wieder aufgenommen, und ich kümmerte mich um das Kind. Wenn sie am Abend die Tür aufmachte und mich erblickte, stieß sie einen Seufzer der Erleichterung aus: Ich war noch da. Wir hatten an alle Eventualitäten gedacht. Wenn man mich tagsüber verhaften sollte, würde die Wirtin sich bis zu Raissas Rückkehr um Grischa kümmern.

Sie machte einen weniger besorgten Eindruck als ich. Sie zwang sich, ganz normal und ruhig zu wirken, aber ich spürte trotzdem ihre Mutlosigkeit. Sie kannte besser und länger als ich die Gefahren, die auf uns lauerten. Nur wenn sie mit Grischa spielte, lächelte sie noch. Die Blicke, die sie mir schenkte, brachten mich zur Verzweiflung. Wie ein gehetztes Wild suchte ich wie damals in den Augen meines Vaters jetzt bei meinem Sohn Zuflucht.

Während ich über Grischas Schlaf wachte, las ich, um die Zeit auszufüllen, immer wieder Notizen, Gedichte und Maximen und schrieb sie ab. Ich ordnete auch meine Bücher und Kleider, und eines Tages fand ich in einer Schublade meine Gebetsriemen wieder. Ich zitterte, als ich sie berührte. Wenn sie nur sprechen könnten, dachte ich und holte sie auch schon aus ihrer Tasche. Ohne zu wissen, was ich tat und warum ich es tat, küßte ich sie und legte sie auf meinen linken Arm und an die Stirn, wie ich es im Lehrhaus getan hatte. Diese Gesten waren auf einmal wieder da.

Es klingt verrückt, aber ich fühlte mich viel wohler. Bevor ich sie abnahm, beugte ich mich über die Wiege. Mein Sohn schlief, aber ich war sicher, daß er mich durch die geschlossenen Lider hindurch ansah.

Beim Abendessen erzählte ich Raissa diese Szene und machte mich über mich selbst lustig. »Siehst du, ich falle in die Religion zurück, ich werde alt.« – »Du weißt doch«, gab sie zur Antwort und fixierte mich mit ihren großen Augen, »daß die Menschen, die glauben, stärker sind und den Prüfungen besser standhalten.« Ich sah sie ungläubig an; hatte ich richtig gehört? Sie machte mir Mut, wieder ein praktizierender Jude zu werden ... »Kennst du eigentlich die Geschichte von Rabbi Schnᵉur Salman aus Ljady?« – »Ist das ein Scherz? Rabbis gehören doch eher zu deinem Fachgebiet.« – »Im Gefängnis bekam er Besuch vom Staatsanwalt, andere sagen, vom Zaren selber, und er flößte ihnen einen solchen Respekt, eine solche Ehrfurcht ein, daß sie beschlossen, ihm die Freiheit zu schenken. Und die chassidische Überlieferung fügt erklärend hinzu, daß der Rabbi, als er seine erlauchten Besucher empfing, seine Gebetsriemen angelegt hatte.« – »Na dann«, erwiderte Raissa und versuchte ein amüsiertes Lächeln, »wenn dir das helfen kann, ich bin einverstanden.«

Als ich am nächsten Morgen die Gebetsriemen nahm, war mir zwar etwas sonderbar zumute, aber ich legte sie trotzdem wieder an, aber erst, als Grischa aufgewacht war. Er zog an den Riemen, und darüber war ich sehr glücklich.

Am Abend gingen wir zu Bett, nachdem wir wie gewöhnlich unseren Sohn in den Schlaf gewiegt hatten. Ich hatte längst vergessene Lieder gesungen, damit er schneller einschlief, aber er verlangte immer noch mehr. Ich hatte eine unruhige Nacht. Im Traum rannte ich völlig außer Atem hinter einem kleinen blonden Mädchen her, um es vor dem Ertrinken zu retten, und das kleine Mädchen stürzte sich gleichzeitig von einem hohen Turm. Ich erwachte mit heftig klopfendem Herzen; es war noch vor Morgengrauen, als mit kurzen diskreten Schlägen an die Tür geklopft wurde.

Ich dachte *gleichzeitig* an meinen Vater und an meinen Sohn.

Mein Gedanke schloß beide ein. Mein Wunsch war es, beide zu schützen, und beiden gegenüber empfand ich Gewissensbisse: Ich würde gelebt haben, ohne ihnen helfen zu können. Ich hatte Angst, daß beide mich dafür verurteilen könnten. Was sollte ich dann zu meiner Entlastung sagen?

Ein einziges Mal habe ich im Gefängnis eine panische Angst erlebt, aber nicht wegen der Folter. Die Schläge taten zwar weh, aber ich ertrug sie erstaunlich gut. Mein Körper und nicht ich erlitt den Schmerz. Ich befand mich nicht in meinem Körper. Die Tränen strömten aus meinen Augen, aber es waren nicht meine Tränen. Ich sah Oliven- und Mandelbäume und nicht die Folterer. Ich hörte auf meine und nicht auf Ihre Meister, Genosse Richter. David Abulesia unterhielt sich mit mir über das Ergebnis seiner messianischen Arbeit. Ephraim erzählte mir seine Geschichten aus dem Untergrund. Inge schlich durch die Straßen von Berlin, und ich folgte ihr, um sie unseren Feinden zu entreißen. Achuwa-Ziona schenkte mir die fremdartige Schönheit einer orientalischen Jüdin. Alle waren sie für mich eine große Hilfe; denn sie halfen mir, mehr als einer Versuchung zu widerstehen, aber vor allem bewahrten sie mich davor, der Resignation zu verfallen.

Die Peiniger stürzten sich auf meinen Körper, aber meine Gedanken blieben frei. Ich schrie, aber ich gab nichts preis. Die seelischen Qualen waren schlimmer. Sie hämmerten mir immer von neuem ein, daß ich der Feind alles Guten und Gerechten sei, daß meine Götter den Teufeln dienten, daß hinter meiner Liebe zu allem Jüdischen eine höchst verachtenswerte Mißachtung des Menschen stecke, daß mein Idealismus verlogen und heuchlerisch sei. Sie wiederholten unaufhörlich, daß das Gute das Böse und das Böse das Gute sei, ich hätte mein ganzes Leben nur dem Verrat geweiht. Man gab mir Aussagen zu lesen, stellte mich ihren Verfassern gegenüber, erbärmlichen unglücklichen Zeugen, deren Anschuldigungen sie selbst beschuldigten. Es waren lauter Andeutungen und Verdächtigungen wegen meiner »kriminellen« Beziehungen zu Paul Hamburger, zu Jascha und deren Freunden, Pardon: Komplizen. Ich hatte demnach nur Verräter, Spitzel und falsche Brüder gekannt. Ich hatte der Partei nur angehört, um sie von innen her zu zerstören, um sie in Verbindung mit den Agenten des Imperialismus zu korrumpieren. Ich war nur nach Berlin gegangen, um der Gestapo Kommunisten ans Messer zu liefern, und nach Spanien, um die Trotzkisten zu unterstützen. Man bot mir eine Chance, davon loszukommen, ich sollte Bergelson und Der Nister mit hineinziehen. Manchmal fühlte ich mich schwach werden, wollte schon nachgeben, aber dann erschien mir im Traum mein Vater und bewahrte mich davor. Was dagegen meinen Sohn betrifft ...

Einmal wurde ich unter dem Vorwand einer Hausdurchsuchung heimgebracht. Als ich in Handschellen die Treppen hinaufstieg, bereitete ich mich innerlich auf die Prüfung vor und wünschte mir den Tod. Wie ein romantischer Gymnasiast bat ich mein krankes Herz, doch zu zerspringen. Vor der Tür schlotterte ich vor Angst. Ich wurde ins Zimmer gestoßen und war trotz der schwachen Beleuchtung wie geblendet.

Raissa, die zum erstenmal in ihrem Leben entsetzt – vielleicht sogar erschüttert – ist, tritt zurück, um mich vorbeizulassen. Grischa sitzt auf dem Boden und macht ein erstauntes Gesicht; er erkennt diesen gebeugten bärtigen Mann nicht, der mit den Kinnbacken mahlt, seinen Speichel herunterschluckt und mit den Zähnen knirscht wie ein Mummelgreis. Da höre ich jene Stimme, die nur ich vernehmen kann. Sie flüstert mir ins Ohr, ich solle den Kopf wenden, und ich wende ihn, solle lächeln, und ich lächle, ein unbekümmertes Gesicht machen, und ich setze eine unbeteiligte Miene auf. Ihretwegen halte ich meine Muskeln und mein Zucken unter Kontrolle. »Die Bilder, die du mitnimmst, sind die, die du hinter dir läßt«, sagt die Stimme. Ich achte auf jede Bewegung meiner Augenlider, auf jedes Zucken meines Mundes. »He, Dichterfreund, sei stark«, sagt David Abulesia zu mir. – »Ich will's versuchen«, gebe ich zurück. Grischa, Raissa und auch meine Bewacher beobachten mich, während ich mit David Abulesia über unsere Begegnung in Spanien, Frankreich und Palästina plaudere.

Als ich in meine Zelle zurückgeführt werde, breche ich zusammen. Ich werde wieder zum Kind, das ich nie gewesen bin, zum Waisenkind, das ich bald nicht mehr sein werde. Ich weine über meinen Vater, weine über meinen Sohn, weine über mein Leben und über meinen Tod. Wer wird mein Totengräber sein? Mein Leben endet im Dreck. Nein, es ist nicht der Tod, der mir Entsetzen einflößt, es ist vielmehr die Unmöglichkeit, meiner Vergangenheit einen Sinn zu geben. Aber ich werde noch nicht sterben, denn wenn der Würgeengel nahte, würde ich seinen Atem spüren, würde das schwarze Licht seiner unzähligen Augen erblicken. Ich bin zweiundvierzig Jahre alt und muß noch viele Dinge entdecken; draußen und hier drinnen: Das Gewicht des Staubs und die Last des Lichts. Solange ich dieses Testament nicht zu Ende gebracht habe, habe ich nichts zu fürchten, das weiß ich. Ich muß nur noch von den Verhören erzählen und Erklärungen abgeben, welche Auswahl ich in der Vergangenheit getroffen habe und welche ich gegenwärtig treffe. Es ist schon spät. Ich sollte mit dem Schreiben aufhören und mit lauter Stimme sprechen, schon deshalb, weil ich nicht allein bin. Jemand beobachtet mich lächelnd. In der Ecke gegenüber unter der kleinen Luke sitzt David Abulesia; er hat die Hände unter den Knien verschränkt – es ist doch nicht mein Vater? – und betrachtet mich mit verträumten Augen. Wie hat er es nur geschafft, hereinzukommen? Mich kann überhaupt nichts mehr überraschen. Ich finde seine Anwesenheit ganz natürlich und akzeptiere sie. Wenn der Wärter aber das Guckloch öffnet und uns bestraft? Ich weise diese Befürchtung zurück: Der Wärter wird das Guckloch öffnen und nichts sehen. Auch das finde ich ganz natürlich; auch mein Bedürfnis zu reden finde ich ganz natürlich. Ich, der so zurückhaltend und verschlossen ist, habe das Bedürfnis, mich auszusprechen, und das kommt mir völlig normal vor. Und wenn nun ein Feind oder Spitzel als Vertrauter und Beschützer aufträte? Ich habe Vertrauen, und das ist vielleicht falsch. Ich sollte nichts verstehen und verstehe doch alles. David Abulesia – oder mein Vater? – ist von weit her gekommen – etwa aus einer anderen Welt? –, um mir Gesellschaft zu leisten. Ich verstehe auch, daß seine Anwesenheit etwas Wichtiges und Einmaliges bedeutet, das mich eigentlich beunruhigen müßte, aber ich empfinde keinerlei Angst. Ich empfinde nur eine tiefe Traurigkeit, eine ursprüngliche beruhigende Traurigkeit, die Traurigkeit der Schöpfung, die ihren Schöpfer akzeptiert.

Ich werde noch nicht sterben, aber auch nicht mehr leben. Ich werde nicht mehr die vorüberziehenden Wolken sehen, nicht mehr den erfrischenden Wind spüren und nicht mehr meinem Sohn zulächeln. Trotzdem empfinde ich keine Bitterkeit und kein Bedauern, ich nehme es keinem Menschen übel. Ich habe ein merkwürdiges Gefühl des Mitleids. Als ob ich krank wäre oder im Sterben läge. Ich liebe alle Menschen, die ich wie in weiter Ferne sehe, wie sie sich in Freude und Trauer bewegen, und habe Mitleid mit ihnen. Alle sind sie doch sterblich und tun so, als ob sie es nicht wären. Ich möchte sie trösten, ihnen zur Hilfe eilen, sie retten. Ich möchte ihnen gerne mein Leben erzählen.

Mein Zellengefährte erhebt sich und stützt sich auf die schmutzige feuchte Mauer; ich bleibe zusammengekauert sitzen. Ich rede immer weiter mit ihm und weiß doch, daß es unnütz ist; er weiß im voraus, was ich ihm sagen will. Ich spreche trotzdem mit ihm; denn später werde ich es nicht mehr können. Wenn ich jetzt schweige, wird niemand wissen, was ich gesehen und gehört habe, niemand wird meine letzten Gedichte, meine letzten Gebete kennen, niemand lesen, was ich in diesem Augenblick geschrieben habe.

Es ist seltsam, ich denke nicht an den Tod, aber er schleicht sich trotzdem bei mir ein. Ich sehe den mit Augen bedeckten Engel, er senkt seine unzähligen Lider, und Finsternis dringt in die Zelle. Morgen will ich versuchen, das alles zu verstehen.

Morgen will ich meinen *Brief an Grischa* weiterschreiben, will einiges noch genauer sagen, will ein richtiges Testament daraus machen, worin die Erfahrungen der Vergangenheit als Wegmarken für die Zukunft dienen.

Ich werde ihm sagen, was ich noch keinem Menschen verraten habe; ich werde ihm sagen, daß ...

Ich kann mich gut erinnern, sagt Zupanew und kratzt sich den Schädel. An diese Nacht erinnere ich mich besser als an alle anderen, die ich damit verbracht hatte, ihn auszuhorchen und seine Äußerungen niederzuschreiben. Ich hatte mich schon ganz an deinen Narren von Vater gewöhnt. Er würde mir fehlen. Wie er sprach oder wie er die Stirne runzelte, wie er kurz und abgehackt stöhnte, wie er seine Blätter mit schwer lesbaren Zeichen bedeckte – wie sollte ich das je vergessen können! Er war ein Teil meines Lebens geworden, dein verrückter Vater, war ein Teil von mir selbst. Je mehr ich von seinen Aufzeichnungen las, desto besser konnte ich mich hineinversetzen. Ich wartete ungeduldig auf die Fortsetzung bestimmter Kapitel, um meine eigene Zukunft kennenzulernen. Und was tue ich jetzt ...

Dein Vater wußte nicht, daß es seine letzte Nacht war. Er konnte es auch nicht ahnen; denn sogar der Untersuchungsrichter hatte keine Ahnung. Wie wir alle wurde auch der Untersuchungsrichter durch den Anruf aus Moskau völlig überrascht. Mit einem einzigen Satz übermittelte Abakumow den klaren Befehl, der unwiderruflich war: »Der jüdische Dichter Paltiel Gerschonowitz Kossower muß vor Morgengrauen erschossen werden.« Der Untersuchungsrichter versuchte in meiner Gegenwart Einwendungen zu machen: »Aber die Akte ist noch nicht fertig, Genosse Minister; der Angeklagte schreibt sein Geständnis auf; er hat schon mehrere Verbrechen zugegeben; mehrere Türen sind halb aufgestoßen, ich könnte sie weiter öffnen und andere Verdächtige anklagen; könnten wir nicht noch ein oder zwei Wochen zuwarten!« – »Nein«, sagte Abakumow mit schneidender Stimme. – »Aber es hat noch kein Prozeß stattgefunden, nicht einmal auf dem Verwaltungswege.« – »Ich habe gesagt: Vor Morgengrauen«, wiederholte Abakumow und hängte ein.

Was wir nicht wußten, war, daß der gleiche Befehl in dieser

Nacht an alle Untersuchungsrichter ergangen war, die in Moskau, Charkow, Kiew und Leningrad den Auftrag hatten, Geständnisse von Bergelson, Kwitko, Markisch, Feffer und allen jüdischen Schriftstellern, Dichtern und Künstlern der Sowjetunion zu erpressen.

Es war das Werk Stalins. Er wollte nicht vor ihnen sterben und hatte deshalb in einem Anfall von Wahnsinn entschieden, daß sie alle in der gleichen Nacht, zur gleichen Stunde und auf die gleiche Weise zu liquidieren seien.

Von dieser Nacht will ich dir erzählen, mein Söhnchen; und du wirst es weitererzählen. Aber du bist ja stumm. Einerlei. Es geht nur darum, daß dein Stummsein einen Sinn bekommt, ein Echo findet. Weil sie dich nicht zum Sprechen bringen können, bist du der ideale Bote, genau wie ich es gewesen bin. Niemand wird bei dir Verdacht schöpfen, ebensowenig wie bei mir. Man verdächtigt nicht einen Federhalter, einen Tisch, eine Lampe, man macht sich doch wegen eines Stenographen keine Sorgen. Richter und Untersuchungskommissare sind von ihren Nachfolgern ausgemerzt worden, aber uns Stenographen hat man vergessen. Keiner vermutet, daß wir ein Eigenleben führen, ein unabhängiges Gedächtnis haben, Gefühle, Gewissensbisse und Pläne kennen. Und niemand wird in dir den Mitwisser und Zeugen eines Lebens sehen, das mein und unser Leben reich gemacht hat.

Du wirst alles immer wieder lesen und dich bemühen, alles zu behalten, und später fern von hier alles wieder aufschreiben, dann wirst du selbst zu einem Stenographen und sprichst für deinen toten Vater.

Diesen Entschluß, mein Junge, habe ich gefaßt, bevor ich dich getroffen habe, es war in einer Herbstnacht 1952, als du kaum drei Jahre alt warst. Du schliefst im Zimmer deiner Mutter und wußtest nicht, daß du bald ein Waisenkind sein würdest.

Ich war völlig durcheinander, es hielt mich nicht mehr an meinem Platz. Ich ging hinaus, um einen Spaziergang zu machen, was höchst selten vorkommt. In der Nacht ist Krasnograd nicht gerade schön. Öde Gassen, erloschene Laternen. Dann wirkt das Gefängnis mit unsichtbaren Kerkermeistern hinter finsteren Mauern noch größer. Hinter jedem Fenster steckt ein Späher, jedes Geräusch ist ein Stöhnen oder *ein Schreckensschrei. Die Gefangenen halten den Atem an wie am Morgen einer Erschießung.*

Ich schlendere durch den Park und gehe zum Fluß, und wo die Nußbaumstraße ihn überquert, bleibe ich stehen und lausche. Das Rauschen des Wassers ist laut zu hören in dieser Nacht. Ich drehe dummerweise meinen Kopf nach allen Richtungen, und schon mache ich mich verdächtig. Ein Milizsoldat hält mich an: »Dies ist kein Ort für Landstreicher und Tagediebe wie dich. Geh nach Haus! Los, mach, daß du wegkommst! Sonst loch' ich dich ein.« Er regt sich immer mehr auf, und ich tue nichts, um ihn zu beruhigen. »Hat's dir die Sprache verschlagen, alter Säufer? Verschwinde bloß!« Der Kerl ist jetzt richtig wütend. Da ziehe ich ganz langsam, und jede Sekunde, die ihn noch mehr auf die Palme bringt, genießend, meinen Ausweis aus der Tasche und halte ihn vor seine Nase. Ich brauche nichts mehr zu sagen, der Kerl hat verstanden. Er schlägt die Hacken zusammen, legt die Hände an die Hosennaht und fängt an, mich mit Entschuldigungen und Plattheiten zu traktieren, die zum Kotzen sind: »Zu Befehl, ich wußte nicht, wer ... ich konnte nicht ahnen, daß ...« Ich lasse ihn stehen und weiterreden. Als ich auf dem großen Platz beim Kino angekommen bin, höre ich ihn immer noch seine devoten Sprüche herunterleiern. Einfach lächerlich. Sie sind lauter erbärmliche und lächerliche Kreaturen. Aber ich lache trotzdem nicht, ich kann es immer noch nicht. Eine schlimme Feststellung, die mich auf deinen Vater zurückbringt, den armen Teufel, dessen Leben nicht sehr lustig war. Ich frage mich, ob er je Gelegenheit gehabt hat, einmal richtig flott zu leben und aus vollem Hals zu lachen. Ist doch merkwürdig, daß ich sein Leben kenne und etwas Wesentliches nicht weiß, ob er überhaupt lachen konnte. Für einen Augenblick möchte ich zu ihm gehen, einfach so, ihn mit meinem Besuch überraschen und ihm sagen: Hör mal zu, mein lieber Dichter, du wirst morgen früh erschossen; ich sage es dir, damit du bereit bist; Iwan, der »Gentleman von Keller vier«, weiß schon Bescheid. Sag mal, stört es dich, wenn ich dir eine Frage stelle? Sie beschäftigt mich schon ziemlich lange und hat mit dir zu tun: Hast du jemals gelacht, ich meine, richtig gelacht, aus vollem Herzen, so gelacht, daß es dich geschüttelt hat? In deinen Aufzeichnungen sprichst du nie darüber. Das kann zweierlei bedeuten: Entweder sprichst du nicht darüber, weil du nie gelacht hast oder weil du so viel gelacht hast, daß du gar nicht auf die Idee kommst, es zu erwähnen ... Das ist es, was ich gerne wissen möchte!

Eine schreckliche Idee, stimmt's? Ich setze also meinen einsamen Bummel fort. Du weißt schon, warum.

Ein leichter Wind fährt durch die Bäume. Mich fröstelt. Zum einen bin ich kälteempfindlich, zum anderen macht mir die Vorstellung, deinen Vater zum letztenmal zu sehen, natürlich keine Freude. Weiß er, daß ich bei den Verhören dabei war? Daß ich sein Testament gelesen habe? Daß ich über seine Liebschaften, seine Kämpfe und Zweifel im Bilde bin? Weiß er, daß es mich gibt?

Ein neuer Milizsoldat kommt auf mich zu, wird aber von dem ersten zurückgepfiffen, der mir gefolgt ist, weil er sicher unangenehme Begegnungen von mir fernhalten wollte. Ich sollte besser nach Hause gehen und mich schlafen legen, aber ich weiß, daß ich kein Auge zutun werde, ich kenne mich doch. Ich habe Angst, Angst vor ... Du weißt schon, was ich sagen will. Ich lasse mich auf eine Bank fallen und sehe Krasnograd zuerst mit den Augen deines Vaters und dann mit den Augen des Todesengels, den dein Vater so schön beschreibt. Morgen wird ein Mensch sterben.

Nein heute, bald schon. Mein Herz schlägt schneller. Mein Herz trägt eine schwere Last. Wißt ihr eigentlich, Männer und Frauen von Krasnograd, daß die Stenographen ein Herz haben und daß mein Herz übervoll ist. Dein Vater, mein Junge, wird mich schlaflose Nächte kosten, das fühle ich. Ich liebe ihn doch, Junge, und seinetwegen liebe ich auch dich. Wenn ich mich entschlossen habe, dein Leben zu ändern, dann deshalb, weil er mein Leben geändert hat. Und das Verrückteste dabei ist, daß er es nie wissen wird.

Ach, Junge, an diese Nacht erinnere ich mich. Die Morgenröte wirft Flammen über den Himmel wie immer im August und gleitet über die Dächer und Spitzen der Bäume. Das Gebirge gegenüber hält die Nacht in seinen Klauen. Ich möchte es anflehen: Gott des Gebirges, laß die Nacht los und schicke sie wieder zu uns; behalte die Sonne, behalte sie als Geisel und gib uns die Nacht zurück, mach, daß sie sich wieder ausbreitet über diese Stadt der Finsternis, mach, daß sie einen Tag, ein ganzes Leben lang bleibt; denn solange sie herrscht, wird der »Gentleman von Keller vier« einen jüdischen Dichter nicht kennenlernen, der ... Schließlich und endlich ist dieser Gedanke völlig idiotisch und führt zu nichts, das weißt du doch selber.

Das Gefängnis ist ruhig und still, aber schon wach. Die Gefangenen sind besondere Wesen, die vieles ahnen. Iwan hat seine Anweisungen noch nicht bekommen, aber sie erraten schon alles. Sie sind heute morgen frühzeitig aufgestanden. Wohl kaum deinem Vater zu Ehren. Woher sollen sie wissen, daß man es auf deinen Vater abgesehen hat? Sie haben den Tod gerochen, sie fühlen, daß er in der Nähe ist, er hat sie aus dem Schlaf gerissen. Der Tod und nicht Iwan. Iwan ist noch nicht da, mein Chef ebenfalls nicht. Es ist noch zu früh. Ein verrückter Gedanke überkommt mich und bohrt sich in mein Hirn: Sie werden nicht kommen, nein, sie werden nicht kommen, weil sie zum Beispiel bei einem Unfall getötet worden sind ... Meine Unruhe und Ungeduld wächst. Ich komme mir selber lästig vor und möchte mich gern meiner entledigen. Sterben, bevor ich jemanden sterben sehen muß. Was sollen diese Hirngespinste! Die Märtyrerrolle paßt nicht zu mir. Jetzt kommt auch der Chef. Sein Blick wirkt leer und mürrisch. Ist der Untersuchungsrichter nervös, hat er etwa Gefühle? Unmöglich. Er ist bloß verärgert. Er hätte zu gerne diesen Prozeß zu Ende geführt, und jetzt wird er daran gehindert. Seine Idee, einem Schriftsteller zu erlauben, sich schriftlich zu äußern, und einem Dichter, sich zu erinnern, fand er genial. Jetzt ist es aus damit; das ist nach seiner Meinung nicht richtig, nicht fachmännisch gedacht. Natürlich konnte er nicht ahnen, welches Ausmaß die Affäre angenommen hatte, nicht wissen, daß Kossower nur einer unter vielen war, die zur gleichen Zeit anderenorts erschossen wurden. Hätte er gewußt, daß der Befehl von ganz oben kam, hätte er nicht einmal in Gedanken gewagt, ihn in Frage zu stellen. Sicher hätte er dann auch nicht diese miese Laune gezeigt. Er nimmt eine Akte zur Hand, blättert darin, unterschreibt Papiere, erledigt die letzten Formalitäten. Er ist zwar nicht einverstanden, aber die Geschichte kommt jetzt in die Ablage. In seinen Augen hat der jüdische Dichter Paltiel Gerschonowitz bereits aufgehört zu leben. Eines Tages wird ein anderer

Untersuchungsrichter diesen Platz einnehmen und dieselben Formulare unterschreiben, die dann seinen Vorgänger betreffen. Ohne mit dem Schreiben aufzuhören oder nur den Kopf zu heben, sagt er zu mir: »Bestehst du tatsächlich darauf, Iwan zu begleiten?« – »Ja, Genosse Untersuchungsrichter.« – »Was fällt dir eigentlich ein?« – »Nichts, aber.« – »Was aber?« – »Nichts außer, daß ich den ‚Gentleman von Keller vier' noch nie bei der Arbeit gesehen habe, und ich sagte mir, daß ...« – »Solltest du eine perverse Ader haben, mein lieber Zupanew?« – »Bin bloß neugierig, Genosse Untersuchungsrichter.« Mein Chef zuckt mit den Schultern und arbeitet weiter, ohne noch ein Wort an mich zu richten. Es hält mich nicht an meinem Platz, und ich muß mich zwingen, auf meinem alten Klappstuhl sitzen zu bleiben, von dem aus ich sah, wie dein Vater seinen schon im voraus verlorenen Kampf kämpfte. Ich werfe einen flüchtigen Blick auf meine Geheimschublade; die Aufzeichnungen meines Lieblingsdichters befinden sich noch dort, wohlverwahrt und aufgehoben für die Ewigkeit. Sogar für die Unsterblichkeit, das verspreche ich dir, mein kleiner Dichter, das schwöre ich mir. Aber müßte ich es ihn nicht wenigstens wissen lassen? Mit einem Blick, einer Geste? Aber mit welcher? Nein, die Idee ist schlecht und grausam. Wozu ihm mitteilen, daß er sterben muß? Wenn ich ihm zu verstehen gebe, daß ich mich um sein Testament kümmere, wird er es sofort erraten, er ist doch nicht dumm. Wenn ich mich entschließe, dieses Risiko auf mich zu nehmen, wird er wissen, daß Iwan nicht mehr weit ist ... Schon ist er da. Ohne anzuklopfen, ist Iwan hereingekommen. Er schüttelt dem Chef die Hand und wirft mir einen flüchtigen Gruß zu. Er ist ein Bild von einem Mann und trägt eine elegante, gut geschnittene Uniform, aber ich finde ihn trotzdem häßlich und ekelhaft. Ich tue so, als würde ich arbeiten, denn ich bin ein alter Fuchs und werde das übliche blöde Zeug doch nicht zu Papier bringen. Iwan zieht seine Nagan heraus und überprüft sie. Iwan ist ein Fachmann, ein Typ, der alles peinlich genau nimmt. Zufrieden steckt er die Nagan wieder in die vorschriftsmäßige Tasche, die an seinem Gürtel unter dem Uniformrock befestigt ist. Mein Chef hebt den Kopf, öffnet den Mund, schließt ihn wieder, öffnet ihn von neuem; das verrät seine Spannung und Nervosität. Gewissenhaft fragt Iwan: »Können wir jetzt gehen?« – »Gehen wir«, antwortet *mein Chef. Ich stehe gleichzeitig mit ihm auf. Iwan wendet sich an mich: »Du! Aber das Reglement...« – »Er ist neugierig«, unterbricht ihn mein Chef, »er hat so viele Fälle verfolgt, daß er wünscht, endlich einmal bei der Beendigung eines Falles dabei zu sein, damit er es sich vorstellen kann.« – »Jedem Tierchen sein Pläsierchen«, sagt Iwan. »Gut, dann können wir gehen.«*

Automatisch schaue ich auf die Wanduhr – sie ist stehengeblieben – und dann auf meine Armbanduhr. Bei wichtigen Dingen lege ich Wert darauf, auch die Uhrzeit festzuhalten. Ich erinnere mich, daß ich auf meine Uhr geschaut habe, weiß aber nicht mehr, wie spät es war. Das habe ich vergessen. Eine merkwürdige Gedächtnislücke. Dafür erinnere ich mich an alles andere. Das Morgenlicht war blau, mein Chef fuhr sich andauernd mit der Zunge über die Lippen, und ich hatte fürchterliche Magenkrämpfe.

Schweigend marschieren wir im Gänsemarsch hinter Iwan her. Wir sind hier im unterirdischen Labyrinth der Isolationszellen. Grüne Birnen baumeln von der Decke, die Gänge sind leer. Iwan bleibt vor einer Zelle stehen und macht uns ein Zeichen, ganz still zu sein. Die Prozedur geht folgendermaßen vor sich: Man öffnet ganz langsam und vorsichtig die Tür, überrascht den Verurteilten im Schlaf, sagt ihm, daß er sich einem neuen Verhör unterziehen muß, und schon ist das Problem gelöst. Das Geheimnis des Erfolgs liegt in der Überraschung und in der Schnelligkeit. Aber dein Vater, mein lieber Junge, empfängt uns aufrecht stehend, als ob er uns erwartet hätte. Seine Ruhe macht großen Eindruck auf mich. Trotz des zerschundenen Gesichts und der zerlumpten Kleider finde ich, daß er Würde ausstrahlt. Es klingt vielleicht verrückt, aber einen Augenblick lang ist er der Überlegene und schüchtert uns ein. Dann beginnt er als erster zu sprechen: »Ich habe die ganze Nacht gearbeitet, Genosse Richter.« – »Sehr schön«, sagt der Untersuchungsrichter, »ich bin sicher, daß es gut geworden ist. Ich werde es heute noch lesen...« Eine Pause tritt ein. Mein Chef weiß nicht, was er machen soll. Für gewöhnlich führt man den Verurteilten in das vierte Untergeschoß, wo der Gentleman ihm einen Genickschuß gibt und verschwindet. Niemand hat ihn gesehen noch erkannt. Für deinen Vater ist das Programm geändert. Seine Erschießung soll in der Zelle stattfinden.

»Ich bin gekommen, um mit dir die Schilderung des von dir so bezeichneten Pogroms in der Druckerei noch einmal durchzugehen«, sagt mein Chef und breitet einige Blätter auf dem Bett aus. Dein Vater beugt sich darüber, um sie noch einmal zu prüfen. Für einen Moment kreuzen sich unsere Blicke, er sieht mich jetzt zum erstenmal. Entsetzt denke ich, daß er mich sicher für Iwan hält und kläre das Mißverständnis schnell auf. Ich stelle mich vor: »Zupanew, der Stenograph.« Dein Vater ist beruhigt. Wenn der Stenograph dabei ist, handelt es sich wirklich nur um eine zusätzliche Befragung zu einem bestimmten Punkt. Da bemerkt er plötzlich Iwan hinter mir. Er würde auch dessen Namen gerne kennen, unterdrückt aber seine Neugierde. Iwan blickt ihn an und sagt kein Wort. »Gut«, sagt dein Vater, »sehen wir uns die fragliche Stelle einmal an ...« Er beginnt zu lesen, und mein Chef tut so, als höre er zu. Und ich, ohne daß ich es erklären kann, erinnere mich auf einmal an meinen Großvater mütterlicherseits. Ich war drei oder vier Jahre alt, als er mich in die Synagoge mitnahm. Es war an einem Feiertag, alle Männer schienen ganz in sich gekehrt zu sein und eine ferne Stimme zu hören. Auf welche Stimme warten wir vier denn jetzt? Voller Entsetzen sehe ich, wie Iwan seine Nagan herauszieht und mich am Ärmel zupft, weil er meinen Platz hinter dem Verurteilten einnehmen will. Ich möchte einen wilden Schrei ausstoßen und deinen Vater warnen. Paltiel Kossower hat doch das Recht, diese beschissene Welt wie ein Mann zu verlassen, dem Tod ins Auge zu schauen und ihm ins Gesicht zu spucken, wenn er Lust dazu hat! Aber ich presse meine Lippen zusammen und befehle meinen Gedanken, sich eiligst davonzumachen. Sie gehorchen, fliegen zu meinem Schreibtisch, wühlen in meiner Geheimschublade, wo sich die Hefte befinden, zu denen noch weitere kommen werden. Und eines Tages, mein lieber noch nicht ermordeter jüdischer Dichter, eines Tages werden deine Gedichte wie Funken einen Brand entzünden. Und an diesem Tage werde ich lachen. Hörst du mich, Paltiel Gerschonowitsch Kossower, eines Tages werden wir beide, du und ich, mit unserem Lachen die Welt in Erstaunen setzen! Und eines Tages wird dein Sohn dich im Traum sehen.

Und diese schwachsinnigen Richter und Henker, die davon keine Ahnung haben! Sie meinen, daß sie mit diesem jüdischen Dichter, einem weiteren jüdischen Dichter, auch dessen Werk ausgelöscht haben. Sie meinen, sie wären Herrscher über die Zeit, wie sie Herrscher über die Menschen sind. »Auf ewig aufzubewahren!« sagen sie. Aber die Ewigkeit macht sich einen Dreck daraus und ich ebenfalls. Ich werde ihnen zeigen, was ihr lächerlicher Stempel wert ist! Und was ich mit ihren Geheimnissen anstelle. Ich werde es ihnen zeigen, jawohl, ich.

Iwan befindet sich jetzt hinter seinem Opfer. Ich sehe, wie er ganz langsam den Arm hebt. Die Pistole berührt fast den Nacken deines Vaters. Mir wird schwarz vor Augen, ich bekomme keine Luft mehr. Der Würgeengel ist also kein mit Augen bedecktes Untier, sondern ein eleganter, mit einer Nagan bewaffneter Mann. Plötzlich unterbricht dein Vater die Stille und sagt ganz leise: »Die Sprache eines Volkes ist sein Gedächtnis, und sein Gedächtnis ist ...« Ein dumpfer Knall zerreißt die Stille und geht mir durch Mark und Bein. Der Dichter sackt zusammen und gleitet langsam, fast graziös zu Boden, den Kopf zur Seite geneigt, als ob er träume. Mit einer knappen Geste bedeutet uns Iwan, daß es vorbei ist. Chef und Henker sprechen über den amtlichen Abschluß des Falles. Die Leiche ist zu verbrennen, die persönliche Habe ebenfalls, auch diese rituellen Dinger da sind zu verbrennen, dieser Name ist aus der Geschichte zu tilgen, aus allen Registern zu streichen. Während sie noch diskutieren, betrachte ich das Gesicht des Toten und schwöre ihm, daß ich ihn rächen werde. Dieses Schwein von Iwan wird nicht das letzte Wort haben. Er denkt, er könne deinen Tod einfach verschwinden lassen, so wie mein Chef dir das Leben genommen hat, aber noch bin ich da. Die Schwachköpfe haben mich vergessen. Ich bin der perfekte, der unsichtbare und doch bei all ihren Schweinereien anwesende Zeuge. Ich habe alles gehört, alles verstanden und alles wohl bewahrt. Ich stelle mir das Gesicht vor, das diese Trottel an dem Tage machen werden, wenn der Gesang deines Vaters ihnen aus allen Ecken und Enden des Globus in den Ohren dröhnt. An diesem Tage werde ich lachen, werde ich endlich lachen zum Lohn für all die Jahre, da ich meinen Kopf gegen die Mauer schlug und vergeblich versuchte, vor Lachen zu platzen. Ich danke dir, Dichter, danke dir, mein Bruder. Ich verlasse dich jetzt, aber du wirst mich nie verlassen.

Als ich wieder im Büro bin, höre ich, wie der Chef ganz kurz und sachlich Meldung erstattet. »Ihr Befehl wurde heute morgen um 5 Uhr 38 ausgeführt.« Dann erteilt er die sich daraus ergebenden Anweisungen und läßt sich Tee und belegte Brote bringen. Ich habe ein ganz merkwürdiges Gefühl. Mein Herz ist gebrochen, aber ich weiß, daß ich lachen werde. Und da lache ich auch schon, lache endlich, und der Chef merkt es nicht, weil er wie alle die Ohren verstopft hat.

Es ist schon verrückt, daß die Toten, die toten Dichter, Menschen wie mich und alle anderen zwingen können zu lachen.

Das sage ich und wiederhole es für deinen Vater, wenn er auch nicht mehr lebt und kein Totengräber ihn tragen und beerdigen wird, denn die Erde ist verflucht wie der Himmel. Ich werde ihn tragen, ich, dein Vater und dein großes Kind, werde ihn tragen, einen Tag lang, ein Jahr lang, zehn Jahre lang, bis ich auch ihn endlich lachen höre. Deshalb pflanze ich dir sein und mein Gedächtnis ein, verstehst du, Junge! Es muß sein, denn anders geht es nicht.

Das Werk des Nobelpreisträgers Elie Wiesel

Abenddämmerung in der Ferne
260 Seiten, gebunden.
ISBN 3-451-21193-9

Adam oder das Geheimnis des Anfangs
Brüderliche Urgestalten
5. Auflage, 232 Seiten, gebunden.
ISBN 3-451-18952-6

Chassidische Feier
Geschichten und Legenden
264 Seiten, gebunden.
ISBN 3-451-21019-3

Gesang der Toten
Erinnerungen und Zeugnis
Mit den Nobelpreisreden von Oslo
2. Auflage, 192 Seiten, gebunden.
ISBN 3-451-20991-8

Geschichten gegen die Melancholie
Die Weisheit der chassidischen Meister
4. Auflage, 144 Seiten, Paperback.
ISBN 3-451-20040-6

Gezeiten des Schweigens
2. Auflage, 176 Seiten, gebunden.
ISBN 3-451-20925-X

Macht Gebete aus meinen Geschichten
Essays eines Betroffenen
4. Auflage, 118 Seiten, Paperback.
ISBN 3-451-20823-7

Der Prozeß von Schamgorod

118 Seiten, Paperback.
ISBN 3-451-21117-3

Der Vergessene

Roman
304 Seiten, gebunden.
ISBN 3-451-21866-6

Von Gott gepackt

Prophetische Gestalten
4. Auflage, 144 Seiten, Paperback.
ISBN 3-451-18121-5

Was die Tore des Himmels öffnet

Geschichten chassidischer Meister
3. Auflage, 144 Seiten, gebunden.
ISBN 3-451-19114-8

Worte wie Licht in der Nacht

Herausgegeben von Rudolf Walter
3. Auflage, 128 Seiten, gebunden.
ISBN 3-451-21080-0

Den Frieden feiern

Mit einer Rede von Václav Havel
Herder/Spektrum Band 4019
ISBN 3-451-04019-0

Der fünfte Sohn

Roman
Herder/Spektrum Band 4069
ISBN 3-451-04069-7

Verlag Herder Freiburg · Basel · Wien